SABINE WEISS
Tödliche See

AF177212

Weitere Titel der Autorin:

Aus der Reihe um Liv Lammers
Schwarze Brandung
Brennende Gischt
Finsteres Kliff
Blutige Düne
Düsteres Watt
Zornige Flut
Gefährlicher Sog

Historische Romane
Hansetochter
Das Geheimnis von Stralsund
Die Feinde der Hansetochter
Die Tochter des Fechtmeisters
Die Arznei der Könige
Die Perlenfischerin
Der Chirurg und die Spielfrau
Krone der Welt
Gold und Ehre
Blüte der Zeit
Die Leuchttürme der Stevensons

Titel teilweise auch als Hörbuch erhältlich

Über die Autorin:

Sabine Weiß, Jahrgang 1968, arbeitete nach ihrem Germanistik- und Geschichtsstudium als Journalistin. Seit 2007 veröffentlicht sie erfolgreich Historische Romane, seit 2017 zusätzlich Krimis um die Flensburger Kommissarin Liv Lammers. Um an den Schauplätzen zu recherchieren, reist sie im Camper auf den Spuren ihrer Figuren durch Europa. Wenn sie nicht unterwegs ist, lebt Sabine Weiß mit ihrem Mann und ihrem Sohn in der Nähe von Hamburg.

SABINE WEISS

TÖDLICHE SEE

Sylt-Krimi

Lübbe

Die Bastei Lübbe AG verfolgt eine nachhaltige Buchproduktion. Wir verwenden Papiere aus nachhaltiger Forstwirtschaft und verzichten darauf, Bücher einzeln in Folie zu verpacken. Wir stellen unsere Bücher in Deutschland und Europa (EU) her und arbeiten mit den Druckereien kontinuierlich an einer positiven Ökobilanz.

Originalausgabe

Copyright © 2021 by Bastei Lübbe AG,
Schanzenstraße 6 – 20, 51063 Köln

Vervielfältigungen dieses Werkes für das Text- und Data-Mining
bleiben vorbehalten.

Lektorat: Dr. Stefanie Heinen
Textredaktion: Stefanie Kruschandl, Kopenhagen
Einband-/Umschlagmotive: © shutterstock: Ryszard Filipowicz
| © Jenny Sturm | YesPhotographers | mapman
Umschlaggestaltung: Manuela Städele-Monverde
Satz: hanseatenSatz-bremen, Bremen
Gesetzt aus der Stempel Garamond LT Std
Druck und Verarbeitung: GGP Media GmbH, Pößneck
Printed in Germany
ISBN 978-3-404-18409-5

8   10   9   7

Sie finden uns im Internet unter
luebbe.de
Bitte beachten Sie auch: lesejury.de

1

Tief sinken seine Füße ein, als er auf die Dünenkuppe steigt und der feine Sand lawinenartig unter seinen Stiefeln wegrieselt. Das Blinken des Leuchtturms ist westwärts zu erahnen, aber die Fünf-Seemeilenfeuer des Offshore-Windparks sucht er vergeblich am Horizont. Wie ein weißes Segel schimmert das Kirchenschiff von Sankt Thomas in der Ferne. Hier spürt man, dass Hörnum auf drei Seiten vom Meer umgeben ist. Seewind umstreicht seine Beine, dringt klamm in seine Kleidung. Auf seinen Lippen brennt das Meersalz. Die Sonne, die heute bereits die Haut der Urlauber hummerrot färbte, scheint eine ferne Erinnerung. Trotzdem sind seine Hände feucht vor Hitze. Jede Faser seines Körpers ist auf sein Opfer ausgerichtet. Er kann das geronnene Blut riechen …

Weiter läuft er Richtung Wattseite. Einige Minuten später erreicht er sein Ziel. Die Villa kauert halb verborgen in einer Dünensenke. Von hier aus scheint es sich um eine der üblichen Sylter Friesenvillen zu handeln; sie ist nicht einmal besonders protzig. Weiß getünchte Wände unter Reetdach, Klöntür, Friesenwall. Was sich dahinter verbirgt, wissen die wenigsten. Hier herrschen eine Ruhe und Ungestörtheit, wie sie sich nur die Reichsten kaufen können. Selbst zum Watt hin ist der Weg versperrt.

Ab jetzt muss er geduckt gehen, um die ausgefeilte Sicherheitstechnik auszutricksen, wenig später robbt er sogar.

Kaum nimmt er die Sandkörner wahr, die bereits nach wenigen Metern über seine Haut schmirgeln. Im Schutz einer Kartoffelrose blickt er auf die Rückseite des Gebäudes, den Anbau und das, was sich auf dem Grundstück verbirgt. Metall funkelt über dem Rasen. Durch das Glas der Fensterfront sieht er eine Gestalt. Die Frau beugt sich über Papiere. Sie wirkt einsam, aber er hat kein Mitleid. Es ist nicht das Geld, das ihn antreibt – nicht nur. Es ist ein Zwang. Eine Naturgewalt, wie die Kräfte, die um Sylt toben, die an der Insel reißen und zerren. Auch er kann nicht anders ...

* * *

Geisterhaft wischen die Rotoren durch den Dunst. Die Strahler der Windräder leuchten wie gelbe Augen in die Nacht. Knatternd wirft der Sturm die Regentropfen gegen die Wohnplattform, diese überdimensionierte Metallbox, die im Schelfmeer den Elementen trotzt. Das Festland erscheint ihm auf einmal so weit weg wie der Mond. Von hier aus sind es achtzig Kilometer bis zur nächsten Küste, also nach Sylt. Sogar bis zum Meeresgrund müsste man vierzig Meter zurücklegen. Allerdings hätte einem die Nordseekälte ohne die richtige Ausrüstung schon auf dem ersten Wegstück die Kraft aus den Muskeln gesaugt. Dabei ist das Meer auf dem Schelf, dem Festlandsockel, genau genommen flach. Ein Planschbecken im Ozean.

Während er einen Blick aus dem Bullauge der Kabine wirft, kontrolliert er mit geübten Handbewegungen seine Waffe. Durch die spezielle Bauchatmung hat er seinen Herzschlag verlangsamt. Vor allem aber hat er alle Emotionen beiseitegeschoben.

Die Tür einen Spalt öffnen. Lauschen. Draußen ist es still.

Keine Stimmen, kein Brabbeln der Fernseher, kein Geschirrklappern aus der Messe. Diese künstliche Insel schläft nie, und doch geht es nachts ruhiger zu. Nur Wind, Wellen und das Vibrieren der Stahlkonstruktion sind zu hören. Es klingt wie dieses Summen im Hinterkopf, das einem anzeigt, dass man durchdreht. Aber er ist nicht verrückt. Im Gegenteil: Noch nie ist er so klar gewesen. Die Zukunft der achtunddreißig Männer und sieben Frauen auf dieser Versorgungsplattform liegt in seinen Händen. An den kommenden Tag wird sich jeder erinnern, dafür wird er sorgen. Energie schießt bei diesem Gedanken durch seinen Körper. Monatelang hat er auf diesen Moment hingearbeitet.

Mit der Maske wischt er den Schweiß von der Stirn, ehe er sie einsteckt. Ein letzter Check des Geräts, das ihn so viel Zeit, Mühe und Geld gekostet hat. Die Systeme laufen stabil. Dann drückt er die Taste. *Time to go.*

* * *

Nur kurz hat sie sich frisch machen können. Sie drängt die Gefühle zurück, die noch immer in ihr toben. Ihr Blick flackert über die Großbildwand, über Displays und Monitore im Control Center. Sie muss sich zusammenreißen, denn von dieser Leitwarte aus wird der Windpark kontrolliert und gesteuert. Beruhigt stellt sie fest, dass alle Windräder bis auf eins laufen – auf dem Bildschirm bilden sie eine Kette leuchtender Punkte. Die Überwachungskameras registrieren keine ungewöhnlichen Vorkommnisse, nur lang gezogene, öde Gänge. Sie zeigen gähnend leere Räume. Wellen, die den Bootsanleger überspülen, die Stahlpfosten hochzüngeln. Jetzt das Wetterradar. Bald wird das Tief vorbeigezogen sein, keine *Weather Downtime* droht. Immerhin. Noch einmal überprüft sie alle technischen Anzeigen, alle Bildschirme. Sie stutzt. Da stimmt doch etwas nicht. Alarmiert spult sie die Aufnahme der Überwachungskamera zurück, zoomt. Was zur Hölle … Ihr Mund wird trocken. Wie kann das sein …

Sie fährt das System herunter, startet es neu. Wie erstarrt fixiert sie das Schwarz der Monitore. Da, endlich! Tatsächlich. Die Bilder haben sich verändert, vor allem eines. Es betrifft die Kamera, die die Gangway zeigt. Im Hintergrund, zwischen Plattform und Stahlpfeiler baumelt etwas. Ihre Finger beben, als sie erneut einzoomt. Ihr Atem stockt. Sie kann es nicht glauben. Ein Mensch hängt im Gestänge zwischen der Gangway und der aufgewühlten Meeresoberfläche. Verdreht sieht er aus, ein Spielball des Windes. Lebt er noch, oder ist er tot? Was soll sie tun? Für so eine Situation gibt es keinen Notfallplan.

2

Flensburg, Montag, 7. Mai, 0.29 Uhr

Der Trommelwirbel schwoll an und wieder ab, dann ließ Liv ihr Schlagzeugsolo mit einigen wohldosierten Fill-Ins ausklingen. Nach dem letzten Ton riss sie ekstatisch die Hände in die Höhe, und kam sich sofort ein wenig albern vor. Wenn die Kriminellen, mit denen sie als Kommissarin zu tun hatte, sie jetzt sehen könnten, würden sie sie garantiert nicht mehr ernst nehmen. Andererseits hatte sie so lange von diesem Augenblick geträumt, so lange darauf hingearbeitet. Außerdem: Das *Volxbad* war ausverkauft, das Konzert lief super. Die Stimmung war schon bei der Vorband gut gewesen, jetzt aber tobte die Menge. Sven, der Sänger, brüllte ihren Namen, und der Applaus wurde noch lauter. Gitarre und Bass übernahmen Livs Rhythmus und improvisierten in den nächsten Song hinein.

Nun hielt es Liv nicht mehr auf dem Hocker. Um ihr Schlagzeug herum lief sie an den Bühnenrand. Ihre Hände pulsten, die Armmuskeln brannten, und das Top klebte ihr am Rücken. Ihre Bandmitglieder und sie peitschten die Zuschauer weiter an. Erfüllt von Aufregung und Stolz blickte Liv über die hüpfenden und tanzenden Köpfe, entdeckte viele bekannte Gesichter. Ihr Herz stolperte unvermittelt. Da war ein Gesicht, das sie nicht erwartet hatte. Was tat er hier? Bleib fokussiert, bleib in diesem Moment und genieße ihn, ermahnte sie sich.

Liv wirbelte die Drumsticks zwischen den Fingern und schleuderte sie in die Menge. Nun band sie mit einer schnellen Bewegung ihre langen rötlichblonden Haare zusammen. Sie breitete die Arme aus, ihre hohe, schlanke Gestalt warf einen Schatten in die Menge hinein. Gerade wollte sie sich umdrehen, um sich fallen und von der Menge tragen zu lassen, als sie es sah. Die junge Frau in der ersten Reihe war den Tränen nahe. Sie wehrte sich gegen einen Kerl, der sie grob festhielt und feixend zu küssen versuchte. Wut schoss unvermittelt in Liv hoch. Das war ihr Konzert, ihr gemeinsames Fest, und dieser Typ wagte es, die Enge und die Feierlaune auszunutzen?!

Mit einem Satz war Liv im Publikum und trennte die beiden.

Der Grabscher lachte ungläubig, dann brüllte er sie an: »Spinnst du?«

Liv packte ihn am Kragen. »Lass deine Finger bei dir und verpiss dich!«, schrie sie gegen die Musik an. »Du begehst gerade eine Straftat. Hier ist Polizei im Saal, die sich freut, wenn sie einen wie dich zu fassen bekommt!«

Kurz sah es aus, als ob er nach ihr schlagen wollte, aber dann bemerkten sie beide den Ordner – einen muskelbepackten Kumpel des Sängers –, der sich ihnen näherte. Prompt verzog sich der Grabscher. Die junge Frau, die inzwischen von ihrer Freundin getröstet wurde, schenkte Liv einen dankbaren Blick. An der Melodie erkannte Liv, dass gleich wieder Zeit für ihren Einsatz war, deshalb neigte sie sich zu der Frau. »Du kannst den Typen anzeigen. Das ist dein gutes Recht«, rief sie ihr ins Ohr.

»Ich weiß nicht ...«

»Der darf damit nicht durchkommen!«

Die Gitarrenriffs wurden drängender. Liv eilte auf die

Bühne zurück und ignorierte die fragenden Blicke ihrer Bandkollegen. Schnell hinters Drumset. Ein neues Paar Sticks, und weiter ging es …

Wenig später sah Liv noch einmal in die Menge. Erleichtert registrierte sie, dass die junge Frau wieder klatschte und tanzte.

Nach der letzten Zugabe traten alle Bandmitglieder vor und verbeugten sich. Ihr Sänger zog sie näher zu sich heran.

»Was war denn los?«

»Ein Grabscher. Direkt vor der Bühne. So ein Idiot.«

»Hättest mal was gesagt. Dem hätte ich 'ne Ansage gemacht«, erwiderte Sven sauer.

»Ich hab ihm auch eine Ansage gemacht.«

Er lachte. »Kann ich mir denken.«

Liv suchte noch einmal den Überraschungsgast in der Menge, den sie vor der Sache mit dem Grabscher entdeckt hatte. Zunächst konnte sie ihn nicht finden, dafür sah sie ihren Kollege Hennes von der Flensburger Mordkommission und ihre Tochter Sanna. Sie freute sich, dass Sanna so lange ausgehalten hatte. Eigentlich war es für einen Teenager ja ultrapeinlich, die eigene Mutter auf der Bühne zu erleben. Und da, auf der anderen Seite des Saals, da war er. Doktor Sebastian Gerlich. Ihn hätte sie nie und nimmer hier erwartet. Noch dazu hatte er getanzt, das hatte sie genau gesehen.

Seit den dramatischen Ereignissen im letzten Herbst hatte Liv sich ab und zu länger mit dem Rechtsmediziner unterhalten. Erstaunlich offen war er gewesen und überraschend unkonventionell. Als sie zuletzt aber beim Rechtsmedizinischen Institut in Kiel Informationen über einen Fall eingeholt hatte, hatte er das Gespräch mit ihr gemieden, zumindest war es ihr so vorgekommen. In diesem Augenblick hatte sie es bereut, Berufliches und Privates vermischt zu haben. Gefühle machten gesellschaftlichen Umgang immer so verflucht kompliziert. Sebastian jetzt hier zu sehen, verwirrte sie.

Kurz entschlossen tauchte Liv in die Menge ein, umarmte Freunde und ließ sich von Bekannten auf die Schultern klopfen. Sie hielt auch nach dem Grabscher und seinem Opfer Ausschau, aber beide waren verschwunden. Schließlich ging sie zu Sebastian. Offenbar war er mit einem Freund hierhergekommen. Liv hatte den Rechtsmediziner lange Zeit jünger geschätzt, wusste aber inzwischen, dass er ebenfalls Anfang dreißig war. Sie beide verband, dass sie früh verantwortungsvolle Positionen erreicht hatten, in denen sie sich wegen ihrer Jugend behaupten mussten. Bei der Arbeit sah sie ihn normalerweise formell gekleidet oder in Schutzkleidung, jetzt aber fügte er sich in Vans-Turnschuhen, engen Jeans und schwarzem Shirt perfekt in das Publikum ein. Ohne die Nickelbrille wirkte er smart und männlich, statt nerdig, wie Liv erstaunt feststellte.

Sebastian wandte sich ihr mit einem begeisterten Lächeln zu. »Das ging ja echt ab. Respekt.«

»Woher wusstest du …«

Kurz wirkte Sebastian verunsichert. »Du hattest mir von euren Auftritten erzählt, und als mein alter Schulfreund hier das Konzert erwähnte … Entschuldigt, wie unhöflich.« Er stellte sie einander vor. »Was war denn vorhin los? Ich dachte erst, du machst Stagediving, aber dann bist du in der Menge verschwunden.«

Liv erzählte Sebastian von dem Vorfall. »Das ist so widerlich!«, platzte er heraus und schüttelte so heftig den Kopf, dass seine dunklen Locken wippten. »Bei Festivals passiert leider auch immer so einiges. In der Rechtsmedizinischen Ambulanz haben wir es dann regelmäßig mit Übergriffen und Vergewaltigungen zu tun.«

»Ich dachte, du arbeitest nur mit Toten«, mischte der Schulfreund sich ein.

»Irrtum. Die Forensische Pathologie ist nur einer meiner Arbeitsbereiche. Wir beschäftigen uns auch mit Toxikologie, Genetik – also beispielsweise Vaterschaftstests –, Unfallrekonstruktion und vielem mehr. Die Ambulanz für Gewaltopfer nimmt einen bedeutenden Teil unserer Arbeit ...«

In diesem Augenblick drängte sich Hennes zu ihnen. Mit knapp sechzig, huckeliger Nase und seinem Jeans-Ensemble wirkte er zwischen den anderen Konzertbesuchern wie ein Rock-Opa. Als er Sebastian Gerlich erblickte, wirkte Hennes irritiert. Genau wie Liv schien er nicht damit gerechnet zu haben, den Rechtsmediziner hier zu treffen. Dann jedoch richtete Hennes den Blick auf Liv und hob in einer vielsagenden Geste sein Handy. Es bedurfte keiner Worte. Liv wusste auch so, dass die After-Show-Party ausfallen würde. Zumindest für sie. Nüchtern war sie immerhin, und das nicht nur, weil sie beim Schlagzeugspielen gerne einen klaren Kopf hatte. Beim K1, der Mordkommission Flensburg, für die Liv seit zweieinhalb Jahren arbeitete, galt der Kodex der stillen Bereitschaft. Da das K1 personell etwas ausgedünnt war, seit ein Kollege in der Reha war, musste man immer mit einem Einsatz rechnen – auch bei einem Konzert.

Als sie auf die Schiffbrücke hinaustraten, schlüpfte Liv in die Lederjacke und zog die Kapuze ihres Pullis über den Kopf. Es war spät, trotzdem stand sie auf dieser Straße zwischen Einkaufsviertel und Amüsiermeile im Licht. Hinter ihr war das frühere Volksbad mit seiner Backstein- und Putzfassade beleuchtet, vor ihr glitzerte der Flensburger Hafen. Eine Bö kräuselte das Wasser der Förde. Liv fröstelte, nass geschwitzt, wie sie war. Aus dem Augenwinkel bemerkte sie, wie ihre sechzehnjährige Tochter Sanna telefonierte; sicher mit ihrem Freund Kimi, denn sie tuschelte verliebt. In diesem Augenblick wirkte Sanna wie eine normale Jugendliche, die ihre erste Liebe erlebte. Kimi hatte ihr geholfen, den schrecklichen Vorfall zu bewältigen, der sich im vergangenen September zugetragen hatte: Sanna war nur knapp einem sexuellen Übergriff entkommen. Und als ob das nicht schlimm genug gewesen wäre, stammte der Täter auch noch aus dem engsten Umfeld. Es war Ocke, der gefürchtete Patriarch der Lammers-Familie. Ausgerechnet Sannas Großvater hatte versucht, sich an ihr zu vergreifen, und Sanna, als diese sich gewehrt hatte, brutal verprügelt. Entsprechend groß war Sannas Trauma. Neben Kimis Unterstützung hatten ihr auch die Gespräche mit einer Therapeutin geholfen. Aber Liv wusste, dass ihre Tochter seitdem nicht mehr dieselbe war. Das zeigten nicht nur die kurz rasierten Haare, der Verzicht auf Make-up und die weiten Klamotten. Vor allem psychisch hatte Sanna sich verändert.

Aber sie würden Ocke damit nicht durchkommen lassen. Selbstverständlich hatte Liv alle Bestechungsversuche ihres verhassten Vaters abgelehnt. Nie würde sie die Anzeige gegen ihren Vater zurückziehen, nie ihrer Tochter dazu raten. Nie würde sie sich Ocke Lammers unterwerfen, um irgendwann in den Schoß der Sylter Familie zurückzukehren und in den Genuss des Millionenerbes zu kommen. Das, was er von ihr verlangte, war kein Geld der Welt wert.

Hennes kramte in seiner Jackentasche, als ob er nach seinem Tabak suchte, holte dann aber nur sein Feuerzeug heraus und bewegte es zwischen den Fingern. »Kannst du jetzt mal die Rockstar-Allüren abschütteln und mir dein Ohr schenken?«

Liv verbannte die bedrückenden Gedanken wieder. »Was haben wir?«

»Ungeklärter Todesfall auf der Versorgungsplattform eines Offshore-Windparks vor Sylt. Hasselbrecht hat mit dem Staatsanwalt bereits alles Nötige in die Wege geleitet. Bente leitet die Ermittlung. Zwei Teams übernehmen den Ersten Angriff. Du sollst mit rüber, Kriminaltechnik und Rechtsmedizin auch – aber die ist ja schon hier.«

Es war ein präzise abgestimmtes Räderwerk, das mit der Meldung in Gang gesetzt worden war. Wegen jedes unnatürlichen oder ungeklärten Todesfalls musste ein Todesermittlungsverfahren eingeleitet werden, das besagte das Gesetz. Das K1, die nördlichste Mordkommission Deutschlands, hatte ein sehr großes Einsatzgebiet, denn es umfasste die weitläufigen Kreise Schleswig-Flensburg und Nordfriesland. Immer, wenn es an diesem Zipfel zwischen Nord- und Ostsee einen Mordverdacht gab, rückten Liv und ihre Kollegen aus. Auch das K6, die Kriminaltechnik, gehörte zur Polizeidirektion Flensburg. Die Rechtsmediziner reisten hingegen aus Kiel an.

Hennes warf Sebastian, der vor dem *Volxbad* gerade seinen Schulfreund verabschiedet hatte, einen scheelen Blick zu. »Wie praktisch, dass unser Rechtsmediziner zufällig gerade in Flensburg ist. Da sparen wir ja 'ne Menge Zeit.«

»Tja, Zufälle gibt's«, meinte Gerlich nur.

Hennes fasste den Kenntnisstand zusammen: »Bei dem Opfer handelt es sich um Dennis Marzen, fünfundvierzig Jahre alt, wohnhaft in Tinnum. War früher Minentaucher bei der Marine, jetzt Berufstaucher.«

Er zeigte ihnen das Foto eines Mannes mit Stoppelfrisur. Marzen trug einen Neoprenanzug und hielt einen Taucherhelm. Seine aufrechte Haltung und die ernste Miene ließen ihn entschlossen und kompetent wirken. Nur die Dackelfalten auf der Stirn minderten diese Strenge ein wenig.

»Ein bisschen wie Hans Albers als *Der Mann im Strom,*

oder?«, meinte Hennes. Liv blickte ihren Kollegen fragend an. »Mann, Liv, deine Allgemeinbildung schwächelt ja wohl! Die Verfilmung von Siegfried Lenz' Roman über einen Minentaucher im Hamburger Hafen.«

»Wir haben nur *Deutschstunde* in der Schule gelesen.« Ein Grinsen huschte über ihr Gesicht. »Vielleicht ist es auch eine Generationenfrage.«

»Nu werd mal nicht frech, Klassiker veralten nicht!«, meinte Hennes doppeldeutig, ehe er auf den Fall zurückkam. »Schädelverletzung und Würgemale weisen auf eine unnatürliche Todesursache hin. Die Leiche hängt im Gestänge unter der Plattform, niemand scheint zu wissen, wie sie da hingekommen ist. Hasselbrecht hat Unterstützung für die Bergung angefragt, das wird aber so schnell nichts. Jetzt soll der Körper mit Hilfe der Industriekletterer vor Ort geborgen werden. Ist brenzlig, bei den widrigen Bedingungen.«

»Zumal wertvolle Spuren vernichtet und der Zustand der Leiche verändert werden könnte«, merkte Sebastian an.

»Wenn die Leiche ins Meer stürzt, haben wir gar nichts mehr. Das Umfeld des Leichenfundorts wurde so weit wie möglich eingefroren, ganz so, wie die Ermittlungen es erfordern. Alles ist abgesperrt, auch Marzens Kabine, das hat man mir versichert. Die Spurensuche wird trotzdem schwierig, schätze ich.«

»Da wird Botersen-Evers ja jubeln«, kommentierte Liv. Der Chef der Kriminaltechnik wurde für seine schroffe Art und seine berufliche Pingeligkeit gefürchtet.

Liv stellte fest, dass sie wenig Ahnung von der Offshore-Industrie hatte. »Wozu braucht ein Windpark Taucher?«

»Seekabel verlegen, die Schweißnähte an den Stahlfundamenten kontrollieren, so was. Ich stelle Hintergrundinfos zusammen, den Rest müsst ihr selbst herausfinden. Bente scheint ganz heiß auf den Einsatz zu sein. Ist vermutlich so ein Männerding.«

»Wo sonst kann man seine Männlichkeit besser beweisen als mit großen Maschinen und im Kampf gegen die Natur? Die Offshore-Industrie bietet beides«, mischte sich Sebastian ein.

»Hätte ich nicht schöner sagen können, Doc«, meinte Hennes spöttisch, aber nicht so bissig wie üblich.

Der Rechtsmediziner entfernte sich, um zu telefonieren.

Hennes ließ das Feuerzeug auf- und zuschnappen. »Ich wusste gar nicht, dass du und dieser … Gerlich so eng seid.« Ausnahmsweise nannte er den jungen Arzt nicht »Klugscheißer«.

»Sind wir nicht«, sagte Liv schnell.

»Ist ja auch nicht meine Tasse Tee.« Hennes winkte ab. »Der Windparkbetreiber schickt ohnehin einen Hubschrauber, da könnt ihr mit. Die Wellen sind möglicherweise heute Nacht zu hoch für das Anlanden der CTV …«, Hennes sprach es See-Tee-Wi aus.

»Der was?«

»Crew Transfer Vessel. Eine Art Shuttle oder Taxi für die Belegschaft. Die Verkehrssprache auf hoher See ist grundsätzlich Englisch. Wie auch immer: Das CTV kann möglicherweise nicht andocken und würde auch zu lange brauchen. Daher der Hubschrauber. Treffpunkt ist in einer Stunde am Flugplatz Schäferhaus.«

»Und du?«

»Ich fahre nach Sylt. Dort ist der Firmensitz von *Hanzmann Energy*. Ein privat geführtes Konsortium, was für ein Gemauschel das auch immer sein mag. Ich spreche mit der Geschäftsführerin Henriette Hanzmann, dann untersuche ich mit einem Sylter Kollegen die Wohnung des Opfers, rede mit Marzens Ex-Frau, befrage sein Umfeld und so weiter.«

»Du ziehst Sylt dem eigentlichen Tatort vor?«, wunderte sich Liv, denn Hennes hatte eigentlich eine Sylt-Allergie. »Und das als alter Seebär?« Zu gerne hätte sie endlich erfahren, wieso Hennes das Meer mied. Und das, obwohl er als junger Mann zur See gefahren war.

Taktwechsel beim Klicken des Zippos. »Also, wie gesagt, ich schicke so schnell wie möglich die Infos. Immerhin sind fünfundvierzig Menschen auf der Versorgungsplattform. Besser gesagt: vierundvierzig plus ein Toter. Hasselbrecht kümmert sich schon um Verstärkung.«

»Lieber früher als später. Allein die Befragungen werden ewig dauern, selbst wenn wir mit jedem nur zehn Minuten sprechen. Wurden die Leute auf ihre … Zimmer geschickt, damit ihre Aussagen nicht verfälscht werden oder sie sich absprechen können?«

»Zimmer? Kabinen meinst du wohl. Nein, wurden sie nicht.«

Das hatte Liv sich beinahe gedacht. Der Eingriff in die Grundrechte wäre zu stark. Die Bewegungsfreiheit konnten sie immer noch einschränken, wenn sie die ersten Befragungen vorgenommen hatten. Glücklicherweise flogen Absprachen unter Zeugen erfahrungsgemäß schnell auf.

Ein Anruf, den Hennes sofort annahm, unterbrach ihr Gespräch. Liv bedauerte es, dass sie dieses Mal nicht mit ihm zusammenarbeiten würde. Das war das Gute an den Vorfällen im Herbst gewesen: Sie waren noch enger als Team zusammengewachsen. Hennes hatte ihr und Sanna im Anschluss an den furchtbaren Angriff einige Selbstverteidigungstricks beigebracht. Und das Schmerzensgeld, zu dem Hennes aufgrund seiner beherzten Hilfeleistung verdonnert worden war, hatten sie geteilt.

Hennes rieb während des Telefonats seinen Oberarm. Vielleicht trug er eines der Nikotinpflaster, die Liv ihm angedreht hatte. Sein Husten zumindest war besser geworden. Voller heimlicher Vorfreude dachte sie an seinen Geburtstag, auch wenn sie sich noch immer nicht für ein Geschenk entschieden hatte. Hennes allerdings schien diesen sechzigsten Geburtstag zu fürchten, der ihn dem Pensionsalter erschreckend schnell näherbrachte. Auch Liv mochte gar nicht daran denken, dass ihr Teampartner in ein paar Jahren aus dem Beruf scheiden würde. Es war ein Schreck gewesen, als er vor einigen Monaten auf offener Straße zusammengeschlagen worden war. Hennes hatte gemeint, dass er nur zur falschen Zeit am falschen Ort gewesen wäre, aber Liv war da nicht so sicher.

»Sei vorsichtig. Man kann nie wissen …«, begann sie.

»Mir macht so schnell keiner Angst.«

Eine Segeljacht glitt über die Förde in den Hafen. Sanna hatte ihr Telefonat beendet und wischte unruhig über ihr Smartphone. Jetzt kehrte auch Sebastian zurück. Er informierte sie, dass er dem Rechtsmedizinischen Institut mitgeteilt hatte, dass er den Einsatz übernehmen werde. Seine Ausrüstung habe er sicherheitshalber immer dabei, und heute auch Wechselklamotten, weil er bei seinem Freund hatte übernachten wollen.

»Ich muss mich noch um mein Schlagzeug kümmern. Meine Bandkollegen könnten es sicher in meinem Bulli verstauen, aber dann …«, überlegte Liv laut.

»Lass den Bulli hier. Ich kann dich nach Hause fahren und danach zum Flughafen mitnehmen«, schlug Sebastian vor.

Hennes' Augenbraue schnellte hoch, er sagte aber nichts, wofür Liv dankbar war.

* * *

Hennes ließ sich von Gerlich an der Ecke zum Oluf-Samson-Gang absetzen, einer schmalen Gasse in Hafennähe, die früher zum Rotlichtbezirk gehört hatte. Der junge Rechtsmediziner fuhr ein hochmodernes Auto mit Wasserstoffantrieb, was irgendwie zu diesem Neunmalschlau passte. Andererseits hatte Gerlich heute Abend gar nicht so extrem genervt, dachte Hennes. Er verabschiedete sich von Sanna mit einem Fistbump. Das Mädchen hatte das Herz am rechten Fleck, das fand er schon lange. Er wollte noch rasch seine Sachen zusammenpacken, damit er später direkt vom Revier am Norderhofenden aus nach Sylt aufbrechen konnte.

Aus *Onkel Jule* drang Gelächter. Normalerweise würde er noch auf einen Absacker in der Kneipe einkehren, aber dafür war jetzt keine Zeit.

Er lief an den mit Kletterrosen bewachsenen Fassaden entlang. Schon ewig wohnte er in dieser Gasse. Heute gingen nur noch zwei Damen in den alten Fischer- und Kaufmannshäuschen dem horizontalen Gewerbe nach, nette Nachbarinnen, die immer Zeit für einen Kaffee und eine Kippe hatten. Allerdings war der Oluf-Samson-Gang inzwischen viel zu schick für seinen Geschmack geworden. Tipptopp saniert und herausgeputzt. Ein halbes Museum. Wenn er keinen alten Vertrag hätte, könnte er sich die Miete schon lange nicht mehr leisten. Erst recht nicht, seit er Mist gebaut hatte.

Es kitzelte in seinem Hals, als ob er hüsteln müsste. Wie sehr er sich nach einer Zigarette sehnte! Beinahe instinktiv tastete er nach der Brusttasche, in der er früher seine Tabakpackung oder seine Zigarren verwahrt hatte.

Hinter ihm schrappten Schritte über das Pflaster. Hennes ging schneller, nur mühsam den Husten unterdrückend. Nicht, dass er Angst hätte. Wehren konnte er sich auch. Aber er war eben nicht mehr der Jüngste. Zudem hatte er der

No-Sports-Mentalität zu lange gefrönt. Und er selbst hatte Fehler gemacht. Was mit Gelegenheitswetten und Glücksspiel am Automaten bei langweiligen Kneipenabenden angefangen hatte, hatte ihn bald sein ganzes Gehalt gekostet. Er hatte zu Notlügen gegriffen, seine gesamte Kohle verbraten, und schließlich waren ihm Vertreter eines Flensburger Rockerklubs auf die Spur gekommen, hatten seine Schulden aufgekauft und versucht, ihn zu erpressen. Auch heute noch musste er sich beherrschen, um seine Kröten nicht zu verzocken. Um nicht in einen Gewissenskonflikt zu geraten, hatte er anderen Kollegen alle Ermittlungen überlassen, die mit Rockerkriminalität in Verbindung standen. Bis zum letzten Jahr …

Liv und er waren den Falschen auf die Füße getreten. Seit dem Herbst war er nachts nur unter größten Vorsichtsmaßnahmen unterwegs gewesen, was ihm enorm gegen den Strich ging. Dennoch hatten sie ihn erwischt. Die Botschaft war deutlich gewesen, überbracht mit Fäusten und Stiefelspitzen.

Seine Finger zitterten, weshalb er Schwierigkeiten hatte, den Schlüssel ins Schloss zu bekommen. Jetzt eine Zigarette! Er konnte den Rauch förmlich auf der Zunge spüren. Wieder glaubte er, hinter sich Schritte zu hören. Entschlossen zwang er sich zur Ruhe. Die konnten ihm drohen, so viel sie wollten – einknicken würde er auf keinen Fall. Die paar Jahre bis zur Pensionierung würde er ja wohl noch würdevoll hinter sich bringen!

* * *

Einige Minuten später erreichte Liv mit Sanna und Sebastian ihr Kapitänshaus. Nur vereinzelt brannten noch Lichter im Viertel Jürgensby, auch der Flensburger Hafen wirkte von diesem Stadthügel aus verschlafen. Liv bat Sebastian mit herein, obgleich sie es ungewohnt fand, einen fremden Mann in ihrem Frauenhaushalt zu haben.

Elise kam in einem bunt gestreiften Schlafanzug und den türkisfarbenen Puschen, die Sanna ihr gefilzt hatte, aus ihrem Schlafzimmer. Die alte Dame mit dem flotten grauen Schopf wirkte trotz der späten Stunde munter. »Schlafen wird überbewertet«, sagte sie immer. Dennoch gaben die Schlafstörungen ihrer Großmutter Liv zu denken. Natürlich schlief man im Alter weniger – »senile Bettflucht« nannte Elise das selbstironisch –, aber auch mit Ende siebzig musste man sich ausruhen, um gesund und leistungsfähig zu bleiben.

Ihre Großmutter hatte immer zu Liv gehalten, sogar als diese als Fünfzehnjährige schwanger geworden und es zum Bruch mit ihrer Familie auf Sylt gekommen war. Ihre ältere Schwester Annika und ihr Vater hatten sich gegen sie verbündet. Damals hatten sie gemeinsam Livs Heimat verlassen und waren nach Flensburg gezogen. Sie drei liebten und vertrauten einander. Nicht auszudenken, wenn Elise eines Tages …

»Na, wie ist das Konzert gelau…« Elise brach ab, als sie bemerkte, dass etwas nicht stimmte. Besorgt huschte ihr Blick zu Sanna. »Ist alles in Ordnung?«

»Nur ein Einsatz«, beruhigte Liv ihre Großmutter. »Ich muss gleich wieder los.«

Sanna starrte unablässig auf ihr Smartphone, während sie zum Sofa schlappte, dem natürlichen Lebensraum aller Pubertierenden. Auf dem Weg ließ sie ihre Jacke fallen.

»Hallöchen, Prinzessin!«, rief Liv. Als ob es sich um eine Zumutung handelte, schälte Sanna sich aus den Polstern und klaubte die Jacke auf.

Elise hatte den Vorgang amüsiert beobachtet und wandte

sich nun wieder an Liv. »Wat'n Aggewars«, sagte sie auf Petuh. »Für meinen Geschmack ist jeder Einsatz einer zu viel. Und dann noch um diese Uhrzeit.«

Verschlafenes Knurren und Japsen machten Livs Antwort unnötig. Zorro, ihr Mischlingsrüde, tapste aus seinem Korb und beschnupperte Sebastian neugierig, der gerade die Haustür geschlossen hatte.

Jetzt erst bemerkte Elise den jungen Mann. Liv stellte ihn knapp vor, die Zeit lief ihnen weg. »Sebastian war auf dem Konzert und fliegt jetzt ebenfalls mit zu dem Einsatz.«

»Fliegen?«

»Wir nehmen den Hubschrauber – aufregend, oder? Ich habe Sebastian mal erwähnt. Er ist der Rechtsmediziner, der Sylt mit dem Kajak umrundet hat.«

»Ach, ja, daran erinnere ich mich. Interessante Freizeitbeschäftigung.« Die alte Dame musterte ihn. »Sie sehen gar nicht aus wie jemand, der Tote aufschneidet.«

»Wie sieht denn so jemand Ihrer Meinung nach aus?«, fragte Sebastian freundlich und hockte sich hin, um Zorro zu kraulen.

Elise überlegte, dann lachte sie auf. »Gute Frage. Das weiß ich auch nicht. Ich rede wohl Dummtüch.«

»Wie wir alle manchmal. Sie sagten vorhin Aggewars? Das Wort habe ich noch nie gehört. Was soll das denn bedeuten?«

»So'n Aggewars, das ist Stress, Gerödel – auf Petuh«, erklärte Elise.

»Petuh?«, fragte Sebastian.

»Ein beinahe ausgestorbener Flensburger Dialekt. Ich bin sozusagen einer der letzten Dinosaurier.«

Liv schenkte für Sanna, Sebastian und sich Apfelschorle ein. Während Liv trank, hörte sie Elise fragen: »Sind Sie denn in festen Händen, junger Mann?«

Beinahe hätte Liv die Apfelschorle durch den Raum geprustet. Hitze schoss ihr ins Gesicht. »Oma!«, rief Liv.

Unschuldig hob Elise die Schultern. »Man darf doch mal fragen.«

Sebastian grinste. »Darf man. Meine Frau und ich leben getrennt. Wir teilen uns das Sorgerecht für unseren Sohn. Noah kommt dieses Jahr in die Schule«, sagte er offen.

Von der Trennung hatte Liv nichts gewusst, und sie bemühte sich, sich ihr Erstaunen nicht anmerken zu lassen. Elise schien zufrieden.

»Willst du Oma nicht erzählen, wie das Konzert war?«, lenkte Liv ab.

Sanna hatte sich einen ihrer dicken Fantasywälzer geschnappt. »Mam hat den Laden gerockt«, sagte sie abwesend, dann sah sie auf. »Für einen Augenblick habe ich gefürchtet, sie würde Stagediving machen. Das wäre so mega uncool gewesen! Aber irgendwas war dann …« Sannas Blick wanderte von Liv zu Sebastian, doch keiner sagte etwas, also konzentrierte sie sich wieder auf das Buch. »Glücklicherweise hat sie's gelassen«, murmelte sie.

Liv war froh, dass Sebastian die unausgesprochene Frage ihrer Tochter nicht beantwortet hatte. Sanna musste nichts von dem Übergriff wissen, es würde sie nur wieder aufwühlen. »Kannst du mir helfen, die Wollpullis herauszusuchen? Könnte kalt werden auf See«, sagte sie zu Elise. Auf keinen Fall wollte sie, dass ihre Großmutter Sebastian weiter ausquetschte.

»Ich wollte noch ein bisschen mit unserem Gast schnacken …«

»Bitte, Oma. Wir müssen uns beeilen.«

In ihrem Schlafzimmer angekommen, schlug Liv lachend die Hände vor das Gesicht. »Wie konntest du Sebastian das nur fragen!«, stieß sie hervor.

Tausend Fältchen zeigten sich auf Elises Gesicht, als sie mitlachte. »Wieso? Sebastian macht einen sympathischen Eindruck. Du bist schon viel zu lange allein.«

»Oma!«

Elise legte zärtlich die Hand auf Livs Wange. »Ist doch wahr! Du bist beziehungsunfähiger als ein eingefleischter Junggeselle. Eine ganze Seite deines Gefühlslebens liegt brach. Das ist ein Jammer. Das Leben ist so schnell vorbei ...«

»So ganz stimmt das nun auch nicht.«

»Ach ja? Nenn mir einen Mann, den du in den letzten Jahren wirklich an dich herangelassen hättest. Mir hast du auf jeden Fall keinen vorgestellt.«

Liv küsste die Hand ihrer Großmutter; sie wusste, dass Elise es nur gut meinte. Es gab durchaus Männer in Livs Leben, meist blieb es allerdings bei kurzen Affären. Vielleicht erinnerte Liv sich deshalb noch so genau an die intensiven Gefühle der ersten Liebe, weil sie es sich seit damals nicht mehr erlaubt hatte, sich so sehr auf jemanden einzulassen.

Eilig zog Liv sich aus und warf die Kleidung in den Wäschekorb. Dann betrat sie das kleine Bad und sprang unter die Dusche. Nachdem sie sich umgezogen und notdürftig die Haare geföhnt hatte, hatte Elise ihr bereits Norwegerpulli, dicke Socken und Merinounterwäsche herausgesucht. Liv warf alles in einen kleinen Rollkoffer.

Als sie wieder nach oben kam, saß Sebastian auf dem Sofa. Zorro hatte den Kopf auf seine Knie gelegt und ließ sich hinter den Ohren kraulen. Sanna war verschwunden. Liv rief einen Abschiedsgruß die Treppe hoch, und tatsächlich ließ sich ihre Tochter dazu herab, kurz zu kommen und ihr einen Kuss zu geben. Auch Elise drückte sie fest.

Die alte Dame reichte Sebastian lächelnd die Hand. »Bis zum nächsten Mal. Dann plaudern wir länger über Petuh.

Oder Sie kommen mal mit zum Handball in die *Hölle Nord*.«

Liv wäre am liebsten im Erdboden versunken.

»Warum nicht? Ich kann Ihnen aber nicht garantieren, dass ich für die SG juble – schließlich bin ich aus Kiel.«

»Ohaueha, stimmt ja.« Elise zwinkerte. »Wir nehmen Sie trotzdem mit.«

Liv ging mit Sebastian zum Auto. Sie ließ sich auf den Beifahrersitz fallen. »Entschuldige, ich weiß nicht, was in meine Großmutter gefahren ist. Elise ist sonst nie so aufdringlich.«

Sebastian lächelte. »Sie muss doch wissen, mit wem ihre Enkelin es zu tun hat. Wo sollen wir lang?«

Liv wies ihm den Weg. Der Flughafen lag nur wenige Kilometer abseits des Flensburger Stadtzentrums. Die Straßen waren leer, die Ampeln ausgeschaltet. Sebastian fuhr schnell und sicher. Liv sah ihn verstohlen von der Seite an. Er hatte beinahe klassische Gesichtszüge – mit einer geraden Nase, sanft geschwungenen Lippen und langen Wimpern. Sollte sie darauf eingehen, was sie gerade gehört hatte? Oder es ignorieren?

»Das tut mir leid, mit dir und deiner Frau«, sagte Liv schließlich.

Sebastian wich ihrem Blick nicht aus. »Das muss es nicht. Wir waren seit unserer Jugend zusammen, haben uns beide verändert. Ohne dass es uns bewusst gewesen ist, haben wir uns auseinandergelebt. Ich hätte trotzdem keine Entscheidung getroffen, schon für Noah nicht. Larissa hat es getan. Und jetzt ist es gut so.«

»Wie kommt Noah damit klar?«

»Gut, weil ich eine Wohnung im selben Haus gefunden habe. Wir sehen uns beinahe täglich.«

Vermutlich hofft sein Sohn, dass die Eltern wieder zusammenkommen, dachte Liv.

Kurz schwiegen sie. »Nette Dame, deine Großmutter. Ein Original. Von diesem Dialekt hatte ich noch nie gehört«, sagte Sebastian.

Wenn es um Elise ging, musste Liv immer lächeln. »Petuh ist Elises Steckenpferd. Sie hat ein Buch herausgebracht und wird bald sogar Lesungen abhalten.«

»Das ist ja klasse – in dem Alter! Ihr drei geht so liebevoll miteinander um. Ich habe mich gefragt, wie es eigentlich kam, dass du von deinen Eltern und von Sylt weg bist.«

»Uff. Das ist kein Thema für diese kurze Autofahrt«, stieß Liv hervor. Auf einmal war ihr in der Belstaffjacke, dem Norwegerpulli, Jeans und Halbstiefeln viel zu warm. Wie viel hatte Sebastian in den letzten Jahren nebenbei von ihrer Geschichte mitbekommen? Und wollte sie jetzt wirklich darüber reden? Ihre Reaktion musste schroffer geklungen haben, als sie gemeint gewesen war. Also fügte sie rasch hinzu: »Danke, dass du Sanna gegenüber nicht erwähnt hast, was im Publikum losgewesen ist.«

»Ich dachte mir, dass Sanna nichts von der Belästigung wissen muss. Deine Tochter scheint den Vorfall im Herbst einigermaßen überwunden zu haben.«

»Ich hoffe es.«

»Was ist aus der Anzeige gegen deinen Vater geworden?«

»Liegt noch bei der Staatsanwaltschaft. Das Zwischenverfahren ist noch nicht einmal aufgenommen worden. Wir wissen also nicht, wie die zuständige Staatsanwältin die Klage beurteilt und ob sie hinreichenden Tatverdacht sieht.« Nicht selten dauerte es fast ein Jahr von der Tat bis zur Verhandlung – unerträglich lange! Wie quälend es war, darauf warten zu müssen, dass Übeltäter bestraft und einem Gerechtigkeit zuteilwurde!

»Das ist bitter, aber nicht ungewöhnlich. Ich erlebe es bei

der Rechtsmedizinischen Ambulanz leider häufiger, dass das Gesetz und seine Vertreter es den Opfern schwer machen. Nicht nur wegen der langen Ermittlungsverfahren, sondern auch, weil ihnen nicht geglaubt wird.« Sebastian ließ seine Augen kurz über Livs Gesicht wandern. »Und wie geht es dir?«

»Gut.« Herrgott, wie zickig sie klang! »Entschuldige. Aber das sind alles Themen … Wenn ich erst mal anfange, darüber zu reden, höre ich so schnell nicht auf. Und ich stehe sowieso noch unter Strom, von dem Konzert.«

»Unter Strom – genau so ist es! Diese Energie hat sich direkt auf das Publikum übertragen. Wusstest du, dass der Schlagzeuger von Grateful Dead mit Hirnforschern zur Behandlung von Hirnkrankheiten zusammengearbeitet hat?«

»Mickey Hart?«

Sebastian lachte. »Kann sein, dass er so heißt. Den Namen des Hirnforschers könnte ich dir eher sagen.«

»Ich wundere mich, dass du dich für so etwas interessierst. Musik und Forschung, das passt doch für viele ernsthafte Wissenschaftler«, sie setzte die Formulierung durch eine Geste in Anführungsstriche, »nicht zusammen.«

»Mich interessieren Fakten und das, was funktioniert. Was andere davon halten, ist mir egal. Abgesehen davon bin ich viel zu lange auf keinem Konzert mehr gewesen.« Sebastian sprach schnell, begeistert.

Ihr Handy vibrierte. Liv bedauerte die Unterbrechung. Sie las die Textnachricht. »Bente fragt, wo ich bleibe. Er hat offenbar Fotos von Fundort und Leiche erhalten.«

Beinahe zeitgleich mit dem Wagen der Kriminaltechnik kamen sie am Flugplatz an. Hier herrschte ländliche Idylle, was nicht nur am Naturerlebnisraum *Stiftungsland Schäferhaus* lag, der an den Flugplatz grenzte. Von der langen Geschichte des Flugplatzes – die Anfänge mit der Fluglinie Hamburg–Kiel–Westerland, die Nutzung durch die britischen Alliierten nach dem Zweiten Weltkrieg, bis zur Linienflugverbindung nach Frankfurt am Main – war nichts mehr zu spüren. Die ganze Gegend lag im Dornröschenschlaf.

Einzelne Strahler erhellten die wenigen Baracken und das Flugfeld. Eine Bö ließ die Kälte bis unter Livs Mütze dringen. Der April war ungewöhnlich warm gewesen, und Anfang Mai herrschten beinahe sommerliche Temperaturen. Allerdings war der Wind schon den ganzen Tag aufgefrischt. Jetzt stand der Windsack beinahe waagerecht. Bei welcher Windstärke konnte ein Helikopter noch starten? Sie hatte keine Ahnung.

»Kommt auf den Heli an. Bei manchen ist bei Windstärke elf Schluss, andere können noch bei schwerem Sturm oder Orkan fliegen – das hängt dann vom Piloten ab«, sagte Sebastian, als habe er ihre Gedanken gelesen.

»Was du alles weißt«, sagte Liv halb anerkennend, halb ironisch.

Sebastian legte lächelnd den Kopf schief und holte den Tatortkoffer aus seinem Wagen. Karlpeter Botersen-Evers, der Chef des K6, lud gemeinsam mit der Kriminaltechnikerin Oda Haldens das Equipment aus. Der massige Mann und die zierliche Blondine waren ein ungleiches Gespann, aber ein gutes Team. Botersen-Ebers erwiderte ihren Gruß knapp.

»Doktor Gerlich, das ist ja eine Überraschung. Sind Sie so schnell von Kiel hierhergekommen? Ich bin übrigens Ihrem Rat gefolgt und habe …«, redete Oda auf Sebastian ein, als ob sie ein eben abgebrochenes Gespräch fortsetzten.

Liv wollte nicht indiskret sein und ging zu Bente, der mit ihren Kollegen Wanda und Aziz zusammenstand. Sie waren so wenige! Immerhin war bei der informatorischen Befragung keine Belehrung über die Rechte notwendig, weil es lediglich darum ging, einen ersten Überblick zu erhalten. Die meisten Gespräche würden daher kurz sein – ansonsten wäre die Befragung von so vielen potenziellen Zeugen mit nur vier Kommissaren viel zu langwierig.

Dass Bente die Teamleitung innehatte, war ein Plus. Er spielte sich nicht als Chef auf, sondern setzte auf Teamarbeit und übernahm bei Ermittlungen häufig eine eher moderierende Funktion. Fremde öffneten sich ihm gegenüber leicht, was auch an seiner verbindlichen Art und seiner harmlos wirkenden, genuschelten Aussprache lag. Liv hatte mit dem Dänen einige intensive Vernehmungen geführt und wusste, dass er auch anders konnte. Trotz der nachtschlafenden Stunde sah Bente wie aus dem Ei gepellt aus, nur Gesicht und Haare wirkten zerknautscht. Ihr Kollege Aziz schien auch jetzt abgeklärt und gelassen zu sein. Der kleine, arabischstämmige Mann war in ihrem Team der Computerexperte, der am liebsten im Hintergrund wirkte. Wanda war zwar eine gute Polizistin, aber auch anstrengend. An ihrem Perfektionismus scheiterte sie oft, und an der Erfüllung ihres Kinderwunsches hatte sie ebenso hart gearbeitet wie an der Aufklärung eines Falles. Dass sie mit Anfang vierzig noch immer nicht schwanger war, schien sie als persönliche Niederlage zu empfinden. Unter ihren Stimmungsschwankungen hatte auch Liv in letzter Zeit zu leiden gehabt.

Vereinzelte Fledermäuse und Nachtfalter durchkreuzten das Licht der Flughafenstrahler. Bente setzte die Kommissare über den Stand der Dinge in Kenntnis. »Bis wir auf der Plattform ankommen, dürften Hasselbrecht und die Kollegen einige Infos über die Mitarbeiter zusammengestellt haben. Wir müssen herausfinden, wer was beobachtet hat, wer mit dem

Toten befreundet oder verfeindet war und so weiter«, sagte Bente.

»Wie bei Nachbarschaftsbefragungen also«, meinte Wanda und versuchte, ein Gähnen zu unterdrücken.

»Ich hätte dich gern als Aktenführerin. Du untersuchst zudem die Dienstpläne der Plattform-Besatzung und die sonstigen Papiere, damit wir Verbindungen erkennen und die Mitarbeiter in einer möglichst sinnvollen Reihenfolge befragen können«, sagte Bente zu Wanda.

»Wird gemacht.« Wanda riss den Mund nun doch so weit auf, dass Liv um die Sicherheit der Nachtfalter fürchtete.

»Bestimmt können uns Kriminaltechnik und Rechtsmedizin bald weitere Anhaltspunkte geben. Dann können wir schneller aussieben und mit dem Rest der Belegschaft ins Detail gehen«, hoffte Liv.

Bente wandte sich an Aziz. »Du nimmst dir Funkdaten, WLAN und Sicherheitstechnik vor. Es muss einen Router geben, eine Schnittstelle, über die der Datenverkehr läuft. Im Zweifelsfall kontaktierst du die Computerforensiker vom LKA.« Aziz nickte nur. Bente sah auf seine Notizen. »Bis vor Kurzem war *DanTysk* der einzige Windpark mit einer Wohnplattform da draußen. *Raan* wurde erst im letzten Jahr fertiggestellt. Die fünfundsiebzig Windräder ...«

»Raan?«, fragte Liv nach.

»So heißt der Offshorepark. Wieso?«

»Seltsamer Name. Raan oder Rán ist die altnordische Meeresgöttin. Sie ist eine Art rachsüchtige Meerjungfrau. Ihre neun Töchter stellen die verschiedenen Wellenarten dar, wenn ich mich recht erinnere. Henriette Hanzmann, die Geschäftsführerin der Anlage, hat wohl eine Vorliebe für Mythologie.«

»Irrelevant«, mischte Wanda sich ein.

»Der kaufmännische Geschäftsführer wird uns begleiten und über die Verhältnisse auf der Plattform informieren«, machte Bente weiter.

»Wieso kommt Hanzmann nicht selbst?«

»Die kriegt man anscheinend nicht von Sylt weg.«

»Mit dem Windpark *Butendiek* hat Hanzmann aber nichts zu tun?«

»Soweit ich weiß, nicht.«

Liv erinnerte sich noch gut an die Diskussion über die Errichtung des ersten Windparks vor Sylt. Ein Rechtsgutachten im Auftrag der Umweltschutzorganisation *Nabu* hatte gezeigt, dass *Butendiek* niemals hätte genehmigt werden dürfen, weil das Gebiet in der Kinderstube der Schweinswale und beim Jütlandstrom lag, der für ein hohes Fischvorkommen sorgte. Bei klarem Wetter konnte man von Westerland aus den Windpark am Horizont sehen. Obgleich die Windräder in der Ferne klein und verwischt wirkten, missfiel Liv diese Zerstörung der Weite.

Als Sebastian und die Kriminaltechniker hinzutraten, rief Bente die Fotos auf seinem Handy auf. Das erste war aus einer seltsamen Perspektive aufgenommen und zudem unscharf. Ein gewaltiges gelbes Gerüst füllte den Großteil des Bildes. Das Meer leckte weit das Metall hoch, Gischt hatte das Kameraobjektiv besprüht. In einem V aus einem Stahlpfosten und einer dünneren Verstrebung baumelte der Körper. Mit seinem Arm und der Kleidung hatte sich der Tote anscheinend im Gestänge verklemmt. Sein schwarzer Overall war verrutscht, die aufgerissenen Augen, die Verletzungen am Hals, die herausgequollene Zunge und die Blutspuren auf seinem Gesicht waren gut zu erkennen. Fragen schossen durch Livs Kopf. Wie war Dennis Marzen auf dieses Gerüst gekommen? Warum war der Körper dort hängen geblieben? Wie kam man überhaupt an diesen unwegsamen Ort? Hatte Marzen zu diesem Zeitpunkt noch gelebt? Oder hatte jemand ihn getötet und versucht, seine Leiche im Meer zu entsorgen? Wenn ja, war es ein Einzeltäter gewesen oder hatte er einen Helfer gehabt? Hatte jemand etwas von der Tat mitbekommen? Und natürlich: Was war das Motiv für diesen Mord – wenn es denn einer war?

Gemeinsam sprachen sie die Informationen durch, die sie bisher erhalten hatten. Dann folgte Liv ihrem Kollegen zu seinem Dienstwagen, wo Bente ihr ihre Walther P99 und das Holster aushändigte. Für einen Augenblick wog Liv die Dienstwaffe in der Hand. Noch immer hatte sie an den Vorfällen zu knapsen, die den letzten Herbst in den dunkelsten ihres Lebens verwandelt hatten. Natürlich hatten ihr das Disziplinarverfahren und die Ermittlung, die gegen sie eingeleitet worden waren, zu schaffen gemacht. Ausgerechnet in dem Beruf, den sie liebte, dem sie so vieles unterordnete, stand sie unter Beschuss! Sie fühlte sich an den Pranger gestellt, obgleich sie nur getan hatte, was nötig gewesen war: Sie hatte von der Schusswaffe Gebrauch gemacht, um Menschenleben zu retten; der Täter war jedoch durch ihre Hand gestorben. Glücklicherweise war sie inzwischen offiziell entlastet. Ihre Chefin Hilke Hasselbrecht und die meisten im Team standen zu ihr, aber der eine oder andere Kollege der Polizeidirektion ließ sie spüren, was er über sie dachte.

Quälender jedoch waren die Vorwürfe, die sie selbst sich machte. Erst nach langen Gesprächen mit Freunden und dem Polizeiseelsorger in Eutin war es ihr gelungen, ihr seelisches Gleichgewicht einigermaßen wiederzufinden. Auch Sebastian hatte ihr ein wenig mit seiner sachlichen und dennoch einfühlsamen Art geholfen. Schließlich hatte Liv sich schonungslos ihrer Schuld gestellt. Hatte getrauert.

»Alles in Ordnung?«, fragte Bente.

»Natürlich«, sagte Liv schnell, legte das Holster an und steckte die Pistole ein. Sie bemerkte Wandas abschätzigen Blick und hielt ihm stand, bis ihre Kollegin sich die Augen rieb. Nie hatte Liv leichtfertig von der Dienstwaffe Gebrauch gemacht, aber in Zukunft würde sie es noch genauer nehmen. Niemand sollte ihr zum zweiten Mal nachsagen, sie habe unprofessionell gehandelt.

Mit einem entfernten Knattern kündigte sich der Hubschrauber an. Die Kommissare trugen ihre Ausrüstung zum Landeplatz, wo Sebastian und Oda bereits warteten. Schnell wurde der Hubschrauberlärm ohrenbetäubend. Scheinwerfer durchschnitten die Nacht. Livs Puls beschleunigte sich beim Anblick des tonnenschweren Fluggeräts. Noch nie war sie mit einem Heli geflogen. Mit wehenden Jackenschößen kam Botersen-Evers zu ihnen.

Als der gleißende Lichtschein die kleine Gruppe auf dem Flugfeld bestrahlte, verspürte Liv einen Energieschub. Sie hatten sich hier eingefunden, um herauszufinden, warum ein Mensch gestorben war. Um gemeinsam die Ursache für einen Todesfall zu ergründen. Um möglicherweise einen Verbrecher dingfest zu machen und der Gerechtigkeit Genüge zu tun. Eine Gemeinschaft mit einem wichtigen Auftrag, das waren sie.

Unwillkürlich zog sie den Kopf ein, als der Hubschrauber zur Landung ansetzte und sich das Dröhnen in ein mühlenartiges Flappern wandelte.

»Ah, ein *Leonardo AW139*. Dann kann ja nichts schiefgehen«, meinte Bente begeistert. »Habe ich an Größe, Fenstern und Rotoren erkannt. Bis zu sieben Tonnen. 306 km/h in der Spitze. Geräumige Kabine. Oft nachtflugtauglich ausgerüstet. Wird wegen seiner Zuverlässigkeit und Sicherheit gerne für Offshore-Einsätze und bei der Küstenwache eingesetzt.«

»Dann bin ich ja beruhigt.« Wanda wirkte erleichtert.

»Ein verlässliches Transportmittel ist viel wert. Allerdings ist beispielsweise bei Ölbohrinseln die Anreise immer das Gefährlichste«, meinte Sebastian beiläufig.

Wanda verzog säuerlich das Gesicht. »Danke, die Info war unbedingt nötig.«

Sebastian hob unschuldig die Schultern, und Liv musste sich ein Lächeln verkneifen. »Es wird schon alles gut gehen. Die Piloten sind ja sicher erfahren«, sagte sie aufmunternd zu ihrer Kollegin.

»Aber wir nicht.«

»Um meine Aussage etwas zu relativieren: Am gefährlichsten ist der Offshore-Transfer mit den Schiffen. Hubschrauber sind sicherer«, ergänzte Sebastian noch, aber Wandas Laune war im Keller.

Als die Rotoren beinahe zum Stillstand gekommen waren, wurde die Schiebetür geöffnet. Ein Mann um die fünfzig kletterte aus dem Heli. Er war mittelgroß und schlank, die Haare sehr dunkel für sein Alter, und er wirkte angespannt, was Liv ihm nicht verdenken konnte.

»Quirin Darss, kaufmännischer Geschäftsführer von *Hanzmann Energy*«, rief er, in dem Bemühen, den Hubschrauberlärm zu übertönen. Der Mann hatte ein Zahnpastalächeln und sprach sauberes Hochdeutsch, auch wenn Liv einen leicht bayerischen Einschlag zu hören glaubte. Darss führte sie zu einer der Baracken, weg vom Lärm des Helikopters. »Frau Hanzmann lässt sich entschuldigen. Sie hat mich gebeten, Sie zu begleiten. Auf der Plattform werden Sie ihren Gatten antreffen, der den Forschungszweig unseres Unternehmens betreut.«

»Woran wird denn da draußen geforscht?«, wollte Liv wissen.

»Unser Unternehmen ist führend bei der Entwicklung von

Wellenkraft-Anlagen, schwimmenden Windrädern, sowie der Offshore-Wasserstoffproduktion«, sagte Quirin Darss bedeutungsschwer. »Wir rechnen damit, dass Frau Hanzmann und ihr Team noch in diesem Jahr einen Durchbruch auf einem dieser Gebiete – oder gleich auf mehreren – erzielen werden. Das wäre eine globale Sensation und ein epochaler Wendepunkt für die Energiewirtschaft.«

Eine Nummer kleiner geht es wohl nicht, dachte Liv. »Ich dachte, der Ehemann leitet die Forschungsabteilung.«

»Der Großteil der theoretischen Grundlagenforschung findet in unserem Labor auf Sylt statt. Herr Hanzmann verantwortet dagegen die technische Erprobung vor Ort.«

»Ist er Teilhaber der Firma?«, fragte Bente nach.

»Lauritz Hanzmann ist im Besitz von Anteilen. Frau Hanzmann ist weisungsberechtigt.«

In einem kargen Büro in der Baracke holte er ein Tablet heraus, während ein weiterer Mann im Sicherheitsanzug eine große Alubox bereitstellte.

»Sollten wir nicht so schnell wie möglich aufbrechen?«, wunderte Bente sich.

»Ohne eine korrekte Sicherheitseinweisung ist das nicht möglich. Eigentlich dürften wir Sie gar nicht einfach mit in den Windpark nehmen. Sie müssen bedenken, dass wir uns in einem lebensfeindlichen Umfeld bewegen. Jeder – ob Geschäftsführer, ob Mitarbeiter – muss zunächst geschult werden. Ein Offshore-Sicherheitstraining ist für alle Pflicht.«

»Ich verstehe Ihre Bedenken. Aber leider kann ein Tötungsdelikt nicht warten«, sagte Bente.

Darss strich sich durch die Haare, die mit ziemlicher Sicherheit gefärbt waren. »Wenn es sich denn um ein Tötungsdelikt handelt. Wir gehen von einem Unfall aus, wollen aber der Ermittlung nicht im Wege stehen.« Auf seinem Tablet rief Darss nun einen kurzen Film auf, in dem die Ermittler mit den Sicherheitsanzügen und dem Verhalten im Notfall vertraut gemacht wurden. Es ging darum, wie man sich aus einem notgewasserten Hubschrauber befreite, einen Verunglückten an Bord holte oder eine Rettungsinsel aufrichtete. Manches war wie eine Sicherheitseinweisung im Flugzeug, aber der Gedanke, mit einem Hubschrauber abzustürzen, erschien Liv absurderweise ungleich gefährlicher.

Der »Hoist-Operator«, wie Darss den Mitarbeiter nannte, der die Winde zum Abseilen bediente, versorgte sie mit Sicherheitsanzügen und Überlebenswesten. Im Nebenraum zogen sie sich bis auf die Unterwäsche aus und den Anzug an; Liv war froh, dass sie ihre lange Merinowäsche anhatte.

Die Spurensicherungskoffer und weitere Ausrüstung wurden im Helikopter verstaut. Die Kommissare stiegen durch die Schiebetüren in die Kabine. Zwei blaugepolsterte Sitzreihen standen einander gegenüber. In der Mitte befand sich ein weiterer Sitz, auf dem Quirin Darss Platz nahm. Neben Liv saßen Bente und Wanda, gegenüber Sebastian, Oda und Botersen-Evers. Bente hantierte nervös mit dem Gurt, bis Liv ihm half. Sie schnallte sich an und nutzte die Zeit, um auf dem Smartphone im Internet zu suchen. Der korpulente Kriminaltechniker holte ein Frikadellenbrötchen aus seiner Tasche, wickelte es aus dem Papier und biss hinein.

Botersen-Evers ist wie eine Dampfmaschine, die meist mit Zucker statt mit Kohlen läuft, dachte Liv.

»Muss das sein? Wie das riecht!«, platzte Wanda heraus.

»Mein Magen braucht was – sonst werde ich unleidlich. Ich habe auch noch Donuts. Möchte jemand?« Botersen-Evers zog eine Brötchentüte mit pink glasierten Krapfen aus der Tasche, doch alle lehnten ab. Sein Sicherheitsanzug war schon jetzt von Krümeln und Ketchupflecken übersät.

Nun versorgte der Hoist-Operator sie mit Gehörschutz. »Wir werden Sie ausnahmsweise per Funk verbinden, das machen wir üblicherweise nur bei Trainingssituationen, aber sonst können wir während des Flugs nicht sprechen. Diese Mickey-Mäuse hier«, Quirin Darss wies auf die Kopfhörer, »haben Mikros. Beim Flug herrscht hier ansonsten eine Geräuschkulisse wie in der Disko – und wer will schon die ganze Zeit schreien?«

Als die Tür zugeschoben wurde, waren nur noch der Sicherheitscheck der Piloten über die Kopfhörer und das schriller werdende Wubbern der Rotoren zu hören. Dann bekamen sie das Okay des Towers, und der Hubschrauber setzte sich in Bewegung. Nachdem sie ein Stück gerollt waren, hob sich das Vorderrad vom Boden und sie stiegen auf. Der Hubschrauber neigte sich so sanft, als würden sie auf einem fliegenden Teppich sitzen. Livs Magen hüpfte. Sie tauschte einen Blick mit Sebastian, dem die Bewegungen ebenfalls nichts auszumachen schienen. Quirin Darss war hingegen beinahe in seinem Sicherheitsanzug versunken. Bente schien sich gleichfalls nicht gerade wohlzufühlen, holte aber eine Tüte Lakritz heraus und ließ sie herumgehen. Liv nahm einen der starken dänischen Bonbons. Wanda bekam nichts davon mit, sie hatte die Augen zugekniffen und sich in den Sitz gekrallt.

Als sie die Flughöhe erreicht hatten, zog Quirin Darss Unterlagen aus einer Aktenmappe und verteilte sie. Bente und Botersen-Evers bekamen zusätzlich Grundrisse der Plattformen. Die Broschüren waren offenbar für Investoren gedacht. Bei schönstem Wetter aufgenommen, zeigten sie die Nordsee als spiegelnde Fläche. Weiß, mit gelbem Fuß, reihten sich die Windräder aneinander wie Balletttänzerinnen, die grazil die Arme schwenkten. Am Rande des Windparks staksten zwei rot-graue Kästen auf gelben Stelzen, die mit Querverstrebungen gesichert und mit einer Gangway verbunden waren. Die Plattformen waren hässliche Klötze mit kleinen Fenstern und dem grünen Teller eines Hubschrauberlandeplatzes.

»Die fünfundsiebzig Windräder stehen in der Nähe der dänischen Grenze. Der Windpark erstreckt sich auf einer Fläche von etwa sechzig Quadratkilometern. Die Wassertiefe beträgt dort zwischen dreißig und vierzig Metern«, referierte Darss über das Mikro. Liv lüpfte kurz die Ohrmuschel des Gehörschutzes; es war wirklich sehr laut.

»Unglaublich! Wie haben Sie denn bei dieser Tiefe die Pfosten in den Meeresgrund bekommen?«, wollte Bente wissen.

»Wir haben Monopiles und Jackets verwendet, also einzelne Fundamentrohre oder vierbeinige Stahlkonstruktionen. Absolut sicher und nach dem neuesten Stand der Technik.«

»Sind diese Stahlpfosten bei Umweltschützern nicht umstritten?«, wandte Liv ein.

Quirin Darss lächelte nachsichtig. »Wie man es nimmt. Die Fische und Hummer lieben die Fundamente der Windkraftanlagen sogar. Für das Einrammen haben wir Blasenschleier genutzt. Diese entstehen, wenn rund um die Rammstelle aus Schläuchen Luft ins Wasser gepumpt wird. Die Schleier aus Luftblasen brechen den Schall und vermindern damit den Lärm, sodass auch die Schweinswale geschützt werden. Das wird von Umweltschutzorganisationen empfohlen.« Quirin Darss klang wie ein PR-Texter. »Die gesamte Stromerzeugung des Windparks wird zu der Umspannplattform geleitet und dort in Wechselspannung umgewandelt. Das ist ein komplizierter Prozess, den ich Ihnen gerne näher erläutere, wenn Sie möchten. Per Seekabel gelangt der Strom an Land. Wir versorgen knapp vierhunderttausend Haushalte mit sauberem Strom.«

»Und die Arbeiter?«

»Unsere Mitarbeiter stammen aus Deutschland, Dänemark und Schottland.«

»Wen wundert's, in meiner Heimat ist die Windenergie ein wichtiger Arbeitgeber. Dänemark exportiert seine Windenergie bereits in andere Länder, übrigens auch nach Deutschland«, sagte Bente nicht ohne Stolz.

»Viele Mitarbeiter haben Erfahrung mit der Offshore-Industrie, auch durch die Ölförderung. Gearbeitet wird im Schichtbetrieb, jeweils zwölf Stunden. Nach vierzehn Tagen folgt die Ausgleichszeit onshore.«

»Dann geht es also aufs Festland. Wann ist der nächste Teamwechsel?«, wollte Liv wissen.

»Übermorgen kommt das nächste Team mit dem CTV, also dem Crew Transfer Ship, von Hörnum.«

Liv und Bente wechselten einen Blick. Eineinhalb Tage. Das war knapp. Falls es sich um Mord oder Totschlag handelte, mussten sie bis dahin einen fundierten Verdacht haben. Denn sobald die Mitarbeiter sich zerstreuten, würden die Ermittlungen noch schwieriger werden. Ohnehin waren die ersten achtundvierzig Stunden nach einem Mord die wichtigsten. Ihre Uhr lief.

Bente breitete auf seinen und Livs Knien den Plan der Wohnplattform aus. Die Plattform bestand aus fünf Stockwerken, in zweien war ausschließlich Technik untergebracht. Über dem obersten Technikgeschoss befanden sich Umkleidekabinen, Lager- und Kühlräume, die Ambulanz und das Forschungslabor, darüber Kantine, Büros, Krankenstation und Unterkünfte, ganz oben der Leitstand, das Control Center.

»Normalerweise gibt es bei diesen Offshore-Anlagen keine Wohnplattform, oder? So ein Bau ist doch ein enormer Aufwand«, sagte Bente.

»In der Ölförderung sind Versorgungsplattformen schon lange üblich, da wird sogar in längeren Schichten von bis zu vier Wochen gearbeitet. Wir haben bei unserem Mittbewerber *DanTysk* gesehen, dass sich eine derartige Plattform schnell amortisiert, obwohl sie knapp einhundert Millionen Euro kostet. Die Ausgaben für den Transport der Arbeiter vom Festland zum Windpark sind extrem hoch. Ein Wohnschiff schlägt ebenfalls mit einer Charter von zwanzigtausend Euro pro Tag zu Buche. Dazu kommt, dass wir auf der Plattform die besten Voraussetzungen für unser Forschungslabor haben. Das Investitionsvolumen für den Windpark beträgt mehrere Milliarden Euro. Noch ein paar Zahlen gefällig?«

Ihre Kollegen waren sichtlich beeindruckt. Auch Liv staunte über die enormen Summen, mit denen Quirin Darss um sich warf. Selbst das Gehalt der Windpark-Mitarbeiter war beachtlich. Als Alleinerziehende konnte sie trotz ihrer Beamtenbesoldung keine großen Sprünge machen. Sie beklagte sich nicht, schließlich hatte sie es sich selbst so ausgesucht. Wenn sie alles verriet, woran sie glaubte, könnte sie märchenhaft reich sein. Und wenn sie …

Unwillkürlich versteifte sich Liv. Sie bemerkte Sebastians Blick und fixierte den Grundriss. Als ob Sebastian ahnte, was in ihr vorging …

Jetzt war Zeit für ihre Fragen zu den Informationen, die sie sich beim Warten auf den Abflug aus dem Internet gezogen und überflogen hatte.

»Das hört sich alles gut an. Aber steht die Windindustrie seit einiger Zeit in Deutschland nicht unter Druck? Heißt es nicht, die Offshore-Windparks seien eine reine Luftnummer? Der Ausbau gerät ins Stocken. Demnächst gehen mehr Windkraftanlagen vom Netz als gebaut werden«, sagte Liv.

Botersen-Evers schnaubte. Sein Kopf lehnte am Sitz,

seine Augen waren nur einen Spaltbreit geöffnet. »Richtig so. Saubere Energie, das hört sich 1-A an. Aber wer will schon so einen hässlichen Spargel neben seinem Haus haben? Die Geräusche und die huschenden Schatten sind außerdem sehr störend.«

Quirin Darss nickte. »Ein Argument mehr für die Offshore-Windkraft: keine Nachbarn, die sich beschweren können.«

»Der Netzausbau stagniert. Wenn Windräder nicht ans Stromnetz angeschlossen sind, müssen sie mit Diesel betrieben werden – was für ein Irrsinn. Windräder kosten viel Platz. Die Natur leidet. Wälder werden für Windparks abgeholzt. Kraniche fliegen bei schlechtem Wetter oft tief und werden von den Rotoren gehäckselt. Andere Vögel könnten komplett verschwinden, wie der Rotmilan. Auch Fledermäuse kommen um«, spielte Liv den Advocatus Diaboli.

»Sollen wir die Windräder etwa nachts abschalten?«

»Warum nicht?«

Quirin Darss ging nicht auf Livs Anmerkung ein. »Diese Verzögerung im Ausbau ist eine temporäre Erscheinung, glauben Sie mir. Bis 2050 will Deutschland den Strom komplett aus Erneuerbaren Energien gewinnen. Auch bei der Strategie der EU sind Windenergie und Wasserstoff entscheidend, weshalb diverse Förderprogramme aufgelegt wurden. Wind- und Wasserkraft werden wieder boomen«, sagte er.

»Davon halten viele Menschen nichts, auch auf Sylt gibt es zwei Bürgerinitiativen gegen Windkraft, darunter *No-Wind*, die sich explizit gegen Ihre Vorhaben wenden.«

»Naive Umweltschützer, die sich nicht genügend mit den Anforderungen der Zukunft auseinandergesetzt haben. Wollen wir etwa eine Renaissance des Kohlestroms oder gar der Atomkraft? Nein!«

Bente wechselte das Thema. »Es gibt doch sicher Video-überwachung auf der Versorgungsplattform.«

»CCTV ist für die Sicherheit auf See unerlässlich. Zudem ist die Plattform mit einem Personal Tracking System, also einem Personenverfolgungssystem, ausgestattet. Jeder Mitarbeiter hat eine RFID-Card.«

»Was soll das sein?«, fragte Bente.

»Einer Art Funketikett wie bei den teuren Waren im Supermarkt«, erklärte Botersen-Evers.

Wieder tauschten die Kommissare Blicke. Diese Informationen dürften die Ermittlungen deutlich erleichtern.

Quirin Darss sah wie beiläufig auf seine Apple Watch. »Allerdings hörte ich, dass die Überwachungstechnik vor einigen Stunden ausgefallen ist. Ein bedauerlicher Fehler, für den die Ursache noch nicht gefunden wurde.«

Das wäre ja auch zu schön gewesen! Hatte der Täter vielleicht die Überwachungsanlage manipuliert? Und wenn ja, wie?

»Unser Team arbeitet mit Hochdruck daran, den Fehler zu beheben«, setzte Darss hinzu.

»Auf keinen Fall! Unsere Leute müssen die Systeme zunächst prüfen«, brach es aus Botersen-Evers heraus.

»Sobald die Arbeiten im Windpark wieder aufgenommen werden, ist ein Funktionieren der Sicherheitstechnik …«, wollte Darss ausführen.

»Die Wiederaufnahme der Arbeiten wird vom Verlauf der Ermittlungen abhängen«, ging Bente ungewohnt unhöflich dazwischen.

»Wenn Windräder durch technische Probleme ausfallen, müssen diese schnellstmöglich behoben werden. Wissen Sie, was der Ausfall eines einzigen Windrades uns kostet? Achttausend Euro – für jeden einzelnen Tag!«

Nun legte sich der Hubschrauber schief, und der Wind sorgte für Turbulenzen. Hatten sie die Küste erreicht? Flogen sie vielleicht sogar über Sylt? Leider war es dunkel, und das Einzige, was Liv sah, war, wie Wanda und ihre Mitreisenden immer grüner im Gesicht wurden. Auch sie spürte nun langsam ein dumpfes Gefühl im Magen.

»Bald sind wir da«, sagte Quirin Darss etwas heiser. »Die Spucktüten finden Sie übrigens unter den Sitzen.«

3

In der Finsternis wirkten die beleuchteten Plattformen un-
wirklich. Die Lichter spiegelten sich verschwommen im
Meer, verzerrten die Schatten. Liv kam sich ein wenig wie
in einem Science-Fiction-Film vor, in dem die Astronauten
glaubten, in der Raumstation sicher zu sein, nur um dann
prompt von Aliens verspeist zu werden. Dazu passte auch,
dass im Cockpit eben erst verschiedene Signallampen hektisch geblinkt hatten. So war es im Film doch immer: Man
strandete irgendwo und hing fest. Aber nein, so weit würde
es hier nicht kommen. Vermutlich war die Lightshow im
Cockpit normal.

Liv bedauerte, dass sie durch die Nacht geglitten waren.
Gerne hätte sie die Weite der Nordsee bei Tag gesehen. Außerdem war sie in der Dunkelheit müde geworden, nachdem
ihr Adrenalinspiegel abgeflaut war. Immerhin hatten sie und
die Kollegen die Zeit nutzen können, um das weitere Prozedere durchzusprechen. Da Darss und der Pilot alles mit-
hören konnten, hatte sich das Gespräch ein wenig mühsam
gestaltet. Doch zum Glück waren sie alle erfahren genug,
um die Andeutungen und Kürzel der anderen im Ermitt-
lungsteam zu verstehen. Besonders die Bergung der Leiche
würde problematisch werden. Sie selbst konnten den Körper nicht bergen, und mit Amtshilfe war so schnell nicht zu
rechnen. Also mussten sie sich von den Industriekletterern

helfen lassen und darauf vertrauen, dass bei der Bergung der Täter nicht dabei war und auch keine Fehlspuren gelegt wurden.

Die Piloten gaben das Zeichen zum Landeanflug. Sebastian beugte sich vor, um besser hinaussehen zu können. »Großartig, oder? Ein Meisterwerk der Technik.«

»Ja, nicht wahr?«, sagte Quirin Darss matt.

Wanda hatte die gefüllte Spucktüte unter dem Sitz verschwinden lassen, aber der Geruch von Erbrochenem hing noch in der Luft.

»Eher eine Falle. Alle Inseln sind Gefängnisse, sagt man nicht so? Auch künstliche Inseln«, meinte Bente, der während des Fluges zusehends versteinert war.

»Ich dachte, du bist ganz heiß auf diesen Einsatz«, meinte Liv.

Er grinste schief. »Ich will kommen und gehen können, wann ich will. Selbst die interessanteste Technik wiegt meine Freiheit nicht auf.«

Der Landeanflug quälte die Flugkranken noch einmal, dann aber setzte der Hubschrauber butterweich auf dem grünen Rund des Heli-Decks auf. Unter ihnen befand sich das unbewohnte Umspannwerk.

Die Schiebetür glitt auf, und Livs Mitreisende drängten hinaus, als könnten sie es nicht erwarten, endlich wieder festen Boden unter den Füßen zu haben. Ihre Sicherheitsanzüge raschelten; sie mussten sich schnellstmöglich umziehen. Alle schwiegen, in Gedanken schon bei der Arbeit, die vor ihnen lag.

Liv setzte ihren Rucksack auf und nahm einen der Tatortkoffer. Eiskalt packte eine Bö sie, als sie die Plattform betraten. Auf einmal war alle Müdigkeit wie weggeblasen. Der Duft der See war intensiv. Während sie ging, lauschte Liv dem speziellen Soundtrack der Plattform: Der Wind heulte und pfiff, Wellen rauschten gegen den Stahl. Außerdem war da dieses monotone, tiefe Wummern, das sie im Bauch zu spüren glaubte. Das musste das Heer der Rotoren sein.

Sie liefen einer Frau in Warnschutzkleidung und Helm hinterher, die sie am Landeplatz abgeholt hatte und ihnen mithilfe von Leuchtstäben den Weg wies. Eine ebenso ausgerüstete Frau stellte sich als Plattformmanagerin Silke Aspersen vor. Die unförmige Arbeitskleidung ließ erahnen, dass sie eher zierlich war, ihre Begrüßung verriet jedoch Durchsetzungskraft. So viel also zum Männertraum Offshore-Industrie, dachte Liv.

»Wo ist die Leiche?«, fragte Bente, nachdem sie in einer kleinen Kabine die Sicherheitsanzüge und die Überlebenswesten abgelegt und sich umgezogen hatten. Von Aspersen wurden sie mit Sicherheitswesten versorgt. Darss trug Expeditionskleidung, die teuer aussah und noch Lagerfalten hatte. Darunter blitzte ein Anzug mit einem Button-Down-Hemd hervor.

»Ich bringe Sie in die Nähe. Wir haben alles weitmöglichst abgesperrt. Die Kletterer haben vorsichtshalber ein Netz unter dem …«, Silke Aspersen stockte, »… unter Dennis gespannt. Ich hatte mit Ihrer Chefin vorhin über die Maßnahme gesprochen. Die betreffenden Mitarbeiter waren gestern Abend und in der Nacht nicht auf der Plattform unterwegs, darauf hat Frau Hasselbrecht bestanden. Arne war in der Dekompressionskammer – also in der Druckkammer – und Mark noch auf dem Versorger, dem CTV.«

»Die Helfer müssen trotzdem faserarme Anzüge anziehen, wegen der Spuren«, verlangte Botersen-Evers. »Und wir werden den Weg zuerst untersuchen. Wenn ich es richtig gesehen habe, gibt es ja kaum Zugänge.«

»Ich kann mir kaum vorstellen, dass Sie bei den Verhältnissen dort unten Spuren finden werden.«

»Das lassen Sie mal unsere Sorge sein.«

Liv fragte nach: »Wieso Dekompressionskammer? Ich denke, die brauchen nur Taucher, um sich nach langen und tiefen Tauchgängen zu regenerieren.«

»Arne ist vielseitig ausgebildet. Er war Stipendiat im Forschungszweig, ist aber auch Taucher. Mark ist Skipper. Zudem haben beide – wie die meisten unserer Mitarbeiter – eine Ausbildung zum Industriekletterer absolviert.«

»Warum lernt ein Kapitän klettern?«, wunderte Liv sich.

»Persönliches Engagement, aber ein sinnvolles. Wenn bei einem der Windräder etwas passiert, kann er helfen, den Techniker zu bergen.«

Sie folgten Aspersen durch das Umspannwerk und zu der Gangway. Hier riss der Wind von allen Seiten an ihnen. Jenseits des Metallgitters klaffte es tief, und für einen Augenblick hatte Liv das Gefühl, in der Luft zu hängen. Ihr Blick suchte Halt an der gegenüberliegenden Plattform. Ein Teil der Pfeiler war beleuchtet. Und da war der Leichnam. Noch immer klemmte der Körper fest, aber Liv kam es vor, als ob er im Vergleich mit dem Foto ein Stück abgesackt war. Etwa ein Meter unter dem Toten war ein Netz an der Verstrebung und den danebenliegenden Pfosten befestigt. Die Leiche sah aus wie ein Käfer, der sich an einem Ast festklammerte, um nicht in ein Spinnennetz zu stürzen.

Vor der Tür der Versorgungsplattform warteten mehrere Arbeiter. Wieder neonfarbene Sicherheitskleidung mit reflektierenden Streifen, Helme, Walkie-Talkies. Zwei trugen Klettergurte, an denen jede Menge Karabiner hingen.

Der Mann, der nun auf sie zukam, sah wie jemand aus, der das Leben liebte. Unter der Warnweste sportlich-elegant, mit sonnengebräunter Haut und dunklen, fleischigen Lippen, als habe er gerade einen exquisiten Rotwein gekostet. Die graumelierte Haartolle ließ an einen gut gealterten Elvis denken.

Der respektvollen Art, wie Quirin Darss ihn ansprach, entnahm Liv, dass es sich um Lauritz Hanzmann handeln musste. Hanzmann ging nicht auf Darss ein, sondern wandte sich sofort den Kommissaren zu. Mit einem flüchtigen Lächeln schüttelte er zunächst Liv und dann Wanda die Hände. »Frau Kommissarin, enchanté«, begrüßte er jede der beiden. Bente gegenüber kam er jedoch gleich zur Sache: »Wollen Sie zuerst die Leiche holen lassen? Oder erst mit der Belegschaft sprechen? Viele unserer Leute sind noch wach und völlig mit den Nerven fertig. Und das, obwohl ein Werktag auf uns wartet. Morgen ist mit hoher Wahrscheinlichkeit kein *Weather Day*.«

»Was meinen Sie damit?«

»Das Wetter ist so gut, dass wir draußen arbeiten können. So etwas ist hier nicht selbstverständlich. Ab einer Wellenhöhe von eineinhalb Metern ist der Überstieg des Servicepersonals von einem Arbeitsschiff auf die Offshore-Anlagen gefährlich. Oft ist wegen des Wetters tagelang kein Überstieg auf das CTV oder die Windräder möglich, und wir sind auch vom Festland abgeschnitten. Sie ahnen ja gar nicht, was uns eine Unterbrechung der Arbeiten kosten würde!«

»Ich habe die Herrschaften von der Polizei bereits darauf aufmerksam gemacht«, stimmte Quirin Darss ihm zu.

»Wir haben das doch schon diskutiert, Herr Hanzmann. Die Kommissare werden die Lage prüfen und uns sicher schnellstmöglich zum Alltag übergehen lassen«, unterband Silke Aspersen resolut diese Diskussion.

Sie betraten die Wohnplattform. Ein Gang führte zu weiteren Türen, Treppenhaus und Fahrstuhl. Zum ersten Mal konnte Liv die Plattformmanagerin bei vernünftigen Lichtverhältnissen betrachten. Silke Aspersens feine Gesichtszüge waren von dunkelbraunen Haaren eingerahmt, ihr Blick wirkte vertrauenerweckend.

Aspersen wandte sich an Bente. »Die Kompetenzen sind hier klar geregelt. Herr Hanzmann ist für den Forschungszweig auf dieser Plattform zuständig. Ich bin Ihre Ansprechpartnerin für die Abläufe. Wie möchten Sie also vorgehen?«

Bente fasste ihren Plan knapp zusammen: »Wir schicken die Kriminaltechniker voraus, ehe wir uns einen Eindruck vom Fundort verschaffen. Ihre Kletterer können die Leiche bergen, und die Kollegen der Kriminaltechnik und der Rechtsmedizin mit der Untersuchung anfangen. Währenddessen würde ich ein paar Worte an die Belegschaft richten, damit jeder weiß, was ihn erwartet. Anschließend beginnen wir mit den Befragungen und sehen uns Marzens Kabine näher an.«

»Wir haben einen Raum neben Krankenrevier und Kühlkammer vorbereitet, den Sie für Ihre Materialien und Ihre Arbeit nutzen können. Gleiches gilt natürlich auch für das Krankenrevier und die Kühlkammer selbst«, sagte Silke Aspersen. »Am dichtesten kommen Sie an Dennis heran, wenn Sie auf eine der Technikbrücken, die unter der Plattform verlaufen, steigen. Das ist allerdings nicht ungefährlich.«

»Und natürlich können wir keine Haftung dafür übernehmen«, ergänzte Quirin Darss.

»Also, ich mache das auf keinen Fall. Ich bin doch nicht lebensmüde«, winkte Wanda sofort ab. »Ich suche mir einen sicheren Platz, von wo aus ich die Bergung dokumentieren kann.«

Liv erklärte sich bereit, Bente zu begleiten. Auch Botersen-Evers, Oda und Sebastian kamen mit. Die Ermittler und die Kletterer zogen Tatort-Schutzkleidung, Überstiefel und

Latexhandschuhe an. Dann wurden sie mit Helmen, Klettergurten, Karabinern und Seilen versorgt. Sie mussten seltsam aussehen, mit der Kletterausrüstung über den weißen Schutzanzügen. Einer der Kletterer trug zusätzlich einen etwas größeren Rettungsgurt in Dreiecksform.

Sie folgten Silke Aspersen und den Kletterern eine Treppe hinunter. Hellgraue Wände, wie in einem Container, LED-Lichter, das Brummen von Generatoren und anderen Geräten. Gang um Gang kreuzten sie; ein wahres Labyrinth. Überall hielt Liv nach den Überwachungskameras Ausschau, um sich einen Eindruck von der Sicherheitsarchitektur zu verschaffen. Das Ergebnis sah folgendermaßen aus: Es gab etliche Kameras, und jedes einzelne Fenster der Plattform war zugestanzt.

»Auf diesem Stockwerk ist nur Betriebstechnik untergebracht«, erklärte Silke Aspersen im Vorbeigehen. Schließlich hielt die Plattformmanagerin an einer schmalen Leiter, die im Boden verschwand.

»Wer hat hier Zugang?«, wollte Liv wissen.

»Theoretisch nur die entsprechenden Techniker. Praktisch aber alle. Wir befinden uns jetzt direkt über der Wasseroberfläche. Wind und Gischt werden Ihnen ganz schön um die Ohren pfeifen, wenn Sie erst auf der Gitterbrücke sind. Von hier oben sichern wir Sie. Mark und Arne werden Ihnen zeigen, wo Sie sich einhaken müssen.«

Die beiden stellten sich vor. Mark Reisch war langhaarig, mit einem eckigen, vorspringenden Kinn und einem muskulösen Körper. Er sah aus, als würden er gleich auf eine Gebirgstour gehen. Arne Paifer hingegen hatte mit seinen aschblonden, kurz rasierten Haaren, der blassen Haut, den graublauen Augen und einer spitzen Nase etwas von einer verschreckten Maus.

»Wie soll die Bergung genau ablaufen?«, fragte Liv.

Silke Aspersen übernahm wieder. »Unsere Mitarbeiter werden versuchen, Dennis in den Rettungsgurt zu verfrachten und ihn hier herüberzuschaffen.«

»Können Sie den Körper nicht einfach auf ein Schiff hinunterlassen?«

»Bei dem Seegang können Sie nicht mal ein Schlauchboot unter die Plattform bringen. Zu gefährlich«, sagte Aspersen angespannt.

»Am besten kontrollieren Sie noch einmal Ihre Kleidung und Ihre Ausrüstung«, forderte Mark Reisch sie auf, während er seine Hände ausschüttelte und die Finger dehnte.

Die Kriminaltechniker wurden in die Sicherheitsleine eingehakt. Mark Reisch und Arne Paifer gaben ihnen letzte Anweisungen, dann öffnete Silke Aspersen die Bodenluke. Das Grollen des Meeres brandete auf. Unter ihnen war die durch die Plattformstrahler erhellte Nordsee zu sehen. Die Tiefe ließ Liv schwindeln. Sie war am Meer aufgewachsen und liebte es, aber jetzt wurde sie immer nervöser. Botersen-Evers und Oda gingen voraus, um eine erste Spurensicherung vorzunehmen, Liv und die anderen blieben zurück. Die Kriminaltechniker ließen Bodenplatten, einen Kasten und ein Stativ an einem Seilzug hinunter. Es handelte sich dabei um den Tatort-Laserscanner. Dieses Gerät, das entfernt an einen Autoblitzer erinnerte, würde den Fundort in einer 3D-Aufnahme festhalten. Später dann könnten sie sich am Computer durch das Bild bewegen, um den Tathergang zu rekonstruieren.

Liv zog alle Reißverschlüsse hoch und den Helm enger. Aufregung erfasste sie. Ihr Puls legte an Tempo zu. Sie wollte wirklich nicht in die Nordsee stürzen …

»Soll ich den Partnercheck bei dir übernehmen?«, schreckte Sebastian sie auf.

Die Hitze schoss ihr ins Gesicht. »Partnercheck?«

»Na, wie beim Klettern in der Halle oder am Fels.«

»Habe ich, ehrlich gesagt, noch nie gemacht. Als echtes Nordlicht habe ich mit der Höhe nichts am Hut.«

»Dann wird es ja mal Zeit.« Sebastian zeigte ihr, worauf sie zu achten hatte. »Und jetzt kontrollierst du mich. Deshalb heißt es ja …«

»Partnercheck.« Sie lächelte nervös. Bei dem klaren LED-Licht leuchteten die bernsteinfarbenen Sprenkel in seinen grünen Augen und ein Schwarm Sommersprossen auf seiner Nase. Eilig konzentrierte sie sich auf Helm und Gurt.

Nach einer Weile gab es von unten das Startsignal. Oda kam ihnen auf der Sprossenleiter entgegen. Sie sollte zwischenzeitlich das Behelfslabor bereit machen.

Als die Managerin ebenfalls hinuntersteigen wollte, hielt Bente sie auf. »Ich muss Sie bitten, hier zu warten, Frau Aspersen.«

»Aber warum …« Irritiert starrte die Plattformmanagerin ihn an. »Sie glauben doch nicht etwa, dass ich …« Dann nickte sie gefasst.

Mit weichen Knien hakte Liv sich in die Sicherheitsleine ein und kletterte die Leiter hinunter. Der Wind riss an ihrem Schutzanzug und trieb ihr die Tränen in die Augen. Ihr Herz raste jetzt. Die schmale Brücke war kaum mehr als ein Gitter mit seitlichen Begrenzungen, das achtzehn Meter über der Meeresoberfläche zu schweben schien. Die Bodenplatten für die Spurensicherung behinderten die Sicht etwas, worüber sie nicht traurig war.

»Nicht mehr anfassen als nötig!«, mahnte Botersen-Evers lautstark, der zusätzlich zu der Plattformbeleuchtung einen Strahler auf der Brücke aufgebaut und festgeschraubt hatte.

Der Leichnam hing seitlich und ein gutes Stück unter ihnen. Jetzt konnte Liv erkennen, dass ein Seil sich um seinen

Körper und den Pfeiler geschlungen hatte. Sebastian machte Fotos von der Auffindesituation und dokumentierte die Umgebungstemperatur.

»Wie zum Teufel ist Marzen da hingekommen?«, fragte Bente ungläubig.

»Gesprungen? Gestoßen worden?«, riet Liv.

»Oder weist das Seil doch auf einen Selbstmord hin? Aber dann müsste es noch um seinen Hals hängen.«

Liv zeigte auf eine weitere Technikerbrücke. Sie war einige Meter entfernt, aber auch von dort aus könnte Marzen gesprungen oder gestoßen worden sein.

»Diesen Zugang müssen wir ebenfalls absperren und untersuchen«, entschied Bente.

»Das volle Programm, samt Lumiscene«, stimmte Botersen-Evers zu. Mit der Mischung aus Luminol und Fluorescein ließen sich latente, also nicht unmittelbar erkennbare Blutspuren sichtbar machen.

Arne Paifer und Mark Reisch befestigten den ersten künstlichen Anker über ihnen im Boden der Plattform. Mit Stahlseilen und Steighaken kletterte Reisch zu der Leiche, während Paifer ihn sicherte. Die Helmlampe zuckte durch die Nacht. Ein einsamer Mann, der an Seilen über den Wellen baumelte. Den Toten zu bergen und zu ihnen zu bringen, schien ein Ding der Unmöglichkeit. Jede Bewegung erforderte große Präzision. Als der Kletterer sich schließlich zum Toten abseilte, hielten alle den Atem an. Wenn der Körper sich löste, könnte er den Kletterer mit in die Tiefe reißen. Außerdem durfte man die psychologische Herausforderung nicht unterschätzen. Reisch war es nicht gewöhnt, Tote zu sehen, einen Leichnam zu berühren. Vorsichtig legte Mark Reisch den Rettungsgurt an. Alles schien in Zeitlupe vor sich zu gehen. Nervosität und Kälte ließen Liv zittern.

Plötzlich geriet die Leiche ins Rutschen. Reisch sackte mit ab. Er wollte sich festhalten, doch seine Hände fanden keinen Halt. Scharf sog Liv die Luft ein. Auch die anderen erschraken. Nicht, dass sie noch einen Toten bergen mussten …

Das Seil ruckte. Arne Paifer stemmte sich mit den Füßen gegen das Gitter. Impulsiv wollte Botersen-Evers mit ins Seil fassen, um zu helfen.

»Sind Sie verrückt – das könnte Ihre Finger kosten!«, hielt Sebastian ihn gerade noch davon ab.

Der Sturz wurde gestoppt. Reisch rief etwas und hob den Daumen, doch bis auf »… in Ordnung …« trug der Wind seine Worte fort.

Wieder brachte Mark Reisch sich in Position. Endlich hing der schlaffe Körper im Rettungsgurt. Haken für Haken wurde Dennis Marzen zu ihnen gebracht. Botersen-Evers und Bente halfen, den Leichnam auf die schmale Brücke zu heben, wo sie den Leichensack ausgebreitet hatten.

»Bleiben Sie zurück!«, wies Bente die Kletterer an.

Stille kehrte ein. Der Anblick schien sich auf ihre Netzhaut einzubrennen. Nicht einmal das Rauschen von Wind und Wasser nahm Liv mehr wahr. Dennis Marzen war kleiner, als sie gedacht hatte, vielleicht 1,75. Sein Gesicht und seine Zunge waren leicht blaugefärbt und geschwollen. Deutlich war jetzt die Rötung zu erkennen, ein dunkelroter Striemen, der sich in die Haut gegraben hatte. An den Seiten schien der Streifen verwischt. Vor allem aber verlief er nicht aufsteigend, wie es bei jemandem der Fall gewesen wäre, der sich erhängt hatte. Blut war aus Mund und Nase gedrungen, zu Schlieren getrocknet. Nadelstichgroße rote Punkte zeichneten Gesichtshaut und Lider. Er trug einen Rucksack, dessen Reißverschluss halb offen stand. Durch die aufgequollenen Züge hatte sein Gesicht etwas Sanftes, das Liv anrührte. Gleichzeitig wirkte er entseelt, was vor allem an seinen toten Augen lag. Das Seil, mit dem Dennis Marzen sich verheddert hatte, war abgeschrappt; es hätte nicht mehr lange gehalten. Botersen-Evers schoss einige Fotos, um das Seil dann vorsichtig zu lösen und es in einem Asservatenbeutel zu verstauen.

Sebastian verständigte sich mit dem Kriminaltechniker und prüfte dann die Gelenksteifigkeit der Leiche. Er zog das Hosenbein des Overalls hoch und berührte die Totenflecke, die noch wegdrückbar waren. Mit einem kleinen Hammer schlug er auf den Handrücken, woraufhin sich nichts regte. Durch diese Untersuchungen gewann er Anhaltspunkte, wie lange es her war, dass Marzens Herz zu schlagen aufgehört hatte.

Liv rechnete nicht damit, dass Sebastian erste Schlussfolgerungen zum Todeszeitpunkt aussprechen würde. Er war ebenso kompetent wie verantwortungsbewusst und hielt sich mit voreiligen Schlüssen zurück. Jetzt aber tat er es doch. Er bestätigte ihre Beobachtung: »Wir haben es hier mit Strangulation zu tun, um vorerst den Oberbegriff für die Todesursachen Erhängen, Erwürgen und Erdrosseln zu benutzen. Beim Erhängen verläuft die Strangmarke üblicherweise beidseitig ansteigend zur Nackenregion. Das ist hier nicht der Fall. Stattdessen gibt es eine nahezu zirkulär verlaufende Drosselmarke.«

Jeder von ihnen wusste, was das bedeutete. Während es unmöglich war, sich selbst zu erwürgen, weil der Selbsterhaltungstrieb des Körpers zu groß war, gab es beim Erdrosseln – also dem Luftabschnüren mithilfe eines Werkzeugs – zwei Möglichkeiten: Man konnte erdrosselt werden oder sich selbst die Luft abschnüren, was beispielsweise bei Sexualpraktiken wie Autoerotik oder Fesselspielen vorkam.

»Zumindest können wir einen autoerotischen Unfall ausschließen. Die Kleidung ebenso wie der Rucksack – und vor allem dieser Ort hier – sprechen dagegen. Es könnte höchstens sein, dass jemand seinen Sexpartner verschwinden lassen wollte, nachdem dieser versehentlich gestorben ist«, spekulierte Bente.

»Und vorher hat er ihn angezogen und ihm den Rucksack aufgesetzt? Das erscheint mir unwahrscheinlich. Ich kann mir auch nicht vorstellen, dass man eine derartige Beziehung in einer so kleinen Gemeinschaft verheimlichen kann«, meinte Liv.

»Beim Erdrosseln ist im Allgemeinen fremde Schuld anzunehmen, nur selten liegen ein Unfall oder ein Suizid vor«, beurteilte Sebastian die Situation aus rechtsmedizinischer Sicht.

Behutsam schoben Rechtsmediziner und Kriminaltechniker die Leiche vollständig in den Sack und zogen den Reißverschluss zu. Dann trugen sie den Leichensack gemeinsam mit Bente zur Leiter. Es war schwierig, den Körper hoch auf die Plattform zu bugsieren.

Oben wandte Sebastian sich an Bente. »Ich nehme hier, sobald die Kriminaltechnik fertig ist, eine Leichenschau vor. Für die gerichtliche Leichenöffnung muss der Tote aber schnellstmöglich ins Rechtsmedizinische Institut nach Kiel gebracht werden.«

»Ich werde sehen, was sich machen lässt«, versprach Bente.

Die Plattformmanagerin war ihrem Wortwechsel gefolgt. »Wir können Ihnen auch den Hubschrauber anbieten. Herr Darss muss ohnehin bald wieder aufs Festland zurück.«

4

Im Eingangsbereich wurden sie von einigen Mitarbeitern erwartet. Diese zogen respektvoll die Helme ab, als der Leichensack vorbeigetragen wurde. Botersen-Evers bat die Bergungskletterer, mit in das Behelfslabor zu kommen, das Oda in der Zwischenzeit eingerichtet hatte. Dort sollten die zwei Männer Fuß- und Fingerabdrücke abgeben, damit Fehlspuren abgeglichen werden konnten. Liv erschien ihr Vorgehen nach wie vor unglücklich. Was, wenn ein Verbrechen vorlag und einer der beiden doch der Täter war? Natürlich würden sie die Alibis der Kletterer ohnehin noch einmal überprüfen.

Silke Aspersen wies den Kommissaren den Weg zum Fahrstuhl.

Bente zögerte vor dem Eintreten. »*Great*: auf hoher See in einer kleinen Metallbox eingesperrt, die sich in einer großen Metallbox befindet«, sagte er konsterniert.

»Wollen Sie lieber das Treppenhaus nehmen? Ihre beiden Räume liegen zwischen Kühlkammer und Krankenzimmer im dritten Stock. Die Messe, also unsere Kantine, ist im vierten Stock.«

Bente trat seufzend ein. Ruckelnd setzte sich das Gerät in Bewegung, und der Däne presste die Lippen aufeinander.

»Wie hat die Belegschaft auf den Fund reagiert?«, wollte Liv wissen.

Silke Aspersen wischte sich über ihre feucht glänzende Stirn. Ihre Augenringe wirkten im harten Fahrstuhllicht sehr tief, was kein Wunder war, wenn man die Uhrzeit bedachte. Liv konnte kaum fassen, dass sie selbst vor ein paar Stunden noch auf der Bühne gestanden hatte.

»Der Fund hat sich schnell herumgesprochen«, sagte die Plattformmanagerin. »Selbst manche, die schon geschlafen haben, sitzen nun in der Kantine. Alle sind geschockt, einige haben geweint. Wir sind eine eingeschworene Gemeinschaft. Offshore ist auch immer ein Abenteuer, das schweißt zusammen. Dennis war ein verlässlicher Kollege, den viele schon jahrelang kannten.«

»Gibt es einen Arzt oder eine Ärztin auf der Plattform, für medizinische Notfälle?«, wollte Liv wissen. »Falls jemand zusammenklappt, meine ich.«

»Kein Arzt, nur Notfallsanitäter. Hier müssen alle mehrere Funktionen übernehmen. Kirsa beispielsweise, die den Hubschrauber eingewiesen hat, arbeitet im Control Center und ist ebenfalls als Sani ausgebildet. Andere haben eine Zusatzausbildung als Feuerwehrleute oder Rettungskletterer. Im Notfall können wir uns per Kamera mit einer Klinik auf dem Festland verbinden. ›Telemedizin‹ heißt das Zauberwort. Bislang sind aber alle ohne medizinischen Beistand ausgekommen.« Sie sah Bente an. »Wie geht es morgen weiter? Können die Techniker zu den Windrädern fahren? Wir haben ja alle Mitarbeiter im Blick. Niemand geht verloren. Und sobald Sie jemanden befragen wollen, wird er auch da sein, das verspreche ich.«

»Wir werden sehen«, sagte Bente knapp.

Der Fahrstuhl kam zum Stehen. In dem Gang, auf den sie traten, hing der Geruch von Essen und Kaffee. Bente atmete sichtlich auf. Nach wenigen Schritten kamen sie in die Messe, die den spröden Charme einer Betriebskantine hatte. Die leisen Gespräche verstummten sofort. Alle Augen richteten sich auf sie. Liv überschlug die Gruppengröße: Etwa zwanzig Mitarbeiter waren hier, die meisten zwischen fünfundzwanzig und fünfundvierzig.

Silke Aspersens Blick flog zu dem Fernseher an der Wand und dann durch den Raum. »Wer hat das veranlasst?«, fragte sie scharf und auf Englisch.

Liv bemerkte jetzt, dass auf dem Bildschirm der Teil des Fundaments zu sehen war, an dem eben noch der Tote gehangen hatte.

Lauritz Hanzmann hatte neben Quirin Darss an einem Tisch gesessen und erhob sich jetzt. Die Schutzkleidung hatte er abgelegt. Darss war noch immer in Expeditionsjacke, Anzug und Stiefeln. »Unsere Mitarbeiter haben ein Recht darauf zu erfahren, was hier vorgeht!«

»Aber Sie haben kein Recht, die Übertragung der Überwachungskameras auf öffentlich zu schalten!«, sagte Silke Aspersen.

»In meiner Stellung habe ich …«

Aspersen zog kurzerhand den Fernsehstecker. Gerade, als Hanzmann erneut den Mund aufmachte, sprang ein Mann auf, dessen T-Shirt über dem muskulösen Oberkörper spannte. »Befragen Sie mich, aber sofort!«, forderte er und tänzelte dabei wie ein Boxer nervös von einem Fuß auf den anderen. »Morgen früh nehme ich das erstbeste CTV und bin weg hier. Keinen Augenblick bleibe ich länger mit einem Mörder an diesem Ort!« Andere Mitarbeiter pflichteten ihm bei.

Silke Aspersen missbilligte diese Entwicklung sichtlich. Sie schlug einen beruhigenden Ton an, in dem jedoch eine gewisse Schärfe mitschwang. »Bleib locker, Timo. Erstens ist hier alles in Ordnung. Zweitens ist es nicht dein Schiff. Und drittens brauchst du dann nie wieder hier auftauchen.«

»Frau Aspersen hat recht: Sie sind hier in Sicherheit«, betonte Bente nun auch, ehe er sie vorstellte.

»Wie wollen Sie uns denn schützen? *Dammit*, vier Polizisten, das ist doch lächerlich!«, rief ein bulliger Mann mit einem ausgeprägten englischen Akzent.

»Dreht nicht durch, das war kein Mord, sondern ein Unfall!«, rief ein anderer.

»Das glaubst auch nur du! Man hat die Würgemale doch deutlich gesehen!«, meldete sich Timo wieder zu Wort. Auch die Frauen, die bei der Küche zusammenstanden, redeten aufgeregt in einem Tonfall, der osteuropäisch klang. Eine Frau, die sich etwas abseits hielt, fiel Liv besonders ins Auge. Hochgewachsen, gute Figur, mit schwarzen asymmetrisch geschnittenen Haaren, ausdrucksvollen Augen und vollen Lippen. Die Zeichen auf der Schutzweste kamen Liv bekannt vor. War das diese Kirsa, die den Hubschrauber eingewiesen hatte?

Die Diskussion brandete immer heftiger auf. Vielleicht hätten wir die Belegschaft doch in ihre Kabinen schicken sollen, dachte Liv. Die Mutmaßungen über einen möglichen Mord würden sie selbstverständlich nicht kommentieren, damit sie kein Täterwissen verrieten.

Bente trat entschlossen vor und hob die Hände. »Beruhigen Sie sich endlich!«, rief er. »Ihnen geschieht hier nichts. Wir werden mit jedem sprechen. Bitte unterlassen Sie es bis dahin, sich mit den anderen über das Ereignis auszutauschen. Zunächst werden wir mit der Plattformleitung reden und mit allen, die mit Dennis Marzen direkt zusammengearbeitet haben, eng mit ihm befreundet waren oder ihn gestern Abend gesehen haben. Wer etwas Ungewöhnliches beobachtet hat, soll sich sofort an uns wenden. Alle anderen können sich in ihre Kabinen zurückziehen und schlafen. Sie werden rechtzeitig erfahren, wann Sie an der Reihe sind.«

»Schlafen?! Wie soll ich denn schlafen, wenn hier ein Mörder frei herumläuft! Ich bin doch nicht lebensmüde.« Das war wieder dieser Timo.

Liv neigte sich zu Silke Aspersen. »Wer ist das?«

»Timo Müller, einer unserer Servicetechniker.«

Dem Mann musste Einhalt geboten werden, sonst würde er alle anderen aufwiegeln. Liv verständigte sich wortlos mit Bente. Dann sagte sie laut: »Wir können Ihre Beunruhigung nachvollziehen, Herr Müller. Sie können sicher sein, dass wir den Tatbestand so schnell wie möglich aufklären werden.«

»Egal, wie schnell das geht – bis dahin sind wir in Gefahr!«

»Das glaube ich kaum«, meinte Bente. »Wenn Sie einen anderen Kenntnisstand haben, dann kommen Sie bitte ins Control Center, da sind wir als Nächstes.«

Stimmengewirr brandete lauter auf. Lauritz Hanzmann redete auf Quirin Darss ein. »… Henriette … endlich der Durchbruch … müssen unbedingt die Gesellschafter und die Presse …«, hörte Liv.

Als Bente die Zusammenkunft beendete, brach Hanzmann das Gespräch mit Darss ab. Er schoss auf Bente zu und packte dessen Arm. »Ich muss Sie zu Eile und zur Diskretion mahnen. Unserem Unternehmen könnte durch diese Untersuchung großer Schaden zugefügt werden. Die Presse wird sich auf uns stürzen, von unserer Konkurrenz ganz zu schweigen. Und was ist nun mit den Arbeiten am Windpark, mit der nächsten Schicht?«

Bente machte sich los. »Wir werden eine Liste der Gesprächspartner erstellen. Bis jemand mit der Befragung dran ist, darf er weiter seinem Alltag nachgehen, also arbeiten oder freimachen. Hier geht ja niemand verloren, da hat Frau Aspersen recht.«

»Wann geruhen Sie, mich und mein Team zu befragen?«

»Legen Sie sich ruhig hin. Wir sprechen morgen früh … also genau genommen heute Vormittag.«

Hanzmann zog ab, um zu telefonieren. Liv wunderte sich. »Meinst du nicht, dass es besser wäre, gleich mit Lauritz Hanzmann zu sprechen? Schließlich hat Marzen auch für ihn gearbeitet.«

»In den nächsten Stunden werden wir eher nicht dazu kommen, anderes ist wichtiger. Warum also sollen wir ihn verärgern, indem wir ihn den Rest der Nacht warten lassen?«

In diesem Augenblick betraten die Männer, die ihnen beim Bergen der Leiche geholfen hatten, die Kantine. Mark Reisch und Arne Paifer wirkten niedergeschlagen und erschöpft. Alle verstummten. Einer der Arbeiter klopfte mit dem Knöchel auf die Tischplatte, und die anderen stimmten nach und nach ein, bis die Mensa von dieser Geste des Respekts widerhallte.

* * *

Mann, Dennis – warum nur? Hart rieb er sich die Tränen aus den Augen. Er flennte ja wie ein Kleinkind! Gleichzeitig war er wütend. Wenn er das sofort erledigt hätte, wäre er nicht in dieser Lage! Noch besser wäre es allerdings gewesen … Impulsiv hämmerte er mit der Faust gegen die Wand. Er wusste, dass ihm nicht mehr viel Zeit blieb, aber er fand einfach keine Lösung. Dennis war doch der Kopf gewesen, der Stratege!

Als er sich einigermaßen gefangen hatte, spähte er auf den Gang hinaus. Alles leer. Die anderen waren noch immer in der Kantine und quatschten dummes Zeug. Er hatte die Stimmung dort nicht ausgehalten. Einen besseren Moment, um das zu erledigen, was er tun musste, gab es nicht. Vermissen würde ihn niemand. Alle würden noch immer schicksalsergeben den Bullen lauschen. Wenn er jetzt nicht seine Haut rettete, dann würde er alles verlieren. Er steckte das Messer ein, zog die flammhemmende Kopfmaske über, legte den Gischtschutz der Jacke vor und huschte los.

* * *

Die Kantine hatte sich schnell geleert. Quirin Darss wollte bei den Gesprächen dabei sein, aber die Kommissare schickten ihn weg. Silke Aspersen brachte sie in die hochtechnisierte Leitwarte im obersten Stock, in der Bildschirme die Wände pflasterten und überall Leuchtdioden blinkten. Etliche Handys, Walkie-Talkies und sonstige technische Geräte standen bereit.

»Beeindruckend«, meinte Bente.

»Gewaltig, oder?«, stimmte Silke Aspersen stolz zu. »In diesem Control Center laufen alle Fäden zusammen. Hier wird die Windfarm überwacht, sowohl, was unsere Leute und CTVs angeht, als auch Wetter und Tierwelt. Gleichzeitig beobachten wir den umliegenden Schiffsverkehr. AIS, Radar, People Tracking – und etliches mehr. Viele denken, auf See ist es gefährlich – aber ich würde sagen, hier ist man sehr sicher.«

»Sicher? Das dürfte Dennis Marzen anders sehen«, warf Liv ein, ehe die beiden sich in technische Feinheiten verlieren konnten.

»Natürlich, wie dumm von mir.« Silke Aspersens Züge verfinsterten sich. »Ich liebe einfach meinen Job, da geht es manchmal mit mir durch.« Die Managerin rief per Handfunk einen Mitarbeiter, und gleich darauf kam Kirsa Thorildson herein, die Aziz die Funktionsweise des Überwachungssystems erklären sollte. Es wurde vereinbart, dass Aziz und Wanda die Mitarbeiterin vorher befragen würden. Wanda würde sich anschließend die Einsatzpläne und sonstigen Unterlagen vornehmen, um eine Prioritätenliste bei den allgemeinen Befragungen des restlichen Teams zu erstellen. Marzens Kabine konnten sie hingegen erst untersuchen, wenn die KTU fertig war.

Liv und Bente zogen sich mit der Managerin in ein weiteres Büro zurück, in dem an der Pinnwand unzählige Fotos hingen, auf denen Silke Aspersen in der Weite des Meeres vor gewaltigen Industrieanlagen zu sehen war. Die Managerin bot den Kommissaren Stühle an und setzte sich an ihren Schreibtisch.

Liv holte ihr Schreibzeug hervor, bat aber auch darum, das Gespräch als Gedankenstütze aufzeichnen zu dürfen. »Wie sind Sie dazu gekommen, offshore zu arbeiten?«, leitete sie die Befragung ein.

Silke Aspersen griff nach einem der drei Bälle neben ihrer Tastatur und rollte ihn mit der Handfläche auf der Tischplatte; auf dem blauen Ball war ein lachendes Gesicht. »Ich bin Elektrikerin und gerne gesegelt, als ich von einem Freund das erste Mal von Arbeitsmöglichkeiten auf hoher See hörte. Also habe ich mich fortgebildet. Angefangen habe ich auf *Mittelplate*.«

»Ebenfalls in der Nordsee, die einzige Bohrinsel auf deutschem Hoheitsgebiet«, wusste Liv.

Aspersen nickte. »Ich habe Blut geleckt, bin auf Ölbohrinseln nach Norwegen gewechselt und später nach Schottland. Wenn man Familie hat, ist der Arbeitsrhythmus hier entspannter – und ich habe trotzdem das Meer um mich. Erst letzte Woche sind wir mit dem Schlauchboot raus und haben

Schweinswale und Delphine beobachtet. Die Arbeit selbst ist abwechslungsreich. Jeder Tag ist anders.«

»Lauritz Hanzmann scheint nicht gerade begeistert zu sein, dass die Polizei benachrichtigt wurde«, merkte Bente an.

»Herrn Hanzmann interessiert in erster Linie seine Forschung. Er ist der Meinung, dass Dennis ausgerutscht und gestürzt ist. Aber an diesem Ort? Und woher kommen dann die Striemen an seinem Hals?«

»Erzählen Sie uns von Dennis Marzen.«

Aspersen rollte den Ball zwischen beiden Handflächen. »Dennis arbeitete schon hier, als ich anheuerte. Er hat unsere Taucheinheit geleitet.«

»Was bedeutet das? Was für Arbeiten fallen hier für Taucher an?«

»Die Taucher kümmern sich um Steinschüttung und Kolksicherung, also den Schutz vor Strudellöchern, die an den Fundamenten entstehen. Sie kontrollieren Bauteile und Schweißnähte auf defekte Stellen, und beheben diese Unterwasserschäden, wenn nötig. Außerdem unterstützt das Team die Forschungsabteilung.«

»Wie groß ist das Team? Und wer wird ihn ersetzen?«, wollte Bente wissen. Profitierte jemand vielleicht beruflich von Marzens Tod?

»Wir beschäftigen vier Berufstaucher, was ungewöhnlich ist. Ich nehme an, dass Ryan die Position übernehmen wird, einer unserer Schotten. Er ist erfahrener als Nickels, was das Schweißen angeht. Und dann müssen wir wieder suchen«, erklärte Aspersen konsterniert.

Liv unterstrich den Namen. Nickels ist vermutlich Friese, dachte sie. Denn auf Amrum und Föhr war das ein häufig vertretener Vorname.

»Was war Dennis Marzen für ein Mensch?«, fragte Liv.

»Perfektionist. Verantwortungsbewusst. Geradeheraus. Dennis wusste, was er konnte und was er wollte.«

»Damit haben manche Schwierigkeiten.«

»Stimmt. Aber nicht hier, nicht bei uns. Hier sind klare Ansagen wichtig. Die See verzeiht keine Fehler.« Silke Aspersen knetete den Ball jetzt heftiger. Als sie Livs Blick bemerkte, meinte sie: »Ich trainiere nur meine Fingerkraft, das ist wichtig fürs Klettern.«

»Wie läuft die Mitarbeiterrekrutierung bei Ihnen ab?«, wollte Liv wissen.

»Die Stellen werden international ausgeschrieben. Viele wollen offshore arbeiten. Es hat sich herumgesprochen, dass man hier gutes Geld machen kann. Offshore-Monteure oder Berufstaucher verdienen viel, gerade durch die Zulagen. Aber das Auswahlverfahren ist streng, die Anforderungen sind hoch.«

»Inwiefern?«

»Die Offshore-Tauglichkeit wird nach britischen und norwegischen Vorschriften von einem international akkreditierten Arzt festgestellt. Diese Untersuchung muss alle zwei Jahre wiederholt werden. Zudem hat die *Deutsche Gesellschaft für Maritime Medizin* eine Empfehlung für die Untersuchung herausgegeben. Unsere Mitarbeiter müssen nicht nur fit, sondern auch stressresistent sein.«

»Ich stelle mir das schwierig vor, vierzehn Tage in dieser Enge aufeinander zu hocken. Da kann man einander schon auf die Nerven gehen«, hakte Liv nach.

»Hier zu arbeiten ist eine bewusste Entscheidung. Die Leute wissen, was auf sie zukommt. Wenn man die Nase von den anderen voll hat, zieht man sich eben zurück. Das ist wie in einer Jugendherberge oder einem Hotel – Ablenkung oder Rückzugsmöglichkeiten gibt es genug.«

Es war deutlich, dass Aspersen bei der Friede-Freude-Eierkuchen-Linie bleiben würde.

Bente übernahm. »Mit wem war Dennis befreundet? Was hat er in seiner Freizeit gemacht?«

»Er hing meist mit seinem Team herum, also mit Ryan und Nickels. Die Jungs haben gekickert, Billard gespielt, so was.«

»Wann haben Sie Dennis zuletzt gesehen?«

»Gestern Abend in der Kantine. Wir werden hier rund um die Uhr versorgt, aber meistens trifft man sich doch zu festen Zeiten zum Essen.«

»Um wie viel Uhr war das etwa?«

»Gegen 19.30 Uhr. Das *Schleswig-Holstein-Magazin* beim NDR fing gerade an, das läuft immer auf dem Fernseher in der Kantine. Es gab Burger, die sind beliebt. Das Essen ist ein wichtiger Faktor für die Leute, die hier arbeiten – gleich nach schnellem Internet per Glasfaserkabel.«

»Wie ist es mit Alkohol?«

»Verboten.«

»Drogen und Sex?«, fragte Liv, die an ihre vorige Hypothese über die Todesursache dachte, so abseitig sie auch sein mochte.

»Ebenfalls verboten. Hier braucht man einen klaren Kopf.«

Liv stutzte. »Nach deutschem Recht ist es dem Arbeitgeber untersagt, sich in das Liebesleben seiner Angestellten einzumischen.«

»So sind die Regeln hier nun mal. *Hanzmann Energy* hat das Hausrecht. Letztlich ist das auch nicht verkehrt, denn eine Beziehung könnte den Betriebsablauf stören und zu Gefahrensituationen führen.« Silke Aspersen hob die Schultern. »Ich dachte, Ihnen geht es um den Mord und nicht um Arbeitsrecht.«

»Dennis Marzen hatte hier also keine sexuelle Beziehung?«, hakte Liv trotzdem nach.

»Nein. Wie kommen Sie denn nur darauf?«

»Nur so eine Frage. Ist Ihnen sonst etwas Besonderes aufgefallen? Hat Dennis sich ungewöhnlich verhalten? Mit wem hat er geredet?«

Silke Aspersen stützte die Ellbogen auf die Knie. Sie hatte den nächstgrößeren Ball genommen, einen grünen mit einem staunenden Gesichtsaufdruck, und bewegte diesen nun zwischen den Fingern. »Schon hundertmal habe ich das überlegt. Habe mich gefragt, ob ich etwas übersehen habe. Ich trage doch die Verantwortung für diese Crew! Aber mir fällt einfach nichts dazu ein. Dennis saß abends bei seinen Kumpels. Alles war wie immer.«

»Wann haben Sie bemerkt, dass etwas nicht stimmt?«

Sie wechselte noch einmal den Ball. Der neue war rot und hatte Zornfalten um die aufgedruckten Augen. »Ich habe kurz vor 24 Uhr die Überwachungsmonitore kontrolliert. Da habe ich festgestellt, dass das System abgestürzt ist … Also, dass immer dasselbe Bild gezeigt wurde. Ich habe das System runtergefahren und neu gestartet. Danach habe ich die Leiche entdeckt. Natürlich habe ich sofort Olaf gerufen, den Sani, der Notdienst hatte.«

»Woher wussten Sie so genau, dass Marzen tot war? Hätte er nicht noch leben können?«

Silke Aspersen schluckte sichtlich. »Nein, ich … Das glaube ich nicht … Die toten, offenen Augen, die Zunge, das Blut. Er bewegte sich nicht, kein Zucken, kein Heben der Brust. Und dann die Verletzungen.« Entschlossen schüttelte sie den Kopf, um jeglichen Zweifel abzuschütteln. »Wir waren sicher, dass für Dennis jede Hilfe zu spät kam. Wegen der Verletzungen habe ich die Polizei benachrichtigt.« Sie hielt noch einmal inne und blickte die Kommissare hilfesuchend an. »Glauben Sie, dass es Selbstmord gewesen sein könnte?«

»Was wir momentan glauben, ist nicht maßgeblich. Die Leichenschau wird uns hoffentlich einige gesicherte Erkenntnisse geben. Gibt es sonst etwas, das aus Ihrer Sicht in diese Richtung deutet?«

Stumm schüttelte die Managerin den Kopf.

»Hat Dennis über Selbstmord gesprochen?«

»Nein. Es war eine bescheuerte Idee. Ich will nur nicht wahrhaben, dass … Genau wie Herr Hanzmann. Wir haben sogar in Dennis' Kabine nachgeschaut, ob er einen Abschiedsbrief hinterlassen hat. Aber da war nichts. Nur sein Laptop. Und der ist passwortgeschützt.«

Bei den Worten zog ein Kribbeln über Livs Nacken, als ob sich jedes einzelne Härchen aufstellte. »Ich dachte, die Kabine ist verschlossen. Sie haben Dennis' Unterkunft doch nicht etwa durchwühlt?« Und überall Fingerabdrücke und sonstige Spuren hinterlassen, setzte sie in Gedanken hinzu.

»Nein, keine Sorge. Ich habe nur einmal in die Kabine geschaut und dann die Tür verschlossen und sicherheitshalber mit Absperrband zugeklebt.«

Liv war etwas beruhigt. »Haben Sie eine Erklärung für den Ausfall des Überwachungssystems? Gab es schon früher Probleme?«

»Eigentlich nicht. Ich weiß nicht, was los war.« Silke Aspersen rieb sich über das feucht glänzende Gesicht.

Warum war der Managerin nicht früher aufgefallen, dass mit dem System etwas nicht stimmte? »Was haben Sie sonst an diesem Abend gemacht?«, wollte Bente wissen.

»Wie meinen Sie das? Nichts sonst. Ich habe ferngesehen, mit zu Hause geskypt.« Abwehr sprach aus dem Tonfall der Frau. Liv war klar, dass sie auf die letzte Frage noch mal näher eingehen musste, wenn sie mehr Informationen zusammengetragen hatten.

»Und was ist mit diesem Timo Müller? Warum fürchtet er sich so vor einem vermeintlichen Mörder? Er wirkt eigentlich nicht, als ob er ein ängstlicher Typ wäre.«

»Keine Ahnung, was in den gefahren ist.«

* * *

Was für ein Scheißpech. Sein erster Plan war gescheitert. Also musste er noch einmal improvisieren – und das hasste er wie die Pest. Klebrig steckte das Messer in seiner Tasche. Aus dem Zimmer waren Stimmen zu hören. Zwei Leute waren bei Dennis, vielleicht drei.

Als die Tür aufging und ein massiger Typ auf den Gang trat, der in seinem weißen Anzug wie eine Mischung aus Baymaxx und Michelin-Männchen aussah, drängte er sich tiefer in die Nische. Kam ihm der Zufall zu Hilfe? Das Michelin-Männchen tippte auf sein Handy und lauschte.

»Noch immer kein Empfang. Ich werde kurz raus müssen. Gibst du Gerlich Bescheid, dass er übernehmen kann?«, rief er ins Zimmer hinein.

Eine Frauenstimme antwortete etwas. Das Michelin-Männchen entfernte sich. Türenklappen auch in dem Raum. Die Frau musste ins Nebenzimmer verschwunden sein. Jetzt oder nie. Er schob sich aus dem Winkel und schlich zu der offen stehenden Tür. Maske und Kapuze störten ihn, und die Arbeitskleidung raschelte leise. Andererseits gab es auf einer Offshore-Plattform keine bessere Tarnung als diese.

Er spähte in den Raum. Der nackte Körper war auf einer weiß bedeckten Liege ausgestreckt. *Dennis, verdammt – was hat man dir angetan!* Schon wieder wurden seine Augen feucht. Auf Dennis' Haut klebten Plastikstreifen. Das war ja pervers. Wenn Dennis wüsste, dass man so mit ihm umging! Und da lagen ja auch Dennis' Klamotten und der Rucksack. Da musste es sein. Noch war es nicht zu spät, das wusste er. Langsam schlich er weiter …

Er erstarrte, als eine Frau sich Dennis' Sachen näherte. Wo kam die denn auf einmal her?! Er hatte doch das Zuschlagen der Tür gehört. Wenn sie sich jetzt umwandte, würde sie ihn sehen. Als er das Gewicht verlagerte, quietschten die Gummisohlen seiner Schuhe. Verdammt! Die Ader an seinem Hals pulste heftig, wie immer, wenn er nervös war. Unter der Maske bekam er schlecht Luft.

»Bist du schon wieder da? Das ging ja schnell mit dem Telefonat! Ich nehme mir noch mal den Rucksack …«, begann sie und drehte den Kopf.

Ihm blieb nichts anderes übrig. In dem Moment, in dem er ausholte, um sie zu schlagen, hörte er hinter sich eine männliche Stimme.

»Was soll das? Was machen Sie denn da?«

Sein Schlag ging halb daneben, die Frau stieß einen Schrei aus, stolperte und fiel. Er fuhr herum. Wo war denn der Lockenkopf auf einmal hergekommen? Wenn er hier unerkannt wieder rauswollte, musste er ihn unschädlich machen …

5

Beinahe gleichzeitig läuteten Livs und Bentes Handys. Die Nachricht traf Liv wie ein Stromstoß. Bente rief etwas, aber sie war schon losgelaufen. Es konnte auf jede Sekunde ankommen.

Prustend kam ihnen Botersen-Evers im Treppenhaus entgegen. »Er ist mir entwischt. Etwa 1,88, kräftig. Maske, Warnschutzkleidung, Latexhandschuhe.«

Bente informierte Aziz und Wanda. Gleich darauf hatten die Kommissare ihre improvisierte Einsatzzentrale erreicht. Liv atmete bei dem Anblick unwillkürlich auf. Sebastian saß auf einem Stuhl. Den Kopf ließ er hängen, sodass seine Locken das Gesicht verdeckten. Mit einer Hand presste er sich ein Kühlpad auf den Hinterkopf. Oda kniete auf dem Boden und kühlte ihren Knöchel. Bente kam ihr zu Hilfe.

Liv sah jetzt, dass Sebastian mit der anderen Hand ein Tuch auf die Nase hielt. Es war blutig. »Habt ihr uns einen Schrecken eingejagt! Was kann ich tun? Wie kann ich euch helfen?«, fragte Liv und hockte sich neben Sebastian.

»Eine Kopfprellung ohne Anzeichen einer Gehirnerschütterung – glücklicherweise konnte ich mich abfangen – und Nasenbluten. Das Nasenbein ist nicht gebrochen. Wird schon wieder«, nuschelte er. »Odas Knöchel ist mindestens verstaucht, ob die Verletzung schwerer ist, wird sich erst nach dem Röntgen zeigen.«

»Der Kerl wollte mir einen Schlag versetzen, als Doktor Gerlich dazukam. Ich bin ausgewichen und dabei umgeknickt. Dann wollte er den Doktor schlagen, aber Sebastian, also ich meine Doktor Gerlich, hat sich gewehrt. Die beiden haben gekämpft«, berichtete Oda mit geröteten Wangen.

War da etwa Bewunderung in Odas Blick? *Was geht es mich an?* Allerdings war auch Liv überrascht über Sebastians Mut. Der Rechtsmediziner erstaunte sie in den letzten Stunden immer wieder.

Sebastian sah auf. Seine Nase war dick und rot. »Der Typ hat mich gegen die Wand gestoßen, dann hat er die Asservate gestohlen und ist abgehauen«, sagte er ärgerlich.

»Was genau?«, wollte Bente wissen.

»Na, alles: Rucksack, Seil und die Kleidung von Marzen«, zählte Oda auf.

»Habt ihr den Angreifer erkannt?«, fragte Liv.

Beide verneinten. »Vor dem Gesicht hatte er eine Maske. Aber vielleicht würden wir ihn anhand der Augenpartie wiedererkennen«, sagte Oda. »Am besten schauen wir uns die Mitarbeiterfotos an, solange der Eindruck noch frisch ist. Wer weiß, was dieser Kerl als Nächstes vorhat.«

»Auf jeden Fall! Könnt ihr danach trotzdem eure Arbeit wieder aufnehmen? Ich weiß nicht, wie ich so schnell Ersatz für euch bekommen soll. Und natürlich müsst ihr Anzeigen gegen Unbekannt erstatten«, sagte Bente.

»Ich bin einsatzfähig«, meinte Sebastian.

»Ich auch.«

Im nächsten Augenblick sah Liv rot. Ein rotgesichtiger Hüne mit rötlichem Haar schoss herein, der auch noch einen roten Sani-Anzug und einen Notfallkoffer trug. »Gottseidank, da fällt mir ja ein Th… Stein vom Herzen. Thi… Silke schickt mich.« Liv dachte erst, es würde nur an dem Keuchen liegen, dass er so schwer verständlich war, aber er schien auch noch zu lispeln. »Ich bin Olaf, der Notfallsani. Wo soll ich anfangen?« Er kniete sich neben Oda und riss seinen Koffer auf. Sofort roch es beruhigend nach Desinfektionsmittel.

Liv und ihr Kollege wollten gerade aufbrechen, um nach dem Angreifer zu suchen, als Bentes Handy klingelte. Das Gespräch war nur kurz, aber anscheinend alarmierend. Was war denn auf einmal nur los?!

Bente sah Liv grimmig an. »Das war Wanda. Jemand hat die versiegelte Kabine von Dennis Marzen aufgebrochen.«

»Ich bin auf der Suche nach dem Angreifer hier vorbeigekommen und habe den Einbruch entdeckt. Der Einbrecher muss etwas gesucht haben«, sagte Wanda, als sie die Kabine von Dennis Marzen im vierten Stock erreichten.

Die Klebestreifen, die mit Absperrband Türblatt und Wand verbunden hatten, waren aufgeschnitten worden, das einfache Schloss aufgehebelt. Kratzer wiesen auf ein scharfes Werkzeug hin. Wanda sagte den auf den Gang spähenden Kabinennachbarn, dass sie etwas später befragt werden würden.

»Hat er sonstige Spuren hinterlassen?«, fragte Bente.

»Entdeckt habe ich auf die Schnelle nichts.«

Bente stieß einen dänischen Fluch aus, der sich deftig anhörte. »Versiegle die Kabine auf jeden Fall wieder. Wir hätten uns Marzens Kabine schon längst vornehmen müssen, wenn wir personell besser ausgestattet wären. Selbst wenn wir fremde DNA darin finden, ist jetzt unklar, von wann sie stammt.«

»Du meinst, ob die Spur mit Dennis Marzens Tod im Zusammenhang steht oder erst eben hinterlassen wurde«, präzisierte Liv.

»Genau.« Bente nickte düster. »Wo ist Aziz?«

»Sucht nach dem Flüchtigen.«

In diesem Augenblick bog Silke Aspersen mit dem Kommissar auf den Gang ein. »Die Asservate wurden ein Stockwerk tiefer in einem abgelegenen Winkel wiedergefunden. Nichts fehlte. Neben dem Rucksack, dem Seil und der Kleidung des Toten lagen ein Schutzanzug und die Maske – beides hat vermutlich der Dieb getragen. Dem Namensschild nach gehört der Anzug einem Mitarbeiter, der derzeit gar nicht auf der Plattform ist. Botersen-Evers kümmert sich darum«, berichtete Aziz, für seine Verhältnisse in geradezu epischer Ausführlichkeit.

Die Managerin hielt in einer Hand ein Smartphone und in der anderen ein Handfunkgerät. Das Walkie-Talkie gab ein schnarrendes Geräusch von sich, aber sie reagierte nicht darauf, sondern wirkte ratlos. »Ich begreife einfach nicht, was hier los ist. Wer tut denn so was? Und warum?«

»Das werden wir herausfinden«, versicherte Bente ihr.

Die Kommissare versammelten sich um ihren Einsatzleiter. Wanda war sichtlich empört. »Die Unruhe unter der Belegschaft wächst jetzt bestimmt noch. Wir müssen überall nach dem Flüchtigen suchen. Er kann doch nicht einfach Gesetzesvertreter angreifen! Wo kommen wir denn da hin?«

»Und wonach suchen wir, bitte?«, fragte Bente eine Spur ungeduldig. »Bislang haben wir keinen Ansatzpunkt. Du weißt genau, dass wir nicht alle Mitarbeiter unter Generalverdacht stellen können. Die Gefahrenabwehr hat Vorrang vor allem anderen, aber es bringt nichts, planlos die Plattform zu durchsuchen.«

Rein rational sah Liv das genauso. In ihr tobte jedoch ein Sturm der Entrüstung. Wer wusste schon, was dieser Dieb als Nächstes vorhatte? Andererseits hatte sein Angriff offenbar direkt im Zusammenhang mit den Asservaten gestanden, sodass eine Wiederholung unwahrscheinlich war.

»Wir müssen die Aufzeichnungen der Überwachungsanlage checken. Der Dieb sollte aufgenommen worden sein«, war Bente überzeugt.

»Außerdem habe ich einen Fußabdruck neben den Asservaten entdeckt, das wollte ich eben vor Frau Aspersen nicht erzählen«, sagte Aziz.

»Sehr gut. Vielleicht finden wir ja auch Haare oder Hautschuppen auf dem Schutzanzug.«

Liv überlegte laut. »Spekulieren wir mal. Wenn es sich bei dem Dieb um denjenigen handelte, der den Tod von Dennis Marzen zu verantworten hat, und er Beweismittel an sich bringen oder vernichten wollte – warum hat er die Sachen nach dem Mord denn nicht einfach ins Meer geworfen?«

»Vielleicht wurde er überrascht, ehe er die Sachen entsorgen konnte«, sagte Aziz.

»Also, nehmen wir uns die Aufnahmen der Überwachungskameras vor. Und dann müssen wir endlich erfahren, was die spurenkundliche Untersuchung bei Marzen ergeben hat!«

Bente telefonierte mit Hasselbrecht, während Liv mit Wanda und Aziz die Aufnahmen sichtete. Den Maskierten entdeckten sie schnell, da er unterwegs gewesen war, als die meisten anderen an der Versammlung in der Kantine teilgenommen hatten. Ein einzelner Mann in leeren Gängen. Die Ermittler sahen, wie er die versiegelte Kabinentür mit einer Art Messer aufhebelte, hineinging und nach nicht einmal einer Minute wieder herausstürzte. Offenbar wusste er genau, wo die Kameras waren, denn danach war er nur kurz oder im Anschnitt zu sehen. Erst als er Botersen-Evers belauerte und Sebastian angriff, tauchte er wieder auf. Anschließend sah man den Kerl mit den Asservaten weglaufen. Noch einmal, wenig später, durchs Bild hasten. Und schließlich war und blieb er verschwunden.

»Erkennen Sie ihn? Die Statur, das Bewegungsmuster?«, fragte Liv. Silke Aspersen schüttelte den Kopf. Sie sah müde aus. Liv berührte ihren Arm. »Gehen Sie ins Bett. Wir kommen klar.«

»Das kann ich nicht machen. Ich trage die Verantwortung.«

»Sie müssen doch einen Stellvertreter haben.«

Die Managerin zögerte kurz, sah dann auf die Uhr. »Es ist gleich 5 Uhr. Ich lasse mich ablösen, wenn die nächste Schicht beginnt, dann schlafe ich ein paar Stunden.«

Bente kam zurück. Er wirkte konsterniert. »Hasselbrecht und Hennes sind in Flensburg nicht untätig gewesen. Die gute Nachricht: Wir bekommen Unterstützung von den anderen Mordkommissionen in Schleswig-Holstein. Die schlechte: Es wird noch dauern.«

»Noch dauern? Der Mann hat anscheinend ein Messer!«, platzte es aus Wanda heraus. »Er hat Gesetzesvertreter angegriffen und Asservate gestohlen! Vielleicht ist er sogar der Mörder! Wir brauchen sehr viel Unterstützung, und zwar schnell!«

»Es dauert so lange, wie es dauert. Wie es bisher aussieht, ging es dem Angreifer nur um die Asservate. Macht ihr hier weiter. Doktor Gerlich und Oda sollen die Aufnahmen und die Mitarbeiterfotos überprüfen, vielleicht erkennen sie den Angreifer ja tatsächlich anhand der Augenpartie wieder.«

»Ich nehme mir die Aufnahmen vor. Vielleicht kann ich auf vergrößerten Einzelbildern Details identifizieren«, schlug Aziz vor.

Bente nickte. »Und wir befragen die Kabinennachbarn. So groß ist diese Plattform nicht, dass niemand etwas mitbekommen haben könnte.«

Als Liv und Bente nach den Befragungen in das Control Center zurückkehrten, zeigte sich ein schmaler Streifen Orange zwischen dem Blaugrau des Himmels und dem anthrazitfarbenen Meer. Die Sonne würde bald aufgehen. Die Schemen und Lichter der Windräder bildeten gerade Linien, eine perfekte Anordnung. Ein beruhigender Anblick, der mit der Lage auf der Plattform ganz und gar nicht korrespondierte.

Sie hatten nur wenige Kabinennachbarn befragen können, und die hatten weder etwas gesehen noch gehört. Liv spürte, wie trotz der Aufregung die Müdigkeit herankroch. Ein tückischer Gegner, der einen der wichtigsten Sinne berauben konnte. Dann aber sah sie Dennis Marzens aufgedunsene Gesichtszüge und die verletzten Kollegen wieder vor ihrem inneren Auge, und die Energie kehrte zurück.

Wanda war noch dabei, mit dem Rechtsmediziner und der Kriminaltechnikerin die Belegschaftsfotos durchzuschauen. Oda saß neben Sebastian und hatte den nun sorgfältig verbundenen Fuß auf einen Stuhl gelegt. Aziz überprüfte währenddessen weiter die Überwachungsaufnahmen.

»Kein Treffer, aber wir sind auch noch nicht durch«, meinte Wanda.

Sebastian tippte seine Fingerspitzen ungeduldig aneinander. »Ich habe die Augenpartie anscheinend viel zu kurz gesehen, um sie wiederzuerkennen. Mich macht es nervös und wütend, hier zu sitzen, während ich eigentlich die Leichenschau beenden sollte.«

»Das geht mir auch so. Wir haben noch so viel zu tun«, stimmte Oda zu.

»Die Gefahrenabwehr geht vor. Wir müssen herausfinden, wer der Angreifer war, und ihn in Gewahrsam nehmen«, wiederholte Bente.

Liv sah hinaus, wo der Farbstreifen über dem Horizont langsam einen satten Pfirsichton annahm. Die Schönheit dieses Naturschauspiels nahm sie gefangen.

Der Rechtsmediziner und die Kriminaltechnikerin bestanden darauf, wieder an die Arbeit zu gehen.

»Ich bin immer noch dafür, dass wir Durchsuchungen vornehmen«, sagte Wanda.

Bente strich sich unzufrieden über seine Bartstoppeln. »Ohne einen schlüssigen Beweis und richterliche Anordnung? Gerade zur Nachtzeit?«

»Gefahr im Verzug! Außerdem ist, rechtlich gesehen, die Nacht seit 4 Uhr vorbei.«

Ihr Kollege warf die Hände in die Luft. »*For God's sake*, Wanda«, fluchte Bente auf Englisch, wie er das so oft tat. »Du weißt doch, wie eng das Bundesverfassungsgericht die Eilkompetenz bei Durchsuchungen ausgelegt hat! Außerdem droht uns im Zweifelsfall bei rechtswidriger Durchsuchung ein Beweisverwertungsverbot.«

Liv und Bente suchten nun endlich das Behelfslabor auf. Die Deckenlampen brannten, auch wenn die Sonne gerade die letzten grauen Wolken vertrieb. Auf den Wellen tanzten nur noch vereinzelt weiße Häubchen. Kein Surfwetter mehr, dachte Liv. Eine halb volle Flasche Eistee und ein Teller mit einem angebissenen Donut standen auf dem Tisch.

Oda verwahrte soeben den Schuhabdruck, den sie neben den Asservaten gefunden hatten. Sie humpelte halb barfuß heran. »Leider handelt es sich um die hier üblichen Arbeitsschuhe in Größe 44 – was vermutlich auf einen Großteil der Belegschaft zutrifft«, berichtete sie.

Botersen-Evers war dabei, die gefundene Warnschutzkleidung mit Folie abzukleben und diese zu analysieren. Mit der Spezialfolie konnten selbst kleinste Faserspuren gesichert werden. Faserfragmente waren oft mit dem bloßen Auge nicht zu erkennen, weshalb bei der Analyse verschiedene lichtmikroskopische Methoden zum Einsatz kamen, wie Durchlicht- und Fluoreszenz-Mikroskopie. »Ich habe mehrere Haare sichergestellt, die hoffentlich nicht dem eigentlichen Besitzer dieser Klamotten gehören, sondern unserem Täter. Außerdem haben wir jede Menge Faserspuren«, sagte er.

»Immerhin. Auch, wenn die DNA-Analyse ein paar Tage dauern wird. Was hat eigentlich eure Untersuchung des Toten ergeben?«

»Beim Abkleben des Leichnams konnten wir ebenfalls Fasern sichern, die uns vielleicht weiterhelfen werden. In der Drosselmarke fanden sich Faserspuren, die sich vermutlich mit dem gefundenen Seil in Einklang bringen lassen. Für ein definitives Ergebnis müssen wir die chemische Analyse abwarten«, berichtete der Kriminaltechniker.

»Was die Herkunft des Seils angeht: Es ist das hier üblicherweise verwendete Fabrikat«, setzte Oda hinzu.

»Fingerabdrücke?«

»Keine außer denen des Verstorbenen. Der Täter oder Tatbeteiligte trug wohl Handschuhe. Der Rucksack und die Taschen des Overalls waren leer. Kein Handy, auch sonst nichts. Nach offiziellen Angaben hat Marzen aber ein Handy gehabt. Es lässt sich nur nicht lokalisieren.«

»Seltsam. Möglicherweise hat auch der Angreifer danach gesucht. Warum trug Marzen den Rucksack, wenn nichts darin war?«

»Vielleicht hat der Mörder ihm den Inhalt abgenommen. Oder die Sachen sind ins Meer gefallen.«

»Ob Polizeitaucher unter dem Leichenfundort schauen können, ob auf dem Grund des Meeres etwas liegt?«, überlegte Liv.

»Du meinst, die finden in vierzig Metern Tiefe etwas? Bei dem Wellengang und den Strömungsverhältnissen, die hier meistens herrschen?« Bente klang skeptisch.

»Versuchen könnten wir es. Aziz hat herausgefunden, dass es sich bei Dennis Marzens Handy um ein Modell handelte, das angeblich wasserdicht sein soll – zumindest laut IP-Code. Dann sollte mindestens eine Datenrettung möglich sein. Dass der Maskierte etwas gesucht hat, das in Zusammenhang mit dem Tod von Dennis Marzen steht, ist auf jeden Fall naheliegend«, sagte Liv.

»Vielleicht ist der Unbekannte auch der Täter und wollte Beweise vernichten.«

»Möglich.«

»Wissen wir denn schon mehr über die Todesursache?«

Oda machte sich am Spurensicherungskoffer zu schaffen. »Doktor Gerlich schließt gerade die Leichenschau ab. Die Obduktion wird er erst in Kiel vornehmen.«

Das wunderte Liv nicht. Bei einer gerichtlichen Leichenschau wurde der Tote nur äußerlich begutachtet. Für eine Leichenöffnung oder innere Leichenschau waren sehr viele Gerätschaften nötig.

Botersen-Evers ergriff den Koffer. »Wir untersuchen jetzt die Kabine. Dürfte nicht so lange dauern. Danach nehmen wir uns die Zuwege zu den Technikbrücken vor«, meinte der Kriminaltechniker und schüttelte missbilligend den Kopf. »Dieser Tatort ist mir definitiv zu groß und zu ungemütlich.«

»Ihnen kann man es aber auch gar nicht recht machen«, meinte Liv ironisch.

»Mit einem deftigen Frühstück schon. Das soll hier wirklich gut sein. Aber erst kommt die Arbeit …«

Sebastian Gerlich hatte den Toten im Leichensack verstaut und war gerade dabei, den Bericht zu verfassen. Liv bemerkte, dass seine Nase weiter angeschwollen war. Natürlich wusste er, was die Kommissare sich von ihm erhofften. Er war ganz auf die Sache konzentriert, so, wie sie es von ihm kannten.

»Ich hatte gleich nach der Bergung die Temperatur genommen und die Reflexe getestet, das habt ihr ja gesehen. Die Totenflecke waren noch umlagerbar, die Gelenke bereits steif. Die Prüfung des Zsako-Muskelphänomens mit dem Perkussionshammer hat keine Reaktion mehr gezeitigt, die Prüfung des Biceps Brachii hingegen schon. Die Messung der Rektaltemperatur bestätigte später meine Schätzung. Der Tod ist vermutlich nach 21 Uhr eingetreten.«

»Was unseren bisherigen Ermittlungsergebnissen entspricht«, konstatierte Bente.

Der Zeitraum zwischen 21 und 24 Uhr war allerdings immer noch relativ groß. Natürlich könnte Marzen gleich nach 21 Uhr gestorben sein. Aber hätte ihn dann nicht jemand früher im Gestänge entdecken müssen? Wenn er erst kurz vor der Entdeckung durch Silke Aspersen am Fundort gelandet war, blieben zwei bis drei Stunden – eine Zeitspanne, in der jemand Dennis Marzen gesehen haben musste, dachte Liv.

Sebastian fuhr fort: »Die Leichenschau hat den ersten Eindruck unterstrichen, dass der Tod durch Erdrosselung verursacht wurde. Gegen eine Selbsterdrosslung spricht, dass keine beträchtliche venöse Stauung mit hämorrhagischem Zungeninfarkt aufgetreten ist. Bei dem verdrillten Drosselwerkzeug könnte es sich aus rechtsmedizinischer Sicht um das Seil gehandelt haben. Die imprimierende Drosselmarke entspricht der Seildicke, zudem wurden Faserspuren gefunden, aber das hat die Kriminaltechnik sicher schon berichtet. Teilweise sind mehrfache Drosselmarken vorhanden, was für ein Nachfassen des Täters spricht.« Seine Stimme war nasaler geworden. Sebastian berührte seinen Nasenrücken, als ob er, wie früher, die Brille hochschieben wollte, und verzog leicht das Gesicht. »Bei der Obduktion werde ich besonderes Augenmerk darauf legen, ob Hämorraghien im subkutanen Fettgewebe und in den Halsweichteilen sowie Frakturen von Kehlkopf und Zungenbein zu finden sind. Kehlkopfbrüche sind meist ein Hinweis auf ein Tötungsdelikt. Zudem hatte der Tote am Hinterkopf mehrere Hämatome sowie eine Quetsch-Riss-Wunde, aus der Spuren gesichert werden konnten.«

»Was für Spuren?«, fragte Liv nach.

»Splitter.«

»Dennis Marzen ist also zunächst niedergeschlagen und dann erwürgt worden?«, mutmaßte Bente.

»Ich könnte mir vorstellen, dass die Obduktion auch auf die Abfolge der Verletzungen einen Hinweis geben wird. Soweit ich weiß, ist der Hubschrauber allerdings erst in einigen Stunden wieder startklar; ein Problem mit der Elektrik.« Sebastian sah die Kommissare ruhig an. »So oder so ist Erdrosseln ein grausamer Tod, der sich mehrere Minuten hinziehen kann. Zu Beginn des Erstickungsvorgangs kommt es zu einem kurzen und willkürlichen Atemanhalten. Gleich darauf setzt die Atemnot ein, und schließlich folgt die agonale und terminale Schnappatmung. Bereits nach dreißig Sekunden Arterienverschluss kommt es zu ersten Hirnschädigungen. Mit bleibenden Hirnschäden ist nach drei Minuten zu rechnen und mit dem Hirntod nach fünf.«

Sebastian sprach so sachlich, dass Liv sich fragte, ob die rein medizinische Einordnung ihm half, das Grauen dieses Todes fernzuhalten. Sie musste an einen ihrer ersten Fälle bei der Mordkommission denken, bei dem eine junge Frau auf Sylt lebendig im Sand begraben worden war. Oft hatte sie sich den Schrecken des Erstickens ausgemalt. Und dann war sie vor einiger Zeit selbst verschüttet worden. Es war grauenhaft gewesen.

»Die Todesangst muss furchtbar gewesen sein. Die Hilflosigkeit und zugleich die Hoffnung, dass man sich doch noch befreien kann«, sagte sie.

Sebastian nickte. »Abwehrspuren weisen auf genau diesen Befreiungskampf hin. Wenn ein Täter überraschend zuschlägt und die Schlinge kräftig zuzieht, wird das Opfer fast immer sofort bewusstlos.«

»Der Täter hat das Opfer also nicht überrascht. Er könnte durch den Kampf verwundet sein?«

»Möglich. Um jemanden zu erdrosseln, ist auf jeden Fall eine gewisse Körperkraft nötig. Oder ein geeignetes Werkzeug«, sagte Sebastian.

»Das Tatwerkzeug haben wir mit dem Seil vermutlich, und über Kraft verfügen hier draußen wohl die meisten. Im Zweifelsfall müssen wir eine Rekonstruktion des Tathergangs durchführen«, überlegte Bente.

Livs Blick wanderte zur Uhr. Es war bald 7. Sie hatten noch einen Tag, um den Täter und oder den Angreifer zu finden. Mit dem Schichtwechsel würden die Ermittlungen ungleich schwieriger werden.

6

Nach einer raschen Lagebesprechung machten sie sich frisch. Livs Kabine war klein und funktional. Bett, Badezimmer, Schrank und Fernseher. Alles, was man brauchte, und doch karg. Zum Lagerkoller durfte man hier auf der Plattform nicht neigen. Kurz hatte sie überlegt, ob sie zu Hause anrufen sollte, aber Sanna war sicher gerade im Aufbruch zur Schule, und Elise wäre mit dem Hund unterwegs. Also ging Liv stattdessen in die Kantine. Es half nichts: Auch sie mussten essen, und sie alle hatten Hunger. Eine erste Untersuchung von Marzens Kabine hatte keine Besonderheiten ergeben. Sie hofften darauf, dass sie auf Marzens Laptop etwas finden würden, auf die Schnelle hatte sich das Passwort aber nicht knacken lassen.

Die Schichtarbeiter nahmen gerade ihr Frühstück ein. Wind und Schwell, also die Dünung, hatten nachgelassen, sodass die CTVs ablegen konnten. Liv blieb vor der Pinnwand stehen. Der Seewetterbericht für Nord- und Ostsee vom Deutschen Wetterdienst las sich wie eine mysteriöse Reisebeschreibung:

Hoch 1020 Mittelschweden, abschwächend, etwas südostwandernd. Keil 1015 Schottland, festliegend. Weiterer Keil 1015, Litauen, verstärkend. Tief 1012 Ärmelkanal, wenig ändernd.

Bis morgen früh ist in keinem der Vorhersagegebiete
mit Starkwind, Sturm oder Orkan zu rechnen.
Vorhersage gültig bis morgen früh:
Deutsche Bucht:
Ost bis Nordost um 3, See 0,5 Meter.
Aussichten gültig bis morgen Abend:
Deutsche Bucht:
Nordost um 3, etwas zunehmend.

Kurz verstummten die Gespräche bei ihrem Eintreten. Kirsa, die allein in der Nähe des Eingangs saß und etwas aus einem Buch notierte, sah nicht einmal auf. Die Stimmung schien gedrückt. Manche Arbeiter hielten sich nicht lange auf, sondern trugen das jeweilige Frühstückstablett direkt in ihre Kabine. Von Wanda hatte Liv gehört, dass es zu Streitereien über den Mord an Dennis gekommen war. Die Beteiligten waren auf der Liste der zu Befragenden nach oben gerückt.

Die Ermittler suchten sich einen Tisch am Rand der Kantine. Das Frühstück war appetitlich und reichhaltig. Es gab Rührei mit Speck, Pfannkuchen, Brötchen und sogar Baked Beans – ein Gericht, das anscheinend nicht nur von den Engländern und Schotten geliebt wurde. Liv lief das Wasser im Mund zusammen. Sie bestellte Rührei mit Tomaten und Schnittlauch, dazu Pfannkuchen. Bente plauderte mit der Köchin auf Dänisch.

»Soll ich dir einen Kaffee mitbringen?«, fragte Sebastian, der an Liv vorbeikam, während sie auf ihre Bestellung wartete. Er hatte anscheinend geduscht, denn Liv konnte sein Duschgel riechen. Auf seinen Händen balancierte er einen üppigen Obstteller und eine kleine Käseplatte.

»Gerne! Milchkaffee mit einem doppelten Espresso, wenn es geht. Danke!«

Als sie mit ihrem Frühstückstablett zum Tisch kam, hatte sich Oda bereits neben Sebastian gesetzt und ihn in ein Gespräch verwickelt. Liv fiel auf, dass die beiden sich jetzt duzten. Offenbar schweißte die Arbeit auf der Plattform nicht nur die Windpark-Mitarbeiter zusammen. Albernerweise verspürte Liv einen Stich. Sie wollte schon Botersen-Evers Gesellschaft leisten, der seine Pfannkuchen in Ahornsirup ertränkte, als Sebastian auf den Platz gegenüber wies.

»Den habe ich dir frei gehalten.«

Oda schien, ihrem Gesichtsausdruck nach zu urteilen, nicht begeistert zu sein. Sebastian reichte Liv den Kaffee und schob den Obstteller in die Mitte. »Bedien dich.«

Liv griff zu. Die Weintrauben ebenso wie die Mango- und Ananasscheiben sahen köstlich aus. Unglaublich, was den Arbeitern hier auf See geboten wurde. Sebastians zuvorkommende Art machte sie allerdings ein wenig argwöhnisch. Womit hatte sie das verdient?

Bente nahm nun auch Platz. Auf seinem Teller hatte er das volle Programm, samt Baked Beans, Speck und Würstchen. Nur Eier fehlten. Er rieb sich über das stoppelige Kinn und sah in die Runde. »Das haben wir uns wirklich verdient. Ihr alle habt gute Arbeit geleistet. Nach dieser Pause«, er sah auf die Uhr, »sagen wir, in einer Stunde, treffen wir uns. Dann besprechen wir ausführlich, wie es weitergeht und wie wir die Kollegen einplanen, die uns unterstützen werden. Ich habe zudem die Taucher angefordert. Ihr wisst ja, dem Technischen Zug der Polizeidirektion Flensburg gehören auch die Taucher an. Die Wasserschutzpolizei leistet Amtshilfe und schippert sie hierher.«

Eine der Küchenmitarbeiterinnen stellte Bente einen Teller mit einem pochierten Ei hin.

»Ah, der Herr hat Sonderwünsche«, neckte Liv ihn.

Bente lächelte zufrieden. »Die Köchin hat eine Ausnahme gemacht.«

Frauen machten erfahrungsgemäß für Bente gerne Ausnahmen. Und Bente nahm Sonderbehandlungen bereitwillig an, was seine Frau Laerke erstaunlicherweise tolerierte.

In diesem Augenblick trat Quirin Darss ein. Kurz hielt er bei Kirsa, dann kam er zu ihnen. Liv hatte den Geschäftsführer seit ihrer Ankunft nicht gesehen.

»Ich hörte, dass Sie noch gar nicht mit Herrn Hanzmann gesprochen haben«, sagte Darss etwas pikiert.

»Wir werden ihn nachher aufsuchen.«

»So spät?«

»Spät?«

»Ich werde auf dem Festland erwartet. Unsere Investoren und die Presse wünschen Informationen. Zudem hat sich einer Ihrer Kommissare bei Henriette Hanzmann angekündigt.«

Daher wehte also der Wind. Auch Bente verstand sofort. »Kein Problem, wir benötigen Ihre Hilfe nicht mehr.«

Genau genommen haben wir sie nie benötigt, dachte Liv.

»Aber bei dem Gespräch mit Herrn Hanzmann …«

»Dürfen Sie ohnehin nicht dabei sein.«

Da Lauritz Hanzmann eintrat, wandte Darss sich ihm zu. Hanzmann wechselte ein paar Worte mit den Mitarbeitern, an denen er vorbeikam. Genau wie Darss hielt auch er kurz bei Kirsa an. Liv sah, wie Kirsa lächelte, auch wenn es gezwungen wirkte. Als sie allein an einem Tisch saßen, wurden Hanzmann und Darss schnell ernst und diskutierten etwas.

Die anderen Ermittler plauderten bereits angeregt. Liv fand es immer wieder erstaunlich, wie schnell ihre Kollegen das Berufliche beiseiteschieben konnten, und auch Sebastian schien damit keine Probleme zu haben. Von der gefährlichen

Arbeit bei den Windrädern, den Industriekletterern und dem Thema Höhenangst waren sie zu ihren Freizeitbeschäftigungen gekommen. Sebastian erzählte von einem Ausflug in den Ith, das nördlichste Klettergebiet Deutschlands, das bei Hannover lag. Liv hatte noch nie davon gehört. Als er sie ansah, lächelte sie ihm zu, widmete sich aber schnell wieder ihrem Essen. Sie hatte gar nicht gewusst, wie hungrig sie gewesen war. Zum Nachtisch gönnte sie sich noch ein Croissant, das anscheinend frisch aufgebacken war und herrlich duftete. Die Arbeiter nahmen ihre Lunchpakete und brachen auf. Bis die nächste Frühschicht beginnt, müssen wir mit unseren Ermittlungen deutlich weiter sein, dachte Liv.

Als der Fall wieder ihre Aufmerksamkeit forderte, wurden ihr die Gespräche zu laut, und sie sehnte sich nach einem Augenblick der Stille und des Alleinseins, um die letzten Stunden Revue passieren zu lassen. Aber gab es das hier überhaupt? Die Kantinenhilfe empfahl ihr eine der Außengalerien.

Auf dem Weg hinaus passierte Liv den Tisch von Darss und Hanzmann. »… sitzen uns im Nacken … endlich positive Nachrichten liefern …«, hörte sie im Vorbeigehen. Rein menschlich schien der Tod von Dennis Marzen diese Männer nicht sonderlich zu berühren.

Als sie die Außengalerie gefunden hatte, stützte sie die Unterarme aufs Geländer und stand eine Zeitlang einfach nur da, während sie ins Weite schaute. Ein Möwenschwarm näherte sich den Windrädern. Am liebsten hätte Liv mit den Armen gerudert, um sie zu warnen, doch die Tiere würden sie wohl kaum bemerken – aus der Vogelperspektive war sie nur ein Punkt auf diesem großen Kasten. Glücklicherweise drehten die Möwen rechtzeitig ab.

»Friedlich, oder? Man kann sich gar nicht vorstellen, was

in den letzten Stunden losgewesen ist. Das Konzert, der Flug, die Bergung, der Angriff ...«, sagte Sebastian, der unvermittelt mit zwei Kaffeebechern neben ihr aufgetaucht war. Er reichte ihr einen Becher und stützte ebenfalls die Ellbogen auf.

Liv freute sich – nicht nur über den Kaffee, sondern auch über seine Gesellschaft, wie sie sich eingestand. Gleichzeitig machte Sebastians Auftauchen sie ein wenig nervös, weil sie sein Verhalten nicht einschätzen konnte. Womit hatte sie diese Aufmerksamkeit verdient? Sie schob ihren Argwohn weg. »Das passt perfekt. Gerade dachte ich, dass ich noch etwas Koffein gebrauchen könnte.«

»Das habe ich gehofft. Andernfalls hätte ich den Kaffee trinken müssen. Du hast mich gerade vor einem Koffeinschock bewahrt.«

»Gern geschehen.«

Schweigend sahen sie aufs Meer hinaus. Eine Weile waren nur das Rauschen der Wellen, und die Geräusche der Plattformmaschinen und der Windräder zu hören. Unvermittelt spritzte das Wasser vor ihnen auf. Es sah aus, als ob jemand eine Handvoll Kiesel hineingeworfen hätte. Sebastian wunderte sich sichtlich.

»Das war nur ein Schwarm Makrelen. Vermutlich ist unter ihnen ein Raubfisch auf der Jagd, vielleicht ein Dorsch.«

»Du kennst dich ja aus«, sagte Sebastian anerkennend. »Ein richtiges Meerkind.«

»Bist du nicht gebürtig aus Kiel?«

»Ich bin auf dem platten Land aufgewachsen. Da war es so langweilig, dass wir unsere Abenteuer im Alltäglichen suchen mussten. Dadurch lernt man, genau hinzuschauen.« Nachdenklich setzte er hinzu: »Hoffentlich habt ihr diesen Typen bald. Nicht, dass er noch einmal auftaucht und jemanden angreift. Und das gilt erst recht für Dennis Marzens Mörder. Falls das nicht sowieso ein und dieselbe Person ist.« Er sah sie von der Seite an. »Wie du diese Unsicherheit aushältst! Das würde mich nervös machen.«

Sie lachte leise. »Und mich würde nervös machen, was du tust.«

»Die Ruhe, die die Toten umgibt, überträgt sich bei der Arbeit auf mich. Gleichzeitig faszinieren sie mich. Jeder von ihnen ist ein Mysterium, vor allem die Ermordeten. Ein Rätsel, das gelöst werden muss. Manche wird man wohl nie klären. Beispielsweise wird schon ewig beim Sezieren nach Hinweisen zum Sitz der Seele gesucht. Niemand findet etwas – und doch wissen wir alle, dass die Seele da ist. In der Antike glaubte man, die Seele ziehe sich durch den Körper wie die Beine eines Oktopus …« Er lachte auf, es klang ein wenig heiser und sehr sexy. »Offenbar verliere ich den Faden.«

»Macht nichts. Das ist interessant. Die Seele, ein Tintenfisch …«, wiederholte Liv gedankenverloren.

Ernster setzte Sebastian hinzu: »Selbst im Umgang mit Gewaltopfern muss ich ruhig bleiben, weil jeder Fehler schwerwiegende Folgen hätte. Nein, das macht mich nicht nervös.«

»Was dann?«

Sebastian beantwortete ihre Frage nicht. Liv musterte ihn nun ihrerseits. Sie sah die zarten Fältchen an seinen Augenwinkeln und um seine geschwungenen Lippen. Wie wenig sie über ihn wusste, und wie neugierig er sie machte. Das Wubbern der Rotoren kam ihr auf einmal durchdringend vor.

»Woran denkst du?«, wollte er wissen.

Was sollte sie sagen? Liv verschaffte sich eine Denkpause,

indem sie an ihrem Kaffee nippte. »Viele Leute von den Bürgerinitiativen gegen Windkraft gehen davon aus, dass auch der unhörbare Schall von Windrädern krank macht. Diese Töne, die so tief sind, dass das menschliche Ohr sie nicht mehr wahrnehmen kann«, lenkte sie von ihren wahren Gedanken ab.

Sebastian stieg sofort auf das Thema ein. »Über die genauen Zusammenhänge wird geforscht – und zwar auf Seiten der Windkraftbetreiber wie der Windkraftgegner. Man kann den Schall zwar nicht hören, aber die elektrischen Impulse werden ans Gehirn weitergegeben. Der Infraschall soll Schlafstörungen, Schwindel und Kopfschmerzen verursachen sowie die Kraft des Herzmuskels verringern. Aber was ist das schon gegen die Schäden durch Radioaktivität?« Auf einmal klang Sebastian wieder sehr sachlich. Er sah auf seine schlichte, stilvolle Armbanduhr. »Ich fliege gleich mit der Leiche zurück. Herr Darss begleitet mich. Oda bringt die ersten Asservate nach Kiel, außerdem soll ihr Knöchel geröntgt werden. Botersen-Evers bleibt noch hier. Auch er bekommt Verstärkung.«

Da wird Oda sich ja über ihre Reisebegleitung freuen, dachte Liv spitz. Woraufhin in ihrem Kopf prompt der Lieblingsspruch ihrer früheren Hausmamsell erklang: Kümmere du dich man um du dich man!

»Ich melde mich nach der Obduktion. Kannst du mich auf dem Laufenden halten, was den Typen angeht, der Oda und mich angegriffen hat?«, bat Sebastian.

»Natürlich.«

Als sie in den Vorraum zurückkehrten, trafen sie auf Wanda, die sie mit einem Blick streifte, den Liv nicht zu deuten wusste.

Sie hörten das Flappern der Rotoren, dann flog der Heli vor ihrem Fenster vorbei. Auf dem Rückflug würde er endlich die Verstärkung mitbringen. Die Sonne hatte den Kampf gegen die Wolken endgültig gewonnen, und das klare Morgenlicht fiel auf die müden Gesichter von Bente, Wanda, Aziz und des Kriminaltechnikers.

Immer wieder hatte Liv über das Gespräch mit Sebastian nachgedacht. Sie mochte ihn, gleichzeitig waren da die Zweifel – berufsbedingt und aufgrund ihrer Vergangenheit –, die sie nicht so einfach wegschieben konnte. Abgesehen davon war ein Arbeitskollege, selbst wenn er nicht der Polizei angehörte, ohnehin tabu. Es war ein Gespräch unter Kollegen gewesen, mehr nicht. Alles andere wäre unprofessionell. Und sowieso: Vermutlich hatte Sebastian einfach nur Ruhe vor den anderen und frische Luft gebraucht.

Dieses Mal geriet ihre Lagebesprechung ausführlicher. Wanda hatte detailgenaue Pläne für die Befragungen erstellt. Zuerst würden die engsten Mitarbeiter und Freunde des Toten befragt werden, dann das restliche Umfeld. Zudem hatte sie mittels der bisher bekannten Fakten die letzten Stunden des Opfers rekonstruiert. Kaum, dass sie fertig war, eilte Wanda hinaus; vielleicht hatte sie etwas Falsches gegessen.

Botersen-Evers übernahm: »Die Kabine ist freigegeben, ihr könnt hinein. Ich werde mir jetzt die zweite Technikbrücke und die Zuwege vornehmen. Die Spurenlage ist wegen der äußeren Bedingungen grauenvoll. Kann es kaum erwarten, dass die Verstärkung kommt – wenn ich allein an den Müll denke, der noch durchsucht werden muss ...«

»Ich finde es ohnehin nicht glaubhaft, dass der Täter den Leichnam auf die Brücke geschleppt und von dort aus in die Tiefe gestoßen haben soll. Das muss doch enorm viel Kraft gekostet haben. Wir haben ja bei der Bergung der Leiche gesehen, wie schwierig der Zugang zu dieser Brücke ist.«

»So groß und massig ist Marzen auch nicht gewesen.«

»Aber auch kein Zwerg.«

»Die Tat muss im dritten Stockwerk geschehen sein. Es erscheint mir unmöglich, dass die Leiche auch noch an der Kantine und den Unterkünften vorbei hinuntergeschleppt wurde.«

»Er könnte den Fahrstuhl genommen haben. Der ist ohnehin vom ständigen Gebrauch kontaminiert. Bei der Vielzahl von Haaren und Hautschuppen hat eine einzelne Spur keinen Beweiswert«, meinte Botersen-Evers.

»Aber was wollte Dennis Marzen an diesem Tatort? Und woher wusste der Täter, dass er ihn dort treffen würde? Waren sie verabredet, oder war es eine Zufallsbegegnung? Wer war zu dieser Zeit noch in der Nähe in den Technikräumen, in den Kühlräumen, im Forschungslabor oder im Krankenquartier?«

»Die offiziellen Aufenthaltsdaten hat Wanda schon zusammengestellt.« Bente wies auf eine Liste.

»Und was hat der Asservaten-Dieb mit dem Tod von Marzen zu tun? Auf jeden Fall nehmt ihr euch jetzt die restlichen Kabinennachbarn vor. Jemand muss etwas gehört oder gesehen haben. Liv und ich gehen in die Kabine zu Hanzmann und sprechen danach mit Marzens Team, den Tauchern.«

»Ich habe die Taucher bereits informiert, dass sie heute Vormittag befragt werden«, meinte Wanda, die gerade – etwas blass um die Nase – wieder eingetreten war.

»Sehr gut, es ist Gold wert, wenn jemand die Organisation im Blick hat und mitdenkt.« Wanda freute sich sichtlich über das Lob. Bente beendete die Besprechung und wandte sich an Liv: »Hennes ist auf dem Weg nach Sylt, um mit der Ex-

Frau von Dennis Marzen und mit Henriette Hanzmann zu sprechen. Wir sollten ihn auf jeden Fall ausführlich ins Bild setzen«, meinte er.

»Ich kann ihn anrufen«, bot Liv an.

Das Rattern verriet Liv, wo sich Hennes befand. Augenblicklich ging ihr das Herz auf. Sylt war ihre Heimat, war ein wichtiger Teil von ihr. Vor ihrem inneren Auge sah Liv die Fahrt vor sich: der grüne Damm inmitten leuchtendgelber Rapsfelder, die Weite der Marsch und des Meeres, das Spiel der Gezeiten, die Seevögel und schließlich der erste Sylter Gruß durch die Morsum Nösse und die weißen Dünen von List in der Ferne.

»Poleposition, Lammers.«

»Du hast den vordersten Platz auf dem Autozug ergattert?«

Hennes lachte heiser. »Ergattert? Ich habe mich Kraft meines Amtes an all den weiß gekleideten Syltladys in ihren Offroad-Panzern und an den Herren, die schon mal den Champagner zur Feier der Überfahrt gelüftet haben, vorbeigedrängelt.«

»Das muss dir ein Fest gewesen sein.«

»Besser konnte der Tag nicht anfangen.« Es raschelte, und fast glaubte sie zu hören, dass ihr Teampartner die Tabakpackung öffnete und sich eine Zigarette drehte. Tatsächlich ertönte gleich darauf das Klicken des Feuerzeugs.

»Wie ist die Lage bei euch?«, fragte Hennes.

Liv gab ihm eine kurze Zusammenfassung, in der sie den Angriff und die Zwischenergebnisse von Kriminaltechnik und Rechtsmedizin nicht ausließ.

»Das ist ja übel«, sagte Hennes. »Wie geht ihr vor?«

»Erst mal stehen weitere Befragungen an. Wir haben ja noch beinahe die ganze Besatzung vor uns.«

»Maritimes Klinkenputzen.«

»Sozusagen.«

»Gut, dass ihr Verstärkung bekommt. Ich habe nämlich noch nicht viel für euch, obgleich ich die Computer der Polizeidirektion zum Glühen gebracht habe. Die Bundesmarine ziert sich mit Auskünften. Und bis wir Zugriff auf Marzens Konten bei Facebook, Twitter und so weiter bekommen, wird noch viel Wasser am Hindenburgdamm nagen – den sie übrigens längst hätten umbenennen sollen. Schließlich war der Reichspräsident ein Wegbereiter der Nazis«, behauptete Hennes.

Liv lachte. Sie hatte schon lange damit gerechnet, dass Hennes daran herumkritteln würde. »Offiziell hat der Damm nicht einmal einen Namen, deshalb ist die Umbenennung ja so schwierig. Und Vorschläge gab es längst. Sylt-Damm zum Beispiel.«

»Wie originell.« Wieder klackerte es. »Ich habe in den Datenbanken nach ähnlichen Todesfällen durch Erdrosseln gesucht. Abgesehen von einem Rentner, der sich im Keller in Mülltüten gewickelt und versucht hat, es sich mithilfe seines Staubsaugers selbst zu besorgen …«

»Verschone mich mit den Details!« Doch ihr Kopfkino über Spielarten der Autoerotik war schon angelaufen.

»Seine Frau fand ihn, als sie vom Einkaufen zurückkam. Hat nichts von den Vorlieben ihres Mannes geahnt, all die Jahre nicht.«

»Danke, Hennes, mir reicht es! Hast du einen Fall gefunden, der echte …«

»Oder es war das langweilige Rentnerleben, das ihn …«

»Hennes!«

Er lachte erneut. »Schon gut. Keine Ähnlichkeit mit anderen ungeklärten Todesfällen, nein. Tödliche Unfälle bei

Offshore-Windparks gibt es hingegen häufiger. Zuletzt ist ein Berufstaucher auf einer Offshore-Baustelle verunglückt und gestorben.«

»Ein ganz schön gefährlicher Beruf.«

»Fremdverschulden konnte ausgeschlossen werden. Der Brite ist beim Verlegen einer Betonmatte verschüttet worden, die zum Sichern der Versorgungskabel auf dem Meeresgrund ausgelegt werden. Unfälle wie dieser kommen immer wieder vor. Von der Taucherkrankheit mit ihren verschiedenen Ausprägungen ganz zu schweigen.«

»Bitter. Kennst du als Schifffahrtsexperte aus deinem früheren Leben Leute, die zur See gefahren sind und später Offshore angeheuert haben?«

Die Formulierung gefiel Hennes vermutlich. Obwohl er ein Geheimnis um sein Leben vor der Polizeilaufbahn machte, kokettierte er doch gerne damit. »Nicht wirklich, ist zu lange her. Klar, viele träumen von der Goldgrube Offshore. Nicht nur, was Offshore-Finanzplätze angeht, an denen man Steuern sparen und Geld waschen kann. Aber gerade die Arbeit der Berufstaucher zehrt. Ich kannte Taucher, die sahen mit dreißig aus wie fünfzig. Trotzdem haben sie diesen Job geliebt – und wurden als Helden betrachtet.« Das Rattern verklang, Bremsen quietschten, dann war das Rauschen des Windes zu hören. »Da. Mu-a-sem.« Offenbar las Hennes den Ortsnamen vom Bahnhofsschild ab, der dort auf Hochdeutsch und Sylterfriesisch stand. »Hier will ich nicht aussteigen. Heute nicht. Wird zu teuer«, murmelte er.

Eine Gesprächspause kehrte ein. Offenbar wollte keiner von ihnen darüber reden, was sie gemeinsam in Morsum erlebt hatten. Liv bemerkte, dass ihre Kollegen sich wieder an die Arbeit machten. Sie musste an ihren Sylter Freund und Kollegen Momke denken, den Hennes vermutlich gleich sehen würde.

»Grüß Momke von mir, und frag, ob der Babyschlafsack noch passt. Du weißt schon, für den wir zusammengelegt haben.«

Hennes stöhnte verhalten. »Ach, da war ja was. Hoffentlich bekomme ich einen anderen Kollegen an die Seite gestellt, sonst muss ich mir die ganze Zeit Geschichten über volle Windeln anhören …«

Liv grinste. »Junge Eltern sind nun mal verliebt in ihr Kind. Babys sind ja auch großartig. Sag Bescheid, sobald du erste Ergebnisse hast – wir können hier jeden Anhaltspunkt gebrauchen.«

»Mach ich. Das Gespräch mit der Ex, die Untersuchung von Marzens Wohnung und seiner Finanzen stehen auch noch an. Außerdem ein Check der Personalpapiere, die bei Hanzmann lagern. Und ihr meldet euch, wenn es was Neues gibt. Cheerio, Liv.«

Weg war er.

7

Marzens Kabine war ebenso kahl und schlicht wie Livs. Das Bett war akkurat gemacht, die Handtücher lagen auf Kante. Ob das die Putzfrauen gewesen waren? Aber auch in Marzens Koffer und im Badezimmer war alles ordentlich, stellte Liv fest. Mehrere gebügelte T-Shirts zeigten Sägefische oder Kraken, flankiert von der Aufschrift »Minentaucher« und dem lateinischen Spruch »Nec aspera terrent«, der, wie Liv in der Suchmaschine nachschlug, »Widrigkeiten schrecken nicht« bedeutete.

»Alles picobello. Da kam der Soldat in Marzen durch, was? Gefällt mir, wenn man auf sich achtet«, meinte Bente, der sich zwischenzeitlich rasiert hatte. Er nahm den Laptop in Augenschein, den Botersen-Evers vorerst auf dem kleinen Tisch hatte stehen lassen. »Ein neues Modell, leistungsstark. Nur Marzens Fingerabdrücke darauf. Das Gerät war eingeschaltet. Was hat Marzen wohl damit gemacht?«

»Aziz will schauen, ob er das Passwort knacken kann.« Liv nahm sich den Kulturbeutel vor. Eine zweckdienliche Tasche, in der sich Rasierzeug, Körperpflegemittel und alles, was in eine Notapotheke gehörte, befand. Sie zog etwas aus einem Seitenfach und rief ihren Kollegen.

Bente pfiff leise, als er ihren Fund betrachtete. »Kondome? Griffbereit im Kulturbeutel? Ich dachte, hier auf der Plattform ist Sex verboten.«

Liv und Bente gingen in den dritten Stock und weiter zum Forschungslabor. Sie passierten einen Raum, in dem Taucherausrüstung lagerte, und eine danebenliegende Tür, die – so verriet es ein Schild – die Dekompressionskammer verbarg. Das Forschungslabor war durch eine elektronische Zugangskontrolle gesichert. Arne Paifer öffnete. Er hatte kleine rot geränderte Augen in seinem spitzen Mausgesicht.

»Hut ab vor Ihrem Engagement. Sie haben einen harten Tag und eine lange Nacht hinter sich – Forschen, Tauchen und ab in die Druckkammer, dann helfen Sie bei der Bergung –, und jetzt sind Sie nach ein paar Stunden Schlaf schon wieder hier«, sagte Liv anerkennend.

Der junge Mann zupfte verlegen an seiner Nase. »Wir sind in einer entscheidenden Phase der Entwicklung, da müssen alle noch mehr als üblich leisten.«

Er führte sie durch einen Büroraum mit Computern, Plänen und Whiteboards. Hinter einer weiteren Sicherheitsschleuse befand sich das Labor, in dem 3D-Drucker, Mikroskope, Aquarien und sonstige Gerätschaften standen. Schließlich gelangten sie in einen Raum mit einer hohen Decke, dessen Fensterfront zum Meer hinausging. Das Panorama war atemberaubend. Zwischen die Windräder malte das orangefarbene Crew-Schiff einen weißen Keil aus Kielwasser; klein wie ein Spielzeugboot sah es aus. Metallteile lagen auf dem Boden des Labors, die an gewaltige Brummkreisel oder ineinandergesteckte Becher erinnerten. Auf einem Tisch stand ein Modell, das wie eine vielblättrige Stahlblume auf einem Stängel aussah. In einer Ecke befand sich ein Rolltor samt Elektronik-Konsole, daneben eine Kiste mit verschiedensten Bojen. Durch das Fenster des Tors sah Liv eine Plattform mit einem Kran, samt Seilwinde und einem hochseetauglichen Schlauchboot. Auf der gegenüberliegenden Seite war eine Tür zum Gang, die aber offenbar nicht genutzt wurde – warum sonst hätte Paifer sie durch die anderen Räume geführt?

Lauritz Hanzmann starrte auf einen Monitor, auf dem eine Konstruktionszeichnung und Zahlen zu sehen waren, und machte sich dabei Notizen. Als sie sich näherten, sprang Hanzmann auf und räumte die Stahlblume und etliche Papiere weg. Seine Brauen bildeten einen missbilligenden Zacken, als er auf Bentes Smartphone zeigte, das dieser in der Hand hielt. »Würden Sie das Gerät wegstecken? Nicht, dass ich Ihnen misstraue, aber unsere Arbeit unterliegt der Geheimhaltung«, meinte er.

Mit einer gleichgültigen Geste ließ Bente das Handy in die Tasche gleiten.

Liv wollte die Bemerkung nicht auf sich beruhen lassen. »Wollen Sie uns ernsthaft unterstellen, wir würden Fotos machen und diese einer anderen Firma zuspielen?«, fragte sie.

»Eine reine Vorsichtsmaßnahme, Frau Kommissarin. Vielleicht ist es ohnehin besser, wenn wir im Büro reden. Gehen wir, Arne.«

»Wir würden Sie gerne getrennt befragen«, sagte Bente.

Hanzmann wandte sich an seinen Mitarbeiter. »Dann bleibst du erst mal hier. Ich denke, wir sind so gut wie fertig. Aber vielleicht solltest du sicherheitshalber …«

»Ich überprüfe die Ergebnisse sofort noch einmal.«

»Ausgezeichnet.«

Auf einmal hatte Lauritz Hanzmann es sehr eilig, den Raum zu verlassen, und schob die Kommissare beinahe hinaus. Liv spürte seine Hand auf ihrem Rücken und ging schneller. Er durchquerte das Labor. Im Büro nahm er alle Papiere vom Schreibtisch und warf sie in eine Schublade. Er bot den Kommissaren Stühle an und setzte sich selbst in Livs

Nähe auf die Tischkante. Offenbar war er einer dieser Typen, die einem immer ein wenig zu nahe kamen.

Mit dem Handrücken strich Hanzmann über die markanten Lippen; eine Geste des Überdrusses. »Ich habe erst vorhin von dem Angriff auf den Pathologen und die Spusis erfahren. Das ist ja ganz unglaublich! Warum haben Sie mich nicht geweckt?«, fragte er.

»›Rechtsmediziner‹ und ›Kriminaltechniker‹ wären die korrekten Bezeichnungen«, berichtigte Liv ihn und schob den Stuhl ein Stück zurück. »Ein Pathologe beschäftigt sich mit den krankhaften Vorgängen im Körper und deren Ursachen. Er hat es meistens mit lebenden Menschen zu tun.«

»Aber in Krimis heißt es oft, die Leiche sei in der Pathologie.«

»Von Filmen und Romanen kann man nicht unbedingt auf die Wirklichkeit schließen.«

»Diese Begriffsverwirrung geht vermutlich auf einen Übersetzungsfehler zurück. Auf Englisch heißt der Rechtsmediziner ›Forensic Pathologist‹«, setzte Bente hinzu. »Abgesehen davon wüsste ich auch nicht, was Sie hätten tun können, wenn wir Sie geweckt hätten.«

»In meiner Position hätte ich sehr wohl ein Recht gehabt, davon zu erfahren! Beim nächsten Mal …«

»Ich hoffe, dass es kein nächstes Mal geben wird.«

»Ist denn der Angreifer schon dingfest gemacht worden?«

»Noch nicht. Haben Sie eine Idee, wer an den Asservaten Interesse gehabt haben könnte?«

»Nein.«

»Woran arbeiten Sie genau?«, wollte Bente wissen.

Hanzmann taute etwas auf. »An der nächsten Entwicklungsstufe der Green Energy: Wellenkraft und Wasserstoff. Dabei geht es um Energiegewinnung, aber auch um die Möglichkeit, die überschüssige Windenergie zu speichern, bis sie auf dem Festland benötigt wird. Mit grünem Wasserstoff, beispielsweise aus Offshore-Windenergie, können Brennstoffzellen betrieben werden, außerdem ist er eine wichtige Grundlage für flüssige und gasförmige Brennstoffe. Ohne diese neuen Technologien werden wir die Klimaneutralität nie erreichen.«

»Was hat Wasserstoff mit Windenergie zu tun?«, fragte Bente.

»Aus Offshore-Windenergie lässt sich grüner Wasserstoff produzieren. Dieser wiederum kann als Treibstoff genutzt oder in Gasnetze eingespeist werden.«

Liv sah über das Meer. Sie liebte es, die Elemente zu spüren, anderen machten diese Angst – vor allem waren sie aber unpraktisch. »Warum hier draußen?«

»Weil die Offshore-Windparks zudem perfekte Bedingungen bieten, um sie an Wellenkraftwerke zu koppeln. Die Meereswellenenergie bietet viele Vorteile. Geringerer Flächenverbrauch, niedrigere Baukosten, weniger Umweltlast. Was den Wasserstoff angeht, so dürfte Ihnen vermutlich klar sein, dass es sich um den Energieträger der Zukunft handelt. Wir sind, was diese Technologien angeht, kurz vor dem Durchbruch.«

»Das da nebenan sind also Prototypen?«

Hanzmann verschränkte die Arme vor der Brust. »Auch. Wir arbeiten zudem mit 3D-Drucken und verkleinerten Modellen.«

»Die hier entwickelt werden oder auf Sylt?«

»Ich wüsste nicht, was das zur Sache tut.«

»Wir versuchen uns lediglich einen Überblick über die Arbeiten auf dieser Plattform zu verschaffen, mit denen Dennis Marzen zu tun hatte«, sagte Bente.

»Die grundlegende Entwicklungsarbeit findet in unserem Firmensitz auf Sylt statt. Meine Frau hat bahnbrechende

Techniken entwickelt, die wir hier unter realen Bedingungen testen und anpassen. Alle Mitarbeiter sind angewiesen, uns zuzuarbeiten. Schließlich hängt auch ihre Zukunft von unserem Erfolg ab. Jede Unterbrechung, jede Verzögerung in diesem Geschäft kostet enorme Summen.«

»Ja, das haben wir inzwischen schon häufiger gehört. Waren Sie deshalb dagegen, die Polizei anzurufen, als Dennis Marzen gefunden wurde? Um eine Unterbrechung der Arbeiten zu vermeiden?«, fragte Liv nach.

»Hat Silke Aspersen das gesagt?«, fragte er kopfschüttelnd. »Selbstredend war ich nicht begeistert. Die Idee, dass jemand Dennis getötet haben könnte, ist lächerlich. Sein Tod ist ein tragisches Unglück. Aber Mord? Nein.«

»Das zu entscheiden, überlassen Sie besser der Staatsanwaltschaft.«

Hanzmann rückte seine graue Haartolle zurecht. »Das hat meine Frau auch gesagt, als ich sie auf Sylt anrief. Und, was ist: Hier sind Sie. Henny hatte mal wieder recht. Sie hat gewusst, dass Sie Ermittlungen aufnehmen würden. Dabei tippe ich auf Selbstmord.«

»Wie kommen Sie darauf?«

»Ist doch logisch. Das Seil, die Verletzungen. Warum Marzen das getan haben könnte, weiß ich nicht. Aber viele lassen sich angeblich ihre Todessehnsucht nicht anmerken.«

»Nach unseren bisherigen Hinweisen deutet alles auf ein Fremdverschulden hin.«

»Das bedeutet ... Mord?«

»Möglicherweise.«

Hanzmann war geschockt.

Bente ließ ihm einen Augenblick Zeit, dann wechselte er das Thema. »Wie haben Sie den gestrigen Abend verbracht?«

»Ich habe Berechnungen für unseren letzten Testlauf angestellt. Anschließend habe ich mit meiner Frau geskypt. Ich leiste ihr, wenn ich unterwegs bin, häufig beim Essen Gesellschaft. Erst bestelle ich etwas Schönes für sie, und dann setzen wir uns per Videochat zusammen. Henny ist oft dermaßen in ihre Arbeit vertieft, dass sie das Essen vergisst.«

Liv machte sich eine Notiz. Auf Hanzmanns Computer oder dem WLAN-Router könnte sich ein Nachweis für dieses virtuelle Dinner finden lassen. »Erzählen Sie uns von Ihrem Team. Wofür ziehen Sie die Taucher hinzu?«

»Industrietaucher sind unerlässlich bei der Entwicklung von Turbinen für Meeresströmungskraftwerke und bei Testläufen für schwimmende Windkraftanlagen.«

»Dabei handelt es sich um ein Windrad unter Wasser, oder? Sind derartige Kraftwerke nicht gefährlich für die Meeresbewohner und damit umweltschädlich?«, fragte Liv.

»Auf keinen Fall! Wir haben es mit einer ausgefeilten und umweltschonenden Technik zu tun.« Hanzmann schien voll in seinem Element zu sein. »Gerade bei Seaflow-Anlagen sind wir Innovationsführer. Im Prinzip gibt es nur einen einzigen Ort in Deutschland, an dem ein derartiges Kraftwerk realisiert werden könnte: den Strömungsbereich südlich der Insel Sylt.«

»Der im Nationalpark Schleswig-Holsteinisches Wattenmeer liegen dürfte«, sagte Liv.

Lauritz Hanzmann missfiel diese Tatsache sichtlich. »So sieht es aus. Weil unsere Gesetze so innovationsfeindlich sind, sind wir auch mit anderen Ländern im Gespräch.«

»Wie war die Zusammenarbeit mit Dennis Marzen?«

»Problemlos. Ich habe ihm gesagt, was ich erwarte, und er hat es umgesetzt. Ich muss mich nicht in allem auskennen – ich muss aber diejenigen zur Hand haben, die es tun.«

»Gab es Konflikte mit Marzen oder zwischen ihm und anderen Teammitgliedern?«

»Nicht, dass ich wüsste.«

Wieder fragten die Kommissare nach Freunden und Feinden, nach dem Tagesablauf und Auffälligkeiten. Keine der Antworten half ihnen weiter. Liv wurde ungeduldig, denn sie dachte an die vielen Gespräche mit dem Rest der Belegschaft.

Schließlich bedankten sie sich. Lauritz Hanzmann rief Arne zur Befragung. Dieser reichte seinem Chef einen Notizzettel, auf dem Liv handschriftlich korrigierte Zahlen bemerkte.

Als sie allein waren, kratzte Paifer seinen Hals und räusperte sich. Viele Menschen waren nervös, wenn sie mit der Polizei sprechen, das hatte nichts zu bedeuten. »Was wollen Sie wissen?«, fragte er.

»Was genau machen Sie in der Forschungsabteilung?«

»Hat Herr Hanzmann Ihnen das nicht erzählt? Ich weiß nicht, ob ich es verraten darf. Sie wissen schon, die Geheimhaltung.« Arne Paifer stieß einen Laut aus, der ein Lachen sein sollte.

»Mich würde interessieren, was Sie genau tun und wie Sie zu *Hanzmann Energy* gekommen sind.«

Nun entspannte Arne Paifer sich sichtlich. »Während meines Studiums der Erneuerbaren Energien habe ich ein Stipendium von *Hanzmann Energy* bekommen. Frau Hanzmann hat meine Forschungen unterstützt und gefördert. Auch sonst gefällt die Firma mir, also bin ich geblieben.«

»Sie haben mit Dennis Marzen zusammengearbeitet?«

»Keiner war besser als Dennis, was das Industrie- und insbesondere das Sättigungstauchen angeht. Auch beim Schweißen unter Wasser war er spitze.«

»Musste Dennis Marzen gestern nicht in die Dekompressionskammer?«

»Nein. Er war kürzer unter Wasser und nicht so tief. Normalerweise tauchen wir unter Wasser aus. In die Druckkammer muss man nur im Notfall.«

»Und Sie hatten einen Notfall?«, fragte Liv nach.

»Ich habe an unseren Versuchsturbinen Messungen vorgenommen und eine neu ausgerichtet, das war ziemlich anstrengend. Anschließend hatte ich Bents, also Gelenkbeschwerden – die sind wirklich widerlich –, und bin sicherheitshalber in die Druckkammer für die Oberflächendekompression.«

»Und dann konnten Sie hinterher schon wieder klettern? Der Bergungseinsatz war ja nicht unanstrengend«, wunderte Liv sich.

Paifer schob die Hände unter die Oberschenkel, wie ein Schuljunge sah er jetzt aus. »Es kam eben niemand außer Mark und mir infrage. Außerdem sind diese Bents schon nach etwa zwanzig Minuten in der Druckkammer weggewesen. Danach war da nur noch eine Art Wundschmerz. Jetzt ist es wie Muskelkater.«

»Die Dekompressionskammer ist hier doch um die Ecke? Wir würden sie uns gerne ansehen.«

Arne Paifer führte sie aus dem Labor und den Gang hinunter. Die Tür zur Druckkammer war abgeschlossen. Sie betraten einen kleinen Raum, in dem sich eine Art weiß glänzendes U-Boot samt Bullaugen befand. Angeschlossen war ein Bedienpult mit vielen Reglern, Anzeigetafeln, zwei Bildschirmen und einem knüppelgroßen schwarzen Telefonhörer. Paifer öffnete die Schleuse, sodass sie einen Blick auf eine enge Kabine mit zwei Liegen und zwei Sitzen werfen konnten, über denen Leitungen, Kabel, eine Sprinkleranlage und ein zweiter schwarzer Hörer hingen. Auf einer der Liegen befanden sich zwei Masken mit silbernen Ausbuchtungen und Schläuchen.

Bente blieb an der kleinen Tür stehen, während Liv und

Arne in die enge Kammer traten. »Ich habe keinen Schimmer, was in dieser Kammer geschieht«, gab Bente zu.

Arne Paifer nickte mit einem schiefen Lächeln. »Gut, dass Sie fragen. Wir schwimmen hier so im eigenen Saft, dass man das Leben außerhalb manchmal vergisst – Techniknerds eben.« Er hob die Stimme etwas, denn aus dem Nebenraum waren ein Gespräch und Klappern zu hören. »Stark vereinfacht: Wenn man taucht, ist man einem höheren Druck ausgesetzt. Dabei wird eine größere Menge Atemgas im Körper gelöst. Beim Auftauchen muss dieses aufgenommene Gas wieder abgegeben werden, da es sonst zum Ausperlen kleiner Gasbläschen kommt. Eigentlich kommt der Körper damit gut klar. Sind es aber zu viele Gasbläschen, kann man krank werden.«

»Die Bläschenkrankheit«, erinnerte Liv sich und nahm den überdimensionierten Hörer in die Hand. Wie schwer er war! Und was war das für eine Art Knobelbecher am unteren Ende?

»Genau. Die Dekompressionskrankheit ist ein komplexes Krankheitsbild, das noch nicht komplett erforscht ist und letztlich zum Tod führen kann. Zusätzlich kann man beim Aufstieg auch noch eine arterielle Gasembolie bekommen.«

»Hört sich wirklich gefährlich an«, konstatierte Bente.

»Letztlich ist das Tauchen eine Frage der Naturwissenschaften, vor allem der Berechnung. Normalerweise macht man Unterwasserstopps, taucht also langsam auf, das sagte ich ja schon. Zur Not muss der atmosphärische Luftdruck durch eine hyperbare Sauerstofftherapie oder einen Aufenthalt in der Druckkammer wieder aus- und angeglichen werden. Je nach Länge und Tiefe des Tauchgangs beträgt die Deko-Zeit Stunden, manchmal Tage.«

»Hyperbare Sauerstofftherapie?«, echote Bente.

»Eine Überdruckbeatmung mit reinem Sauerstoff.«

Der Knobelbecher war beweglich. Liv drehte ihn, und ein

schrilles Heulen erklang. Überrascht ließ sie den schwarzen Becher los. »Was ist das denn? Ich hoffe, ich habe nichts kaputtgemacht«, sagte sie verlegen auflachend.

»Das ist ein Notfallsprecher mit Dynamo. Falls der Strom ausfällt, kann man trotzdem noch kommunizieren, das ist wichtig«, erklärte Paifer.

»Kann man die Dekompressionskammer selbst bedienen?«, fragte Liv.

»Die Kammer wird von außen gesteuert. Dafür ist das Druckkammerbedienpersonal zuständig, das die Behandlung überwacht und genau dokumentiert. Hier haben einige den Druckkammerbediener-Kurs absolviert.« Paifer wies auf einen Computer, neben dem ein Notizbuch lag. »Sie dürfen nicht vergessen, dass der Taucher reinen Sauerstoff bei Überdruck einatmet. Das allein ist sehr gefährlich. Das Risiko, dass er krampft, ist sehr groß. Das ist dann wie ein epileptischer Anfall, der bis zum Herzstillstand führen kann. Manche haben auch Lähmungen oder Sprachstörungen.«

Noch immer drangen die Geräusche von nebenan zu ihnen. »Wenn ich das höre, bin ich froh, dass ich Polizist geworden bin«, sagte Bente. »Und hier sind Sie gestern Abend gewesen?«

»Ja, von 19 bis 1 Uhr. Kirsa hat sich gestern darum gekümmert.«

Liv schlug das Protokollbuch auf und fotografierte den letzten Eintrag mit ihrem Handy ab, dann ließ sie sich die entsprechende Notiz im Computer zeigen. Der Lärm war verstummt. Bente bedankte sich bei Paifer und erwähnte, dass sie jetzt mit den anderen Tauchern sprechen würden. Dieser sah ihn verwundert an. »Oh, das wird nichts, fürchte ich. Haben Sie es denn nicht mitbekommen? Die haben gerade nebenan im Taucherquartier ihre Sachen gepackt und sind los – das war doch gut zu hören.«

8

»Euer Babyschlafsack wird noch eine ganze Weile passen. Ing ist ja noch winzig! Ein tolles Geschenk, so kuschelig! So einen hätte ich auch gern. Nur in groß, versteht sich.« Momke lachte bei der Vorstellung. Blond und rotwangig, mit einem kleinen Bäuchlein unter dem fliederfarbenen Polohemd, wirkte der Sylter Kollege ganz so, als wäre er vollständig mit sich im Reinen. Hennes war diese fröhliche Unbedarftheit völlig fremd. Für einen Kriminaler war ein kritischer Blick von Vorteil, wenngleich diese Herangehensweise das Leben nicht unbedingt leichter machte, das wusste Hennes wohl. Gerade jetzt, wo er auf den Ruhestand zusteuerte, wurde ihm dies zunehmend bewusst.

»Wenn Ing mich anlächelt, dann vergesse ich sofort, dass ich in der Nacht dreimal auf war, um sie zu beruhigen oder zu wickeln. Alle Müdigkeit ist bei diesem Babylächeln wie weggeblasen. Das ist das schönste Gefühl der Welt.«

Hennes unterdrückte ein Seufzen. *Ing* – was war das überhaupt für ein Name? Vermutlich typisch für Sylt, so wie er Momke kannte. Natürlich war ihm doch dieser Kollege zugeteilt worden. Er hatte Momke keine einzige Frage zu dessen Familienzuwachs gestellt, aber der Sylter Kripobeamte redete trotzdem ohne Punkt und Komma. Hennes bemühte sich, Momkes Strahlen zu ignorieren und sich auf die Straße zu konzentrieren. Westerland und Tinnum hatten sie bereits hinter sich gelassen, Flughafen, Pferdekoppeln und Tierheim auch. Er bog in den Kreisel ein und nahm den Abzweig nach Keitum. Vor dem ersten Café wurden gerade die Stühle mit Polstern versehen, und der Buchladen bestückte die Auslage. Wie ein Kaleidoskop unzähliger Grüntöne beschatteten die Bäume die schmalen Straßen. Weiß getünchte Wände und Reet, davor Stockrosen. Die Künstlichkeit dieser Puppenstube stieß ihm wie jedes Mal auf. Sicher, die Häuser waren alt und schön, aber alles hier schrie: *Seht her, ich bin etwas Besonderes.*

»Ohne Ioanna und unser Töchterchen hätte ich immer noch an den Folgen des schrecklichen Vorfalls im Herbst zu knapsen, das glaube ich bestimmt«, sagte Momke jetzt ernst. Dann schüttelte er den Gedanken sichtlich entschlossen ab. »Neulich waren wir das erste Mal in einem Restaurant. Wie die Lütte alles bestaunt hat, kannst du dir nicht vorstellen! So süß! Diese großen, staunenden Augen …«

»Geht es hier lang?«, unterbrach Hennes seinen Kollegen.

Momke sah sich aufgeschreckt um. »Ja, genau. Und jetzt abbiegen.«

Die Straße, ein Weg war es eher, war schmal und mit Steinen gepflastert. Fahrradfahrer nahmen ihnen rabiat die Vorfahrt, und Fußgänger liefen, ohne sich umzusehen, über die Fahrbahn, weil sie in der Boutique gegenüber anscheinend ein Must-have entdeckt hatten.

»Am besten parken wir hier und gehen zu Fuß«, schlug Momke vor.

Hennes quetschte den Dienstwagen am Fahrbahnrand zwischen einen Maserati und einen Porsche Carrera.

Momke setzte eine Sonnenbrille auf und lotste Hennes über Pfade, die zwischen dichten Hecken entlangführten, in denen die Spatzen zwitscherten, und Friesenwällen, hinter denen die Pfingstrosen blühten. Überall saßen Leute und hielten ihr Gesicht in die Sonne, andere freuten sich an dem Schatten, den die knorrigen Bäume spendeten. Viele hielten Eiswaffeln in den Händen. Aus einem Café duftete es nach frisch gebackenem Kuchen. Hennes lief ungewollt das Wasser im Mund zusammen. Ein Stück Butterkuchen, noch warm, dazu ein Kaffee und eine Kippe – herrlich. Das musste man den Syltern und den Inselbesuchern lassen: Die meisten wussten, wie man das Leben genoss.

Sein Kollege wies auf ein geducktes Backsteingebäude. In seinem Aufzug fiel er zwischen den Touristen gar nicht auf. »Schön, oder? Das hier ist ein altes Kapitänshaus. Keitum war ja lange der Hauptort auf Sylt, hier haben sich viele wohlhabende Walfänger angesiedelt. Um die Ecke im Altfriesischen Haus kannst du sehen, wie nobel die Kapitäne damals gelebt haben, mit Kachelbildern, Alkoven und allem Drum und –«

»Ich will hier kein Sightseeing machen. Ist das wirklich der direkte Weg, oder führst du mich spazieren?«

»Klar ist das der richtige Weg«, schnappte Momke.

Wenig später standen sie vor einer modernen Villa, an der ein Schild – von der Größe her dezent, aber dafür goldglänzend – auf die Beautyfarm *Glow* hinwies. »Wieso eigentlich Farm?«, murmelte Hennes. »Damit hier alle schön mit der Herde laufen können?«

Momke schob die Sonnenbrille ins Haar. Ein Schatten wischte über sein Gesicht, der nichts mit Hennes' Bemerkung zu tun hatte. »Seltsam, dass Frau Marzen arbeitet, obwohl sie doch weiß …«

»Manchen hilft der Alltag. Außerdem lebten Marzen und seine Frau wohl ja schon länger getrennt.« Kollegen hatten die nächsten Verwandten von Dennis Marzen noch in der Nacht informiert. Dessen Mutter lebte inzwischen in Süddeutschland. Sie hatte nur alle paar Monate Kontakt zu ihrem

Sohn gehabt und daher an die Ex-Frau verwiesen. Der Vater war tot.

Der Empfangsraum der Beautyfarm war gefällig eingerichtet. Üppige Blumenbouquets, weiches Licht, dicke Polster, plüschige Kissen. Hier, dachte Hennes giftig, können die solventen Gäste ihre Alltagssorgen vergessen – wie zum Beispiel unzuverlässiges Personal, die Wahl der nächsten Spritschleuder oder Probleme mit dem Schönheitschirurgen.

Eine junge Frau steuerte auf sie zu. Sie war so unauffällig geschminkt, dass sie beinahe ungeschminkt aussah; eine seltsame Kunst. Ihr Blick blieb auf Hennes hängen, als kalkuliere sie die Restaurationszeit eines Oldtimers.

»Herzlich willkommen, die Herren. Unser Barbier ist im Hause. Wir können Ihnen für unseren *Luxury Shave* heute ein Offer anbieten …«, sagte sie, während sie die Einträge auf ihrem Tablet überprüfte. Sie krauste die Stirn. »Moment, ich kann Sie nicht finden. Gesichtsbehandlung mit Reparatur, Auffrischung und Optimierung, nehme ich an? Wie waren noch gleich Ihre Namen?«

Reparatur? Frechheit! Hennes zeigte seine Marke vor. »Wir sind scheckheftgepflegt. Und optimiert sind wir ohnehin«, sagte er frostig.

Das Lächeln der Empfangsdame bröckelte.

»Ihr Angebot ist interessant, aber heute haben wir keine Zeit dafür. Wir möchten mit Frau Marzen sprechen«, erklärte Momke freundlich. »Einen Flyer würde ich trotzdem gerne mitnehmen.«

»Sehr gerne.« Sie fand ihre Professionalität wieder und reichte ihm einen Hochglanz-Faltzettel.

Momke beugte sich vor und stützte sich auf den Tresen. »Ich habe nämlich ein Baby zu Hause. Drei Monate. Das ist wunderbar, aber es schlaucht auch. Ein Beauty Treatment für meine Frau wäre vielleicht eine kleine Anerkennung.«

Was redete Momke da? Das war doch nicht sein Ernst!

»Das ist eine wunderbare Idee! Vielleicht wäre ein Wellnesstag für Paare auch das Richtige?«

»Ach, das bieten Sie ebenfalls an?«

Das Lächeln der beiden vertiefte sich. Hennes wurde völlig ignoriert. Er räusperte sich vernehmlich. »Wo ist Frau Marzen?«, fragte er und setzte hinzu: »Nicht vergessen: Wir sind in einer wichtigen polizeilichen Angelegenheit hier.«

Erstarren. »Natürlich.« Wieder ein Blick aufs Tablet. »Frau Marzen hat keine Kundin. Wenn Sie mir bitte folgen wollen?«

Sie durchschritten einen Gang, von dem mehrere Türen abgingen. Ein Regal voller flauschiger schneeweißer Handtücher und Bademäntel. Hennes kam es vor, als könnte das alles gar nicht weich genug sein. Viele sind schon so verweichlicht, dachte er, dass sie die stinknormalen Anforderungen des Alltags als Zumutung empfinden. Er war wirklich niemand, der ständig die gute alte Zeit predigte. Im Gegenteil, in seiner Jugend hatte er genug unter Schindern zu leiden gehabt. Aber das …

»Mit deiner Laune eine Frau befragen, die gerade ihren Ex-Mann verloren hat, dabei habe ich gar kein gutes Gefühl …«, murrte Momke.

»Das lass mal meine Sorge sein.« Hennes wies auf Momkes Haar. »Und du willst wirklich in diesem Urlaubslook mit einer Frau sprechen, die einen geliebten Menschen betrauert?« Eilig steckte Momke die Sonnenbrille weg.

Im Kosmetikstudio war ebenfalls alles weiß, nur die Nagellackfläschchen auf den gläsernen Regalböden zeichneten einen Regenbogen auf die Wand. Jeanette Marzen war in den Dreißigern, trug einen beigen Hausanzug asiatischen Zuschnitts, blauen Lidschatten und zu viel Lippenstift. Sie hatte lange, glänzende Fingernägel, die mit Streifen und Punkten verziert waren. Wie so oft fragte Hennes sich, wie man mit diesen Nägeln überhaupt etwas anfassen konnte. Aber vielleicht war dieses Aussehen auch eine Art Rüstung, ein Schutz.

Momke blieb etwas zurück; trotz seiner Bedenken wollte er ihm anscheinend das Reden überlassen. Das störte Hennes nicht. Mit Verbrechensopfern – und das waren Angehörige ebenfalls – hatte er seit seinem ersten Tag bei der Polizei Erfahrung. Und er wusste mit ihnen umzugehen. Hennes hatte kein Mitleid, nein, das nicht. Mitleid half niemandem weiter. Mit Mitleid klärte man keine Verbrechen auf. Er hatte Respekt vor ihrem Leid. Und er wollte ihnen helfen.

Hennes stellte sich und Momke vor und bekundete ihr Beileid. Ruhig redete er mit Frau Marzen. Entgegen Momkes Befürchtungen fand er den richtigen Ton. Als sie ihnen die Behandlungsstühle anbot, wirkte sie relativ gefasst. Kaum saßen die Kommissare, rückte sie künstliche Nägel, Handpolster und verschiedenste Feilen zurecht, als ob sie ihnen gleich die Nägel machen wolle.

»Dennis' Mutter hat Sie schon angekündigt. Obwohl ich gar nicht weiß, wie ich Ihnen weiterhelfen soll. Gestorben ist Dennis doch wohl da draußen.« Sie machte eine vage Kopfbewegung.

»Auf der Plattform, meinen Sie? Das ist korrekt. Für uns ist es allerdings wichtig, uns ein möglichst umfassendes Bild des Opfers zu machen, von seinem Charakter, seinem Leben, seinen Gewohnheiten. Wie lange kannten Sie Dennis schon?«

»Knapp zehn Jahre.« Sie zupfte ein Kosmetiktuch aus einer Holzbox und tupfte eine Träne ab. Für einen Moment hatte Hennes wegen der spitzen Fingernägel Angst um ihre Augen. »Wir haben uns auf den Kanaren in einem Ferienklub kennengelernt. Ich habe dort als Kosmetikerin gearbeitet, Dennis hat Tauchurlaub gemacht. Der Tauchlehrer hatte schnell nichts mehr zu melden, weil alle nur noch an Dennis' Lippen hingen.« Ein wenig hellte sich ihr Gesicht bei der Erinnerung auf. »Er war so ein cooler Typ. Durchtrainiert und tiefenentspannt. Hat immer klare Ansagen gemacht. Niemand schien ihm etwas anhaben zu können. Alle wollten seine Geschichten hören, aber viele seiner Einsätze bei der Marine waren geheim. Die Frauen haben ihn angehimmelt.«

»Sie auch?«

»Ja, klar. Und ich habe dann das Rennen gemacht. Ein Jahr später haben wir geheiratet.« Jeanette Marzen wischte die verschmierte Wimperntusche ab. »Eigentlich war das unsere schönste Zeit. Alles, was danach kam …« Ihre Stimme brach.

Hennes beugte sich vor. »Was kam danach?«

»Die Einsätze haben Dennis extrem gefordert. Er war oft unterwegs. Ich habe mich allein gefühlt, habe mir ein Kind gewünscht, was aber nicht klappte. Als er bei der Marine aufgehört hat und mehr Zeit hatte, war es zu spät. Zu viel war zwischen uns kaputt gegangen.«

»Sie haben sich getrennt.«

Sie nickte. »Wir sind aber Freunde geblieben. Der Alltagsstress war ja weg. Kein Streit mehr über die abgelaufenen Haltbarkeitsdaten der Jogurts im Kühlschrank und herumliegende Wäsche. Dennis hat sich regelmäßig bei mir gemeldet.«

»Hat er mit Ihnen über seine Arbeit im Windpark gesprochen?«

»Wenig. Wir haben während unserer Ehe so viel über seine Arbeit gestritten, dass wir dieses Thema mieden.«

»Über seine Kollegen hat er aber geredet?«

»Ab und zu. Nickels kannte ich noch von früher. Er war ein alter Kamerad von den Minentauchern.«

Aus dem Augenwinkel bemerkte Hennes, wie Momke eine Textnachricht verschickte. Hoffentlich, um den Kollegen auf der Plattform zu sagen, dass sie diesen Nickels intensiver überprüfen sollten, und nicht, um sich nach seinem Kind zu erkundigen.

»Gab es jemand Besonderen in seinem Leben? Eine neue Freundin?«, mischte Momke sich jetzt ein.

Jeanette Marzen wischte über ein kleines elektrisches Gerät, neben dem Metallstifte standen, die Hennes an Holzfräsen erinnerten. Voller Unbehagen fragte er sich, was damit wohl in einem Nagelstudio gemacht wurde.

»Dennis hatte immer wieder Freundinnen, aber er hat mich mit Details verschont. Im letzten Jahr haben wir mal über Scheidung geredet. Ursprünglich hatten wir vereinbart, uns das Geld für den Scheidungsanwalt zu sparen. Denn solange wir beide keine neue Hochzeit planten …«, ihre Stimme verklang gedankenverloren. Dann sah sie auf. »Das Thema hatte sich dann aber schnell wieder erledigt. Ich glaube, letztlich hat Dennis gern allein gelebt. Einem Ordnungsfanatiker wie ihm kann man es nicht leicht rechtmachen.«

»Hat Dennis in letzter Zeit etwas über besondere Vorfälle erzählt? Hat es Probleme gegeben, Konflikte?«

Stumm schüttelte sie den Kopf. Dann erklärte sie: »Nicht, dass ich wüsste. Er war angespannt, das könnte sein. Hatte weniger Zeit als sonst. Dennis war ein Kümmerer. Hat niemanden hängenlassen, nicht mal Jasper.«

»Jasper?«

»Ebenfalls einer von der Marine. Ein Typ, der allerdings ziemlich neben der Spur ist.« Jeanette Marzen sah sie mit einem Hoffnungsschimmer in den Augen an. »Vielleicht weiß Jasper mehr.«

9

Liv und Bente eilten zum Ausgang. Die Taucher Ryan Nairn und Nickels Winkler ließen gerade ihr Equipment mit einem Kran zum Anleger hinunter.

»Sie können nicht einfach losfahren! Wir hatten Sie zum Gespräch bestellt!«, wollte Bente sie aufhalten.

Ryan Nairn wandte sich zu den Ermittlern um. Er machte mit seinem Dreitagebart und dem Ohrring einen verwegenen Eindruck. Nickels Winkler hingegen war einer jener Erwachsenen, bei denen sich der Babyspeck auf den Wangen gehalten hatte. Als ob er seine Männlichkeit betonen wollte, hatte er seine Muskeln durch intensives Training aufgepumpt.

»*I didn't know that.*« Nairn sprach mit einem harten, kehligen Akzent, und Liv war froh, dass ihr Englisch ganz passabel war. Jetzt erwies es sich als hilfreich, dass sie mit Sanna immer Vokabeln paukte. Vor allem im letzten Jahr, als Sanna von einem Japan-Schulaustausch geträumt hatte, hatten sie viel geübt. Doch auch dieser Traum war vorerst ad acta gelegt.

Winkler ruckte jäh den hellblonden Schopf. »Kann sein, dass ich vergessen haben, es dir zu sagen«, gab er zu.

Nairn nahm das stirnrunzelnd hin. »Wie auch immer: Wir können nicht ewig auf Sie warten. Das Zeitfenster, in dem wir bestimmte Arbeiten durchführen können, ist knapp. Wir müssen das richtige Wetterfenster abpassen und zudem tideweise tauchen, also zu den Stauwasserzeiten.«

»Was bedeutet das?«, fragte Bente.

»Wir passen den Moment ab, an dem Hoch- und Niedrigwasser wechseln. Die Arbeiten müssen erledigt werden, ehe unsere Schicht endet.« Auf dem Meer stieß der Motor des Katamarans beim Annähern an die Plattform schwarze Rauchwolken aus. Das Anlegen erschien Liv als ein riskantes Manöver.

Ryan Nairn musterte die Kommissare. »Wenn Sie mit uns reden wollen, müssen Sie uns aufs Taucherbasisschiff begleiten. Auf der Fahrt ist Zeit genug, wir müssen zum letzten Abschnitt des Windparks.«

»Was stellen Sie sich vor? Wir können nicht den ganzen Tag auf See bleiben«, meinte Bente, der langsam die Geduld verlor.

»Dann müsste ein Bootsmann Sie eben mit dem Schlauchboot zum nächsten CTV bringen, und das dann zur Plattform. Die CTVs sind als Shuttleboote ohnehin ständig im Windpark unterwegs.«

Kurz berieten die Ermittler sich. Wenn sie beide fuhren, würden sie wertvolle Zeit verlieren. »Ich könnte mitfahren. Dann kann ich bei dieser Gelegenheit sehen, wo und wie Dennis Marzen gearbeitet hat«, meinte Liv schließlich.

Sie bekam eine Schwimmweste und eine Einweisung in die Sicherheitsbestimmungen, während die Taucher ihr Equipment zum Anleger hinunterließen. Anschließend wurden sie in eine Sicherheitsleine eingeklinkt und verließen über eine schmale Leiter die Plattform. Eine Bö zauste die rotblonden Strähnen aus Livs nachlässig gebundenem Zopf. Der Anleger war schmal und mit einem kleinen Kran bestückt. Das Taucherbasisschiff hob und senkte sich beträchtlich im Takt der Wellen. Liv begriff jetzt, warum der Schwell nicht höher als einen Meter fünfzig sein durfte: Das Risiko, ins Meer zu fallen und zwischen Pfosten und Schiff zerquetscht zu werden, war enorm hoch. Der Bugfender näherte sich dem Pfeiler.

Die Ausrüstungsbox wurde mit dem Kran auf das Schiff gehoben. »Das ist alles, was Sie für den Einsatz benötigen?«, wunderte Liv sich.

»Alles andere ist auf dem Schiff, das ist unsere Basis für den Einsatz. Mit den vier Propellern kann es trotz Strömung und Wind die Position halten.«

Auf dem Schiff wurde nun eine Schwenkbrücke ausgerichtet, die offenbar die Wellenbewegung teilweise ausglich. Trotzdem würde es eine wackelige Angelegenheit werden. Schnell flocht Liv sich einen festen Zopf.

Ryan Nairn neigte sich zu ihr. »Keine Angst. Passen Sie den richtigen Moment für den Übertritt ab. Sie müssen nur die Wellen beobachten«, sagte er beruhigend.

»Das schaffe ich schon. Ich bin Surferin.«

Nairn grinste. »Na, dann. Ich fand ja ohnehin nicht, dass Sie wie einer der üblichen Polizisten aussehen.«

Mit klopfendem Herzen beobachtete Liv den Takt von Rumpf und Wellen. Nickels Winkler sprang, obgleich es aus Livs Sicht nicht der optimale Zeitpunkt gewesen war, was sie erst recht nervös machte. Wenn es ihm schon schwerfiel, den Übertritt genau abzupassen … Dann war sie an der Reihe. Sie holte Schwung und stieß sich ab. Der Sprung erschien ihr weit. Auf dem Schiff packte Winkler sie am Oberarm, ließ sie aber los, sobald sie sicher stand. Liv umfasste sofort den Handlauf. *Immer eine Hand am Schiff*, erinnerte sie sich. Gleich darauf setzte Ryan Nairn über. Der Schiffsmotor änderte den Takt, und sie legten ab.

Das Schiff war karg und funktionell ausgestattet. Gasflaschen, Kompressoren und andere Geräte waren mit Spanngurten in den am Deck versenkten Ösen verzurrt. Ein gewaltiges Seil – gebildet aus verschiedenfarbigen Schläuchen und Kabeln – hing an der Wand des Laderaums. Während Winkler sich an einer Box zu schaffen machte, nahm Ryan Nairn breitbeinig auf einem der wenigen Sitze Platz. »Wollen wir anfangen? Ich bin bereit, wenn Sie es sind.«

Schnell stellte sich heraus, dass Ryan erst seit ein paar Monaten für *Hanzmann Energy* arbeitete und seine Bekanntschaft mit Marzen eher oberflächlich gewesen war.

»Wir haben nicht viel geredet. Da hatte Nickels mehr mit ihm zu tun. Die beiden waren gemeinsam bei der Marine, *you know*? Alte Kampfgefährten bei den Minentauchern – kabumm!«, machte Ryan und lachte auf. Nickels sah ihn kurz und missbilligend an. So ganz ungetrübt schien ihr Verhältnis nicht zu sein. Da Ryan Nairn mit ein paar Kollegen Karten gespielt hatte, bis die Unruhe durch Silke Aspersens Fund sie gestört hatte, besaß er allerdings ein Alibi. Auch wenn dieses Alibi natürlich noch überprüft werden musste.

Als sie ihm dankte, schien Nairn enttäuscht. »Das war ja ein kurzes Vergnügen. Aber wenn Sie noch etwas brauchen, stehe ich zu Ihrer Verfügung – bei Tag und bei Nacht.«

Liv ging nicht auf den Flirt ein, sondern kontrollierte ihr Handy. Hennes hatte eine Nachricht geschickt. Ihre Kollegen waren schon dabei, die Datenbanken nach Einträgen über Nickels Winkler zu durchsuchen.

Sie wandte sich Winkler zu, der in der Nähe eines Loches im Schiffsboden – der Moonpool, durch den die Taucher direkt ins Meer steigen konnten – hingebungsvoll die Ausrüstung inspizierte. Vor ihm stand ein robuster gelber Koffer, der aufgeklappt war. An der inneren Oberseite war ein Bildschirm angebracht. Die Schuhe auf dem Bildschirm kamen ihr doch bekannt vor? Livs Blick flog zu dem Helm, der zu ihren Fußspitzen stand. Der Helm war riesig und schien für einen Weltraumspaziergang geeignet. Er war ebenfalls gelb, an den Seiten waren diverse Geräte befestigt. Die Helmkamera filmte sie anscheinend gerade.

»Ich habe erfahren, dass Sie Dennis Marzen von früher kannten. Dann muss sein Tod Sie besonders getroffen haben«, begann sie geradeheraus das Gespräch.

Nickels Winkler sah sie kurz an und schaltete dann die Helmkamera ab, ihre Schuhe verschwanden. »Das stimmt. Wir waren zusammen bei den Minentauchern. Dennis war mein Teamleiter. Und was für einer.« Seine Mundwinkel zuckten.

»Erzählen Sie mir von ihm?«

Er blies die weichen Wangen auf und stieß die Luft aus. »Wo soll ich da anfangen?«

»Sie haben einiges zusammen erlebt, nehme ich an.«

»Beim Bund geht es um Disziplin und Härte. Das schweißt zusammen.«

Es war nicht so, dass Liv ein Faible für das Militär hatte, aber offenbar war dies das Thema, über das sie einen Zugang zu Winkler bekommen konnte. »Ist es richtig, dass viele Minentaucher und Kampfschwimmer ihre Ausbildung abbrechen, weil sie so hart ist?«

»In meinem Jahrgang waren es schon am ersten Tag dreizehn, die aufgegeben haben.«

Liv glaubte, sich verhört zu haben, und fragte nach – die Zahl stimmte.

»Unter Wasser minutenlang die Luft anhalten, dabei Aufgaben erledigen, sich ausziehen, auf Zeit schwimmen, und hinterher noch ein Geländelauf – das muss man wirklich wollen. Ganz abgesehen von den unzähligen Liegestützen, Sit-ups und Klimmzügen.«

»Wenn Dennis und Sie es wirklich wollten, warum sind Sie denn jetzt hier?«

»Irgendwann reicht es. Wir haben unseren Beitrag zum Schutz des Vaterlandes geleistet. Dennis hat zuerst seinen Dienst quittiert und eine Berufstaucher-Ausbildung draufgesetzt; Schweißer war er ja schon, von früher. Ich habe ein Jahr länger durchgehalten. Dann bekam Dennis ein gutes Angebot von *Hanzmann Energy* und holte mich später nach.« Jetzt fixierte Winkler sie. »Sie müssen denjenigen fangen, der ihm das angetan hat!«, sagte er eindringlich.

»Haben Sie eine Vermutung, was genau Dennis zugestoßen ist?«

»Jemand hat ihn umgebracht, das ist doch klar!«

»Wer könnte es Ihrer Meinung nach gewesen sein? Und warum?«

»Weiß ich doch nicht. Das ist Ihr Job.«

»Wie würden Sie Ihr Verhältnis zu Dennis beschreiben?«

»Er war mein Vorbild, mein Kamerad und mein Kumpel.«

»Wann haben Sie Dennis zuletzt gesehen?«

»Gestern Abend. Wir wollten noch zusammen trainieren, aber dann war Dennis knülle. Die Seeluft und die harte Arbeit«, sagte er, als müsse er seinen Freund verteidigen.

»Gab es jemanden, der mit Dennis Streit hatte? Der sauer auf ihn war?«

»Nein«, sagte Winkler und kontrollierte den Füllstand der Gasflaschen.

Der Sound des Schiffes änderte sich; es wurde abgebremst. Liv sah hinaus. Bojen kennzeichneten abseits des Windparks eine Fläche. Darin befanden sich drei kleinere Windräder, die mit eine Art Rettungsring verbunden waren und sich im Wellenschlag leicht bewegten – ein Anblick, der Liv irritierte und für einen Moment an ihrem Gleichgewichtssinn zweifeln ließ.

»Das ist die Versuchsanlage, war nur ein kleiner Umweg. Hier haben wir gestern mit Dennis gearbeitet.«

»Was genau haben Sie gemacht?«

Winkler entspannte sich bei dem Themenwechsel merklich. »Das ist ein Modell für ein Element eines schwimmenden Windparks. Der Ballastring soll für Stabilität sorgen. Zusätzlich ist die Plattform mit Ketten am Meeresgrund befestigt. Wir kontrollieren, ob die Konstruktion Salzwasser und Wellen wirklich standhält. Zudem haben wir erst vor einiger Zeit auf dem Meeresboden eine Wellenkraft-Turbine befestigt, die ständig neu eingestellt und am Laufen gehalten werden muss. Die Turbine ist allerdings in der Nähe der Versorgungsplattform. Vielleicht haben Sie die Bojen gesehen?«

»Nein, aber ich achte auf dem Rückweg darauf.«

Langsam entfernten sie sich von der Versuchsanlage und steuerten auf ein Windrad zu, hinter dem sich das offene Meer bis zum Horizont erstreckte.

Winkler erhob sich. Er half Ryan Nairn, der bereits eine Art Unterzieher trug, in einen dicken Neoprenanzug mit robust wirkenden Stiefeln.

»Läuft heute alles so ab, wie es auch mit Dennis immer der Fall war? Können Sie mir mehr darüber erzählen, was Sie jetzt tun werden?«

»Was wir an den normalen Windrädern machen, ist für uns Alltag: Wir überprüfen und reparieren die Schweißnähte. Durch Gezeiten, Schiffsunfälle und die Strömung können sie brüchig oder rissig werden. Um die Schweißnähte zu untersuchen, muss man meist erst einmal den Bewuchs entfernen. Auf manchen Nähten sitzen zwanzig Zentimeter dicke Schichten aus Seeanemonen. Die Bauteile lassen sich mit dem Wirbelstromsensor auf defekte Stellen hin prüfen, oder wir arbeiten mit Magnetpulver. Ich gehe runter und leite die Daten direkt an Nickels weiter, der daraus ersehen kann, ob

Risse vorliegen. Anschließend wird repariert. Man kann ja eine Stützanlage, die zwischen sechshundert und tausenddreihundert Tonnen wiegt, nicht einfach so abbauen.«

»Stimmt. Das hört sich gewaltig an.«

»Gegen die Einsätze bei den Minentauchern ist es ein Kinderspiel«, meldete sich Nickels zu Wort.

Ryan lachte auf. »Sage ich doch: harte Jungs.«

Nickels konnte noch immer nicht darüber lachen. »Ebenfalls Alltag ist die Kolksicherung«, sagte er stattdessen.

»Kolk?« Liv hatte das Wort noch nie gehört.

»Es handelt sich dabei um Strudellöcher am Fundament der Windräder, wir nennen sie Auskolkungen. Diese Löcher können die Stabilität der Windräder gefährden.«

»Können Tauchroboter diese Kontrollen nicht übernehmen?«, wollte Liv wissen.

»ROVs nehmen uns zunehmend Arbeit ab, korrekt. Aber vieles kann eben nur der Mensch.«

Das Schiff hatte anscheinend seine Position erreicht. Ryan Nairn befestigte sein Tauchermesser und zog eine Art Halskrause über. Winkler reichte ihm den Helm, in den ein Mundstück eingesetzt wurde. Noch einmal wurden der Atemregler und die anderen Helmfunktionen kontrolliert. Sie gingen an den Rand des Moonpools. Es war deutlich, dass die Männer keinen Kopf mehr für die Befragung hatten.

Liv wies auf die Kamera und den gelben Koffer. »Wird jeder Tauchgang gefilmt?«, fragte sie noch.

»Beinahe jeder. Das dient der Dokumentation und der Sicherheit.«

Dann sollten sie die Aufnahmen von Dennis Marzens letzten Einsätzen auf jeden Fall sichten.

»Sie dürfen nie vergessen, dass der Taucher sich in einer lebensfeindlichen Umgebung befindet«, bemerkte Winkler.

»Er ist zu einhundert Prozent abhängig von den Geräten. Und von seinen Kollegen.«

Das hatte Liv sich nie so klargemacht. Beeindruckt schwieg sie und beobachtete, wie Ryan Nairn eine Weste mit einer Tauchflasche anlegte, den Helm aufsetzte und mit dem verdrillten Seil – der Nabelschnur das Tauchers, wie Winkler sagte – verbunden wurde. Dieses Umbilical versorgte den Taucher mit Luft, Notatemluft, Frischwasser und sicherte Kommunikation, Licht und Videoübertragung.

Als Nairn abgetaucht war, sah Liv noch eine Weile zu. Die Arbeit nötigte ihr Bewunderung ab. In gewisser Weise waren diese Berufstaucher moderne Helden, fand sie. Dann bat sie den Decksmann, sie mit dem Schlauchboot zum nächsten CTV zu bringen. Hier vor Ort würde sie nichts mehr ausrichten können.

Das Schlauchboot schlug beim Transfer hart auf die Wellen auf. Liv hatte Glück, ausgerechnet Mark Reisch war der Skipper auf dem CTV, das sie erwischt hatte. Während sie an den Windrädern Techniker absetzten oder einsammelten, befragte sie ihn. Sie musste Reisch jedoch jede Antwort aus der Nase ziehen, und manchmal verlor er vollends den Gesprächsfaden, dabei sprachen sie zunächst nur über seinen Werdegang. Er war lange auf internationalen Gewässern zur See gefahren und hatte sich bei *Hanzmann Energy* anheuern lassen, weil er dadurch näher bei seiner Familie war. Zudem war der Arbeitsrhythmus überschaubarer.

Nachdem er eine Weile geschwiegen hatte, brach es plötzlich aus Mark Reisch heraus: »Dieses ganze Gerede, wie großartig Dennis war – Schwachsinn. Dennis war ein Arschloch.«

Liv war perplex. Davon hörte sie zum ersten Mal. »Wie kommen Sie darauf?«

»Der hat bei jedem sofort die Schwachstelle erkannt und dann darin herumgebohrt.« Reisch wandte sich ihr zu. Die Knöchel der Hand, mit der er den Steuerknüppel umfasste, waren weiß. »Und bevor Sie glauben, ich verheimliche Ihnen was, sage ich es lieber gleich: Ich bin vorbestraft. Längst verjährt.«

»Okay, okay«, versuchte Liv möglichst gleichmütig zu erwidern, obgleich diese Information neu für sie war. »Dann weiß ich Bescheid.« Nachdem er sein Geständnis abgelegt hatte, entspannte Reisch sich merklich. »Marzen«, fuhr Liv fort, »hat also andere Mitarbeiter, wie soll ich sagen ...«

»Gemobbt. Schikaniert.«

»Wen zum Beispiel?«

»Eigentlich fast jeden. Dennis hatte einen guten Blick für Schwächen. Und er hatte keine Skrupel, jemanden zu provozieren.«

»Inwiefern?«

Mark Reisch überlegte angestrengt. »Zum Beispiel hat er Nickels manchmal zur Weißglut getrieben. Hat am Zustand der Ausrüstung herumgemäkelt. Oder Olaf ...«

»Den Sani?«

»Olaf ist Techniker, ist aber nah am Wasser gebaut. Dennis meinte, solche Leute könne man offshore nicht gebrauchen. Jeder hier müsse stressfest sein und einiges aushalten können.«

»Gab es Streit deswegen? Auseinandersetzungen?«

»Ab und zu. Letztlich wollte keiner sich sagen lassen, dass er eine Memme ist, die gleich zu Mutti läuft.«

»Silke Aspersen weiß also nichts davon, wollen Sie damit andeuten?«

»Glaube ich nicht.«

»Haben Sie noch ein paar Namen der Mobbingopfer für

mich?« Reisch nannte einige. Doch dann legten sie an, um die Techniker aufzunehmen, und unterbrachen ihr Gespräch.

»Hat Marzen auch Sie auf dem Kieker gehabt?«, fragte Liv nach der Unterbrechung.

»Dennis wusste von meiner Vergangenheit. Keine Ahnung, woher. Ich habe mich nicht provozieren lassen, und irgendwann hat er aufgegeben.«

»Wo waren Sie gestern Abend?«

Reisch sah sie an. Er lachte verächtlich. »Auf die Frage habe ich schon die ganze Zeit gewartet. Im Musik- und Spielzimmer, also unserem Aufenthaltsraum. Ein paar andere waren auch dabei.«

»Eine Frage hätte ich noch. Könnte es sein, dass Dennis Marzen auf der Plattform eine Freundin hatte?«

»Davon weiß ich nichts. Kann ich mir nicht vorstellen.«

Wenig später war das Gespräch vorbei. Kurz vor dem Anlegen ließ Liv sich noch die Bojen der Versuchsanlage zeigen, die die Taucher erwähnt hatten. Tatsächlich befanden sie sich ganz in der Nähe der Plattform. Liv machte sich Notizen. Reischs Informationen über das Mobbing waren überraschend gekommen. Sie mussten jetzt dringend herausfinden, ob etwas daran war oder ob es sich um üble Nachrede handelte. Außerdem mussten sie den Skipper genauer unter die Lupe nehmen – trotz seiner Versicherung, dass er sich heutzutage gesetzestreu verhielt. Auf jeden Fall hatte auch das Mordopfer seine Schattenseiten gehabt. Alles andere hätte Liv auch gewundert. Man fand bei beinahe jedem etwas, wenn man nur lange genug suchte.

* * *

Die Fahrt zur Inselmitte nutzte Momke, um Stichworte aus dem Gespräch aufzuschreiben und an das K1 sowie an Bente zu schicken. Glücklicherweise hatten sie den Hausmeister erreicht, der ihnen Zutritt zur Wohnung von Dennis Marzen verschaffen würde, was das Prozedere beschleunigte.

Jetzt steckte Momke sein Smartphone weg. »Wer hätte gedacht, dass du bei dem Gespräch mit Jeanette Marzen so viel Feingefühl an den Tag legen kannst? Gib es zu, du hast doch ein Herz.«

Hennes dachte gar nicht daran, auf diese unverschämte Bemerkung einzugehen. »Lass diesen Müll bloß nicht im Wagen – ich will damit nichts zu tun haben!«, sagte er und wies auf die Handzettel der Beautyfarm.

Marzens Wohnung befand sich in Hörnum in der Schulstraße. Durch die Straßenflucht sah man den Turm der weißen Segelkirche Sankt Thomas. »Nobel von *Hanzmann Energy*, für die Mitarbeiter gleich einen ganzen Wohnblock bereitzustellen. Und praktisch für uns«, meinte Momke. Dann legte sich seine Begeisterung. »Wir Sylter brauchen dringend Wohnraum. So aber müssen Ioanna und ich wohl noch lange auf dem Festland wohnen bleiben. Na ja, immerhin können wir ab und zu bei meinen Eltern auf der Insel unterschlüpfen.«

Früher oder später landete man immer bei diesem Thema, wenn man mit Insulanern sprach. Hennes versuchte, darüber hinwegzuhören. Vor allem Zugezogene schienen die Insel mit Zähnen und Klauen gegen Touristen verteidigen zu wollen – dabei waren sie doch früher selbst welche gewesen. Momke allerdings war ein waschechter Sylter, genau wie Liv. Hennes fragte sich, wie seine Teampartnerin wohl vorankam.

»Es ist ätzend, dass Auswärtige schneller eine Wohnung auf Sylt finden als Insulaner, ganz abgesehen von den hohen

Mieten, die sich kein normaler Mensch leisten kann«, setzte Momke nach.

»Die Sylter sind doch selbst schuld, wenn sie ihre Häuser verscherbeln und jeden Quadratmeter an Touristen vermieten. Niemand zwingt sie dazu. Aber sie können eben der Verlockung des Geldes nicht widerstehen – dann dürfen sie sich auch nicht beschweren.«

»Also, für meine Familie gilt das nicht. Wir schätzen das, was wir haben. Wir engagieren uns für den Erhalt unserer Traditionen. Und trotzdem sind wir die Leidtragenden. Ioanna und ich haben nur in Niebüll …«

»Da ist er ja schon«, unterbrach Hennes ihn.

Der Hausmeister befestigte gerade einen Zettel am Schwarzen Brett. Während sie hochgingen, befragten die Kommissare ihn zu Dennis Marzen, doch mehr als oberflächliche Angaben kamen nicht dabei heraus: Ein guter Mieter, war immer seinen Pflichten nachgekommen, es gab keine Beschwerden.

Sie zogen Handschuhe und Schuhhülsen über und schlossen Dennis Marzens Wohnung auf. Eineinhalb minimalistisch eingerichtete Zimmer mit Küchennische, penibel sauber. Auf einem kleinen Schreibtisch thronte ein altertümlich wirkender Computer. Zwei Dinge fielen Hennes besonders ins Auge: zum einen diverse Fitnessgeräte wie Laufband und Hanteln, die viel Platz einnahmen. Und zum anderen die vielen Fotos und Urkunden, die Marzen akkurat aufgehängt hatte. Die meisten Fotos stammten aus seiner Zeit bei der Marine und zeigten ihn unter Wasser und gemeinsam mit Tauchkumpanen.

»Der muss ja wohl ein Fisch-Fan gewesen sein«, meinte Momke und wies auf das Emblem, das auf den Fotos und Urkunden immer wieder auftauchte.

»Das ist der Sägefisch, das Maskottchen der Minentaucher. Und hinter dem Fisch ist eine stilisierte Mine. So ein Abzeichen muss man sich verdienen.«

»Das hat er ja scheinbar reichlich. Auf jeden Fall hat Marzen seinen Beruf geliebt, würde ich sagen«, meinte Momke.

Ein Foto war auch dabei, auf dem Dennis und Jeanette zu sehen waren, jung, verliebt, unter südlicher Sonne. Von anderen Frauen keine Spur.

Sie teilten sich die Suche auf: Momke versuchte, den Computer zum Laufen zu bringen und nahm sich den Papierkram vor. Hennes sah sich in der Wohnung um. Als er gerade mit dem Schlafzimmer fertig war, kam Momke zu ihm.

»Ganz schön alt, das Ding. Der röhrt, als ob er jeden Augenblick explodieren würde. Aber trotz der veralteten Technik kriege ich das Passwort nicht raus, da müssen die Computerforensiker ran. Kontoauszüge und Quittungen hat Marzen abgeheftet. Er hat gut verdient, trotzdem gibt es kaum Erspartes. Sieht so aus, als hätte er sich ein Boot gekauft, das in Hörnum liegt. Seit einigen Monaten hat er außerdem regelmäßig größere Summen von seinem Konto abgehoben.«

»Interessant. Wofür hat er das Geld gebraucht? Hat es etwas mit dem Mord zu tun? Wir müssen dazu die Ex und seine Freunde befragen«, überlegte Hennes laut.

»Ansonsten können die uns in der Bank bestimmt weiterhelfen. Ein Testament ist anscheinend bei einem Notar hinterlegt. Zumindest gibt es eine Gebührenrechnung von einem Notar, die auf Anfang des Jahres datiert ist. Vielleicht hat es einen Grund gegeben, sich mit dem eigenen Tod zu beschäftigen. Ich habe noch vor meiner Hochzeit und der Geburt unserer Süßen …«

Hennes wartete das Ende des Berichts nicht ab, sondern

ging ins Badezimmer. Es war so klein, dass die Toiletten-schüssel beinahe in die Dusche hing. Eine spartanische Aus-stattung. Da fiel ihm eine abgerissene Papierecke ins Auge, die mitsamt des Klebestreifens an einer Ecke des Badezim-merspiegels pappte. Was hatte da wohl geklebt – an einer Stelle, die einem jeden Morgen als Erstes ins Auge fiel? Und hatte Marzen, der sonst so ordentlich war, dieses Ding wirk-lich abgerissen und den Fetzen einfach hängen lassen? Er sah in den Tritteimer. Bingo.

10

Aus der Kantine zog der Geruch des Mittagessens durch die Gänge. Ihre Kollegen waren bereits mit dem Hubschrauber auf der Plattform eingetroffen. Liv begrüßte sie; einige kannte sie von früheren Fällen. Wanda hatte die Pläne für die Befragungen an eine Pinnwand gehängt. Nur wenige Namen von der Liste waren abgehakt. Immerhin hatten sie einige Infos zu Dennis Marzens Tagesablauf ergänzen können: Zwischen 21 und 22 Uhr war er in der Nähe des Krankenquartiers und den umgebenden Fluren zu sehen gewesen. Danach war er in Richtung seiner Kabine verschwunden. Da noch ein wenig Zeit bis zur Lagebesprechung war, suchte Liv sich einen freien Schreibtisch, um die ersten Gesprächsprotokolle zu verfassen. Dann sah sie, dass Hennes ihr eine Nachricht geschickt hatte. Sie rief ihren Teampartner an.

Hennes kam gleich zur Sache: »Ich habe in Marzens Wohnung eine Postkarte aus dem Müll gefischt. Ein Liebesbrief, leider anonym. Jemand bedankt sich für den intensiven Abend und freut sich auf die nächste gemeinsame Schicht.«

Liv merkte, dass es ihr schwerfiel, ihre Überlegungen bezüglich Marzens Kollegen-Schikane beiseitezuschieben und auf diesen Hinweis einzugehen. Sie durfte nicht zulassen, dass die Müdigkeit ihren Geist träge machte. Jetzt ein Espresso, besser noch: einen doppelten. »Das muss ja erst mal nichts heißen.«

»Wenn ein Herz und eine Liebesbotschaft auf der Postkarte sind, vielleicht schon.«

»Beziehungen sind auf der Plattform verboten.«

»Eben. Ein Grund mehr, diese geheim zu halten.«

Sie dachte an die Kondome in Dennis Marzens Kulturbeutel. »Du sagtest, der Brief sei nicht unterschrieben. Gibt es trotzdem einen Hinweis auf die Identität der Schreiberin oder des Schreibers?«

»Nein. Ich habe extra noch mal bei Frau Marzen nachgefragt; die weiß nichts von einer aktuellen Beziehung. Ich schicke die Postkarte zur Kriminaltechnik wegen der Fingerabdrücke und faxe euch eine Kopie. Ansonsten hat es ein paar auffällige Geldtransaktionen bei Marzen gegeben, denen wir nachgehen werden, ehe wir uns in der Firmenzentrale die Personalakten vornehmen.«

»Hört sich nach einem Spitzenplan an. Wie läuft's mit Momke?«

Hennes lachte trocken. »Wenn wir undercover arbeiten würden, wäre er als Sylt-Touri die perfekte Tarnung. Und bei euch?«

In diesem Augenblick trudelten die letzten Ermittler für die Besprechung ein. Liv gab Hennes noch schnell eine Zusammenfassung, dann hob Bente die Stimme, und Liv legte auf. Ausführlich und zugleich kompakt fasste der Ermittlungsleiter den Fall und die bisherigen Ergebnisse zusammen. Anschließend berichteten die Kommissare über ihre jüngsten Gespräche. Liv erzählte zunächst von Hennes' Fund.

»Wenn es wahr ist, könnte so eine Beziehung für Stress gesorgt haben. Heimlichtuerei, die Gefahr vor Entdeckung, Eifersucht …«, überlegte Wanda.

»Richtig. Auch darauf sollten wir bei unseren Befragungen ein Augenmerk legen«, meinte Bente. »Was hast du bei den Tauchern herausgefunden, Liv?«

Ihrem Bericht wurde besonders viel Interesse zuteil, und die Ermittler diskutierten, wie sie darauf aufbauen und die Erkenntnisse in ihre Befragungen einbauen konnten.

»Wir müssen die Mobbingvorwürfe verifizieren. Wem ist noch aufgefallen, dass Dennis Marzen andere angegriffen hat? Blieb es bei verbalen Angriffen, oder wurde er auch handgreiflich? Parallel nehmen wir uns diejenigen vor, die zu den Mobbingopfern gehört haben sollen. Wenn dieser Olaf besonders auffällige Probleme mit Dennis hatte, dann fangen wir doch bei ihm an. Wo ist er derzeit?«

Wanda schaute in ihren Listen nach. »Die Befragung von Herrn Kanz war eigentlich erst für heute Nachmittag eingeplant, da er bislang nicht zu Marzens unmittelbarem Umfeld gehörte. Momentan ist er draußen im Windpark.«

»Dann müssen wir wohl warten«, meinte Bente.

In diesem Augenblick zog Aziz die Aufmerksamkeit auf sich. Er saß an seinem penibel aufgeräumten Computerarbeitsplatz und nahm von dort aus an der Besprechung teil. Aziz war ein Verfechter des digitalen Büros und versuchte, papierlos auszukommen. »Endlich, meine Güte, das hat ja gedauert!«, rief er aus. »Ich glaube, ich habe einen Ansatzpunkt.«

Sie drängten sich um den Schreibtisch. Einzig ein Post-it klebte auf der Tischfläche, auf den Kirsa Thorildson ihre Handynummer notiert und »Für Fragen« darübergeschrieben hatte.

Aziz hatte eine Aufnahme des Überwachungsbands herangezoomt und geschärft. Der Täter war dabei, das Klebeband aufzutrennen, das Dennis Marzens Kabine versiegelt hatte.

Die Bildqualität war schlecht, dennoch erkannten sie, dass das Messer ungewöhnlich war: Der Griff war hellgelb und durch ein geringeltes Kabel mit der Messerscheide verbunden. Aziz startete eine Onlinesuche mit den Merkmalen des Messers. »Schau mal an«, sagte er. »Ähnliche Messer werden von Rettungsdiensten, Seglern und Tauchern verwendet.«

Bente stützte sich auf den Tisch. »Die sind alle hier vertreten. Es könnte auch das Messer des Toten sein.«

»Und es ist frei verkäuflich, wie zu viele Waffen«, murmelte Liv und setzte lauter hinzu: »Auf jeden Fall ein guter Ansatzpunkt. Überprüfen wir doch zunächst die Ausrüstung der Taucher und Sanitäter.«

»Dabei hatte ich mich schon so darauf gefreut, als Nächstes den Müll zu durchwühlen«, meinte Botersen-Evers, und Liv konnte an seinem Tonfall nicht ablesen, ob es Ironie oder ernstgemeint war.

»Wir sollten uns Olaf Kanz doch früher als geplant vornehmen«, entschied Bente.

Bereits eine halbe Stunde später war Liv wieder auf einem Versorgungsschiff, dieses Mal mit Bente. Sie hatten mit Silke Aspersen über die Vorwürfe gegen Dennis Marzen gesprochen, doch die Managerin hatte angegeben, nichts davon mitbekommen zu haben. Dass die Kommissare zu dem Windrad hinausfahren wollten, hielt sie für unnötig. Andererseits hatten Liv und Bente das Gefühl, keine Zeit verlieren zu dürfen. Zudem war es möglicherweise hilfreich, Olaf Kanz getrennt von den anderen in seiner Arbeitsumgebung zu befragen, in der er sich vermutlich sicher fühlte.

Auf dem Schiff zog Bente zum wiederholten Mal die Gurte seiner Rettungsweste fest. Dann kontrollierte er, ebenfalls zum wiederholten Mal, sein Handy.

»Eigentlich müsste es dir hier doch gefallen. Mehr Freiheit, mehr Weitsicht«, sagte Liv.

»Und mehr Seegang. Außerdem behagt es mir nicht, von der Plattform weg zu sein, wenn dort ein oder zwei Täter herumlaufen.«

»Ich hätte mit Aziz fahren können, oder mit Wanda.«

»Nein, das ist unsere erste heißere Spur, da muss ich dabei sein.«

Liv holte ihr Notizbuch hervor. Wanda hatte alles zusammengefasst, was sie bislang über Olaf Kanz wusste, aber noch immer fehlten ihnen die Informationen aus den Personalakten, um die Hennes sich kümmern wollte.

»Olaf Kanz, geboren 1989 in Emden. Windkrafttechniker und Ausbildung zum Notfallsanitäter. Auf der Plattform Kontakte zu Timo und Pascal«, las Liv ihre Notizen vor. »Timo Müller war der nervöse Muskelprotz, der bei dem offiziellen Gespräch in der Kantine ankündigte, abhauen zu wollen. Von Pascal habe ich noch nie gehört«, ergänzte sie.

»Wenn Kanz im Krankenquartier zu tun gehabt hätte, wäre er im passenden Stockwerk für den Mord an Dennis Marzen gewesen. Groß genug wäre er auch, um den Leichnam zur Notfalltreppe geschleppt und hinuntergestoßen zu haben. Vielleicht war etwas bei den Asservaten, das ihn verraten könnte. Aber entsprechen sein Aussehen und sein Bewegungsmuster wirklich denen auf der Aufnahme? Und erkennen Sebastian und Oda die Augenpartie wieder?«

»Das checkt Aziz gerade.«

»Außerdem ist ja auch die Frage, ob Sticheln Grund genug ist, jemanden umzubringen.«

Liv sah auf die Nordsee hinaus, die sich im Sonnenlicht in einen Teppich aus funkelnden Glasscherben verwandelt hatte. Die wesentlichen Fragen wiederholten sich letztlich bei jeder Mordermittlung: Wer war der Täter? Was war das Motiv für die Tat? Wodurch wurde die Tat ausgelöst? Nur die Antworten unterschieden sich bei jedem Fall gravierend.

»Ich finde es auch immer ätzend, bei einem Mordopfer nach Fehlverhalten zu suchen. Es gibt keinen Grund, der einen Mord entschuldigt. Aber die Verzweiflung bei Mobbingopfern ist oft groß«, sagte sie.

»Hätten es dann nicht andere mitbekommen müssen? Und welchen Grund hätte Olaf Kanz gehabt, die Asservate an sich zu bringen?«

»Vielleicht waren diese Schikanen auf Marzens Handy zu sehen.«

»Oder das Mobbing ist nur vorgeschoben. Es könnte einen weiteren Grund für den Streit geben, von dem wir nichts wissen. Oder Dennis war einfach nur zur falschen Zeit am falschen Ort.«

Schon von Weitem entdeckten sie die Techniker, die an den Rotorblättern und der Gondel des Windrads arbeiteten. Winzig sahen sie in der enormen Höhe aus. Erst jetzt wurde deutlich, wie gewaltig diese Windräder waren.

»Das nenne ich mutig«, sagte Liv staunend.

Bente schauderte sichtlich. »Wenn man bedenkt, dass es bis zur Rotornabe knapp neunzig Meter sind, wird mir ganz anders zumute, denn die Windräder müssen ständig instand gehalten und repariert werden. Wir müssen ja glücklicherweise nicht ganz hoch.«

Der Skipper wandte sich per Funk an die Kletterer und informierte Olaf Kanz, dass er zur Plattform hinunterkommen sollte. Dieser schien nicht gerade begeistert, was Liv ihm angesichts des langen Ab- und Aufstiegs nicht verdenken konnte.

Glücklicherweise gab es nur wenig Wellengang, und das CTV konnte einigermaßen zügig am gelb gestrichenen Turm des Windrads anlegen. Der Übergang war wieder eine wackelige, schweißtreibende Angelegenheit. Anschließend mussten Liv und Bente in ihren voluminösen orangenen Schutzanzügen die erste Leiter bis zur Plattform hochsteigen. Liv kletterte voraus. Trotz des Winds konnte sie das angestrengte Keuchen ihres Kollegen hören.

»Geht es?«, rief sie hinunter.

Statt einer Antwort erklang ein Stoßgebet auf Dänisch. Schließlich war Liv bei der Plattform angekommen. Sie reichte Bente die Hand und half ihm hoch. Er klammerte sich an dem gelben Handlauf fest und verschnaufte.

»Was für eine Schnapsidee«, meinte er.

Liv sah sich um. Sie hatten erst ein kleines Stück des Turms hinter sich gebracht, und doch war die Höhe beachtlich. Wie schwindelerregend musste es erst für die Techniker da oben sein? Ein schmaler Gang führte einmal rund um den Turm und mündete in einer kleinen Plattform mit Ladekran. Eine Tür führte in das Innere des Turms. Neben reichlich Technik war dort eine enorm lange Leiter zu sehen. Von oben näherte sich jemand.

Olaf Kanz wirkte wütend. Unter seinem Helm war er knallrot, Schweißtröpfchen hingen auf seiner Oberlippe. Über seinem Overall trug er robuste Klettergurte mit etlichen Karabinern. Beim Sprechen stieß die Zunge teilweise heftig gegen die Zähne.

»Th…Sie wissen schon, dass ich da wieder ganz hoch muss, oder?«, lispelte er. Zornig spitzte er die Lippen und ließ diese flattern – wie ein Kind, das Pferdchen spielte. Tatsächlich sprach er nach dieser Übung klarer. »Wir hatten gerade die Hauptverriegelung geöffnet, um Mittagspause zu machen.«

»Sie essen oben in der Gondel?«

»Wo denn th…sonst?« Wieder das wütende Lippenflappern. »Außerdem ist die Sicht von dort aus bei klarem Wetter unbeschreiblich schön. Also, was ist so dringend?«

»Wie war Ihr Verhältnis zu Dennis Marzen?«

»Sie kommen hierher, um mich nach meinem Verhältnis zu Dennis zu fragen?« Kanz klang fassungslos.

»So sieht's aus.«

Der Techniker starrte auf seine Fußspitzen. »Ich hatte mit Dennis wenig zu schaffen.«

»Wir haben gehört, dass Sie mit ihm Schwierigkeiten hatten.«

»Das ist eine Lüge!«

»Tatsächlich? Dennis Marzen hat sich also nicht über Sie lustig gemacht, Sie vielleicht sogar gemobbt?«

»Beschuldigen Th...Sie mich etwa, dass ich ihm etwas getan habe?«

»Wenn wir Sie beschuldigen würden, hätten wir Sie zunächst Ihrer Rechte belehren müssen, das haben wir nicht gemacht«, beruhigte Liv ihn.

Sein Blick wurde glasig. Grob rieb er mit den Knöcheln über die Augen. Wieder atmete er tief durch, als ringe er nach Luft. »Wer hat behauptet, ich hätte Probleme mit Dennis?«

»Das tut nichts zur Sache.«

Etwas flatterte neben ihnen, doch statt einer Möwe setzte sich ein Spatz auf den Handlauf. Olaf Kanz wühlte in seiner Tasche und fand offenbar einige Krümel seiner Brotzeit, die er dem Vogel hinwarf. Der Spatz hüpfte hinunter und pickte die Krümel auf.

Der Anblick schien Kanz zu beruhigen. »Der Arme muss sich verflogen haben. Hoffentlich schnappen die Möwen nicht zu. Manchmal verirrt sich auch ein Falke hierher. So ein Spatz ist eine willkommene Zwischenmahlzeit für diese Räuber«, sagte er leise.

Liv suchte Olaf Kanz' Blick, aber er wich immer wieder aus. »Wenn es sich um eine Lüge handelt, dann tut es uns leid. Aber wenn etwas an diesen Gerüchten dran ist, dann ist es für uns sehr wichtig. Bislang wurde uns Dennis Marzen als kompetenter und engagierter Mitarbeiter beschrieben, der sich mit allen verstand. Sollte er Sie schikaniert haben, dann könnte es sein, dass auch andere unter ihm gelitten haben und einer – oder eine – sich gerächt hat. Mobbingopfer schämen sich oft, Hilfe zu holen. Manche glauben, sie wären selbst schuld. Das stimmt aber nicht.«

Der Techniker seufzte, dann sah er Liv an. »Dennis hatte sich auf mich eingeschossen.«

»Inwiefern?«

Er zögerte. »Das Lispeln. Außerdem bin ich nun mal nah am Wasser gebaut. Mir kommen leicht die Tränen. Das passiert schon, wenn ich was Schlimmes in den Nachrichten sehe – da kann ich nichts machen«, stieß er hervor. »Dennis meinte, so jemand habe hier draußen nichts zu suchen, weil er eine Gefahr für die anderen sei. Ein Team sei nur so stark wie das schwächste Glied der Kette, hat er immer gesagt. Er hat mich getrietzt. Hat behauptet, dass er es gut meint. Dass er mich abhärten würde.«

Liv versuchte, sich ihre Verärgerung nicht anmerken zu lassen. »Was für ein Unsinn«, sagte sie dennoch. »Konnten Sie sich nicht bei Ihrem Arbeitgeber über Marzen beschweren?«

Er atmete tief durch. »Dann hätte ich mich ja vollends zum Affen gemacht. Ich brauche diesen Job. Wir haben ein altes Haus gekauft, renovieren von Grund auf. Und ich habe Familie. Vier Kinder, das fünfte ist unterwegs. Ich trage Verantwortung.«

Fünf Kinder? Und die Frau ist die Hälfte des Monats alleine? Hut ab.

»Ich dachte, irgendwann hat Dennis genug davon.« Der Spatz hatte alle Krümel aufgepickt, hüpfte auf den Techniker zu und sah diesen erwartungsvoll an. Kanz schien den Vogel jedoch gar nicht mehr wahrzunehmen.

»Dieses Mobbing muss doch jemand mitbekommen haben«, meinte Bente.

Olaf Kanz schwieg, kämpfte anscheinend mit sich. Dann sagte er: »Nickels ist immer dabei gewesen. Wie th…«, Lippenflattern, »siamesische Zwillinge, die zwei. Wenn Dennis was gesagt hat, ist Nickels gesprungen.« Grimmig schüttelte er den Kopf. »Diese geheuchelte Trauer über Dennis' Tod konnte ich kaum ertragen. Ich war ja nicht der Einzige, der unter ihm und Nickels gelitten hat.«

»Wer denn noch?«

»Mark, Ryan, Kirsa, Arne – ach, viele. Sogar Hanzmann und Silke hat er angemacht, ich weiß nicht, warum.«

Liv machte sich eine Notiz. »Bei welchen Gelegenheiten sind diese Schikanen vorgekommen?«

»Meistens in unserer Freizeit. Ich habe versucht, Dennis aus dem Weg zu gehen. Habe mich zurückgezogen. Aber trotzdem …« Olaf Kanz verstummte aufgewühlt.

Bente sah Liv von der Seite an. Vermutlich dachten sie beide dasselbe. Für den Straftatbestand des Mobbings konnte eine Abmahnung kassiert werden, vielleicht sogar eine Kündigung. Das musste Dennis Marzen und Nickels Winkler klar gewesen sein. Dennoch hatten sie weitergemacht. Manchmal griffen Mobbingopfer zu verzweifelten Maßnahmen. Wenn Olaf Kanz aber etwas mit Dennis Marzens Tod zu tun hatte, war es doch sehr unwahrscheinlich, dass er freiwillig von dem Mobbing erzählte.

»Wo sind Sie gestern Abend zwischen 22 und 24 Uhr gewesen?«, fragte Bente geradeheraus.

Der Techniker wurde blass um die Nase. Tränen sammelten sich in seinen Augen. Dann blinzelte er heftig. »Ich habe mich nach dem Abendessen zurückgezogen. War kaputt. Silke hat mich alarmiert, als sie Dennis' Leiche entdeckt hat.«

»Das dürfte sich anhand der Überwachungsaufnahmen überprüfen lassen«, sagte Liv, dachte aber: *Wenn es nicht gerade den Zeitraum betrifft, in dem die Kameras ausgefallen sind.* »Wo waren Sie anschließend?«

»In meiner Kabine, bis Silke mich erneut gerufen hat, weil Ihre Kollegen angegriffen worden sind.«

»Haben Sie eigentlich eines dieser praktischen Rettungsmesser?«, fragte Bente unvermittelt.

»Klar.« Kanz fummelte an seinem Gurt und holte das Messer hervor. Es entsprach dem Modell, das sie auf der Aufnahme gesehen hatten. Allerdings hätte Kanz es wohl kaum so bereitwillig gezeigt, wenn es sich um die Waffe handelte, mit der Marzens Kabine aufgehebelt worden war. »Was wollen Sie damit? Ich dachte, Dennis wäre erwürgt worden? Oder hat ihn etwa jemand erstochen?«, fragte er irritiert.

»Das können wir Ihnen leider nicht sagen. Das Messer würden wir gerne einmal untersuchen. Nur sicherheitshalber.« Liv zog Latexhandschuhe an, um es an sich zu nehmen. Die Aussicht beunruhigte Kanz sichtlich, trotzdem händigte er ihnen das Messer aus.

Als sie Kanz für das Gespräch gedankt hatten und dieser wieder im Turm verschwunden war, meinte Liv: »Kommt es dir nicht komisch, vor, dass jemand wie Dennis Marzen, der als Minentaucher ein harter Hund gewesen sein dürfte, auf jemandem herumhackt, nur weil er lispelt? Ein Sprachfehler ist doch eine absolute Nebensache, wenn man im Beruf tagtäglich sein Leben riskiert.«

»Vielleicht hat Dennis einfach eine Abneigung gegen Olaf

gehabt, kommt doch vor. Da war ja auch noch dessen angebliche Schwäche«, sagte Bente abgelenkt. Er kontrollierte sein Handy, schien aber keinen Empfang zu haben.

»Oder es gab noch etwas anderes …«, überlegte Liv.

Bente ging nicht darauf ein. »Ich muss zur Plattform zurück. In der Zwischenzeit könnte dort ja sonst was passiert sein«, meinte er nervös.

Gleich darauf standen sie wieder an der Leiter, die hinunter zum Schiff führte. Abgase stiegen von dem Fahrzeug auf und zerstreuten sich im Wind.

Bente sog scharf die Luft ein, als er hinuntersah. »Das ist so hoch. Ich glaube, ich kann nicht …«

Liv war ebenfalls ein wenig flau im Magen, was allerdings auch daran liegen konnte, dass sie Hunger hatte. »Wenn du deinen Sicherungsgurt einhakst, kann nichts passieren. Nimm einfach eine Stufe nach der anderen«, sagte sie ruhig. Trotzdem war auch sie erleichtert, als sie das Schiffsdeck wieder unter den Fußsohlen spürte.

Während der Fahrt diskutierten sie bei Studentenfutter, das Liv in der Tasche gehabt hatte, über die neuen Informationen. Kurz überlegten sie, den Skipper zu bitten, zu den Tauchern zu fahren, um Nickels Winkler noch einmal zu befragen und ihm ebenfalls sein Messer abzunehmen. Sie beschlossen jedoch zu warten, bis dieser wieder bei der Plattform war. Winkler wusste ja nichts von Kanz' Aussage und ihrer Suche nach dem Messer.

Liv und Bente redeten gegen die Erschöpfung an, die sich in ihnen auszubreiten drohte. Sie waren sich einig, in welche Richtung sie die Ermittlung vorantreiben würden. Die Zeit drängte. Nur noch etwa achtzehn Stunden, dann würde dieses Team die Plattform verlassen.

11

Die Ermittler trudelten für eine Zwischenbesprechung ein. Manche murrten, weil sie durch die Konferenzen so viel Zeit verloren, aber Liv wusste, dass Bente wahrscheinlich einen guten Grund dafür hatte. Seit sie wieder auf der Plattform angekommen waren, hatte ihr Kollege telefoniert. Sie selbst hatte es in der Zwischenzeit geschafft, ein Gesprächsprotokoll fertigzustellen. Wanda hatte aus der Kantine belegte Brötchen und Getränke kommen lassen.

Schließlich eröffnete Bente die Besprechung. »Hilke Hasselbrecht hat für das K1 an der Obduktion von Dennis Marzen teilgenommen. Sie hat mir gerade die wichtigsten Ergebnisse übermittelt. Kehlkopf und Zungenbein des Toten sind gebrochen. Wir haben es also definitiv mit Mord zu tun.«

Einige Sekunden Stille, während die Information wie eine Feder durch die Luft glitt. Danach war es, als ob die Atmosphäre im Raum auf einmal elektrisch aufgeladen wäre. Liv hatte diesen Befund zwar erwartet, dennoch gab er ihren Ermittlungen eine erhöhte Dringlichkeit. Sebastian hatte wirklich schnell gearbeitet. Kurz fragte Liv sich, ob er den Angriff tatsächlich so locker weggesteckt hatte. Sie könnte sich erkundigen, wie es ihm ging. Ein kurzer Anruf vielleicht, oder eine Textnachricht. Sofort schob sie den Gedanken weg.

»Das ist aber noch nicht alles. Aziz ist es gelungen, das

Passwort von Marzens Laptop zu knacken. Aziz, willst du …«

Sichtlich zufrieden ergriff der Kommissar das Wort. »Was ich auf dem Laptop gefunden habe, hat mich überrascht. Offenbar war es Dennis Marzen selbst, der die Überwachungsanlage manipuliert hat. Er hat sich in das System gehackt und ein Bild in Dauerschleife eingespielt.«

Verblüffte Stille kehrte ein. Livs Gedanken rasten. Was hatte Marzen vorgehabt, das der Rest der Belegschaft nicht mitbekommen sollte?

»Ist das denn so einfach möglich? Benötigt man dafür kein spezielles Programm, vielleicht aus dem Darknet?«, fragte Wanda.

»Nein, dazu braucht man lediglich genügend Computerwissen. Theoretisch kannst du von jedem Rechner aus Trojaner in die Videoüberwachungsanlage einspielen und so ein Bild auf Endlosschleife anpingen lassen, wie es hier der Fall gewesen ist«, stellte Aziz klar.

»Die wichtigste Frage ist also, warum er das getan hat«, meinte Liv.

Bente nickte. »Selbst, wenn Marzen so ein Computerfreak war, muss er diese Manipulation vorbereitet haben. Warum an diesem Tag, zu dieser Stunde?«

»Wir müssen also unsere Fragen an die Belegschaft ausweiten.« Wanda machte bereits Notizen an dem Whiteboard, einer elektronischen Tafel.

Bente stützte die Handflächen auf den Tisch und beugte sich vor. »Was hat Marzen an dem Abend vorgehabt, bei dem er nicht gefilmt werden wollte? Hängt der Mord mit diesem Vorhaben zusammen? Wieso verfügte Marzen über das Wissen und die Fähigkeit, die Überwachungsanlage zu überlisten? Und wenn es keinen Zusammenhang zwischen der Manipulation der Überwachungsanlage und dem Mord gibt: Wer könnte Marzen ermordet haben, und warum? Unsere bisherigen Ansatzpunkte sind der Vorwurf des Mobbings und möglicherweise eine geheime Beziehung.«

Aziz durchsuchte die Notizen auf seinem Handy und ergriff noch einmal das Wort. »Das maritime Datennetzwerk ist komplex, auch die Protokolle des WLAN-Routers prüfe ich noch. Außerdem habe ich mir die Aufnahmen vom Aufbruch der Kabine und dem Angriff noch einmal angesehen. Olaf Kanz könnte von der Statur her durchaus der Angreifer sein – aber die Schutzkleidung könnte auch täuschen. Oda Haldens und Doktor Gerlich konnten anhand der Augenpartie jedenfalls keine Identifizierung vornehmen.«

»Also auch zum LKA mit diesen Aufnahmen?«

»Auf jeden Fall.«

Die anderen Ermittler sponnen den Gesprächsfaden weiter. Es hatte sich herausgestellt, dass direkte Teammitglieder ab und zu mitbekommen hatten, dass Dennis Marzen sich anderen gegenüber schroff verhielt. Als Mobbing hatten sie dies jedoch nicht gewertet. Wenn die Arbeit dränge, wurden die Samthandschuhe eben auch mal ausgezogen. Von einer Liebesbeziehung wusste niemand etwas. Noch aber hatten sie erst die Hälfte der Belegschaft befragt. Auf jeden Fall waren viele Mitarbeiter wegen des Mords und des Angriffs nervös und konnten es kaum erwarten, die Plattform zu verlassen. Immerhin hatten die Kriminaltechniker die vorhandenen Taucher- und Rettungsmesser untersucht und beschlagnahmt, wenn sie dem gesuchten Messer entsprachen.

Eine Weile diskutierten sie und bildeten Hypothesen. Liv musste immer wieder heftig gähnen und ertappte Wanda dabei, wie ihr die Augen zufielen. Sie waren alle seit gestern früh auf den Beinen. Solange man in Bewegung blieb, ging es. Aber wenn man erst einmal zur Ruhe kam …

Bente beendete die Besprechung. »Ihr macht mit den Befragungen weiter. Verfolgt genauestens die Hinweise auf Mobbing und auch auf die Beziehung.« Er wandte sich an Liv. »Und wir nehmen uns noch einmal Silke Aspersen vor. Wenn Marzen auch sie schikaniert hat, muss sie uns das sagen. Außerdem muss sie dafür sorgen, dass wir schnellstmöglich mit Nickels Winkler sprechen können.«

Sie fanden die Plattformmanagerin an einem der Rettungsboote. Ein Techniker machte sich gerade an der Halterung des Boots zu schaffen. Silke Aspersen redete währenddessen auf eine aufgewühlt wirkende Küchenhilfe ein. Als sie Liv und Bente sah, verdüsterte sich Aspersens Gesicht, und sie schickte die Küchenhilfe weg.

»Ich hoffe wirklich, dass Sie bald fertig sind. Die Leute drehen mir hier durch. Was meinen Sie, wie viele mir ihr Herz ausschütten – ich habe kaum geschlafen! Die sensibleren Gemüter fühlen sich verfolgt. Andere fühlen sich durch die Fragen Ihrer Ermittler angegriffen. Sie sollten nicht im Privatleben unschuldiger Arbeiter herumstochern.«

»Ich bedaure, wenn das geschehen ist. Aber es ändert nichts daran, dass wir diese Fragen stellen müssen«, meinte Bente.

Aspersen entfernte sich ein Stück von dem Techniker, damit sie in Ruhe sprechen konnten. »Also, was wollen Sie schon wieder?«, fragte sie widerwillig.

Die Kommissare konfrontierten sie mit den neuen Erkenntnissen, doch Aspersen blieb bei ihrer Linie. »Mobbing? Davon hätte ich gewusst. Das gibt es hier nicht. Genauso wenig wie sexuelle Beziehungen. Wie oft soll ich das denn noch sagen? Sie verschwenden Ihre Zeit und unsere Geduld. Diesbezüglich sind Sie auf der falschen Spur«, erklärte sie kategorisch.

»Hat Dennis Marzen sich jemals Ihnen gegenüber unangemessen verhalten?«

»Nein!«, erwiderte Silke Aspersen entnervt.

»Ich glaube, dass Sie uns etwas verschweigen«, sagte Liv ihr ins Gesicht.

»Was Sie glauben, ist Ihre Sache. Wenn ich mit Dennis etwas diskutiert habe, dann ging es nur um den Beruf.« Etwas versöhnlicher setzte sie hinzu: »Entschuldigen Sie, dass ich so gereizt reagiere. Dennis' Tod macht mir zu schaffen. Außerdem steppt hier vor einem Teamwechsel immer der Bär. Ich muss mich um die Halterung eines Rettungsboots kümmern, um die Ersatzteile vom Festland, die morgen kommen, die Vorräte …«

»Wenn Ihnen doch noch etwas einfällt …«

»Dann melde ich mich sofort.« Sie wollte schon zum Rettungsboot zurückgehen, aber Bente hielt sie auf. »Wir müssen so schnell wie möglich mit Nickels Winkler sprechen. Können Sie die Taucher hierher zurückbeordern?«

»Ryan und Nickels sind gerade bei der Forschungsanlage. Ich glaube kaum, dass …«

»Die beiden hätten heute Morgen gar nicht ablegen dürfen. Es war vereinbart, dass uns die Mitarbeiter jederzeit zur Verfügung stehen. Die Forschungsanlage wird warten müssen«, entgegnete Bente entschieden.

Aspersen runzelte die Stirn. »Ich werde sehen, was sich machen lässt«, sagte sie kühl.

Die Kommissare gingen davon. »Also, wenn du mich fragst, dann verbirgt sie was«, meinte Liv.

»Sie ist nur angespannt. Der Mord, die Verantwortung für

die Mitarbeiter ... Vielleicht hat Olaf Kanz tatsächlich eine harmlose Diskussion falsch gedeutet.«

Liv sah aufs Meer hinaus. Irgendwas stimmte nicht bei Silke Aspersen, auch wenn sie es leugnete. »Schützt sie vielleicht jemanden?«

Auf dem Gang wurde ihr Gespräch abrupt von Wanda unterbrochen, die sie offenbar schon eine geraume Weile gesucht hatte.

Ein Kollege aus Kiel war bei Timo Müller. Der junge Industriekletterer saß sehr aufrecht da. Die Hände hatte er auf die Knie gestützt, als würde er gleich aufspringen wollen. Selbst seine Bizepse zuckten nervös.

Bente belehrte ihn als Zeuge. »Sie sagten unserem Kollegen hier, dass Sie miterlebt haben, wie Dennis Marzen andere mobbte?«, begann er direkt das Gespräch.

»Ja. Vor allem auf Olaf hatte er es abgesehen. Wir beide sind befreundet, müssen Sie wissen. Aber auch Silke hat er angemacht, Mark und selbst Nickels.«

»Schildern Sie uns diese Vorfälle«, bat Liv.

»Also, gestern Abend zum Beispiel. Da hatten Olaf und Nickels mit Dennis Streit. Dennis hatte ihnen offenbar etwas auf dem Handy gezeigt, was Olaf sehr aufgeregt hat. Aber selbst als ich Olaf zu Hilfe kam und ihn beruhigen wollte, hat er es mir nicht gesagt, sondern ist in seine Kabine abgedampft.«

Wieder dieser Winkler! Liv konnte kaum erwarten, dass er ihnen Rede und Antwort stand. »Sie wissen nicht, was auf dem Handy war oder worum es bei dem Streit gegangen sein könnte?«

»Ich nehme an, irgendwas wegen des Lispelns oder weil Olaf so eine Heulsuse ist. Das meine ich nicht böse – er zeigt seine Gefühle eben, das ist doch okay. Aber manche können damit nicht umgehen.«

»Wann ist das gewesen?«

»Gegen 20.30 Uhr, im Treppenhaus.«

Also musste es eigentlich Aufnahmen von dem Zusammentreffen geben.

»Ihre Beobachtung erklärt aber nicht, warum Sie letzte Nacht solche Angst hatten, dass Sie abhauen wollten.«

»Ich hatte keine Angst.«

Natürlich nicht. Dumm formuliert, dachte Liv ärgerlich. »Warum haben Sie dann angedroht, gleich morgens abzureisen?«

Timo Müller wirkte irritiert. »Ist es nicht ganz normal, Angst zu haben, wenn ein Mord geschehen ist?«

»Doch, natürlich. Diese Gewalttaten haben nicht nur Folgen für das Opfer, sie stellen zudem unser persönliches Sicherheitsgefühl infrage«, beruhigte Liv ihn.

»Ich bin froh, dass Sie uns das erzählt haben, auch wenn diese Aussage Ihren Freund vielleicht in Erklärungsnot bringen könnte«, formulierte es Bente vorsichtig.

Timo Müller rieb nervös über die Tätowierungen auf seinem Arm. »Sie meinen, dass ich Olaf damit verdächtig gemacht habe?«, fragte er schließlich und setzte dann entschieden hinzu: »Er hat Dennis ganz sicher nichts getan. Olaf könnte keiner Fliege etwas zuleide tun.«

* * *

Ein Meer aus Strandnelken säumte die Straße in den Inselsüden, dazwischen leuchteten vereinzelte Rapsblüten. Auf den Radwegen sausten E-Bikes an muskelbetriebenen Fahrrädern vorbei. Als Hennes den Wagen durch Hörnum steuerte, sehnte er sich heftig nach einer Zigarette. Nervös kaute er auf einem Nikotinkaugummi, obgleich es grauenvoll schmeckte. Er ließ die letzten Stunden noch einmal Revue passieren. Nach der Durchsuchung der Wohnung waren sie zur Bank gefahren. Da die Anträge des Staatsanwalts bereits vorlagen, wurde Hennes und Momke Einsicht in Dennis Marzens Finanzunterlagen gewährt. Einen Hinweis darauf, wofür Marzen die Geldsummen benötigt hatte, war bisher nicht aufzufinden gewesen. Die Überweisungen würden sie in Ruhe prüfen müssen. Auch mit dem Notar hatten sie gesprochen, allerdings hatte dieser darauf verwiesen, dass er der Polizei gegenüber keine Auskunftspflicht habe. Mit einer Engelsgeduld hatte Momke ihm erklärt, dass der Grund für die plötzliche Testamentserklärung sowie die Nennung der Begünstigten möglicherweise hilfreich für die Mordermittlung sein könnten. Jetzt mussten sie abwarten, bis der Notar sich mit den Betroffenen beraten hatte. Anschließend hatte Momke verkündet, dass er am Verhungern sei. Hennes hätte ein Fischbrötchen auf die Hand gereicht, aber Momke hatte auf einem anständigen Mittagessen bestanden. Bei seinen Bratkartoffeln mit Krabben und Spiegelei hatte Momke ihn prompt mit Kinderfotos gequält.

Jetzt passierten sie das Ortsschild. Auf Momkes Anweisung hin bogen sie in eine Sackgasse und weiter in einen Privatweg ab, der zu einem Sandweg wurde.

»Kommt mir komisch vor. Ich weiß nicht, ob wir hier richtig sind«, murrte Hennes.

Momke war empört. »Etwas mehr Vertrauen, bitte! Sag selbst: Sind wir heute nur ein einziges Mal in die Irre gefahren? Nein!«, gab er sich die Antwort selbst. Er öffnete das Fenster und hängte den Unterarm hinaus. »Das Ehepaar Hanzmann ist nicht nur märchenhaft reich, sondern lebt auch zurückgezogen. Außer mit ihrem Unternehmen machen sie höchstens mit Spenden für wohltätige Zwecke von sich reden. Feine Leute.«

»Solche feinen Leute und ihre Charity-Events hatten wir in einem früheren Fall schon mal, falls du dich erinnerst«, murmelte Hennes.

»Die waren eine Ausnahme. Schwarze Schafe. Dieses Mal stimmt es wirklich«, beharrte der Lokalpatriot Momke, der nur ungern etwas auf seine Heimat und deren Bewohner kommen ließ.

Vor ihnen zeichnete sich nun ein Reetdach zwischen den Dünenkuppen ab. Die Villa wirkte – abgesehen davon, dass das Grundstück nicht durch einen Steinwall, sondern durch einen Zaun begrenzt war – fast unscheinbar. »Das kann doch nicht der Firmensitz von *Hanzmann Energy* sein«, meinte Hennes.

»Das Unternehmen hat ein Büro in Kiel. Aber das eigentliche Geschäft findet hier statt, vertrau mir. Hier finden wir Henriette Hanzmann. Und hier sind auch die Personalakten.«

Über dem Briefkasten stand der Firmenschriftzug. Sie meldeten sich über die Gegensprechanlage an, das Automatiktor ging auf. Eine Chefassistentin, die längst das Pensionsalter überschritten haben musste, nahm sie in Empfang und führte sie durch das Haus, das teuer und geschmackvoll eingerichtet war. Schließlich betraten sie ein großes Büro, das von Kunstwerken und Skulpturen dominiert war. Ein Anzugträger mit offensichtlich gefärbter Föhnfrisur stellte sich als Quirin Darss, kaufmännischer Geschäftsführer, vor.

»Darss? Haben Sie meine Kollegen nicht zur Versorgungsplattform begleitet?«, wunderte Hennes sich.

»Doch, schon. Ich bin heute Morgen mit Doktor Gerlich, Frau Haldens und dem Toten zurückgeflogen, um mich um

Sie zu kümmern.« Als er sah, dass Momke die Kunstwerke in Augenschein nahm, erklärte er: »Das sind einige der besten Arbeiten des Kunstpreises, den *Hanzmann Energy* ausschreibt. Sie sind inspiriert von den Themen ›Wind‹, ›Meer‹ und ›Energie‹. Interessant, nicht wahr?«, fragte er mit einem Lächeln, das blendend weiße Zähne enthüllte.

»Ja, sehr. Vor allem dieses hier …« Momke ging auf ein Gemälde zu, das eine Pusteblume zeigte, die aus kleinen Rotoren gebildet war.

Hennes unterbrach ihn ungeduldig. »Wir müssen mit Frau Hanzmann sprechen.«

»Frau Hanzmann ist sehr beschäftigt. Außerdem ist sie mit dem Alltagsgeschäft nicht betraut. Die Personalangelegenheiten laufen über meinen Tisch, die Forschungen über den ihres Mannes.«

Hennes hatte es noch nie leiden können, wenn ihm jemand etwas aus dubiosen Gründen verwehrte.

»Dann bedanken wir uns, dass Sie sich die Zeit neh…«, hörte er Momke sagen.

Erneut ging Hennes dazwischen. »Das Gespräch mit Frau Hanzmann ist aus ermittlungstaktischen Gründen unerlässlich. Wenn Sie uns also zu ihr bringen würden? Oder müssen wir sie erst vorladen?«

Das Lächeln in Darss' Gesicht wurde eisig. »Ich will ehrlich zu Ihnen sein. Frau Hanzmann ist leider unpässlich. Wir wollten nicht darüber sprechen, aber es hat gestern am späten Abend einen Vorfall gegeben.«

»Was für einen Vorfall?«

»Jemand hat einen toten Vogel gegen die Fensterfront geschleudert. Henriette hat sich sehr erschreckt. Glücklicherweise war ich noch in meinem Büro bei einer Videokonferenz und konnte ihr zu Hilfe kommen.«

»Das ist ja ein Ding! Und es kann nicht sein, dass der Vogel zufällig gegen die Glasscheiben geknallt ist?«, fragte Momke.

»Nein, das war kein Genickbruch. Das Tier – es war eine Silbermöwe – war völlig zerfetzt. Das ist eine ziemliche Sauerei gewesen. Außerdem hing ein aufgerollter Zettel am Fuß. ›Windkraft = Mord‹ stand darauf.«

»Was haben Sie mit der Möwe und dem Zettel gemacht?«, wollte Hennes wissen.

»In den Müll geschmissen, was sonst. Eklig, das Vieh.«

»Haben Sie keine Anzeige erstattet?«, fragte Momke.

»Nein, wir wollen die Angelegenheit nicht so hoch hängen. Ungünstige Schlagzeilen sollen nicht von unserer Kernkompetenz ablenken.«

»Ich rate Ihnen, dennoch Anzeige zu erstatten. Ein derartiger Vorfall könnte sich wiederholen«, meinte Momke besorgt.

Hennes hatte das Feuerzeug in seiner Hosentasche auf- und zuschnappen lassen. Jetzt sagte er: »Wir würden uns die Möwe und den Zettel gerne anschauen und beides sicherstellen. Vielleicht finden wir einen Hinweis auf den Täter.«

Darss zögerte. Schon bei dem Gedanken kräuselten sich seine Mundwinkel angeekelt. »Bitte, wenn Sie meinen.«

Er führte sie in eine Garage, in der ein Tesla neben einem Bentley Continental stand. In einem Abstellraum befanden sich die Mülltonnen. Darss hielt sich abseits, offenbar wollte er sich nicht die Finger schmutzig machen.

Momke schob sich vor. »Lass mich ran. In dieser Angelegenheit wird ja ohnehin die Kripo Sylt die Ermittlungen übernehmen.« Er zog Latexhandschuhe an, klappte eine Tonne auf und wühlte sich durch den Müll. Immer tiefer musste er sich in die Mülltonne beugen. Ein dumpfes Stöhnen entfuhr ihm, als er die Möwe an der Flügelspitze aus der Tonne hob. Der Brustkorb war aufgebrochen, die Federn blutverklebt. Der Kadaver stank heftig. Darss zupfte hektisch ein Taschentuch heraus und presste es vor den Mund.

Hennes holte einen Asservatenbeutel hervor. Nachdem er Momke den Vogel abgenommen hatte, betrachtete er ihn eingehend. »Schwer zu sagen, ob Tierquälerei vorliegt oder ob die Möwe schon tot war«, sagte er.

Momke beugte sich noch einmal so tief in die Tonne, dass er auf Zehenspitzen stehen musste.

»Und hier ist auch der Zettel«, erklang es schließlich dumpf. Nach Luft schnappend kam er hoch. Dann hielt er mit knallrotem Kopf das Papier hoch. Eine Flüssigkeit war auf den Zettel getropft, wie Bratensoße sah sie aus. Die Schrift wirkte, als ob sie jemand mit Plakatfarben und Schablonen aufgetragen hatte. Auch den Zettel asservierte Hennes sorgfältig.

Alle drei waren froh, als sie wieder an der frischen Luft waren. Momke zog die Handschuhe aus und fragte nach einer Möglichkeit, sich die Hände zu waschen. Auch Darss entschuldigte sich kurz. Als er zurückkam, roch er aufdringlich nach Seife.

»Frau Hanzmann hat niemanden gesehen? Die Bewegungsmelder müssen doch angegangen sein«, wunderte Hennes sich.

»Das nehme ich an. Aber nein, gesehen hat sie nichts.«

»Und auch auf den Aufnahmen der Überwachungsanlage war niemand zu erkennen?«

»Leider nicht.«

»Würden Sie uns trotzdem die Sicherheitsanlage zeigen? Und die Aufnahmen am besten auch gleich?«, fragte Momke.

Darss kam ihrer Bitte nach. Auf den Aufnahmen sah man

schemenhaft, wie jemand über den Zaun kletterte und den Kadaver warf. Die Gestalt verschwand schnell wieder im toten Winkel, was dafür sprach, dass er die Villa ausgekundschaftet hatte.

Dann gingen Hennes und Momke zur Grundstücksgrenze, dorthin, wo die Gestalt den Zaun überwunden hatte. Sie nahmen die Strandnelken, den Lavendel und die Zwergkiefern, die vor dem hohen Zaun wuchsen, in Augenschein. Schließlich entdeckten sie gebrochene Hortensienzweige und niedergetrampelten Strandroggen, untersuchten die Stelle genauer und gingen dann durch das Tor auf die andere Seite. Hier war der Strandhafer ebenfalls abgeknickt.

»Immerhin hat es in den letzten Tagen nicht geregnet«, murmelte Hennes. Da nach wenigen Schritten die Dünen anfingen, waren die Spuren jedoch schlechter zu verfolgen; der Wind hatte die Abdrücke verweht. Langsam arbeiteten sie sich vor, fanden jedoch nur vereinzelte Teilabdrücke.

»Das hat keinen Sinn. Die Abdrücke sind zu undeutlich. Außerdem könnte hier sonst wer längsgetrampelt sein«, meinte Momke.

Als sie schon aufgeben wollten, bemerkte Hennes einige abgeknickte Zweige an einem Hundsrosenbusch. Der Sand an der einen Buschseite war plattgedrückt. Von hier aus hatte man einen guten Blick auf das Grundstück. Er nahm die einzelnen Äste in Augenschein und fand Federn und Haare, die in den Dornen des Buschs hängengeblieben waren. Hennes stellte diese in einem Asservatenbeutel sicher. Auf der anderen Dünenseite hatte der Wind die Spuren völlig verwischt, sodass sie nicht herausfinden konnten, von wo die Gestalt gekommen und wohin sie verschwunden war.

Anschließend gingen sie zurück in die Villa. Die Chefassistentin führte sie in das Büro des Geschäftsführers. Dass die

Ermittler die Asservatenbeutel mit sich führten, schien Darss zu irritieren.

»Mich wundert, dass Frau Hanzmann keinen Personenschützer beschäftigt«, sagte Momke.

»Normalität ist Henriette wichtig. Für ihre Forschungen benötigt sie Ruhe.«

Hennes ließ erneut das Feuerzeug in seiner Hosentasche auf- und zuschnappen. »Was, glauben Sie, ist der Grund für diesen Anschlag?«

Darss ließ sich auf die Kante seines Schreibtisches sinken und setzte ein kinetisches Kunstobjekt in Gang: Eine Reihe filigraner Metallflügel, die kleine Windräder bildeten, verbunden durch Gelenke, die sich schlangenförmig zu bewegen begannen. »Ich kann mir keinen rationalen Grund vorstellen, warum jemand so etwas tun könnte. Aber wenn ich eine Mutmaßung anstellen müsste: Ich schätze, dass Windkraftgegner dahinter stecken. Vermeintliche Naturschützer. Feinde des Fortschritts. Es hat ja schon öfter Anschläge auf Windparks und deren Betreiber gegeben. Denken Sie beispielsweise an die Vandalismus-Serie in Hessen, an die Einbrüche mit dem Diebstahl der Technik oder an das Säureattentat auf den Finanzvorstand der *Innogy* im Jahr 2018.«

»Eine absolut menschenverachtende Tat«, sagte Momke.

»Sie kennen die Windkraftgegner hier auf Sylt vermutlich persönlich? Meines Wissens gibt es zwei Bürgerinitiativen«, fragte Hennes nach.

Die Windradschlange verlangsamte sich, woraufhin Darss sie leicht, allerdings ohne große Folgen anstieß. »Zuletzt wurden wir besonders von *No-Wind* an den Pranger gestellt.« Darss stupste heftiger, klirrend fiel das Kunstobjekt in sich zusammen. Der Bildschirm seiner Smartwatch zeigte etwas an. Unvermittelt erhob er sich. »Also, wie gesagt: Natürlich steht Frau Hanzmann zu Ihrer Verfügung. Ich hoffe, Sie haben Verständnis dafür, dass wir dieses Gespräch allerdings auf morgen vertagen müssen. Und jetzt bringe ich Sie endlich zu den Personalakten, meine Herren.«

Zähneknirschend gab Hennes nach. Gleichzeitig fragte er sich, ob der Vorfall mit dem toten Vogel und der Mord zusammenhingen, oder ob es einfach eine zeitliche Koinzidenz war.

Quirin Darss führte die Ermittler durch einen Gang in den Seitenflügel des Hauses. Es war erstaunlich, wie weit sich das Gebäude hinzog. An den Wänden hingen gerahmte Konstruktionszeichnungen und Patenturkunden. Durch ein Fenster sahen sie in einen Innenhof mit weiteren Miniaturwindrädern und kinetischen Objekten, an denen eine Putzfrau herumfummelte. In dem kleinen Büro fiel Hennes' Blick auf die Aktenordner, die auf einem Tisch auf sie zu warten schienen. Daneben standen Wasserflaschen, Gläser und Friesenkekse.

»Wir haben die aktuellen Personalakten für Sie bereitgelegt. Wenn Sie etwas brauchen, können Sie meine Assistentin jederzeit anrufen«, sagte Quirin Darss, ehe er verschwand.

Momke schenkte für sie beide Wasser ein und schnappte sich einen Keks sowie einen Aktenordner.

Ein unangenehmer Geruch zog Hennes in die Nase. Er schnupperte. Momke zog eine Grimasse. »Eau de Mülltonne. Ich fürchte, das bin ich.«

»Kennst du die Leute, die hinter dieser Bürgerinitiative stecken?«, lenkte Hennes ab.

»Lass mal sehen.« Momke schaute auf dem Smartphone die Namen nach. »Ulf Grappe? Ja, den kenne ich. Krawalliger Antiquitäten- und Schrotthändler. Hat eine Art Kommune in Rantum. Klagt gegen alles, was ihm nicht in den Kram passt.

Ich kann mir aber nicht vorstellen, dass der mit toten Möwen um sich wirft.«

»Dem werden wir trotzdem mal auf den Zahn fühlen.«

Hennes nahm sich als Erstes die Namen vor, die Liv ihm geschickt hatte. Eine halbe Stunde lang waren nur das Rascheln von Papier und das leise Rieseln der Kekskrümel zu hören. Dann hatte er etwas gefunden.

*　*　*

Zwei Befragungen später erfuhr Liv, dass die Taucher wieder auf der Plattform waren. Die Kommissare trafen Nickels Winkler im Tauchquartier, das wie eine vollgestopfte Umkleidekabine wirkte. Er stand dabei, als Ryan Nairn mit Arne Paifer diskutierte. Nach kurzer Diskussion über den richtigen Vernehmungsort hatten sie sich für diese Variante entschieden, denn in ihrer vorläufigen Einsatzzentrale war es zu unruhig. Auch auf eine Gesprächsstrategie hatten sie sich verständigt.

»Unsere Ergebnisse sind zwar schon jetzt belastbar, aber Herr Hanzmann wird nicht begeistert sein, dass ihr die Untersuchung abgebrochen habt«, sagte Arne Paifer gerade.

»Das ist deren Schuld.« Ryan Nairn wies auf Liv und Bente.

Die Kommissare gingen gar nicht darauf ein. »Wir würden gerne mit Herrn Winkler allein sprechen.«

Nairn und Paifer verließen den Raum. Nickels Winkler machte sich an der Ausrüstung zu schaffen, bis Liv ihn bat, sich auf eine der Holzbänke zu setzen. Die Kommissare zogen die andere Bank heran und setzten sich gegenüber. Bente belehrte Winkler über seine Rechte als Zeuge, und sie holten sich die Erlaubnis ein, das Gespräch zusätzlich mit dem Handy aufzeichnen zu dürfen.

»Machen Sie ruhig, stört mich nicht. Ich weiß aber auch nicht, was das soll. Ich habe nichts getan«, protestierte der Taucher.

»Sie haben mir etwas verschwiegen, Herr Winkler«, entgegnete Liv.

»Keine Ahnung, wovon Sie reden.«

Bente seufzte vernehmlich. »Herr Winkler, tun Sie das bitte nicht. Wir sind seit gestern früh auf den Beinen und haben bislang über dreißig Befragungen durchgeführt. Dachten Sie ernsthaft, dass uns die Machenschaften von Herrn Marzen und Ihnen entgehen würden? Und, wichtiger noch: Wollen Sie denn gar nichts dazu beitragen, dass der Mord an Ihrem Freund aufgeklärt wird?«

Winkler griff nach einem Atemregler und betrachtete diesen eingehend.

»Oder haben Sie selbst etwas mit der Tat zu tun? Sind Dennis' Sticheleien so heftig geworden, dass Sie selbst es nicht mehr ausgehalten haben?«

Liv gefielen Bentes Suggestivfragen nicht, sie hielt sich aber zurück.

Scharf sog Nickels Winkler die Luft ein. »Nein! Spinnen Sie denn?! Ich habe Dennis nichts getan! Ich will ja eigentlich nicht Ihre Arbeit machen, aber ich würde sagen, dass Olaf Dennis angegriffen hat. Den müssen Sie unter die Lupe nehmen!« Winkler biss sich auf die Lippen, als habe er zu viel gesagt.

»Und warum sollte Olaf Dennis angegriffen haben?«, fragte Bente ruhig.

»Das wissen Sie doch längst, behaupten Sie!«

»Sagen Sie es uns.«

Nickels Winkler sprang auf.

»Der Zeuge springt auf und will anscheinend das Gespräch abbrechen«, gab Liv zu Protokoll. Sein Blick wanderte aus dem Fenster hinaus. Ein Schiff näherte sich, das sah Liv nun auch, und sie erkannte es sofort. »Endlich. Die Wasserschutzpolizei bringt unsere Polizeitaucher. Dann wollen wir mal hoffen, dass die Taucher die Dinge finden, die Dennis Marzen in seinem Rucksack hatte, vorzugsweise sein Handy«, sagte sie gleichmütig.

Winkler war für einen Augenblick wie erstarrt, dann setzte er sich wieder. Seine Pausbacken bebten vor Erregung. »Ich glaube, Sie wissen nicht, was es bedeutet, offshore zu arbeiten. An einem Tag wie diesem ist es hier draußen entspannt. Meistens aber ist das Wetter nicht so friedlich. Hier kann es haushohe Wellen geben. Das Meer ist eisig und brutal, die Arbeit lebensgefährlich. Jeder muss sich auf den anderen verlassen können. Dennis sagte immer, ein Team ist nur so stark ...«

»... wie das schwächste Glied der Kette.« Livs Ton war kühl geworden. Dieses Machogehabe ging ihr gewaltig auf die Nerven. Vor allem, wenn es als Rechtfertigung für Mobbing herhalten sollte.

»Genau. Ich bin manchmal nachlässig, da ist es gut, wenn Dennis mich anpfeift. Wenn Dennis Olaf angemacht hat, ging es immer um das Wohl aller.«

»Aha. Und was hat Olaf denn so Schlimmes getan, dass er diese Schikane verdiente? Beim Fernsehen eine Träne verdrückt?«, fragte Liv sarkastisch.

Nickels Winkler sah sie abwägend an. Dann sagte er es.

12

Olaf Kanz' Hände zitterten, und dunkle Röte hatte sein Gesicht bis zu den Wangenknochen gefärbt, als er in einem kleinen Büro vor ihnen saß und die Belehrung über sich ergehen ließ.

»Ich bewundere das, was Sie tun. Auf dem Windrad ist mir ganz schön die Muffe gegangen, diese harte Arbeit in diesem gefährlichen Umfeld. Diese Enge auf der Plattform. Das muss man erst einmal aushalten«, begann Liv.

»Worauf wollen Th…Sie hinaus?«

»Dennis Marzen hat Sie gestern Abend nicht verbal angegriffen, weil Sie nahe am Wasser gebaut sind.«

Kanz wurde noch röter. Er ließ die Lippen so heftig flattern, dass Liv den Sprühregen spürte, aber danach lispelte er nicht mehr. »Was Nickels oder wer auch immer auch gesagt hat – es ist gelogen.«

»Sie haben also nichts dagegen, Ihre Blutalkoholkonzentration bestimmen zu lassen?«, ging Bente in die Offensive.

»Doch, natürlich habe ich etwas dagegen! Warum sollte ich das zulassen? Wollen Sie mich etwa genauso herumschubsen?! Abgesehen davon habe ich nichts getrunken. Ich trinke nie, wenn ich arbeite.«

»Nickels Winkler sagte aus, Dennis Marzen hätte Sie gestern mit eine Flasche Wodka erwischt.«

»Das ist eine Lüge.«

Immer wieder hatte Liv sich vor dem Gespräch ihr Hirn zermartert, was für einen Eindruck Olaf Kanz gemacht hatte, als sie ihn zum ersten Mal gesehen hatte. Er war herangeeilt, um Sebastian und Oda nach dem Angriff zu versorgen. Rot war er gewesen, das wusste sie noch, und sie erinnerte sich auch an den medizinischen Geruch. Aber war Wodka nicht gerade so beliebt bei Alkoholikern, weil er als geruchlos galt?

»Sie waren in letzter Zeit häufiger krank.«

»Bei vier kleinen Kindern ist das kein Wunder, die schleppen alles an.«

»Oder haben die Ausfälle mit Ihrem Alkoholkonsum zu tun?«

»Mein Körper ist meine Privatangelegenheit.«

Liv neigte sich vor und wartete, bis Kanz Blickkontakt aufnahm, doch viel zu schnell sah er wieder weg. »Sie wissen sicher, dass Alkoholsucht eine Krankheit ist. Wenn Sie darunter leiden, sollten Sie sich unbedingt Hilfe holen.«

Kanz schwieg. Der Eintrag in der Personalakte, den Hennes entdeckt und den Winklers Aussage bestätigt hatte, war eindeutig. Olaf Kanz war bereits einmal wegen Alkoholmissbrauchs angeschwärzt worden, damals hatte man ihm nichts nachweisen können. Als Liv Silke Aspersen auf den Vorwurf angesprochen hatte, hatte diese Olaf Kanz vehement verteidigt. Auch in der Nacht, als sie Dennis' Leiche gesehen und Olaf hinzugerufen hatte, war Aspersen angeblich nichts aufgefallen. Hatte Olaf Kanz also in Wahrheit gar keinen Alkohol getrunken gehabt? Oder leugnete er es nur, weil er wusste, dass er sonst seinen Job verlieren würde?

»Ich fürchte, sowohl wir als auch *Hanzmann Energy*

werden nach diesem Vorwurf auf einer Blutprobe bestehen.«

Dieses Mal musste Olaf Kanz etliche Anläufe machen, bis er seinen Protest überhaupt herausbekam: »Das dürfen Sie gar nicht!«

»Oh, doch.«

Bente veranlasste alles Notwendige. Die Zeit drängte, denn wenn Olaf Kanz gestern Abend getrunken hatte, hätte sich ein Großteil des Alkohols bereits abgebaut – vielleicht sogar alles.

»Dürfen wir uns in Ihrer Kabine umsehen?«

Kanz starrte hinaus. »Habe ich eine Wahl? Aber auch das ist reine Zeitverschwendung.«

Wieder kamen die Ermittler zusammen. Liv sah gebannt aus dem Fenster. Noch immer dümpelte das Schiff der Wasserschutzpolizei auf den Wellen, noch immer waren die Taucher unter Wasser. War die vage Hoffnung, etwas am Fuß der Versorgungsplattform zu finden, wirklich diese riskanten Tauchgänge wert? Immerhin ging es bis zu vierzig Meter in die Tiefe.

Sie wandte sich dem Raum zu, der sich langsam füllte. Jedem ihrer Kollegen vom K1 Flensburg war die durchwachte Nacht anzusehen. Auch sie fühlte sich ganz schön groggy. Als sie eben noch schnell ein Gesprächsprotokoll verfasst und andere Berichte überflogen hatte, hatten die Buchstaben vor ihren Augen zu tanzen begonnen. Solange es nur ein gemäßigter Rumba war, ging es noch. Wenn es ein Pogo wäre, müsste sie sich schnellstmöglich hinlegen; bei wild springenden Buchstaben war eindeutig eine Grenze erreicht. Immerhin nahte der Feierabend mit Riesenschritten. Damit rückte aber auch das Ende dieser Schicht und der Ermittlungen auf dieser Plattform heran.

Zwei Küchenhilfen brachten auf einem Servierwagen Kuchen und Thermoskannen mit Kaffee. Bente hielt die Dänin auf und redete mit ihr. Die Wangen der Frau röteten sich; es war offensichtlich, dass sie mit Bente flirtete.

»Was haben wir also?«, fragte er dann in die Runde.

Liv übernahm es, das Gespräch mit Nickels Winkler und die weiteren Erkenntnisse zusammenzufassen. »Tatsächlich hatte Dennis Marzen Olaf Kanz schon länger auf dem Kieker. Zuerst wegen seiner psychischen Labilität, dann aber, behauptet Winkler, weil Kanz während der zweiwöchigen Schicht Alkohol konsumiert und damit die anderen in Gefahr gebracht habe. Gestern soll Marzen – angeblich rein zufällig – bei Kanz eine Wodkaflasche entdeckt haben.«

»Warum war diese Begegnung nicht auf den Überwachungsbändern zu sehen?«, wunderte sich Bente.

»Der Zugang zu den Kabinen wird nur eingeschränkt überwacht. Da wurde an Kameras gespart«, meinte Aziz.

»Und warum ist Marzen mit dieser Entdeckung nicht zu Silke Aspersen gegangen?«, fragte Wanda.

»Laut Winkler wollten die Männer es aus Kollegialität unter sich klären. Eine letzte Warnung, sozusagen.«

»Woraufhin Kanz durchgedreht ist und Marzen erwürgt hat, weil er fürchtete, seinen Job zu verlieren. Das Handy wollte er an sich bringen, weil darauf sein Fehltritt zu sehen war«, meinte Wanda.

»Das wäre eine Hypothese.«

»Oder Kanz hat sich in seiner Kabine still und heimlich die Kante gegeben.«

Bente übernahm. »In Kanz' Kabine haben wir keinen Hinweis auf Alkohol gefunden, keine Flaschen, nichts. Möglicherweise hat er den Alkohol entsorgt und in sein Kissen geweint. Wir wissen es nicht. Uns bleibt nichts übrig, als Spuren zusammenzutragen, auf die Ergebnisse des Bluttestes und der DNA-Analyse zu warten.«

Liv ließ die Gespräche noch einmal Revue passieren. »Nickels Winkler könnte auch bewusst Kanz beschuldigt haben, um von sich abzulenken. Er scheint nicht vor der Kritik seines Freundes gefeit gewesen zu sein.«

»Winkler hat angegeben, zur Tatzeit mit seiner Freundin geskypt zu haben. Dieses Alibi ist schwach, denn er könnte das Handy auch einfach beiseitegelegt haben, statt zu telefonieren. Die Kollegen auf Sylt werden Winklers Freundin dazu befragen und das entsprechende Gerät nach Hinweisen untersuchen«, sagte Aziz.

Wanda seufzte vernehmlich. »Fest steht, dass wir nicht genug in der Hand haben, um jemanden in Gewahrsam zu nehmen. Morgen früh zerstreut sich die Belegschaft in alle Himmelsrichtungen«, hielt sie fest.

Bente schien diesem ernüchternden Fazit etwas entgegensetzen zu wollen. »Nicht ganz. Viele Mitarbeiter leben auf Sylt in den Werkswohnungen von *Hanzmann Energy* oder auf dem nahen Festland, in Klanxbüll, Niebüll und in den sonstigen Bülls. Nur die Dänen und die Engländer und Schotten wohnen weiter weg. Der Mörder wird mitbekommen haben, dass wir noch nichts in der Hand haben. Er wird sich sicher fühlen.«

Nun klinkte sich ein Kommissar von einer der anderen Mordkommissionen ein. »Außerdem machen wir ja noch ein paar Stunden weiter, während ihr an der Matratze horcht. Bestimmt gelingt uns der Durchbruch«, sagte er grinsend zu den Flensburger Kollegen. Trotz aller Kollegialität gab es auch immer eine unterschwellige Konkurrenz zwischen den Mordkommissionen; zumindest verglich man sich.

»Weil ihr so viel besser seid?«, meinte Wanda spitz.

Doch Bente erstickte eine mögliche Diskussion im Keim, indem er sagte: »Ich drücke euch die Daumen, das meine ich ernst. Nichts wäre besser, als bei der Abreise einen Tatverdächtigen zu haben.«

Nach einer Abschlussrunde gingen sie wieder an die Arbeit. Bente nahm Liv beiseite. »Wir machen morgen auf Sylt weiter. Bist du dabei?«

»Klar«, erwiderte Liv sofort.

Er musterte sie, als versuche er, etwas aus ihrem Mienenspiel herauszulesen. »Und deine dortige Familie … dein Vater und deine Schwester …«

»Ich habe beschlossen, sie mit Nichtachtung zu strafen. Wir halten uns von ihnen noch ferner als fern«, versicherte Liv ihm mit fester Stimme, obgleich uralter Zorn und frische Wut in ihrem Inneren aufflammten. Sie kämpfte beides nieder und nutzte dabei die Techniken, die sie bei einer ungewöhnlichen Therapie kennengelernt hatte. Eine Therapie, über die sie ihren Kollegen nichts erzählen würde. Liv schenkte Bente ein Lächeln. »Wenn es dich beruhigt: Weder meine Schwester noch mein Vater sind auf Sylt. Er lässt sich angeblich in einer Rehaklinik in der Schweiz verjüngen.«

Noch war Bente nicht ganz beruhigt. »Woher weißt du …«

»Sanna, meine Tochter, ist doch mit Kimi zusammen. Kimi war der beste Freund von Jan, meinem Neffen. Die beiden haben offenbar wieder Kontakt, also Kimi und Jan.«

Jetzt nickte Bente zufrieden. »Dann ist es abgemacht.«

Sylt also, dachte Liv und spürte die Vorfreude in ihrem Herzen. Das, was sie mit der Insel verband, was sie an Sylt liebte, würde sie sich von niemandem kaputtmachen lassen.

In diesem Augenblick meldete sich das Handfunkgerät. Die Polizeitaucher hatten tatsächlich etwas gefunden.

Todmüde fiel Liv auf die schmale Pritsche. Luxuriös war das Bett ja nicht gerade. Eher Jugendherbergsniveau. Es roch ein wenig nach Desinfektionsmitteln und den vielen Menschen, die schon darin übernachtet hatten. Aber egal – inzwischen hätte sie sogar auf dem Fußboden einschlafen können. Stundenlang hatten sie noch gearbeitet und darauf gewartet, dass sie den Tauchern danken und endlich mit Botersen-Evers einen Blick auf das Handy werfen konnten. Ob die Daten darauf noch zu retten waren, war unklar. Es würde vermutlich lange dauern, das Gerät vom Salzwasser zu befreien und es trockenzulegen. Eigentlich war sie zu müde, sich auszuziehen. Sie war sogar zu müde, um zu telefonieren. Der Gedanke an Sanna und Elise aber zauberte ihr ein Lächeln auf die Lippen. Nur schnell hören, wie es den beiden ging. Nur schnell Gute Nacht sagen. Nur schnell erzählen, dass sie noch fortbleiben würde.

Eine Weile plauderte sie mit Elise und ließ sich von ihrer Großmutter berichten, wie ihr Tag gewesen war.

»Was macht Sanna?«, fragte Liv dann.

»Die war nach der Schule jobben. Ist wohl alles prima gelaufen.« Seit Anfang des Jahres half Sanna in dem Café von Livs Freundin Maja aus, um Geld für ihr Auslandsjahr anzusparen. »Jetzt chattet Sanna mit einem Mädchen, dem es nicht gut geht. Du weißt schon, diese Hilfe von Jugendlichen für Jugendliche. Ich fürchte manchmal, dass es unserer Lütten zu viel ist, immer aufs Neue mit Gewalt konfrontiert zu werden.«

»Vielleicht hilft es Sanna auch, jemandem zu helfen. Selbstwirksamkeit, weißt du.«

»Du meinst, die Überzeugung, dass sie aus eigener Kraft etwas bewirken kann? In so einer Angelegenheit?« Elise klang nicht überzeugt. »Auf jeden Fall will sie morgen mit dem Mädchen zu *WAGEMUT*.«

»Das ist sicher eine gute Idee.« Bei der Organisation von *pro familia* kümmerte man sich um Missbrauchsopfer.

»Wie lange bleibt ihr noch?«, wollte Elise wissen.

»Wir fahren morgen mit dem Schiff und der Crew nach Sylt und ermitteln dort weiter.«

»Ist der nette junge Mann auch dabei?«

Liv musste lachen. »Erinnere mich nicht daran! Das war so peinlich!«

»Jetzt klingst du wie Sanna. Wie ein Teenager.«

Liv ließ die Behauptung stehen. »Nein, Sebastian ist schon lange weg. Das ist auch besser so«, sagte sie.

»Warum ist das besser? Weil du sonst schwach …«

Liv fiel ihrer Großmutter liebevoll, aber entschieden ins Wort. »Weil er angegriffen worden ist. Und keine Sorge: Ihm ist nichts Ernsthaftes passiert.«

»Es geht ihm wieder gut?«

»Ich nehme es an.«

»Was heißt das? Du solltest ihn anrufen und fragen, wie es ihm geht.«

»Oma!«

»Nein, wirklich. Ihr seid doch erwachsene Menschen. Da kümmert man sich umeinander. Als Arbeitskollegen.«

So unvernünftig oder abwegig klang das nicht. Dennoch wog Liv, nachdem sie sich von Elise verabschiedet und noch kurz mit Sanna gesprochen hatte, das Smartphone in der Hand. Sie hatte Sebastians Handynummer, klar. Für Notfälle. Aber das hier war kein Notfall. Entschlossen drückte Liv den »Aus«-Knopf. Das Handy legte sie neben sich auf den Boden und löschte das Licht. Sie drehte sich auf den Rücken und spürte, wie sich wohltuende Schwere in ihren Gliedern breit-machte. Einschläfernd drangen die Umgebungsgeräusche an ihre Ohren, der monotone Gesang von Wind und Wellen.

Trotz ihrer Müdigkeit fand sie nicht in den Schlaf. Ihre Gedanken kreisten um den Fall. Und um Sebastian. Es war albern, sich nicht nach seinem Befinden zu erkundigen. Völlig irrational. Vielleicht sollte sie ihm eine SMS schicken. Sachlich. Kurz. Etwas, worauf er nicht antworten musste, wenn er mit seinem Sohn oder seiner Ex-Frau zusammensaß. Ohnehin würden die beiden sicher wieder bald zusammenkommen. Ein Kind verband, und wenn es dann noch von der Jugendliebe war …

Schon im nächsten Augenblick erhellte das Glimmen ihres Smartphones das Zimmer. Livs Finger schwebten über dem Display. Was sollte sie schreiben? Ihr Herz schlug schneller, als sie die SMS abschickte. *Herrje, reiß dich zusammen!*

* * *

Die Neonreklamen tauchten das Pflaster der Fußgängerzone in buntes Licht. Hennes eilte durch Westerland, vorbei an Urlaubern, die vor den Bars und Restaurants den Abend ausklingen ließen. Er war aus dem Gästehaus der Polizei geflohen. Dort redeten die jungen Bäderpolizisten über Themen, die ihn nicht interessierten, wie Games, Apps und Social-Media-Posts. Mit zu Hause hatte er auch bereits telefoniert.

Nach dem Besuch bei *Hanzmann Energy* hatten sie sich noch im Umfeld der Mitarbeiter umgehört und mit Nickels Winklers Freundin gesprochen. Über Olaf Kanz hatten sie nur wenig herausgefunden. Allerdings hatten mehrere Befragte bestätigt, Kanz in der Freizeit betrunken erlebt zu haben. Er schien einer dieser Menschen zu sein, die nur schwer ein Ende fanden.

Wenig später hatte er sein Ziel erreicht. Es war eine dieser typischen Kneipen, die sich auf Sylt beharrlich gegen die

Schickeria stemmten. Offenbar gab es auch hier das Bedürfnis nach ehrlichem Biergenuss und unkomplizierter Gesellschaft. Gleich beim Eintreten sah Hennes den Spielautomaten neben dem Tresen. Lockend blinkte und klimperte die Daddelkiste. Am liebsten wäre er umgedreht.

Hennes fand einen Barhocker am Tresen und bestellte ein frisch gezapftes Helles; der Rotwein war hier sicher grauenvoll. Aus den Lautsprechern drang Marianne Rosenberg, die Stimmen der meisten anderen Gäste klangen rheinisch-verschwommen. Hierher also hatte es Dennis Marzen oft verschlagen? Erstaunlich. Hennes trank einen Schluck, der bitter seine Kehle erfrischte, und wischte sich den Schaum von der Oberlippe. Als sein Barnachbar sich eine Zigarette ansteckte, lehnte er sich unauffällig hinüber und sog den Rauch ein. *Jetzt eine Kippe.* Hennes musste an die Aussage des slowenischen Philosophen Slavoj Žižek denken, die er kürzlich gelesen hatte. Dieser hatte gesagt, man bekomme heutzutage ständig Dinge angeboten, bei denen exakt der Teil fehlte, der sie ausmachte: Bier ohne Alkohol, Fleisch ohne Fett, Kaffee ohne Koffein und sogar virtuellen Sex ohne Sex. Deshalb müsse man aufpassen, dass man am Ende kein Leben ohne Lebendigkeit führen würde. *Recht hat er.*

Trotzdem blieb Hennes stark. Statt zu rauchen plauderte er mit dem Barmann belangloses Zeug. Zu dem, was ihn wirklich interessierte, würde er später kommen.

Das Dudeln des Automaten schlich sich in Hennes' Überlegungen. Beharrlich versuchte er, sich auf den Fall zu konzentrieren. Nein, er würde sich nicht in Versuchung führen lassen.

13

Raan, Nordsee, Dienstag, 8. Mai, 7.15 Uhr

Liv schulterte ihren Rucksack und schloss die Kabine hinter sich. Nachdem sie gestern Abend endlich das Handy wieder ausgeschaltet hatte, war sie in einen traumlosen und tiefen Schlaf gefallen. Noch nie hatte sie so lange für einen einzigen Satz gebraucht. Heute Morgen hatte sie gleich beim Einschalten gesehen, dass Sebastian geantwortet hatte. Er schrieb, dass es ihm gut ging und dass er neugierig war, wie sie vorangekommen waren. Die Nachricht war in einem netten, leicht selbstironischen Tonfall geschrieben. Es wäre leicht gewesen, darauf zu reagieren. Sie hatte es nicht getan. Noch nicht.

Dafür hatte ihre Tochter angerufen. Sanna hatte von Elise erfahren, dass Liv auf Sylt ermitteln würde. Liv hatte es ihrer Tochter gegenüber wohlweislich nicht erwähnt. Nun gestand sie Sanna, dass sie Kimi kontaktiert hatte. Er hatte ihr erzählt, dass Ocke und Annika gar nicht auf Sylt waren. Es bestand also keine Gefahr mit dem verfeindeten Teil der Familie zusammenzustoßen. Sanna war erst irritiert, weil Liv ohne ihr Wissen mit ihrem Freund gesprochen hatte, dann aber beruhigt. Sie wünschten sich beide, Sylt unbeschwert zu genießen, aber die Erinnerung war noch zu frisch.

Als Liv den Gang hinunterlief, öffnete sich vor ihr eine Tür. Bente trat heraus. Liv stutzte. Das war doch gar nicht seine Kabine? Im Vorbeigehen sah sie die dänische Köchin, die hastig die Tür schloss.

Hatte Bente mal wieder nichts anbrennen lassen? Für einen Augenblick war Liv entsetzt, obgleich es sie ja nichts anging, was ihr Kollege in seiner Freizeit trieb.

»Es ist nicht so, wie du denkst«, sagte Bente und warf ihr einen verschwörerischen Blick zu. »Ich habe unsere Liste der Verdächtigen gerade noch einmal erweitert.«

»Durch wen?«

Angespannt schüttelte Bente den Kopf. »Später.«

Auf den Gängen war Aufbruchsstimmung zu spüren. Etliche Kabinen waren schon verlassen und standen für die Reinigung offen. Anscheinend konnte die Belegschaft es nicht erwarten, die Plattform zu verlassen. In ihrer vorläufigen Einsatzzentrale hatten die Kollegen ebenfalls bereits alles zusammengepackt. Kurz tauschten sie sich über die letzten Befragungen aus. Liv spürte eine gewisse Genugtuung. Sie hatten es tatsächlich geschafft, in der kurzen Zeit mit allen Mitarbeitern zu reden. Die Analyse dieser Gespräche und die weiteren Ermittlungsergebnisse würden sie hoffentlich bald zum Täter und zur Lösung des Falls führen.

Gemeinsam gingen sie noch einmal in die Kantine. In die bedrückte Atmosphäre von gestern mischte sich jetzt Erleichterung. Die Ermittler wurden von den Mitarbeitern der Plattform höflich ignoriert; jeder schien den Mord möglichst schnell vergessen zu wollen.

Als sie sich gerade zum Essen gesetzt hatten, trat Lauritz Hanzmann in die Mitte des Raums. Lautstark und ein wenig zu energiegeladen begrüßte er die Belegschaft. Arne Paifer stand hinter ihm. Auch er wirkte in dem Karohemd, das er ordentlich zugeknöpft und in die Hose gesteckt hatte, sehr zufrieden.

Während alle die Gespräche einstellten, rieb Hanzmann über sein Gesicht und wischte damit auch das Lächeln weg.

Dann hob er die Stimme: »Ich weiß, dass es für Sie schwierige und auch traurige Tage gewesen sind, und ich möchte Ihnen auch im Namen der Geschäftsleitung und meiner Gattin für Ihren Einsatz danken. Natürlich werden wir Dennis Marzen bei der Beisetzung noch angemessen die letzte Ehre erweisen.« Er ließ seinen Blick durch den Raum schweifen. »Ich möchte Sie dennoch bitten, die Vorfälle hier auf der Plattform für sich zu behalten. Die Polizei hat ihr Möglichstes getan und wird sicher bald herausfinden, was Dennis zugestoßen ist. Wir müssen zusammenhalten, um den Ruf dieses Unternehmens nicht zu beschädigen. Denn eines möchte ich Ihnen mit auf den Weg geben: Wir haben in der Forschungsabteilung endlich den Durchbruch erzielt, der unser Unternehmen und die ganze Branche zukunftssicher machen wird. Damit wäre auch Ihre persönliche Zukunft gesichert!«

Die Mitarbeiter klatschten, andere klopften anerkennend auf die Tische. Sichtlich zufrieden lächelte Hanzmann in die Runde und beendete seine kleine Rede.

Liv sah ihre Kollegen an. Sie folgte Bentes Blick, der an einer der Mitarbeiterinnen festhing. »Kirsa?«, fragte sie stumm. Bente nickte nur. Was hatte er herausgefunden?

Es dauerte, bis die Schiffe vom Festland angelegt hatten, die neue Belegschaft auf der Plattform und alle früheren Mitarbeiter in ihren Sicherheitsanzügen auf den Schiffen waren. Nebenbei bekam Liv einen scharfen Wortwechsel zwischen Silke Aspersen und Olaf Kanz mit. Offenbar hatte er eine Zugangskarte verlegt. Da die Taucharbeiten noch lange angedauert hatten, war die Wasserschutzpolizei gestern Abend in der Nähe der Versorgungsplattform vor Anker gegangen und würde heute die Kollegen mit nach Husum nehmen. Auf der

Versorgungsplattform würde wieder der Alltag einkehren, ohne lästige Polizei. Das Wetter war nach wie vor gut, worüber einige Mitarbeiter erleichtert wirkten, die von schlimmer Seekrankheit bei den Überfahrten berichteten. Sonne und Wolken wechselten sich in einem heiteren Spiel ab, wobei Wanda trotz des harmlosen Wellengangs den Großteil der Überfahrt auf der Toilette verbrachte.

Liv warf einen letzten Blick auf die Versorgungsplattform und den Windpark, die langsam hinter ihnen zurückblieben.

»Das war eine beeindruckende Erfahrung. Trotzdem bin ich froh, wenn wir wieder an Land sind«, sagte Bente.

Olaf Kanz und Nickels Winkler hielten sich während der Fahrt von den Kommissaren fern, als rechneten sie jeden Augenblick damit, verhaftet zu werden. Liv und Bente sprachen mit Lauritz Hanzmann, der begeistert über seine Forschungen redete, dabei aber krampfhaft vermied, allzu viel zu verraten.

Auch Arne Paifer hielt sich bedeckt. »Sie müssen das verstehen. Der Markt für Erneuerbare Energien ist hart umkämpft. Aber bald werden Sie davon lesen – in den Zeitungen.« Er wirkte sichtlich stolz und hatte heute eine gesündere Gesichtsfarbe, was ihn insgesamt weniger farblos erscheinen ließ.

Trotz des guten Wetters dauerte die Überfahrt knapp zwei Stunden. Liv ging das Herz auf, als Sylt sich am Horizont zeigte. Das makellose Weiß des Weststrands und das tiefe Grün der Dünen schimmerten zwischen den Blaufacetten von Himmel und Meer. Bald steuerten sie auf den rot-weiß geringelten Leuchtturm von Hörnum zu. Sand und Brandung an der Odde leuchteten in karibischen Farbtönen. Am kleinen Büdchen am Ende der Promenade standen die Touristen an. Kinder buddelten im Sand. In der Nähe der Surfschule wurde ein Katamaran ins Wasser geschoben. Eine Schulklasse suchte das Hafenbecken nach einer der Kegelrobben ab, die sich hier gerne von den Urlaubern mit frischen Heringen durchfüttern ließen. Ferienstimmung pur.

Die CTVs machten in Hörnum neben den Ausflugsschiffen und Muschelfischern fest; ein weiteres Versorgungsboot schien hier auf Reede zu liegen. Liv stützte sich auf die Reling und ließ die Belegschaft an sich vorbeiziehen. Jedes Gesicht sah sie sich noch einmal genau an. Sie hatte ein mulmiges Gefühl. Eine oder einer von ihnen war ein Mörder. Nur wer?

Neben der Fischbude am Hafen reckten einige Menschen Plakate in die Höhe: »Windkraft ist Mord, nicht nur für Tiere« oder »Stoppt die Verspargelung des Meeres« stand darauf. Die Plattform-Mitarbeiter schlugen routiniert einen Bogen um die Protestler; sie schienen diesen Anblick gewöhnt zu sein. Hanzmann hingegen schien der Anblick in Wut zu versetzen.

Etliche Mitarbeiter wurden von ihren Partnern und Kindern erwartet. Auch Olaf Kanz fielen seine Kinder und seine Frau in die Arme. Nickels Winkler hingegen steuerte auf eine junge Frau zu, die ihn leidenschaftlich küsste; die beiden konnten gar nicht voneinander lassen.

Als sich die Kommissare von Lauritz Hanzmann verabschiedeten, kündigte Bente an, dass sie ihn schon bald in seinem Büro aufsuchen würden.

Hanzmann wirkte irritiert. »Ich dachte, wir hätten alles geklärt.«

»Im Gegenteil: Aus den Gesprächen haben sich neue Fragekomplexe ergeben.«

Auch sie wurden erwartet. Hennes und Momke kamen auf sie zu. Liv rechnete mit einer nüchternen Begrüßung, aber der Sylter Kommissar und alte Schulfreund umarmte sie überschwänglich.

»Schön, dich zu sehen! Das ist ja so eine Überraschung! Ende der Woche ist Ioanna mit der Kleinen auch auf der Insel. Dann können wir uns doch mal treffen, damit du sie siehst!«, redete Momke sofort los.

»Gerne, wenn ich dann noch hier bin.«

Hennes hingegen schien über ihre Ankunft erleichtert. »Da Bente ja die Fallleitung hat, können wir beide wieder gemeinsam losziehen«, sagte er zu Liv.

»Schade«, mischte sich Momke ein und buffte Hennes kameradschaftlich. »Ich hatte mich schon auf das Beautytreatment mit dir zusammen gefreut.« Hennes lächelte gequält.

»Beautytreatment? Was habe ich verpasst?«, fragte Liv grinsend. Dann wies sie auf die Protestler: »Was ist denn hier los?«

»Das sind Mitglieder der Bürgerinitiative *No-Wind*. Wir haben bereits mit dem Vorsitzenden einen Termin gemacht, aber das erzähle ich dir später«, meinte Hennes.

Aus der Crêpes-Bude zog der Duft nach frischen Pfannkuchen zu ihnen herüber. Wanda sah sich um. »Können wir uns nicht bei einem Kaffee und einem zweiten Frühstück austauschen? Ich muss erst mal wieder etwas in den Magen bekommen.«

Im *Café Lund* in der Ortsmitte bekamen sie einen Tisch am Fenster mit Blick auf die üppig blühenden Rhododendren. An der Garderobe hingen überregionale Zeitungen wie die *Süddeutsche*, aber auch regionale wie die *Sylter Rundschau*. Der Mord war bei etlichen auf der Titelseite. »Drama auf hoher See« lautete eine Schlagzeile. Liv nahm die Zeitung mit, um den Artikel zu überfliegen. Die Informationen waren vage, und es gab kein Foto – was gut war, weil es bedeutete, dass nichts durchgedrungen war. In dem Artikel wurde Quirin Darss zitiert, der versicherte, vollumfänglich mit den Ermittlungsbehörden zusammenzuarbeiten, um dieses tragische Unglück aufzuklären.

»Tragisches Unglück, Unfug«, sagte sie laut vor und fasste den Artikel zusammen.

»Darss hat schon auf der Plattform andauernd mit Journalisten und Investoren telefoniert. Der will für gutes Wetter sorgen, etwas anderes interessiert den nicht«, meinte Bente.

Ihre Kollegen studierten die Karte. Liv legte die Zeitung beiseite und bestellte ein süßes Frühstück. Bente und Aziz nahmen Rührei, und Momke begnügte sich mit Tee, während Wanda und Hennes mit einem Fischerfrühstück in die Vollen gingen.

Nachdem sie ihre Bestellung aufgegeben hatten, meinte Liv: »Jetzt erzählt endlich! Was habt ihr herausgefunden? Bente, willst du anfangen?«

Bente machte eine Kunstpause, bis er die Aufmerksamkeit aller hatte. »Hanzmann hat, wie es scheint, eine Affäre mit Kirsa. Und die war vorher angeblich mit Dennis Marzen zusammen.«

Liv pfiff leise durch die Zähne.

»Eine Dreiecksgeschichte also? Mit Eifersuchtsdrama und Mord?«, mischte Wanda sich aufgeregt ein.

»Doch nicht bei den Hanzmanns! Die sind grundanständig. Feine Leute!«, protestierte Momke.

»Man kann nie hinter die Fassade schauen. Wie heißt es so treffend: Geld verdirbt den Charakter«, meinte Hennes.

»Du bist ein alter Miesepeter!«

»Und du ein naiver Spund.«

Bente hob die Hände in Richtung der Streithähne. »Ruhig, Kinder«, sagte er ironisch. »Wer weiß. In so einer Konstellation könnten auf jeden Fall heftige Gefühle im Spiel sein. Wäre nicht das erste Mal, dass so etwas zu einem Beziehungsmord geführt hat.«

»Und wieso haben wir uns Kirsa und Hanzmann nicht gleich vorgenommen?«, wollte Liv wissen.

»Bei ihrer Befragung hat Kirsa geleugnet, eine engere Verbindung zu jemandem aus der Belegschaft zu haben. Für das nächste Gespräch mit ihr und Hanzmann müssen wir mehr in die Hand bekommen.«

»Wir sprechen also mit Freunden und Bekannten, und noch einmal mit den engsten Kollegen darüber, wer etwas beobachtet haben könnte?«, fragte Wanda.

»Aber diskret. Gleichzeitig klopfen wir auch meine Informantin noch einmal ab. Nur für den Fall, dass sie einen Groll gegen Kirsa Thorildson oder Hanzmann hegt.«

Das Frühstück wurde aufgetragen. Bente drapierte Speck auf einem Brötchen und platzierte Rührei darauf, Hennes widmete sich seinem Matjes, und Momke wartete, dass sein Tee genügend gezogen hatte. Währenddessen berichtete er von dem Besuch bei *Hanzmann Energy*.

Anschließend erzählte Hennes von den Gesprächen abends in der Kneipe. »Dennis Marzen war dort Stammgast. Manchmal kam er mit Nickels Winkler, meistens aber mit Jasper Jensen – ein Tauchkamerad und wohl Marzens engster Freund. Wir haben vorhin bei Jensens Adresse in Westerland angehalten, aber er war nicht da.«

»Was hat der Wirt sonst noch so über Marzen erzählt?«, fragte Liv und schmierte die Meersalz-Karamell-Creme auf ihr Brötchen.

»Marzen sei ein ruhiger Typ mit klaren Grundsätzen. Habe selten über die Stränge geschlagen. Winkler hingegen schon, der habe öfter betrunken Streit angefangen, den Marzen und Jensen dann schlichten mussten.«

Wanda schnitt ihren Matjes klein und beobachtete, wie Hennes den Fisch kurzerhand hochhielt und abbiss. »So wird das gemacht«, sagte er grinsend.

Missbilligend wandte sie den Blick ab. »Vielleicht passt das zu den Ergebnissen unserer Befragungen. Dennis schien in letzter Zeit nicht nur mit Olaf Stress gehabt zu haben, sondern auch mit Silke Aspersen. Auch zwischen Dennis und Hanzmann hat es zu Beginn dieser Schicht Diskussionen gegeben. Sogar Dennis und Nickels hatten sich an dem Abend vor Dennis' Tod in den Haaren. Es ging um irgendetwas auf dem Handy.«

»Wusste denn niemand, worüber gestritten wurde?«

Wanda verneinte. »Entweder haben die relativ leise gesprochen, oder die Unbeteiligten wollten es nicht wissen. Aspersen und Hanzmann meinen, es habe sich um berufliche Meinungsverschiedenheiten gehandelt, die schon einmal vorkommen könnten.«

Hennes winkte den Kellner heran und bestellte noch einen Matjes. An Wanda gerichtet setzte er hinzu: »Konnte denn die Chronik des Opfers inzwischen vervollständigt werden?«

Wanda holte ihr Notizbuch heraus und fasste die Daten zusammen. »Noch immer gibt es eine Lücke zwischen 22.30 und 24 Uhr, genau zu der Zeit also, als die Überwachungsanlage ausgefallen ist.«

»Hat eigentlich jemand euch gegenüber erwähnt, dass sich Marzen gut mit Computern auskannte?«, wollte Aziz von Hennes und Momke wissen.

»Nein. Aber so viel kann ich sagen: Das Ding in seinem Appartement war uralt.«

»Bei der Belegschaft haben die meisten gesagt, dass Marzen kein Interesse an Computern oder Computerspielen hatte. Vermutlich ist er extra auf den Laptop umgestiegen, um seinen Plan durchzuführen.«

»Aber was war dieser Plan? Was hatte Marzen vor?«, fragte Hennes.

»Bisher konnten wir das noch nicht herausfinden. Aber das müssen wir natürlich – so schnell wie möglich. Und was hat es mit dieser Bürgerinitiative auf sich?«, wollte Liv wissen.

»Die Initiativen gründeten sich, als vor ein paar Jahren die ersten Pläne für den Windpark Butendiek bekannt wurden. *Gegenwind Sylt* ist wohl die bekannteste. *No-Wind* hat sich anscheinend besonders auf *Hanzmann Energy* eingeschossen. Die verteilen Handzettel in der Fußgängerzone, laden zu Infoabenden ein und so weiter«, berichtete Momke. Er erzählte auch gleich von dem Anschlag mit der toten Möwe. »Wir werden die Ermittlungen deswegen aufnehmen.«

»Ich verstehe nicht, warum nicht umgehend Anzeige erstattet wurde«, wunderte sich Liv.

»Ich glaube, Frau Hanzmann wollte den Vorfall nicht überbewerten. Bisher sind hier alle Proteste friedlich abgelaufen. Wir werden trotzdem mit den Bürgerinitiativen und zuerst mit diesem Grappe, dem Vorstand von *No-Wind* sprechen.«

Als Hennes beim Kellner ein großes Mineralwasser bestellte, änderte Wanda die Bestellung in eine Flasche um.

Bente seufzte unzufrieden. »Das sind mir definitiv zu viele Baustellen. Aber was soll's, mich fragt ja keiner.«

»Wenn wir Glück haben, bekommen wir schon heute Nachmittag die ersten Ergebnisse von der Kriminaltechnik.

Dann wissen wir vielleicht, wem das Messer gehörte, mit dem Marzens Kabine aufgebrochen wurde. Die Analyse von Olaf Kanz' Blutalkoholspiegel wird wohl bis morgen dauern«, meinte Wanda.

Bente verteilte die Aufgaben. Er würde zunächst mit Wanda, Aziz und Momke zum Polizeirevier nach Westerland fahren, um dort die Ermittlungen zu koordinieren. Liv und Hennes sollten sich einen Eindruck von Hanzmanns Ehe und Geschäften verschaffen und es anschließend noch einmal bei Marzens Freund Jasper Jensen versuchen.

Nachdem sie das Café verlassen hatten, machten die Ermittler noch einmal beim Supermarkt an der Ecke halt, damit Wanda eine Wasserflasche kaufen konnte.

»Ich hab so einen Durst!«, sagte sie entschuldigend.

»Geht mir auch so. Der Matjes muss anscheinend schwimmen«, meinte Hennes nur.

* * *

Sie stand mit hämmerndem Herzen und pochenden Schläfen in ihrer Wohnung. Sobald sie das Versorgungsschiff verlassen hatte, war sie vor den anderen hierher geflüchtet. Auf dem Schiff war es ihr unerträglich eng vorgekommen. Doch jetzt, in ihren eigenen vier Wänden, fühlte sie sich getriebener als zuvor. Nicht einmal eine lange Dusche hatte geholfen, ihre Schuld abzuwaschen. Sie sah sich um. Bisher war sie immer so stolz auf die Einrichtung gewesen. Nun aber wirkte jedes schicke Möbelstück, der Schmuck und die Designerklamotten in ihrem Schrank wie ein Vorwurf. Auf ihr Handy wagte sie schon gar nicht mehr zu schauen. Sobald sie auf Sylt angekommen war, hatte es so ausdauernd zu klingeln und vibrieren begonnen, dass sie es schließlich stumm geschaltet hatte.

Plötzlich hatte sie Angst, dass es nicht bei Anrufen bleiben würde. Mit rasendem Puls kontrollierte sie, ob die Haustür wirklich zu war. Unvermittelt brach die Trauer, die sie so lange in ihrem Inneren eingeschlossen hatte, empor. Schluchzend ließ sie sich zu Boden sinken. Dennis – was hatte sie nur getan …

* * *

»Du kannst dir nicht vorstellen, was ich durchgemacht habe! Das Baby hier, das Baby da. Willst du irgendwas über den kleinen Hosenscheißer wissen? Frag mich – ich sag's dir!«, platzte Hennes heraus, als sie mit dem Dienstwagen durch Hörnum zu *Hanzmann Energy* fuhren. »Mann, ich war noch nie so froh, dich zu sehen, Liv!«

Liv lachte. »Na, wenn dir das so gefällt, kannst du dich ja Momke und anderen jungen Eltern bald als Babysitter anbieten. Das wäre doch mal ein Plan fürs Rentnerleben«, stichelte sie.

»Wenn du mich noch einmal an meinen Geburtstag erinnerst, fliegst du raus! Dann streite ich lieber mit Bente über die nächsten Ermittlungsschritte, höre mir Aziz' Nerdgeplapper oder Wandas Privatgeschichten an.«

»Oder Momke schwärmt dir weiter …«

»Nein! Nur das nicht!« Hennes nahm einen tiefen Zug aus seiner Wasserflasche, setzte die Flasche aber ab, als sie auf einen Sandweg einbogen. »Mal sehen, ob sich Frau Hanzmann heute die Ehre gibt. Die noble Dame war gestern zu derangiert für uns.«

Die Chefassistentin führte sie durch die Villa direkt in den großen Garten, wo Lauritz Hanzmann und Quirin Darss an einer Lounge-Sitzlandschaft aus Rattan eine Champagnerflasche öffneten. Arne Paifer wirkte auf seinem Sessel wie bestellt und nicht abgeholt. Erstaunt registrierte Liv die vielen mannshohen Modelle von Rotoren, die sich im Wind drehten. Eine Gärtnerin arbeitete am Rand des Pools, von dem aus man einen Blick auf das Watt hatte.

»Typisch – die feiern, während das Personal am Schuften ist«, murmelte Hennes.

Irgendwas war seltsam an dem Schwimmbecken. Doch ehe Liv darauf kam, was es war, fing ein Gleißen ihren Blick. Eine beeindruckende Fensterfront, die Terrassentür stand offen. An den Dachkanten der Villa waren Außenkameras, der Zaun war hoch.

Um eine Möwe dagegen zu werfen, dachte Liv, bedarf es einiger Kraft. Außerdem muss man vorher den Zaun überwinden. Und das hatte angeblich niemand gesehen, und die Überwachungskamera hatte nichts aufgezeichnet?

»Henny, nun lass das doch und komm! Wir wollen anstoßen!«, rief Lauritz Hanzmann. Im selben Augenblick kündigte die Chefassistentin die Kommissare an. Die Männer waren ganz und gar nicht begeistert, die Beamten so bald wiederzutreffen.

Und nun näherte sich auch die Frau, die Liv wegen ihrer rustikalen Arbeitskleidung zunächst für die Gärtnerin gehalten hatte. Henriette Hanzmann war um die vierzig und hatte eine Ausstrahlung, die einen sofort gefangen nahm. Man sah ihr an, dass sie viel Zeit im Freien verbracht hatte, doch ihre Haare waren gefällig geschnitten, und aus der Nähe entdeckte Liv auch das dezente Make-up. Die Wachheit und Intelligenz, die aus ihren Zügen sprach, überstrahlte jedoch alles.

»Wenn ich die Feinjustierung vornehme, könnte es tatsächlich funktionieren«, sagte Henriette Hanzmann und wischte sich die Hände an der löchrigen Jeans ab. Sie wandte ihre Aufmerksamkeit den Kommissaren zu. »Wir haben Besuch?«

Lauritz Hanzmann legte den Arm um seine Frau. Den Champagnerkelch hielt er unschlüssig in der Hand. »Ja, Schatz, das ist die Kommissarin, die mit auf der Plattform war. Frau Lammers, und ...«

Quirin Darss stellte Hennes vor. Henriette Hanzmann zog die abgenutzten Lederhandschuhe aus und begrüßte die Polizisten. »Es tut mir leid, dass ich gestern keine Zeit für ein Gespräch gefunden habe«, sagte sie an Hennes gerichtet, ehe sie sich Liv zuwandte: »Wie hat es Ihnen da draußen auf *Raan* gefallen?«

»Es war beeindruckend«, entgegnete Liv.

Nun schlüpfte die Frau aus ihren Gummistiefeln und krempelte die Jeans hoch. »Ja, das höre ich oft. Und was meinen Sie, wie viel beeindruckender die Anlage ist, wenn wir die neuen Technologien implementiert haben. Wir wollten gerade anstoßen – auf den Durchbruch in ...«

»... in unserer Forschung ...«, fiel Quirin Darss ihr ins Wort.

Henriette Hanzmann lächelte ihn nachsichtig an. »Danke, Quirin.« Sie wandte sich an die Kommissare. »Trinken Sie einen Champagner auf den Durchbruch in unserer Forschung mit uns?«

»Nein, danke. Wir haben nichts zu feiern, sondern beschäftigen uns mit einer traurigen Angelegenheit. Einem Mord, falls Sie das in Ihrer Feierlaune nicht vergessen haben«, sagte Hennes bissig. Die Luft zwischen ihnen schien zu gefrieren, eine unangenehme Stille kehrte ein.

»Unser kleines Beisammensein ist nicht pietätlos«, fand Quirin Darss als Erster die Stimme wieder. »Wir werden unseren Beitrag leisten, um Herrn Marzen angemessen zu verabschieden. Gleichzeitig müssen wir das Wohl unserer anderen Mitarbeiter im Blick behalten. Niemandem wäre damit gedient, wenn ein Todesfall, und mag er noch so bedauerlich sein, unser Unternehmen schädigt.«

Liv konnte Hennes' Irritation nachvollziehen. Gleichwohl war ihr klar, dass eine offenere Gesprächsatmosphäre hilfreich wäre. »Ich habe immer gedacht, die Windenergiebranche läge in den Händen internationaler Großkonzerne und wäre nicht so … familiär«, sagte sie wie beiläufig.

Lauritz Hanzmann lächelte höflich. »Viele Firmen im Segment der Erneuerbaren Energien befinden sich in Familienhand. Es ist ein regionales Geschäft, da ist das naheliegend. Ich habe schon während des Studiums gemerkt, dass meine Henny etwas ganz Besonderes ist.«

»Sie haben sich also während des Studiums kennengelernt?«

»Verliebt, geheiratet, unsere Firma gegründet. Seit unserem Kennenlernen ging es nur bergauf«, erklärte Hanzmann stolz.

»Aber ohne finanzkräftige Investoren kann man einen Offshore-Windpark nicht bauen, und man kann keine Innovationen vorantreiben«, übernahm Quirin Darss. »Aus diesem Grund haben wir einen hohen Forschungsetat und das Stipendiatenmodell, von dem beispielsweise auch Arne profitiert hat.«

Der junge Mann setzte sich bei der Erwähnung seines Namens auf, was in dem bequemen Sitzmöbel nicht ganz einfach war. »Bei wenigen Firmen gibt es eine so große Offenheit, was die Forschung angeht, das höre ich oft von meinen früheren Studienfreunden«, sagte er jetzt.

Hennes hatte sich umgesehen. »Haben Sie da im Pool

etwa eine Strömungsturbine?«, fragte er jetzt in einer Mischung aus Widerwillen und Interesse.

Henriette Hanzmanns Lächeln frischte auf. »Ich habe hier mein ganz eigenes Forschungslabor. Möchten Sie es mal sehen?«

»Das würde mich schon interessieren«, gab Hennes zu.

»Aber Schatz, der Champagner wird warm.« Lauritz Hanzmann zog einen Schmollmund, ein kindlicher koketter Gesichtsausdruck, der nicht so recht zu einem erwachsenen Mann passen wollte, fand Liv.

»Och, mach nicht so ein Gesicht.« Henriette Hanzmann küsste ihren Mann auf die Lippen. Sie nahm ihr Glas und hielt es mit einer gezierten Geste hoch. »Santé!«

Die Hanzmanns, Arne Paifer und Quirin Darss stießen an. Darss zog den Stuhl zurück, damit Henriette Hanzmann sich setzen konnte, doch diese lehnte ab.

»Ein Sekündchen müsst ihr noch ohne mich auskommen. Ihr wisst doch, wenn mich jemand nach meinen Forschungen fragt, kann ich nicht widerstehen. Kommen Sie, Herr Kommissar. Und Sie natürlich auch, wenn Sie möchten, Frau Lammers.«

Barfuß lief sie über den gepflegten Rasen. Auf dem Weg zum Pool berichtete Henriette Hanzmann mitreißend von ihren Forschungen. Am Beckenrand angelangt erklärte sie den Kommissaren die Strömungsanlage und die verschiedenen Modelle, mit denen sie hier Wasserkraft und Unterwasserturbinen erprobten. Hennes taute immer mehr auf. Eine Weile fachsimpelte er sogar mit Henriette Hanzmann, da er sich mit dem Leben auf See und den Gezeiten gut auskannte.

»Interessant, dass Sie Ihren Windpark nach der Urmutter der Wellen benannt haben«, sagte Liv. Sie hatte sich schon immer für nordische Heldensagen interessiert und besonders für diese mystische Frauengestalt, die die dunkle Seite des Meeres verkörperte. Gemeinsam mit dem Riesen Ägir hatte Raan neun Töchter gezeugt – die Ägirstöchter, die die neun verschiedenen Wellenarten des Meeres darstellten.

»Raan und ihre neun Töchter sind faszinierend und beweisen, dass die Grundlagen der modernen Technik tief in der Geschichte verwurzelt sind«, sinnierte Henriette Hanzmann. »Ich selbst träume von einer größeren Wellenmaschine, aber bislang stehen diesem Wunsch Platzmangel und Naturschutz entgegen. Es muss ja keine Flowrider-Anlage sein, wie beispielsweise auf Borkum.«

»Die Technik gibt es schon lange. Ein früherer Kamerad, ein Ur-Bayer, erzählte immer stolz, dass sich die allererste Wellenmaschine angeblich in Bayern befand«, erwiderte Hennes.

»Da hat er nicht gelogen. Es handelt sich dabei um das Undosa-Wellenbad am Starnberger See. Dampfmaschinen hoben und senkten Pontons, die künstliche Wellen schufen. Darauf können Sie Quirin ja mal ansprechen, den hat es aus dem Süden hierher verschlagen. Diese Technik wäre allerdings für meine Forschungen ungeeignet.«

Hennes und Liv sahen sich noch einmal um. »Wirklich unglaublich, was Sie hier auf die Beine stellen«, sagte Liv anerkennend. Weniger gefiel ihr, dass die Hanzmanns offenbar den Strand durch Felsbrocken blockiert hatten. Diese waren kein unüberwindbares Hindernis, würden aber die meisten Spaziergänger aufhalten. Dabei war es ein ungeschriebenes Gesetz, dass der Sylter Strand frei für alle zu sein hatte, weshalb auf der Insel jeder sein Stück vom Paradies finden konnte.

»Zukunftsvisionen hatten schon immer einen Platz auf Sylt. Wissen Sie, dass es sogar mal Pläne für ein Atomkraftwerk auf der Insel gegeben hat?« Henriette Hanzmann klang stolz.

»Ein Atomkraftwerk?«, wiederholte Hennes ungläubig.

»An der Hörnum-Odde, ja. Eine schreckliche Vorstellung!«, sagte Liv, die überlegte, wie sie am geschicktesten zu ihrem eigentlichen Anliegen überleiten sollte.

»Aber eben ein Beweis dafür, wie das hiesige Klima die Innovationskraft befördert.« Henriette Hanzmann wandte sich an Hennes. »Sie sind nicht auf der Plattform gewesen?«

»Nein, ich habe es nicht mehr so mit dem Meer.«

»Nicht mehr?«

»Bevor ich zur Polizei ging, bin ich zur See gefahren.«

»Wie interessant. Was ist passiert, dass Sie von der See aufs Land gewechselt sind?«

Hennes zögerte. »Das Meer hat mich mehrfach verschont. Man sollte sein Glück nicht unnötig herausfordern«, entgegnete er, dann wechselte er das Thema: »Kannten Sie Dennis Marzen eigentlich persönlich?«

Henriette Hanzmann schlenderte zu den wartenden Männern zurück. Arne Paifer war verschwunden. »Nein, die Personalangelegenheiten überlasse ich Quirin. Menschen interessieren mich, ehrlich gesagt, nicht besonders. Mir reichen die, die ich um mich habe. Alles, was darüber hinausgeht, lenkt mich von meinen Forschungen ab.« Sie lachte. »Jedes Jahr bittet unsere Assistentin mich, in Pension gehen zu dürfen. Und jedes Jahr überrede ich sie zu einer Verlängerung.«

Sie hatten die Sitzgruppe erreicht. Lauritz Hanzmann bat sie, mehr höflich als ehrlich, Platz zu nehmen. »Ein Getränk?«, fragte er.

Liv lehnte ab, aber Hennes bat um ein Wasser und leerte das Glas, kaum, dass es eingeschenkt war. Henriette Hanzmann setzte sich zu ihrem Mann auf das Gartensofa und legte die Füße, an denen Grashalme klebten, auf seinen Schoß. Lauritz Hanzmann zupfte die Halme ab und massierte die Zehen zärtlich. Die beiden wirkten innig, gar nicht so, als ob er eine Affäre hatte.

»Was war noch der Grund Ihres Besuches?«, wollte Quirin Darss wissen, der an seinem Champagner nippte.

Livs Blick wanderte wie von selbst zur Fensterfront. »Ich hörte von meinem Kollegen, dass es vorgestern eine Art Anschlag gegeben hat.«

Lauritz Hanzmann fuhr auf. Besorgt sah er seine Frau an. »Das hast du mir ja gar nicht erzählt!«

»Wir wollten dich nicht beunruhigen. Du hättest ja ohnehin nichts tun können. Glücklicherweise war Quirin noch im Büro und stand mir bei. Und dann kam ja auch der Anruf wegen des Vorfalls auf der Plattform, da habe ich diese Lappalie glatt vergessen.«

»Lappalie? Was ist geschehen?« Die nun folgende Erklärung seiner Frau schien Lauritz Hanzmann keineswegs zu beruhigen. »Ich habe schon lange gesagt, dass unser Security-Set nicht ausreicht!«, erklärte er aufgeregt. »Du brauchst einen Personenschützer, wenn ich nicht da bin, um auf dich aufzupassen.«

»Ich will niemanden im Haus haben.«

»Dann eben einen Wachhund.«

»Ich mag Hunde nicht, das weißt du.«

Quirin Darss wandte sich an die Kommissare. »Warum interessieren Sie sich so sehr dafür? Die Kripo Sylt hat doch die Ermittlungen aufgenommen? Dass die beiden Vorfälle fast zeitgleich geschehen sind, muss Zufall sein. Die Sache mit dem Vogel hat doch nichts mit dem Mord zu tun.«

»Das möchten wir zweifelsfrei ausschließen.«

Die Kommissare verabschiedeten sich, und Lauritz Hanzmann bot an, sie hinauszubegleiten. Als Liv und Hennes zur Villa zurückgingen, beugten sich Henriette Hanzmann und Quirin Darss über Papiere. Henriette lachte gerade über eine Bemerkung, die Darss gemacht hatte.

»Eine Frage hätten wir allerdings doch noch«, meinte Liv auf dem Weg hinaus.

Lauritz Hanzmann wirkte nicht gerade begeistert. »Worum geht es?«

»Unsere Ermittlungen haben ergeben, dass es durchaus Probleme mit Dennis Marzen gegeben hat. Haben Sie davon wirklich nichts mitbekommen?«, fragte Liv.

»Was meinen Sie?

»Konflikte, beispielsweise mit Olaf Kanz.«

»Davon weiß ich nichts.«

»Und wie ist es mit der Beziehung, die Marzen auf der Plattform gepflegt haben soll?«

Hanzmann versteifte sich. »Eine Beziehung? Das ist ja unerhört! In unseren Arbeitsverträgen ist derlei ausdrücklich untersagt. Wenn wir das gewusst hätten, wäre er schon lange nicht mehr bei uns beschäftigt gewesen.«

Sogar vertraglich hatte *Hanzmann Energy* diese Regelung festgehalten? Wie dreist, sich einfach so über geltendes Recht hinwegzusetzen. »Wir möchten Sie ausdrücklich darauf hinweisen, dass ein derartiger Eingriff in das Privatleben Ihrer Mitarbeiter rechtlich nicht gestattet ist«, sagte Liv ruhig. »Wie gestaltet sich eigentlich Ihr Verhältnis zu den weiblichen Angestellten?«, wollte Hennes wissen.

»Ich gehe freundlich mit allen Angestellten um, ob Männlein oder Weiblein.«

»Als Sie sich mit Kirsa Thorildson unterhielten, schien es relativ … vertraut«, bemerkte Liv wie nebenbei.

Lauritz Hanzmann schien verärgert, bemühte sich jedoch

sichtlich, seine Gefühle unter Kontrolle zu halten. »Ich verstehe nicht, was Sie mir damit unterstellen wollen. Kirsa ist eine Angestellte, wie alle anderen auch«, sagte er.

Beinahe grußlos verabschiedete er die Kommissare schließlich. Beim Dienstwagen angelangt, meinte Liv: »Ist dir aufgefallen, dass er nicht gefragt hat, mit wem Marzen eine Beziehung gehabt haben soll?«

»Seine Reaktion auf diese Kirsa war auch recht fischig.« Hennes holte seine Wasserflasche aus dem Auto, doch die war leer. »Mann, ich könnte ein Bier vertragen. Dieser Durst!« Er tastete seine Brusttasche ab, zog aber statt der Tabakpackung Kaugummis heraus. »Hanzmanns Empörung schien mir gespielt. Die Hanzmann hat mich hingegen überrascht. Ich hatte eine ganz andere Vorstellung von ihr.«

»Ihre Ehe scheint harmonisch zu sein.«

»Tja, das weiß man nie so genau.«

Liv überlegte. »Ich könnte mal bei meiner Freundin Katharina nachfragen, vielleicht weiß sie etwas über die Hanzmanns.« Katharina war eine ihrer ältesten Freundinnen. Sie beide hatten als Jugendliche Sylt unsicher gemacht, und Katharina war die Einzige gewesen, zu der Liv nach ihrer Flucht von Sylt Kontakt gehalten hatte. In den letzten Jahren hatte sich ihre Freundschaft intensiviert.

»Ach ja, die Sylter Snobiety. Man kennt sich«, sagte Hennes spöttisch, während Liv die SMS losschickte.

»Du weißt doch, dass Katharina nicht so ist …«

»Stimmt ja. Altes Geld, keine Neureiche. Ist natürlich viel besser.«

»Geld, mit dem sie viel Gutes tut. Außerdem engagiert sie sich ehrenamtlich für diverse Vereine.«

»Was wären wir nur ohne die Society-Ladys …«

»Hennes!«

»Schon gut.« Er stützte sich auf das Autodach und sah Liv an. »Wie war es eigentlich mit Doktor Gerlich auf See?«

»Professionell, wie immer.« Liv spürte, wie ihr Hitze ins Gesicht stieg. Schnell ließ sie sich auf den Sitz fallen.

Im Auto musterte Hennes sie grinsend. »Ihr wärt ein hübsches Paar. Beide Überflieger, beide ein bisschen gestört ...«
Liv knuffte ihn. »He!«, beschwerte Hennes sich.

»Nie im Job. Außerdem mische ich mich nicht in Beziehungen ein.«

»Gerlich und seine Frau leben getrennt, denke ich.«

Liv musterte ihn. »Woher willst du das denn wissen?«

Hennes ließ den Wagen aufheulen. »Mir macht keiner was vor.«

14

Im Wohnklotz am Rande Westerlands, in dem Jasper Jensen gemeldet war, standen sie vor verschlossenen Türen. Ein Nachbar gab ihnen jedoch den Tipp, es beim Sylt-Aquarium zu versuchen – einem der Orte, an denen Jensen häufig Zeit verbrachte. Nach einer kurzen Fahrt hatten sie den Parkplatz erreicht. Die Skulpturen zweier Riesenschildkröten flankierten den Weg. Kinder versuchten, auf ihren Rücken zu klettern. Die Idee hatten vor ihnen schon einige andere Altersgenossen gehabt, wie die niedergetrampelte Erde um die Schildkröten herum bewies. Vor dem Gebäude aus Glas- und Holzfronten, das nur durch einen Deich vom Strand getrennt war, stand ein Grüppchen und verteilte Handzettel. Liv wollte erst einen Bogen um sie schlagen, erkannte dann aber ein Windrad auf dem Papier.

»Helfen Sie, Sylt zu schützen!«, sagte die junge Frau mit Rastazöpfen, die ein Kleinkind auf der Hüfte trug. Auf dem Zettel, den sie Liv in die Hand drückte, war ein Verbotsschild über einem Windpark zu sehen. Daneben waren ein Zugvogel und ein Schweinswal abgedruckt, beide blutend. »*No-Wind*« stand dick darüber. »Der Windpark vor Sylt soll demnächst ausgebaut werden. Viele Meereslebewesen sind durch die geplante Wasserkraft unmittelbar bedroht.«

Der Verein war ja erstaunlich gut informiert. »Es gibt Ausbaupläne?«, fragte Liv unschuldig.

»Ja, für ein Wasserkraftwerk. Die Strömungsturbinen töten die Schweinswale und andere Tiere. Als ob die Vernichtung der Natur durch die Windparks nicht beschissen genug wäre! Viertausendfünfhundert Windräder stehen in der Nordsee! Dabei ist die Windenergie schon jetzt eine Luftnummer! Was glauben Sie, wie viel Natur dadurch zerstört wird. Die Umwelt gehört uns allen. Wir müssen einen Feldzug gegen die Windkraft starten!«

»Von den Ausbauplänen habe ich noch gar nichts gehört«, behauptete Hennes.

»Es gibt sie aber, glauben Sie mir. Wenn Sie mehr darüber wissen und sich engagieren wollen, dann kommen Sie morgen zu unserem Info-Treffen. Jeder Helfer wird gebraucht, um Sylt zu retten!«

Das Rastamädchen klang dramatisch, und Liv wusste, dass es ihr Ernst war. Sie erinnerte sich noch gut daran, wie sie selbst als Jugendliche auf die Straße gegangen war, um gegen Neubaupläne zu protestieren – auch gegen die Bauvorhaben ihres Vaters.

»Ich komme auf jeden Fall vorbei«, versprach sie.

Als sie ins Sylt-Aquarium gingen, schickte Liv ein Foto von dem Handzettel an Momke und rief ihn an, um ihm von dem Gespräch zu erzählen. Sie bekam aber nur Wanda an den Apparat. Hennes fragte in der Zwischenzeit an der Kasse nach Jasper Jensen.

»Einen Feldzug starten? Und was ist die Vorstufe – tote Möwen und Drohbriefe?«, fragte Wanda empört.

»Gegen den Missbrauch der Natur zu protestieren, ist ja nicht verkehrt. Was ich nur sagen wollte, ist, dass der Verein möglicherweise einen Informanten in der Belegschaft von *Hanzmann Energy* hat. Vielleicht bekommt ihr ja eine Mitgliederliste, die ihr abgleichen könnt.«

»Wir? Ich habe mit der Organisation und den Nachforschungen nach unserer Dreiecksgeschichte schon genug zu tun. Ich werde es Momke ausrichten.« Wanda legte auf. Liv schüttelte irritiert den Kopf. Sie hatte noch fragen wollen, ob es was Neues gab. Aber letztlich würde sie das bei der Besprechung ohnehin erfahren.

Der Kassierer kannte Jasper Jensen und ließ ihn ausrufen. In Turnschuhen, Jeans und verwaschenem T-Shirt kam Jensen herangeschlurft. Sein Gesicht war wettergefurcht, seine Haare zottelig, und er roch, als habe er gerade die Haie mit Frischfisch versorgt. »Was ist denn heute nur los? Wer sind Sie?«, brummelte er.

Sie stellten sich vor. »Wir würden gerne mit Ihnen über Dennis Marzen reden. Seine Ex-Frau sagte uns, dass Sie eng befreundet waren.«

Jensen funkelte sie an. »Dennis war ein feiner Kerl. Sein Tod ist eine Schande. Auf ihn lasse ich nichts kommen, da mögen Sie noch so sehr im Dreck wühlen. Mehr werden Sie von mir nicht hören.« Er machte auf der Hacke kehrt und stapfte in das Aquarium zurück.

Womit hatte sie diesen feindseligen Ton verdient? Sie kannte den Mann doch gar nicht. Aber so einfach wurde er sie nicht los.

»Wir versuchen lediglich herauszufinden, was Ihrem Freund zugestoßen ist«, sagte Hennes, der ihm mit Liv auf dem Fuße folgte.

»Indem Sie ihn mit Dreck bewerfen?«

»Wer hat das behauptet? War Herr Winkler hier?«

»Und wenn schon! Dennis hat mehr als einmal sein Leben für dieses Land aufs Spiel gesetzt. Er verdient es, auch im Tod mit Respekt behandelt zu werden«, sagte Jensen im Gehen. Sie durchquerten einen liebevoll dekorierten Raum mit mehreren Schaubecken, an denen Erwachsene und Kinder begeistert die Fische beobachteten.

»Wir respektieren ihn durchaus. Wir …«

Jensen fuhr herum. »Was wissen Sie schon? Dennis, Nickels und ich waren in der Ostsee, im Golf von Aden und am Horn von Afrika im Einsatz. Wir haben Stürmen getrotzt und wären beim Entschärfen von Seeminen beinahe draufgegangen. Und jetzt behaupten Sie, Dennis hätte sich schäbig verhalten und andere schikaniert? Und Nickels hätte dabei mitgemacht?«

Einige Besucher hatten die erregte Stimme gehört und warfen ihnen besorgte Blicke zu. Eilig ging Jensen weiter.

»Sie waren bei der Piratenbekämpfung im Golf von Aden und am Horn von Afrika? Operation Atalanta? Hut ab, diese militärische Marinemission der EU ist harter Tobak«, meinte Hennes.

Wieder hielt Jensen inne, dieses Mal, um mit dem Zeigefinger zu fuchteln. »Sie wissen nichts, gar nichts wissen Sie! Den Elementen ausgeliefert. Über einem der Sturm und skrupellose Milizen, unter einem Sprengbomben, die einen jeden Augenblick zerfetzen können. Die Einzigen, auf die man sich verlassen kann, sind die Kameraden …« Seine Hände bebten. Als er es bemerkte, verschränkte er die Arme vor der Brust.

Hennes blieb ruhig. »Ich habe zwar nie Sprengminen entschärft, aber ich weiß, was es heißt, der See ausgeliefert zu sein. Wie es ist, sein Leben in die Hand seiner Kameraden zu geben. Einander blind zu vertrauen.« Wieder wollte Jensen protestieren, aber Hennes redete einfach weiter. »Sie erinnern sich vielleicht an den Winter 1978?«

Verunsichert blickte Jensen ihn an. »Was soll das auf einmal?« Doch man sah, dass er überlegte. »Die Schneekatastrophe?«

Hennes nickte bedeutungsschwer. »Und das Jahr der großen Schiffsunglücke. Der Öltanker *Amoco Cadiz*, das Containerschiff *München* ...« Ein Schatten legte sich bei der Erinnerung auf seine Züge. »Ich habe eine Matrosenausbildung gemacht, die war gerade eingeführt worden. War noch'n junger Spund, als ich auf das Containerschiff kam. Zur See fahren war das Größte für mich. Weg von zu Hause. Endlich mein eigener Herr. Aber mein Kapitän war ein Sklaventreiber, ihm ging's nur um Geld. Auch in diesem Winter.« Hennes verzog das Gesicht und legte die Hand in den Rücken. »Können wir uns irgendwo hinsetzen?«

Liv ließ sich ihr Erstaunen nicht anmerken. Hennes schien über beachtliches schauspielerisches Talent zu verfügen. Bislang hatte er keine Rückenprobleme erwähnt. Aber sie würde ihn jetzt ganz bestimmt nicht unterbrechen. Denn das, was er über seine Vergangenheit erzählte, konnte sehr gut der Wahrheit entsprechen. Endlich gewährte er einen Einblick in sein Leben.

Hennes' Strategie ging auf. Jasper Jensen führte sie zu einer Bank in der Nähe eines Beckens. Er blieb stehen, die Hände in den Hosentaschen vergraben. Allerdings schien er sich, seiner aufmerksamen Haltung nach zu urteilen, mehr auf das Gespräch einlassen zu wollen.

Hennes seufzte schwer. »Es war Ende Dezember. Wir waren voll beladen. Termingeschäfte. Der Käpt'n meinte, das Wetter würde schon nicht so schlimm werden. Schließlich hatte es Weihnachten getaut. Die Seewege waren wieder frei. Aber dann brachte ein Hochdruckgebiet über Skandinavien einen massiven Kälteeinbruch. Die Wettergegensätze waren extrem.« Er rieb sich über die Knie und seufzte. »Zunächst gab es nur Schneegestöber. Doch dann hingen wir in einem Sturm fest. Ganze fünf Tage. Ich war so seekrank, wollte nur noch sterben. Schließlich havarierten wir. Ohne meine Kameraden wäre ich jämmerlich ersoffen.«

Jensen fragte Hennes nach Details, als wolle er überprüfen, ob dieser log. Als eine Tür knallte, zuckte Jensen zusammen und sah sich aufgeschreckt um. Seine Finger zitterten. Unvermittelt eilte er wieder los. Sie folgten ihm bis in einen gläsernen Unterwassertunnel, über dem Haie, Rochen und bunte Fische ihre Kreise zogen. Jensen legte die Hände gegen die Scheibe und starrte die Meereswesen an. Es dauerte, bis er die Sprache wiederfand.

»Majestätisch, oder? Wie ein gewaltiger Drachen segelt er durchs Wasser. Einem Rochen in freier Natur zu begegnen, ist ein beeindruckendes Erlebnis«, sagte er leise. Doch dann wurde seine Stimme fester. »Wussten Sie, dass Rochen früher bei den Syltern ständig auf den Tisch kamen? Ohne diese getrockneten Fische wäre die Bevölkerung nicht über den Winter gekommen.«

Liv ergriff das Wort: »Ich habe mal ein Bild von einem Pieptauschiff gesehen. Gruselig.« Hennes sah sie fragend an. »Eine Art Floß, das man in Rantum entwickelt hat. Am Heck befanden sich zehn Leinen mit jeweils bis zu sechzig Angelhaken. Bei Ostwind wurden die Schiffe zu Wasser gelassen. Am nächsten Morgen hingen an die hundert Rochen an den Haken.«

»Da ist er wieder, der Sylter Erfindungsgeist«, ätzte Hennes.

»Tauchen Sie noch?«, wandte Liv sich an Jensen.

»Ab und zu. Dennis und ich waren oft bei dem Wrack unten …« Seine Stimme zitterte leicht.

Sie nickte wissend. »Im Lister Tief oder hier vor Hörnum? Wie hieß das eine Schiff noch? Die *Wik*?«

Jensen sah sie etwas überrascht an. »Genau.«

»Ich bin von Sylt. Als es im Geschichtsunterricht um den Zweiten Weltkrieg auf Sylt ging, haben wir darüber gesprochen.«

»Was war das für ein Schiff?«, fragte Hennes nach.

Jasper Jensen hatte sich wieder etwas gefangen. »Der Reichsseezeichendampfer *Wik* lief 1944 etwa fünf Seemeilen von der Westküste entfernt auf eine Mine. Liegt in zwölf Meter Tiefe. Die Natur hat das Wrack erobert. Schwertmuscheln, Seenelken, Butterfische und so. Ein friedlicher Ort.«

»Aber nicht einfach zu betauchen, nehme ich an. Die Strömung?«, meinte Hennes.

»Man ist schneller draußen bei den Seehundbänken, als einem lieb ist. Und ganz ohne Ausflugsschiff. Aber leider kommt man nicht zurück.« Eine Gruppe junger Männer näherte sich ihnen, die sich lautstark Gruselgeschichten über Haie erzählten. Jensen beobachtete sie argwöhnisch.

»Warum arbeiten Sie nicht mehr als Taucher?«

Jensen musterte Liv. Im Zwielicht des Aquariumtunnels wirkte er uralt. »Ich komme mit dem Druck nicht mehr klar. Und ich meine nicht den Druck, den das Wasser auf einen Taucher ausübt. Unser letzter Einsatz hat bei mir Spuren hinterlassen.« Er lachte bitter.

»PTBS?«, fragte Hennes. Jensen sah ihn abwägend an, dann nickte er. »Üble Sache, so eine Belastungsstörung. Ist behandelt worden, nehme ich an?«

»Das volle Programm. Als die Bundeswehr mir auch noch Pferdetherapie aufschwatzen wollte, bin ich ausgestiegen.«

»Dabei soll Pferdetherapie bei Posttraumatischen Belastungsstör…« Als Hennes hüstelte, verstummte Liv.

»Hier komme ich mehr zur Ruhe«, murmelte Jensen.

Obwohl die Meereswesen wunderschön waren, kam Liv dieser Tunnel auf einmal entsetzlich beengt und stickig vor.

Sie konzentrierte sich auf ein Seepferdchen, das aufrecht durch das Wasser schwamm.

Jensen schien sich allerdings in dieser Umgebung wohlzufühlen. Er beruhigte sich zunehmend. »Erzählen Sie mir jetzt, warum Sie Dennis etwas anhängen wollen, obwohl er doch das Opfer in dieser Angelegenheit ist?«, fragte er.

Hennes fasste die Fakten des Falls zusammen. Liv übernahm, als es darum ging, wie Dennis Marzen von seinen Kollegen geschildert worden war. Das Seepferdchen hatte seinen Schwanz um eine Koralle gewickelt, als warte es auf jemanden.

Jensen versteckte seine Hände wieder in den Taschen. »Wenn Dennis jemanden kritisiert hat, dann war auch etwas Wahres daran. Er hätte das nicht ohne Grund getan. Dennis ging es immer nur um das Team. Alles hat er für seine Männer getan. Er unterstützt Valeska, Charlies Witwe, sogar mit Geld. Die kleine Tochter ist behindert.«

»Wer war Charlie?«

»Charlie Horn, ein früherer Kollege von Dennis. Hat zur gleichen Zeit wie er bei *Hanzmann Energy* angefangen. Starb im Frühjahr an einem Herzinfarkt.«

»Das muss ja ein Schock gewesen sein«, sagte Liv mitfühlend. »Und sehr anständig von Herrn Marzen, dass er der Familie geholfen hat.« Sie schwiegen einen Augenblick. »Nickels war eben schon bei Ihnen?«

»Er hat mir von Dennis' Tod erzählt. Hat sich ziemlich aufgeregt. Er trauert eben um Dennis.«

»Auch an Nickels hat Dennis Kritik geübt, hörten wir. Wissen Sie etwas darüber?«

Nun war ein zweites Seepferdchen herangekommen. Jensen betrachtete es versonnen. »Nickels ist verknallt. Der hat wenig anderes im Sinn als seine Süße. Das hat Dennis nicht gefallen, nehme ich an. In unserem Job … in deren Job … braucht man volle Konzentration.« Er wies auf die Seepferdchen. »Wussten Sie, dass die Geschichte von der ewigen Liebe der Seepferdchen ein Mythos ist? Außerdem tragen bei den Seepferdchen die Männer die Babys aus.«

Was wollte Jensen ihnen damit sagen? Oder wollte er nur ablenken? »Die beiden verstanden sich gut. Nickels bewunderte Dennis«, hielt Liv fest.

Jensen nickte. »Jeder von uns würde alles für den anderen tun. Aber Dennis war der Boss, das ist noch mal etwas anderes. Für Nickels zumindest.«

»Für Sie nicht?«

»Dennis und ich waren gleichauf. Früher auf jeden Fall. Als ich noch …« Er starrte auf seine zitternden Finger.

»Haben Sie eine Idee, wer Dennis das angetan haben könnte? Hat er mit jemandem Streit gehabt? Einen Streit, der über das Normale hinausging? War er besorgt?« Stumm schüttelte Jensen den Kopf. »Wir wissen, dass Dennis am Abend seines Todes etwas vorhatte. Etwas Geheimes, etwas Illegales …«, begann Liv.

»Kann ich mir nicht vorstellen«, ging Jensen sofort dazwischen. »Was soll das gewesen sein?«

»Das dürfen wir Ihnen leider im Augenblick nicht verraten. Aber ich versichere Ihnen, dass wir handfeste Beweise dafür haben. Hat Dennis es erwähnt? Etwas, das er tun, das er herausfinden wollte?«

Wieder das ruckartige Kopfschütteln. Jensen wirkte ausgelaugt.

»Kannte sich Dennis eigentlich gut mit Computern aus?«

»Gar nicht. Sie müssen doch das alte Ding in seinem Appartement gesehen haben.«

»Einen anderen Rechner hatte Dennis nicht?«

»Nee.« Das Gespräch war zu Ende, das wurde bei den nächsten Fragen überdeutlich.

»Melden Sie sich bitte, wenn Ihnen noch etwas einfällt. Es ist uns wirklich sehr wichtig, herauszufinden, wer Dennis das angetan hat«, sagte Hennes schließlich. »Er war ein guter Mann.«

»Das war er.« Noch einmal blickte Jensen sie grüblerisch an. Dann sagte er: »Ich mache mir Sorgen um Nickels. Er ist fest davon überzeugt, dass dieser Olaf der Täter ist. Nicht, dass er Scheiße baut …«

* * *

Endlich waren sie allein, und doch konnte Nickels es nicht genießen. Nach dem Anlegen war er nur kurz bei Jasper gewesen, danach hatte er Alice zu einem Arzttermin und zum Einkaufen begleiten müssen. Seine Freundin wollte ihn aufs Bett ziehen, aber Nickels löste sich aus dem Kuss, so schwer es ihm auch fiel. Bei seinen Arbeitszeiten und Einsätzen waren Beziehungen immer ein Problem gewesen. Dass er Alice gefunden hatte, war deshalb umso unglaublicher. Sie unterstützte ihn vorbehaltlos. Mehr noch, sie bewunderte ihn für das, was er tat …

»Was ist denn? Darauf haben wir uns doch schon seit Tagen gefreut«, wisperte sie und knöpfte ihre Bluse auf, unter der die neue Spitzenunterwäsche zu sehen war. Sie war so verführerisch, und er hatte sich diesen Augenblick tatsächlich seit zwei Wochen ausgemalt, aber jetzt …

»Schon …«, begann Nickels rau.

Sie schmiegte sich erneut an ihn und schob die Hände unter sein T-Shirt. »Was, aber?«, fragte sie und rieb seine Brustwarzen.

Nickels keuchte vor Erregung, riss sich jedoch los. »Ich bin gleich wieder da.«

Im Badezimmer stützte er sich auf das Waschbecken und kontrollierte seinen Atem, bis dieser sich beruhigt hatte. Nur zu gern wäre er jetzt mit Alice im Bett verschwunden. Aber er konnte nicht einfach so tun, als wäre alles wie immer. Dass nicht einmal Jasper ihn unterstützte, machte ihn fertig. Ob die Kommissare auch schon bei ihm gewesen waren? Was hatte Jasper ihnen wohl erzählt? An alldem war nur dieser Olaf schuld!

Er ließ kaltes Wasser über seine Hände laufen und spritzte es in sein Gesicht. Die Adern in seinen Schläfen pochten. Olaf musste gestehen, dass er Dennis etwas angetan hatte, das war die einzige Möglichkeit. Er musste zugeben, dass er versucht hatte, die Beweisstücke an sich zu bringen, um sich zu retten. Dann würde Gras über die ganze Angelegenheit wachsen, und auch seine Schuld wäre vergessen. Und wenn Olaf es nicht von alleine tat, dann musste er eben nachhelfen.

Nickels trocknete sich das Gesicht ab und lugte ins Schlafzimmer. Er fürchtete sich davor, Alice zu enttäuschen. Der Schrank stand offen. Seine Freundin war nicht zu sehen.

»Ich muss noch einmal kurz los, Schatz. Sei nicht böse, okay?«, rief er.

Alice trat hinter der Schranktür hervor. Sie hatte nur noch die durchscheinende Unterwäsche an, sonst nichts. Erregung durchschoss ihn. Beim Telefonsex hatten sie sich vorgestellt, wie sie solche Unterwäsche trug, wie er sie langsam und genüsslich entkleidete …

Ihre Wangen waren rot, unsicher lächelte sie ihn an. »Das hast du dir doch gewünscht, oder? Gefällt es dir?«

Nickels schloss sie in die Arme und küsste sie noch einmal leidenschaftlich. Wie gut sich ihre Brüste unter der Spitze anfühlten! Ihre Hand strich über seine Hose, umfasste seinen Hintern. Verdammt. Wenn er sich nicht jetzt losriss, würde er es nie tun. Dann würde er vielleicht alles verlieren …

* * *

Als sie auf dem Parkplatz des Sylt-Aquariums ankamen, spiegelte die Sonne sich in Pfützen und auf den Dünen glitzerten die Regentropfen. In der Zwischenzeit musste ein Guss niedergegangen sein. Die Luft war nun beinahe so feuchtschwül wie im Aquarium. Die Kinder fanden es offenbar super. Sie sprangen jetzt in die Pfützen, statt auf die Schildkröten-Skulpturen zu klettern; nicht immer zur Freude ihrer Eltern. Die Leute von *No-Wind* waren verschwunden.

»Was meinst du: Müssen wir etwas tun wegen Winkler?«, fragte Liv und zog den Pulli wieder aus.

»Vorerst nicht, würde ich sagen. Ich nehme an, dass Nickels Jensen nur über Dennis' Tod informieren wollte. Jetzt ist er erst einmal mit seiner Freundin beschäftigt. Das hofft Jensen ja auch.«

Sie entschieden, ins Revier zu fahren. Liv war in Gedanken noch bei Hennes' Bericht. »Was hat denn deine Familie dazu gesagt, dass du so jung zur See gefahren bist? Haben sie sich keine Sorgen gemacht?«

Hennes sah sie an, und kurz glaubte sie, dass er ihr eine Abfuhr erteilen würde. Das hatte er bisher stets getan, wenn es um dieses Thema ging. Doch dann erwiderte er: »Bei mir zu Hause war es auch scheiße, nur anders als bei dir. Und finanziell waren wir nicht gerade auf Rosen gebettet. Die waren eher froh, dass ich weg war.«

»Die Havarie muss ja wirklich heftig gewesen sein. Überhaupt, dieser ganze Katastrophenwinter. Elise erzählt ab und zu davon. Flensburg war Ende 1978 zeitweise durch die Schneemengen völlig abgeschnitten. Dazu kam dann noch das Hochwasser, das Eisschollen in die Förde trieb, bis diese sich dort stapelten. Bist du danach nicht mehr zur See gefahren?«

»Nur noch ein büschen«, nuschelte er, »weil ich dem Meer nicht den Sieg überlassen wollte.« Dann gab er dem Gespräch eine neue Richtung. »Armes Schwein, dieser Jensen.«

Die Tür zu Hennes Vergangenheit hatte sich soeben geschlossen. Liv legte ihm lächelnd die Hand auf die Schulter. »Du bist ein solcher Geheimniskrämer!«

»Ich habe den Kriegsdienst verweigert, und zwar noch zu der Zeit, als man vor einer Prüfkommission seine pazifistische Grundhaltung unter Beweis stellen musste«, erklärte Hennes. »Wenn ich aber lese, wie schlecht ausgestattet unsere Soldaten in Krisengebiete geschickt werden, werde ich sauer. Wenigstens funktionstüchtig sollten die Gerätschaften sein – sonst kann man es gleich ganz lassen. Hätte ich auch nichts gegen.«

»Warum soll es der Truppe besser gehen als uns? Bei der Polizei müssen wir teilweise ja auch mit veralteten oder kaputten Geräten arbeiten«, meinte Liv.

Ihre Einsatzzentrale im Polizeirevier im Kirchenweg war sicher hingegen gut ausgestattet, dafür würden Bente und Wanda sorgen. Ohnehin trafen die Sparmaßnahmen die Mordkommission zuletzt – ihre Arbeit stand zu sehr im Licht der Öffentlichkeit.

Im Polizeirevier, dem alten Backsteinbau gegenüber dem Westerländer Bahnhof, tummelten sich die Bauhandwerker. Im Eingangsbereich mit der geschnitzten Holzdecke trafen Liv und Hennes auf Momke.

»Renovierungsarbeiten stehen an, das alte Amtsgericht ist marode. Na ja, ist ja auch von 1904«, meinte er. »Danke für den Hinweis mit *No-Wind*. Ich treffe jetzt den Vorsitzenden zum Gespräch.«

Im Kommissariat beendete Bente sein Telefongespräch, als er sie eintreten sah. »Wir haben weitere Ergebnisse aus der Rechtsmedizin. Olaf Kanz hatte anscheinend doch gebechert. Seine Blutprobe wies noch Restalkohol auf.«

Hennes pfiff durch die Zähne. »Jetzt noch? Das ist ja nach der langen Zeit heftig. Ich dachte, ihr habt Kanz in der Nacht gesehen? Da ist euch nichts aufgefallen? Der muss doch halbwegs im Delirium gewesen sein.«

Liv überlegte. »Viele standen neben sich. Waren geschockt über Marzens Tod. Ich hatte den Eindruck, dass es Kanz auch so ging. Er war wie erstarrt.«

»Nicht jeder lallt oder schwankt, wenn er betrunken ist. Mancher wird einfach nur still. Abgesehen davon gibt es ja auch Leute, die einiges vertragen und denen man ihren Pegel nicht anmerkt«, meinte Bente.

»Kanz könnte also betrunken Dennis Marzen angegriffen haben. Ein Blackout ist bei dem Pegel nicht wahrscheinlich?«

»*Well*, weiß man's? Jetzt ist auf jeden Fall der Zeitpunkt gekommen, Kanz genauer unter die Lupe zu nehmen.«

»Bestellen wir ihn für die Vernehmung ein?«

»Nein, wir fahren hin. Mal sehen, was er zu dem Ergebnis sagt.«

In diesem Augenblick unterbrach sie Urs, ein junger Polizist, der bei der Bäderpolizei angefangen hatte und inzwischen zum normalen Dezernat gehörte. »Ein Anruf des K6. Scheint dringend zu sein. Ich hatte Herrn Botersen-Evers gesagt, dass ich die Information weitergebe, aber er …«

»Danke, Urs. Ich nehme das Gespräch an.« Bente hob den

Hörer und lauschte. Sein Gesicht verdüsterte sich schlagartig. Als er auflegte, sah er ernst in die Runde. »Bei den Splittern in der Kopfwunde von Dennis Marzen handelt es sich um Zinkcarbonat und Rost. Wir müssen also herausfinden, was auf der Plattform als Spurenträger und damit als Angriffswaffe infrage kommt. Das ist aber nicht das Entscheidende für uns, sondern das hier.« Er räusperte sich. »Bei der KTU wurden an einem der Messer Klebespuren gefunden, die sich mit der abgeklebten Tür von Dennis Marzens Kabine in Übereinstimmung bringen lassen. Das Messer gehört Nickels Winkler. Er war es anscheinend, der Marzens Kabine aufgebrochen hat. Dann muss er es auch gewesen sein, der die Asservate gestohlen und Sebastian und Oda angegriffen hat.«

Die Luft schien auf einmal elektrisch aufgeladen zu sein. Liv spürte ein wohlbekanntes Kribbeln, das anzeigte, dass eine entscheidende Wendung in einem Fall bevorstehen könnte. »Verdammich, wir hätten ihn uns gleich vornehmen sollen!«, platzte Hennes heraus.

Liv berichtete von ihrem Gespräch mit Jasper Jensen und dessen Befürchtungen.

Bente sprang auf und nahm sein Jackett vom Stuhl. »Planänderung. Wir werden jetzt beide hierherschaffen. Hennes und Liv, ihr übernehmt Kanz, und ich fahre mit Aziz zu Winkler. Wanda telefoniert mit Hasselbrecht und dem Staatsanwalt, um die nötigen Befugnisse einzuholen.«

* * *

Schluchzend zerrte Olaf Kanz die Vorräte aus dem Schrank und warf sie achtlos auf den Boden. Endlich, da war sie – die Wodkaflasche. Glücklicherweise hatte er seine Frau und die Kinder zum Baumarkt schicken können. Während er auf

Schicht gewesen war, hatte es einen Wasserrohrbruch gegeben. In diesem Haus war einfach alles marode! Jetzt würden sie die Rohre flicken müssen, für mehr war kein Geld da. Sie hatten sich übernommen, aber so richtig.

Es kam ihm vor, als wäre die Flasche sauschwer, als er sie aus dem Schrank hob. Er stellte sie neben die Spüle zu den anderen, die er im Haus versteckt hatte. Seine Frau trank auch gern, aber nicht so viel wie er, und vor allem keine harten Sachen. Zur Begrüßung hatte es erst mal ein Sektchen gegeben – alkoholfrei für sie, mit Umdrehungen für ihn. Aber damit war es jetzt vorbei. Er musste einen Schlussstrich ziehen. So etwas durfte nicht noch einmal passieren, nie wieder …

Gleich würde er den ganzen Alkohol wegkippen. Er wollte nicht mehr trinken, wollte nicht mehr die Kontrolle verlieren. Vielleicht hatte er Glück, und der Blutalkoholwert bei der Blutprobe war nicht so hoch wie befürchtet. Vielleicht hatte sein Körper ja schnell gearbeitet. Wenn er ehrlich mit sich war, wusste er, dass er auffliegen würde. Dann würde er den Job verlieren, wäre arbeitslos, könnte die Raten für das Haus nicht mehr bezahlen, die Versicherungen …

Dennis hatte recht gehabt. Es war nicht leicht, sich das einzugestehen, denn dadurch wurden die Schuldgefühle noch größer. Aber letztlich stimmte es. Vermutlich hatte Dennis wirklich nur das Wohl aller im Blick gehabt. Er war außerdem nie so gehässig gewesen wie Nickels. Nickels war ein Wadenbeißer. Er würde nie aufhören, auf den Fehlern anderer herumzuhacken. Vermutlich, um von dem Mist abzulenken, den er selbst gebaut hatte.

Olaf ließ Tränen und Rotz einfach laufen. Jetzt war es ohnehin zu spät. Er hatte es verkackt. Dabei war er ein guter Techniker. Ein Teamplayer. Nur, dass das anscheinend niemand zu würdigen wusste. Alle sahen immer nur seine Unzulänglichkeiten. Alle außer seiner Familie und seinen Freunden …

Gelispelt hatte er schon immer. Therapien hatten ihm geholfen, und bei seiner Familie lispelte er nie. Nun ja, kaum. Aber im Beruf, vor allem, wenn er Stress hatte, war das anders. Als Sanitäter war ihm klar, was er hatte: Burn-out lautete seine Diagnose. Ihm war alles zu viel. Kopfschmerz und Schwindel plagten ihn. Schlaflosigkeit, die sich nur mit einem Schlummertrunk beheben ließ. Deshalb hatte er auch immer eine Flasche Wodka auf die Plattform geschmuggelt. Für Notfälle. Damit er am nächsten Tag funktionierte. Nie hatte er den Wodka angerührt. Bis vor zwei Tagen …

Sein Blick fiel auf die Reihe aus Glasflaschen, die ein einziger Vorwurf zu sein schien. Heiße Scham überfiel ihn. Hastig sah er sich um. Wo könnte er noch ein Fläschchen verwahrt haben?

Olaf riss Schubladen und Schränke auf. Schaute zwischen dem Putzzeug nach. Hinter dem Mülleimer. Tatsächlich. Noch einmal Wodka. Wann hatte er eigentlich den verzweifelten Versuch gestartet, sich selbst zu überlisten? Vermutlich, als er zum ersten Mal während seiner Freizeit einen Blackout gehabt hatte. Es war erschreckend gewesen, als er sich nicht erinnern konnte, wo die Zeit geblieben war und was er getan hatte.

Olaf wog die Flasche in der Hand, schraubte sie auf. Er wusste, dass er zur Polizei gehen sollte. Dass er gestehen sollte, was geschehen war. Aber dann …

Seine Hände bebten, als er die klare Flüssigkeit in die Spüle laufen ließ, als wäre sie Wasser. Der schöne Wodka … Vielleicht sollte er … Nur einen kleinen Schluck, um runterzukommen …

Gerade wollte er den Flaschenhals ansetzen, als das Glas

ihm aus den zitternden Händen fiel und am Spülenrand zerschellte. Er schluchzte auf. Was war er nur für ein Versager, für ein Schwächling. Er pickte eine Scherbe aus der Spüle, es war der Flaschenboden, nadelspitz und massiv. Ein Stoß ins Handgelenk, und er müsste nicht mitbekommen, wie seine Familie jegliche Achtung vor ihm verlor ...

Ein Geräusch ließ ihn zusammenzucken. War da jemand an der Haustür? Kamen seine Frau und seine Kinder zurück? Sie durften ihn nicht so sehen. Durften das ... nicht sehen. Hektisch wollte er die Flaschen packen, riss einige um, die auf dem Boden zersprangen. Nein, nein, nein! Wieder lauschte er. Nichts. Spielten ihm seine überreizten Sinne einen Streich? Erst, als er die Scherben aufpickte, bemerkte er den Schatten, der sich ihm näherte.

∗ ∗ ∗

Sie fuhren durch eine Wohnstraße in Tinnum. Im Herzen Sylts gelegen, war Tinnum lange der Hauptort der Insel gewesen. Heute war die eine Hälfte von Tinnum eher ländlich, die andere Hälfte durch die vielen Gewerbegebiete und Discounter unspektakulär, aber praktisch. Gerade passierten die Kommissare viele Häuser aus den Sechziger- und Siebzigerjahren. Kleine Backsteinhäuser. Mehrfamilienhäuser und Wohnblöcke, dicht an dicht. Das Reihenhaus, in dem Olaf Kanz gemeldet war, sah heruntergekommen aus. Der Abfallcontainer hinter dem Gartentor deutete auf umfassende Renovierungsarbeiten hin.

Gerade, als Hennes einparkte, rief Bente an. »Nickels Winkler ist nicht zu Hause. Seine Freundin war stinksauer. Offenbar wollte sie es sich mit ihm kuschelig machen, aber er meinte, er müsse noch mal weg.«

Von einem unguten Gefühl ergriffen, sprang Liv aus dem Auto, sobald der Motor aus war. »Hat er gesagt, wo er hinwill?«

»Fehlanzeige. Sie hat eben versucht, ihn anzurufen, aber Winkler geht nicht ans Telefon.«

Die Kommissare liefen durch den Vorgarten. Die Tür stand offen. Scharf roch es nach Alkohol. Im Inneren schrillten Kinderweinen und Scherbenklirren um die Wette. Liv und Hennes stürzten hinein. Einige Wände waren frisch tapeziert, die Decke im Flur allerdings war fleckig und an den Heizkörpern blätterte die Farbe ab. In der Küche fegte eine Schwangere in Oversize-Shirt und Leggings mit der einen Hand einen nassen Scherbenhaufen zusammen, während sie auf dem anderen Arm einen brüllenden Säugling wippte. Glänzende Schlieren überzogen das Laminat. Drei Kinder saßen in der Ecke und spielten mit Kunststoffrohren, Schellen und Muffen, an denen noch die Preisschilder klebten.

Die Frau starrte sie erschrocken an. Liv stellte sich vor. »Wir ermitteln wegen des Todes von Dennis Marzen und möchten Ihren Mann sprechen. Es ist eine reine Routinebefragung, wir sprechen mit der gesamten Belegschaft«, setzte sie beruhigend hinzu.

»Ich weiß auch nicht, wo Olaf steckt. Dabei ist er doch gerade erst von der Schicht zurück, das passt gar nicht zu ihm. Als wir vom Baumarkt kamen, stand die Tür auf, und hier sah es aus, als hätte eine Bombe eingeschlagen. Vor allem muss er sich böse geschnitten haben.« Besorgt wies Frau Kanz auf ein Knäuel rotfleckiger Haushaltspapiere, die Hennes sofort in Augenschein nahm.

»Denken Sie noch einmal nach. Hat Olaf vielleicht erwähnt, dass er etwas erledigen wollte? Verhielt er sich anders, als er es normalerweise tat, wenn er frei hatte?«

»Ruhiger war er vielleicht. Irgendwie niedergeschlagen. Ich dachte, er sei einfach nur müde. Und dann der Wasserrohrbruch ...« Sie machte eine ratlose Geste.

Livs Gedanken überschlugen sich, während sie sich im Haus umsah. Was, wenn Winkler hierhergefahren war, um Kanz, den er für Dennis' Mörder hielt, zur Rechenschaft zu ziehen? Aber warum sollte er das tun? Er wusste doch, dass die Polizei ermittelte. Wollte er das Recht selbst in die Hand nehmen? Und warum waren die beiden Männer nicht hier? Oder wollte sich Olaf Kanz der Untersuchung seines Fehlverhaltens entziehen? Hatte er sich vielleicht aus Verzweiflung und Scham selbst etwas angetan?

Hennes legte eine Scherbe, die offenbar von einem Flaschenboden stammte, in einen Asservatenbeutel und zeigte sie Liv – sie war blutverschmiert.

»Was ist denn nur los?« Die Schwangere klang, als ob sie gleich weinen würde, was die Stimmlage des Säuglings nur noch weiter emportrieb.

Liv fielen dünne, halb verwischte Schmierstreifen auf dem Laminat auf, die zum Garten führten. Die Tür war nur angelehnt. Hatten Kanz, Winkler oder beide, gehört, dass jemand gekommen war? Der Weg zur Straße wäre ihnen abgeschnitten gewesen. Wortlos verständigten Liv und Hennes sich.

»Bleiben Sie mit Ihren Kindern hier«, sagte Liv. »Wir sehen uns nach Ihrem Mann um.«

Sie schlichen durch die Hintertür. Der kleine Garten war eine triste Grünfläche. Von Unkraut überwucherte Blumenstauden. Ein Plastikplanschbecken. Auf allen Seiten Zäune, Sichtschutzpalisaden. Davor ein windschiefer Schuppen, aus dem jetzt ein Poltern zu hören war. Hennes zückte seine Dienstwaffe, aber Liv machte keine Anstalten, die P99 zu ziehen, sondern schlich weiter vor.

»Los, Liv, sichere dich! Wer auch immer da drin ist, könnte bewaffnet sein!«, zischte Hennes.

In diesem Augenblick polterte es erneut. Dann flog die Tür des Schuppens auf.

15

Liv lief im Gang der Nordseeklinik auf und ab. Warum dauerte die Behandlung so lange? Immer wieder sah sie vor ihrem inneren Auge das Geschehen im Garten des Reihenhauses: Olaf Kanz, der ihnen aus dem Schuppen entgegengetaumelt kam, kreidebleich, überall Blutflecken. Es war nicht zu erkennen gewesen, wie stark er verletzt war. Seine Frau hatte geschrien wie am Spieß. Dann war Nickels Winkler aus dem Dunkel des Schuppens aufgetaucht, auch er hatte geblutet. Als der Taucher Hennes gesehen hatte, hatte er sofort die Hände erhoben und behauptet, Kanz hätte ihn angegriffen. Kanz hatte dasselbe gestammelt. Was genau geschehen war, hatten sie noch nicht herausfinden können.

Hennes reichte ihr einen Automatenkaffee. »Warum hast du deine Waffe nicht gezogen, Liv? Was wäre gewesen, wenn einer der beiden uns angegriffen hätte?«, fragte er nicht zum ersten Mal.

»Ich habe die Bedrohungslage anders eingeschätzt als du. Die Waffe ist immer nur das letzte Mittel. Und ich hatte recht, keiner der beiden war wirklich bewaffnet.«

»Recht? Du hattest vor allem Glück.«

Da Olaf Kanz aus dem Behandlungszimmer geführt wurde, blieb Liv eine weitere Diskussion erspart. Dem Techniker Handschellen anzulegen war unmöglich. Er trug dicke Verbände um die Hände, Ton in Ton mit seiner jetzt so käsigen Gesichtsfarbe. Die Schnittwunden von Nickels Winkler waren bereits genäht worden. Bis sie im Polizeirevier waren, sprach keiner mehr ein Wort.

Im Vernehmungszimmer informierten Liv und Hennes Olaf Kanz, dass sie ihn als Zeuge befragen würden. Falls während des Gesprächs der Verdacht aufkam, dass er Dennis Marzen ermordet hatte, konnten sie ihn immer noch als Beschuldigten belehren und weiter vernehmen.

Kanz schien erleichtert und begann zu weinen. »Als Zeuge? Dann glauben Th…Sie also nicht … Meine Frau und meine Kinder, haben sie alles … mitbekommen? Natürlich haben sie es … Wie konnte ich nur …« Sein Selbstmitleid fing an, ihr auf die Nerven zu gehen.

»Was war denn vorhin eigentlich los?«

»Nickels, er …«

»Falls es Sie beruhigt: Herr Winkler wird ebenfalls vernommen. Aber wir möchten gerne von Ihnen erfahren, was passiert ist.«

»Ich trinke nie auf Th…«, ungeduldig ließ er die Lippen flappern, »nie auf Schicht, nie!«, brach es plötzlich aus Olaf Kanz heraus. »Eigentlich trinke ich nur an Land. Früher haben wir lediglich ein Feierabendbier getrunken. Dann fand meine Frau das Sektfrühstück schick, den Sundowner, und ein Verdauungsschnaps musste auch sein. Schließlich wusste ich beim Nüchtern werden manchmal nicht mehr, was losgewesen ist. Auf der Plattform habe ich aber nie getrunken, das schwöre ich. Wirklich, das müssen Sie mir glauben!«

»Sie hatten aber auch Alkohol auf der Plattform dabei.«

Kanz zögerte. »Doch, schon. Eine Flasche, sicherheitshalber. Falls meine Nerven so blank liegen, dass ich einen Beruhigungsschluck brauche. Ich war gerade dabei, den ganzen Alkohol wegzukippen. Und dann wollte ich zu Ihnen kommen und gestehen, dass ich am Abend von Dennis' Tod getrunken habe. Wirklich. Aber dann stand auf einmal Nickels vor der Tür.«

»Was wollte Nickels von Ihnen?«

Kanz sammelte sich. Ihm schien es wichtig zu sein, auch die nächsten Worte klar herauszubringen. »Ich sollte gestehen, dass ich besoffen gewesen bin. Dass ich Dennis erwürgt und Ihre Leute angegriffen habe. Das …« Er schnappte nach Luft. »Das habe ich aber nicht. Ich kann doch nichts gestehen, was ich nicht getan habe! Ich wollte die Tür vor ihm zuschlagen, aber er kam einfach herein. Hat mich angeblafft. Und dann hat mich so eine Wut überfallen!«

»Sie haben Winkler angegriffen?«

»Ich wollte mich verteidigen, aber ich habe daneben geschlagen. Irgendwie war da die Glasscherbe …« Er stockte unglücklich.

»Wie hat Winkler reagiert?«

»Wie ein Irrer hat er mich angesprungen, mir die Scherbe abgenommen und mich zu Boden geworfen.«

»Und dann?«

»Ich habe mich gewehrt. Und dann hat er mir unvermittelt den Mund zugehalten und mich weggezerrt. In den Schuppen. Ich konnte mich nicht rühren. Alles tat mir weh, und ich habe heftig geblutet. Ich hatte solche Angst!« Kanz schlug die bandagierten Hände vor das Gesicht und weinte. Liv schoss der Gedanke durch den Kopf, dass Kanz als Notfallsanitäter gewusst haben musste, dass er nicht lebensgefährlich verletzt war. Aber vermutlich hatte er unter Schock gestanden.

»Berichten Sie uns von dem Abend, als Dennis Marzen starb«, forderte Hennes ihn auf.

»Das war ein th…scheiß Tag. Ich hatte Ärger am Windrad. Die Reparatur funktionierte auf Teufel komm raus nicht, ich habe ein Ersatzteil falsch eingebaut und damit alles versemmelt. An dem Abend kam auch noch etwas Trauriges in den Nachrichten. Das hat mich beim Essen kalt erwischt. Ich wollte nicht heulen. Aber als ich aus der Kantine geflohen bin, hat Nickels wieder blöde Th…Sprüche gemacht. Ich habe es einfach nicht mehr ausgehalten. Bin in meine Kabine, habe in meinem Koffer gewühlt. Aber ich … ich hatte wohl vergessen, die Tür zu schließen. Als Dennis vorbeikam – keine Ahnung, wieso gerade dann –, hatte er meine Notreserve gesehen. Er kam sogar rein, weil er wohl dachte, er hätte sich verguckt. Ich wusste, dass er mich anschwärzen würde. Aber offenbar hat er das nicht mehr geschafft … Ich schäme mich, aber in gewisser Weise war ich sogar erleichtert, dass er tot war. Ich dachte, niemand würde merken, dass ich Alkohol getrunken hatte, wenn er es nicht verraten konnte.« Er rang die Hände. »Schauen Sie mich nicht so an, ich habe Dennis nicht umgebracht!«, setzte er erregt hinzu.

Hennes drehte seinen Kugelschreiber zwischen den Fingerspitzen. »Sie haben Blackouts erwähnt …«, meinte er.

»An dem Abend hatte ich aber keinen Blackout! So viel hatte ich auch nicht getrunken.«

Das Klicken, das Hennes mit dem Druckschalter des Kugelschreibers erzeugte, klang ungeduldig »Sie waren betrunken genug, um bei der Blutprobe noch einen Restalkoholspiegel zu haben. Der Spitzenwert lag bei über zwei Promille, laut unserer Berechnung. Da sind andere schon bewusstlos.«

»Ich kann eben viel ab.« Kanz musste selbst gespürt haben, dass der Stolz, der aus seinen Worten sprach, unangebracht war, denn er setzte hinzu: »Aber damit ist es vorbei. Ich mache eine Therapie. Gleich morgen fange ich an. Immer montags treffen sich die Anonymen Alkoholiker im Westerländer Suchtzentrum im Kirchenweg.«

»Das ist sicher eine gute Entscheidung.«

Kanz sah sie verlegen an. »Wird *Hanzmann Energy* von dem Vorfall erfahren?«

»Wir werden es nicht verschweigen können.«

Kanz wirkte sehr unglücklich darüber. »Ich bekomme einen Eintrag in die Personalakte.«

»Gut möglich.«

»Ich werde gekündigt.«

»Auch das ist anzunehmen.«

Ehe er weiter lamentieren konnte, ging Liv dazwischen. »Ich würde gerne noch eingehender über den fraglichen Abend sprechen. Obgleich Marzen Sie mit dem Wodka gesehen hatte, tranken Sie.« Er nickte. »Der Zeuge nickt«, sagte Liv fürs Protokoll. »Was geschah dann?«

»Silke holte mich, nachdem sie Dennis entdeckt hatte. Ich habe gleich gesehen, dass er tot war. Diese glasigen Augen. Die Zunge.« Er schauderte. »Außerdem bewegte sich die Brust nicht mehr.«

»All das konnten Sie auf der Aufnahme erkennen, aus einer derartigen Entfernung? Wie viel Wodka hatten Sie zu diesem Zeitpunkt intus?«

»Fast die ganze Flasche«, sagte er leise.

»Mich wundert, dass Sie noch gerade gehen und stehen konnten. Dass Frau Aspersen nichts bemerkt hat.«

Olaf Kanz starrte auf die Blutblume, die gerade auf seinem Verband durchbrach. »Ich musste nicht viel reden. Es war ja klar, dass ich unter Schock stehe«, sagte er leise. »Als Silke mich nicht mehr brauchte, habe ich mich hingelegt. Ich wusste, dass die Polizei kommen würde. Ich habe geschlafen, bis man mich rief, weil Ihre Kollegen angegriffen wurden.«

»Lassen Sie uns noch einmal auf Ihr Verhältnis zu Dennis Marzen eingehen.«

»Ich habe ihm nichts getan!«

»Bei der Abreise gab es Ärger, weil Ihre Zugangskarte nicht da war. Haben Sie die Karte an diesem Abend verloren?«

»Nein, bestimmt nicht. Die wird sich längst wieder angefunden haben.«

Auch eine Stunde später noch drehte sich ihr Gespräch im Kreis. Es war nichts Neues mehr aus Olaf Kanz herauszubekommen. Da sie nicht genug gegen ihn in der Hand hatten, durfte er gehen, nachdem er das Vernehmungsprotokoll unterzeichnet hatte. Seine Familie wartete auf der Besucherbank des Reviers auf ihn und schloss ihn in die Arme. Konnte dieser Familienmensch wirklich der Mörder von Dennis Marzen sein? Oder war der Alkohol auch eine Flucht vor den Belastungen und Erwartungen, die seine Familie hegte?

In einem anderen Raum waren Bente und Wanda noch bei der Befragung von Nickels Winkler. Liv gesellte sich zu Momke in den Technikraum, wo dieser via Kamera dem Gespräch folgte. Sie ließ den Kopf kreisen, um ihre verspannte Nackenmuskulatur zu lockern. Bei derartigen Gesprächen kam es auf die kleinsten Nuancen an, das machte sie so anstrengend.

»Was hat Winkler bislang ausgesagt?«, wisperte Liv, als ob Nickels sie hören könnte.

»Immer wieder das Gleiche. Er behauptet, Kanz hätte Dennis umgebracht. Als er ihn aufsuchte und darauf ansprach, habe Kanz ihn angegriffen.«

Gerade gestikulierte Nickels Winkler wild, und seine weichen Gesichtszüge bebten voller Entrüstung. »Ich wollte, dass Olaf zugibt, was er Dennis angetan hat. Ihre Kollegen haben den vielen Alkohol in seiner Bude doch gesehen! Olaf hat ein Problem – und Dennis musste dafür büßen.«

»Herr Kanz gibt an, Herrn Marzen nichts getan zu haben«, sagte Bente. Das wusste er, da Liv ihm vorhin eine entsprechende Notiz geschickt hatte.

»Der spinnt doch!«

»Das zu beurteilen, überlassen Sie bitte uns, Herr Winkler. Außerdem haben wir auch nach Ihnen gesucht. Wir sind zu Ihrer Wohnung gefahren, um Sie zu befragen«, eröffnete Wanda ihm.

Winkler wurde sichtlich nervös. »Warum? Was wollten Sie von mir?«

»Wir haben die beschlagnahmten Messer kriminaltechnisch untersuchen lassen. Inzwischen liegen uns die Ergebnisse dieser Untersuchung vor.«

Der Taucher sah die Ermittler an. Er versuchte sichtlich, seine Miene unter Kontrolle zu halten. Aber unwillkürlich ballte er die Hände zu Fäusten, und sein Adamsapfel hüpfte, als er mehrfach schluckte, das war selbst auf dem Bildschirm gut zu erkennen. »Und?«

»Wir wissen, dass Sie die Kabine Ihres Freundes aufgebrochen haben. Und als Sie dort nicht fündig wurden, haben Sie unsere Mitarbeiter angegriffen und die Asservate an sich gebracht.«

»Das ist eine Lüge! Nichts davon habe ich getan.«

»Die Spuren an Ihrem Messer besagen etwas anderes. Zudem liegen uns noch die Aufnahmen der Überwachungskameras vor«, bluffte Bente, denn darauf war Winkler nicht eindeutig zu identifizieren.

»Dann muss jemand anders mein Messer genommen haben – was weiß ich!«

In diesem Augenblick trat Hennes ins Vernehmungszimmer und reichte Bente einen Zettel. Gleich darauf gesellte er sich zu Liv und Momke. »Kuschelig hier. Störe ich?«

»Du störst nie. Und? Welche frohe Botschaft hast du überbracht?«, fragte Liv.

Hennes stemmte die Hände in die Hüften und nickte in Richtung Bildschirm. »Hört und staunt.«

Bente wies auf den Zettel. »Ich habe gerade eine wichtige Information bekommen. Auf dem Schutzanzug, den der Angreifer auf der Plattform trug, haben wir Haare gefunden. Es handelt sich um Ihre Haare, Herr Winkler, das hat die kriminaltechnische Untersuchung ergeben. Wollen Sie Ihr Gewissen nicht erleichtern und uns sagen, was geschehen ist? Weshalb Sie unsere Kollegen angegriffen und die Asservate an sich genommen haben? Bei einem Geständnis können Sie mit Strafmilderung rechnen.«

Winkler runzelte nachdenklich die Stirn. Dann öffnete er den Mund. Liv, Hennes und Momke rückten näher an den Bildschirm heran, um ja kein Wort zu verpassen.

»Okay, ich war's«, stieß Nickels Winkler schließlich hervor. »Ich habe diese Asav… Dennis' Sachen gestohlen. Ich wollte sein Handy haben – doch das Mistding war ja nicht einmal da! Wenn ich gewusst hätte, dass es im Meer gelandet ist … Ich wollte niemandem wehtun, das müssen Sie mir glauben!«

»Das haben Sie aber«, entgegnete Bente kühl.

Der Taucher senkte den Blick. »Und dafür werde ich mich entschuldigen.«

»Das wird nicht ausreichen. Frau Haldens und Herr Gerlich haben Anzeige gegen Unbekannt erstattet. Es wird ein Ermittlungsverfahren geben. Und was ist auf dem Handy, dass Sie es so dringend an sich bringen wollten?«, fragte Wanda.

Jetzt, da er sich zum Reden entschlossen hatte, zögerte Winkler nicht lange. »Ein kurzer Film. Dennis hat aufgenommen, wie ich mich über Olaf lustig mache.« Winkler demonstrierte, wie er das Lispeln nachgeäfft hatte.

»Einfach nur ätzend, dieses Nachäffen«, murmelte Liv. »Und ein schwaches Motiv.«

»Nein: Ein absolut lächerliches Motiv für einen Mord, wenn es das ist, was er verheimlichen wollte«, stimmte Hennes zu.

Dieser Ansicht schien im Nebenraum auch Bente zu sein. »Das kann doch nicht alles gewesen sein, was auf dem Handy war.«

»Doch. Das war alles«, beharrte Winkler. »Ich wollte nicht, dass es jemand sieht. Die Polizei schon gar nicht. Mir ist das peinlich, was da auf dem Film zu sehen ist. Außerdem darf das Andenken an Dennis nicht beschmutzt werden.«

»Aber Dennis hat Ihrer Aussage nach doch nur gefilmt.«

Winkler starrte auf seine Hände. »Trotzdem. Ich wollte die Aufnahme löschen und dann das Handy irgendwo ablegen. Sie sollten ja Dennis' Sachen wiederbekommen, damit Sie vernünftig weiterermitteln können. Denn mit dem Mord an Dennis habe ich nichts zu tun.« Winkler suchte Bentes Blick. »Und jetzt möchte ich bitte gehen.«

Alle wirkten bei der Abschlussbesprechung erschöpft. Der Mord war zweiunddreißig Stunden her. Sie hatten an die achtzig Befragungen durchgeführt sowie zwei Männer vernommen, die eventuell als Täter infrage kamen. Beide leugneten den Mord jedoch hartnäckig, und noch lagen keine stichhaltigen Beweise vor, um sie zu überführen. Selbst die Klebespuren am Messer und die Haare auf dem Schutzanzug waren nur Indizien, also indirekte Beweise oder Anzeichenbeweise, denn jemand anderes könnte das Messer benutzt haben und die Haare könnten zufällig auf den Anzug gekommen sein. Allerdings konnte auch eine Indizienkette in einem Strafprozess zu einer Verurteilung führen.

»Auch wenn es euch nicht so vorkommt, sind wir ein gutes Stück weitergekommen«, meinte Bente und rieb sich erschöpft über die Bartstoppeln. »Wir haben effektiv und intensiv gearbeitet, für heute reicht es«, sagte er.

»Du kannst uns doch nicht in den Feierabend schicken!«, protestierte Wanda. »Wir müssen wenigstens eine anständige Abschlussbesprechung machen!«

»Ihr übereifrigen Deutschen solltet euch was bei unserer Work-Life-Balance abschauen. Die Dänen wissen, dass man entspannen muss, um wieder hundert Prozent bringen zu können«, meinte Bente mit einem milden Lächeln. »Wir alle haben unser Bestes gegeben. Heute werden wir weder den Fall lösen noch den Täter überführen. Lasst alle Infos sacken, die wir zusammengetragen haben. Wir sehen uns morgen in alter Frische.«

Momke sprang auf und schnappte sich Jacke und Tasche. »Wenn ich mich beeile, habe ich mehr von der Kleinen. Ich würde mich wirklich freuen, wenn du Ende der Woche Zeit für uns hast, Liv.«

»Ist notiert«, versicherte sie.

Die Ermittler strebten aus dem Kommissariat. »Kommst du noch mit auf ein Feierabendbier, Liv?«, fragte Hennes beim Hinausgehen. »Von so einem Matjesfrühstück hat man den ganzen Tag was – nämlich Durst.«

»Vielleicht komme ich später nach. Ich will sehen, ob ich Katharina erreiche, um mit ihr über Hanzmanns zu reden.«

Liv rollte ihren Koffer in das Gästehaus der Westerländer Polizei und bezog ihr Zimmer. Bei Katharina sprang nur der Anrufbeantworter an, weshalb Liv eine Nachricht hinterließ.

Kurz telefonierte sie mit Elise und Sanna. Müde und zugleich von Unruhe erfüllt schickte sie Sebastian eine Textnachricht, dass sie den Angreifer gefunden hatten. Dann durchsuchte Liv ihre Playlist, bis sie das richtige Musikstück zum Abschalten gefunden hatte. Zu Nina Simones Version von *Feeling good* stieg sie unter die Dusche und dachte über den Fall nach. Sie sah die Gesichter vor sich, hörte die Stimmen, rekapitulierte die Ereignisse.

Als sie aus der Dusche trat, sah sie, dass Sebastian versucht hatte, sie anzurufen. Ihr Herzschlag beschleunigte seine Frequenz. Wollte Sebastian sich für die Information bedanken? Aber hätte dafür nicht eine SMS ausgereicht? Gab es etwas Neues? Kurz entschlossen drückte sie auf Rückruf.

Sebastians Stimme klang samtig und entspannt. »Schön, dass du dich meldest. Danke für die Info. Ich bin froh, dass ihr den Angreifer gefunden habt.« Er lachte leise. »Nicht, dass ich daran gezweifelt hätte, dass es euch gelingt.«

»Ich dachte nur, du solltest es wissen«, sagte Liv und ärgerte sich darüber, dass sie nicht wortgewandter reagierte. *Und warum hast du dann keine SMS an Oda geschickt, Liv?*

»Ich würde gerne mit dir darüber sprechen. Was hältst du davon, dass wir uns zum Essen treffen?«

Selbst wenn sie in Flensburg wäre, wäre das umständlich. Schließlich lebte Sebastian in Kiel – also knapp eine Stunde entfernt. »Ich bin noch auf Sylt.«

Sebastian lachte wieder. »Ich auch. Ich hole Noah von der Insel ab, der ist hier bei Larissa. Aber heute Abend bin ich nicht mehr gefragt.«

Beinahe hätte sie sofort zugesagt, aber Liv hielt die Worte zurück. Ihre Skrupel waren wieder da. Nur ein Essen unter Kollegen, dachte sie. Nichts Verfängliches, Unprofessionelles. »Sehr gerne. Wo treffen wir uns?«

»Wonach ist dir?«

Hauptsache sie würden den Kollegen nicht begegnen. Liv machte einen Vorschlag, und schnell waren sie sich einig. Auf ihrer Playlist skippte sie zu Aretha Franklins *I say a little prayer* und ließ sich von der Musik mitreißen. Sie sah aus dem Fenster. Die Sonne stand schon tief, aber es würde mindestens noch eine Stunde hell sein. Ansonsten war der Himmel ein Mosaik von Wolken und Blau, wie den ganzen Tag schon. Immerhin regnete es nicht. Und in geschlossenen Räumen hatte sie heute schon lange genug gesessen.

* * *

Kirsa schreckte hoch. Dennis? Die Erinnerung traf sie wie ein Schlag. Da hatte doch gerade jemand ihren Namen gerufen! Sie starrte in das Zwielicht ihres Zimmers. Nichts zu sehen. Ein Geist? Was für ein alberner Gedanke. Und doch hatte sie die Stimme ganz klar gehört. Kurz überlegte sie, ob sie aufstehen und die Vorhänge beiseiteziehen sollte, konnte sich aber nicht aufraffen. Ihre Sinne hatten ihr einen Streich gespielt. Das konnte bei heftigen Kopfschmerzen schon mal vorkommen. Wenigstens hatte die Tablette das dumpfe Pochen in ihren Schläfen gedämpft.

Jetzt nahm sie das Stimmengewirr wahr und den durchdringenden Geruch nach Bratfett, der durch die Ritzen in den alten Holzwänden des Gasthofs zog. Ihre Mutter könnte vermutlich gut Hilfe im Kro gebrauchen. Sie brauchte immer Unterstützung, alles mussten sie selbst machen, denn fremde Hilfe konnten sie sich nicht leisten. Das Restaurant warf zu wenig ab, und zu viele Reparaturen waren im letzten Jahr notwendig gewesen. Um diese Zeit kehrten nicht nur Reisende im Kro ein, die auf die Syltfähre warteten, sondern auch Krabbenfischer und Mitarbeiter des Windparks *Butendiek.* Letztere kamen zumeist auf ein Feierabendbier vorbei, das sie möglichst schnell serviert haben wollten. Der Gedanke, mit ihren Eltern zu sprechen oder die Gäste zu bedienen und mit ihnen zu scherzen, war Kirsa jedoch unerträglich.

Wieder verkroch sie sich unter der Decke und drehte sich zur Wand. Sie wollte noch nicht hinaus, wollte niemanden sehen. Ihre Trauer und Angst waren nicht mehr auszuhalten. Sollte sie mit der Polizei reden? Wenn sie ehrlich war, flößte ihr dieser Gedanke noch viel mehr Angst ein. Dabei war sie kein furchtsamer Typ. Aber das, was auf der Plattform geschehen war, hatte sie erschreckt. Der Mord würde nicht ohne Folgen bleiben. Ihr Fehler quälte sie zutiefst. Deshalb hatte sie sich auch hier verkrochen, statt in ihre Wohnung zu gehen. Und aus demselben Grund hatte sie ihr Telefon ausgeschaltet. Die dänische Insel Rømø war nur etwa fünfzehn Kilometer von Sylt entfernt, und doch fühlte sie sich hier sicher. Wie eine Tote hatte sie geschlafen. Schlaf half ihr immer, wenn ihr alles zu viel wurde, wie es in diesen Tagen der Fall war. Wenn ihre Schuld zu schwer wurde. Alle anderen hielten sie für stark, für energiegeladen, für eine Frau, die das Leben in vollen Zügen genoss. Meistens fühlte sie sich auch so. Deshalb hatte es ja zwischen Dennis und ihr auch gleich gefunkt. Sie standen beide immer unter Strom. Zwei Alpha-Menschen, die mit voller Wucht aufeinandergetroffen waren. Funkenflug, bis es dann schiefgegangen war …

Kirsa kniff in die weiche Haut ihres Bauchs, um sich von dem Schmerz abzulenken, der sie zu überwältigen drohte. Wie hatte das nur geschehen können …

In ihrem Schädel hämmerte es wieder heftiger, und so nahm sie noch eine Schmerztablette. Sie war erneut am Eindösen, als sie das Knarren ihrer Tür hörte. Gerade wollte sie sich umwenden, um ihrer Mutter zu sagen, dass es ihr noch nicht besser ging, als eine Hand grob ihren Mund verschloss.

* * *

Ihr Treffpunkt war das Bistro *S-Point Sylt* am Lornsenweg, gleich hinter den Dünen. Die tief stehende Sonne blinzelte über die Dünen, ließ den Strandhafer wie einen zotteligen Haarschopf erscheinen. Auf dem Fußweg und im umgebenden Sand warteten Leute darauf, einen Tisch zu ergattern. Liv fürchtete schon, dass sie keinen Platz bekommen würden, als sie Sebastian auf einer Holzbank entdeckte, die direkt vor dem Zeltanbau stand.

Sebastian sah lässig aus in seinen hochgekrempelten Jeans und Loafers, Leinenhemd und V-Ausschnitt-Pulli. Vielleicht ist es doch keine so gute Idee, sich mit ihm zu treffen, dachte Liv, schob den Gedanken aber gleich wieder weg. Kurz überkam sie Verlegenheit. Wie sollte sie ihn begrüßen? Sicherheitshalber lächelte sie einfach nur. Sebastian erwiderte ihr Lächeln, stand auf und ging ihr einen Schritt entgegen. Zaghaft berührte er bei der Begrüßung ihre Schulter. Als sie sich setzten, nahmen ihre Sitznachbarn ihn sofort wieder in Beschlag und fragten ihn über die *Kieler Woche* und Segeln im Allgemeinen aus. Höflich beendete Sebastian das Gespräch und wandte sich Liv zu.

»Ich wusste gar nicht, dass du segelst«, sagte sie.

»Hej, ich lebe in Kiel!« Die Ankunft der Bedienung unterbrach sie. »Möchtest du auch so eine selbst gemachte Limonade?«, fragte Sebastian. »Ein Weizenbier? Oder einen Aperol Spritz?« Vor ihm stand ein Glas mit einer sattgelben Flüssigkeit, die mit einer Blume dekoriert war.

Liv überflog die Karte. Feierabend ist Feierabend, dachte sie. Außerdem sind genügend Kollegen vor Ort. »Letzteres gerne.«

Er bestellte für sie beide einen Aperitif, sie gaben auch gleich ihre Essensbestellung auf. Liv entschied sich für einen Salat mit gebackenem Schafskäse.

Sie musterte Sebastian. Um die Nase war er ein wenig grün und blau. »Ich bin froh, dass du den Angriff so gut überstanden hast.«

»Ja, das wird alles wieder. Und du?« Sein Blick war aufrichtig interessiert.

Liv gab ihm eine allgemeine Zusammenfassung der Ereignisse des Tages, erzählte von dem Angriff auf Olaf Kanz und dem Gespräch mit Nickels Winkler. Als ihr Getränk kam, stießen sie an. Liv spürte, wie sie sich langsam entspannte. Was für ein Glück sie hatte, den Arbeitstag so ausklingen lassen zu können! Jetzt musste sie nur noch ans Meer, dann wäre der Tag perfekt. Und natürlich musste sie etwas essen. Sie hatte einen Bärenhunger.

In diesem Augenblick stellte der Kellner Oliven, Hummus und Brot auf den Tisch. »Ich hatte eigentlich Salat bestellt, aber das sieht verlockend aus«, sagte Liv.

»Ich dachte mir, dass ein Appetithappen nicht schaden kann.« Sebastian schien aber auch hungrig zu sein, denn ebenso wie Liv griff er sofort zu.

»Winkler ist also dieses hohe Risiko mit dem Angriff und dem Diebstahl der Asservate eingegangen, nur um zu verhindern, dass wir erfahren, wie er und Kanz andere schikaniert haben?«, fragte er.

»Das behauptet er zumindest.«

»Kommt mir unglaubwürdig vor. Aber du bist die Expertin, was Vernehmungen angeht.«

»Nein, ich finde es auch seltsam. Falls die Kriminaltechnik Marzens Handy zum Laufen bekommt, werden wir möglicherweise noch anderes finden, das Winkler nicht so genehm ist. Er will sich übrigens bei Oda und dir entschuldigen.«

»Das will ich aber auch hoffen.« Sebastian blickte über die Dünen hinweg, wo sich die Sonne mit einem Wolkenzwinkern verabschiedete. »Als wir mit dem Hubschrauber …« Er verstummte, als wäre er unsicher, ob er seine Gedanken wirklich laut aussprechen sollte.

»Ja?«, fragt Liv und neigte sich zu ihm, weil die Gespräche ihrer Tischnachbarn lauter wurden.

»Es ist vermutlich völlig unwichtig.«

»Kann sein, muss aber nicht. Erzähl einfach, was dir aufgefallen ist.«

»Als der Hubschrauber beladen wurde, war da diese Mitarbeiterin mit dem asymmetrischen Haarschnitt. Kirsa …«

»Thorildson?«

»Ja. Diese Kirsa führte vor dem Abflug ein hitziges Gespräch mit Darss. Dann kam Hanzmann noch hinzu und versuchte, sie zu beruhigen.«

»Hast du zufällig mitbekommen, worum sich das Gespräch drehte?«

Sebastian verneinte. »Gleich nach der Landung auf Sylt hat Darss wieder telefoniert. Ich habe mehrfach Kirsas Namen gehört.«

»Hat er mit ihr telefoniert, oder drehte sich das Gespräch um sie?«

»Ich würde sagen, Darss hat mit Kirsa telefoniert, aber ich bin nicht sicher. Habt ihr schon mit ihr gesprochen?«

»Nur kurz. Ich habe mitbekommen, dass die Kollegen, die ihre Freunde und Bekannte befragt haben, Kirsa den ganzen Tag nicht erreichen konnten.«

Die Hauptgerichte kamen, und eine Zeitlang widmete Liv sich ihrem Salat mit gebackenem Schafskäse und Sebastian seinen Fish & Chips. Ihr Gespräch wandte sich leichteren Themen zu. Sie sprachen über Sylt und Sport, über Flensburg und Kiel, über Bücher, Filme und Musik. Es war erstaunlich, wie unkompliziert der Umgang mit Sebastian war. Keine Spur von den krampfigen Gesprächspausen, die Liv oft genug bei Dates erlebt hatte – allerdings war dies ja auch kein Date. Sie war neugierig, was Sebastians Ex-Frau auf Sylt machte, wollte ihn aber nicht mit Fragen über sein Privatleben nerven.

Zum Nachtisch teilten sie sich in Schokolade gehüllte Datteln mit Meersalz, Erdnussbutter und Espressocreme. Es war dunkel geworden, und der Wind frischte auf. Die Tische draußen hatten sich geleert, während hinter ihnen im Zelt Musik und Gespräche aufbrandeten. Von den Dünen stieg die Kälte auf, aber die Luft war noch immer warm. Liv fröstelte trotzdem. Sie wurde vermutlich langsam müde. Sebastian reichte ihr seine Jacke, damit sie diese über die Knie legen konnte.

»Ich sollte los, morgen steht viel an. Vielleicht gehe ich am Strand zurück«, sagte sie.

»Hast du etwas dagegen, wenn ich dich begleite?«

»Auf keinen Fall …« Liv lachte, als ihr auffiel, wie missverständlich das klang. »Also, ich freue mich, wenn du mitkommst.«

Als sie die Rechnung bekamen, wollte Sebastian sie einladen, aber Liv bestand darauf, selbst zu zahlen, was er ihr nicht krummzunehmen schien.

Auf dem Dünenkamm warf der Wind ihnen Sand entgegen. Weiße Gischtkronen tanzten auf den Wellen, von einem Sprühregen aus Salzwasser umgeben. Tief sog Liv die Seeluft ein und spürte, wie die Energie in ihren Körper zurückkehrte.

Sie blinzelte in den Himmel. Wolken flogen über den Nachthimmel, das gute Wetter schien vorbei zu sein. »Ich weiß nicht, ob wir trocken nach Westerland kommen«, sagte sie.

Das Zwielicht zeichnete Sebastian ein Lächeln ins Gesicht. Eine Bö zauste seine Locken. »Wird schon gutgehen«, erwiderte er.

Liv zog Schuhe und Strümpfe aus. Der Sand unter ihren Füßen gab nach, als sie zum Meer hinunterliefen. Am Spülsaum blieb Liv erneut stehen und ließ ihre Gedanken einen Moment im Rhythmus des Meeres fließen. Egal, wie gut oder wie schlecht es ihr ging – die Nordsee weitete ihr Herz. Sie brauchte nur kurz am Meer zu sein, und schon wurde ihr klar, dass sie mit allem verbunden, dass sie ein Teil eines großen Ganzen war.

»So schön«, flüsterte sie. »Es ist, als ob der Alltag weggespült wird.« Sie sah Sebastian von der Seite an. »Ist das albern?«

»Gar nicht. Der Körper besteht zu sechzig Prozent aus Wasser, beim Gehirn sind es sogar zwei Drittel. Es ist nur natürlich, dass wir uns mit dem Meer verbunden fühlen.«

»Ich könnte für immer hier stehen. Jede Welle ist anders.«

»Wie jedes Sandkorn. Mal ist der Sand fein und streicht seidig über die Füße, mal fließt er, mal ist er körnig und hart. Und erst die Farben! Mal weiß, mal eierschalenfarben, karamellig oder beige ...« Er lachte. »Diese Detailverliebtheit wäre dann genauso albern.«

»Ist sie aber nicht.« Der Wind fuhr ihnen heftig in die Seite und trieb sie weiter. »Ist Larissa oft auf Sylt?«, fragte Liv nun doch.

»Ab und zu. Sie ist Ärztin, weißt du. Gerade ist sie in einer Rehaklinik. Noah besucht sie gerne. Für Kinder ist da immer etwas los, und er liebt das Meer. Ich vermisse ihn, aber ich genieße auch das Alleinsein.«

»Genießt du es wirklich? Ich meine, wenn Larissa deine Jugendliebe war, dann seid ihr lange zusammen gewesen. Ich stelle es mir seltsam vor, nach all dieser Zeit plötzlich allein zu sein.« Sebastian erwiderte nichts, deshalb setzte sie schnell hinzu: »Ich wollte nicht indiskret sein ...«

Der Wind verwischte seine nächsten Worte, und doch verstand sie ihn. »Das bist du nicht. Ich verschwende nur nicht gerne meine Zeit mit Gedanken an die Vergangenheit oder mit Hypothesen, was sein könnte. Das mit Larissa ist vorbei. Ich verbringe gerade einen wunderbaren Abend ... Und das genieße ich sehr.«

Überrascht sah Liv ihn an. Auch sie hatte den Abend genossen, aber ...

»Seltsam, wie du das sagst. Vor ein paar Monaten hatte ich das Gefühl, du willst nichts mit mir zu tun haben«, gestand sie.

»Tatsächlich? Tut mir leid, wenn ich diesen Eindruck erweckt habe. Das war nicht meine Absicht. Vermutlich war das direkt in der Trennungsphase ...«

In diesem Augenblick wurden sie von den ersten Regentropfen getroffen.

»Oje, es geht doch schon los«, rief sie. Die Wolken hatten sich zusammengeballt, eine dunkle Regenwand walzte auf einmal heran. Der nächste Strandaufgang war noch weit entfernt, die Lichter Westerlands ebenso. Als würde jemand langsam eine Dusche aufdrehen, nahm der Regen zu. Sie rannten los, unwillkürlich lachend. Doch so schnell sie auch liefen, der Regen war schneller. Bald peitschte er ihnen gegen Rücken und Beine.

»Ich bin gleich klitschnass!«, rief Sebastian, und zog im Laufen die Schuhe aus, die voller Sand waren.

Hell schien das weiße Rattan eines Strandkorbs auf. »Ich auch … Da, ab in den Strandkorb … bis die Regenfront vorbei ist«, schlug Liv vor.

Sie sprinteten durch den weichen Sand, die Haut voller Meersalz, Sand und Regen. Japsend und lachend sprangen sie in den Strandkorb, nachdem sie schnell den feuchten Sand von der Sitzfläche geschoben hatten. Der Wind pfiff am Rattan entlang und ließ die Markise flattern. Liv atmete tief durch, noch immer kitzelte das Lachen in ihrer Brust. So einen schönen Abend hatte sie lange nicht verbracht. Plötzlich hielt sie inne. Ganz nah war Sebastian auf einmal. Sie spürte seine Wärme, roch sein Aftershave, fühlte, dass er so viel Spaß an der Flucht vor den Elementen gehabt hatte wie sie. Sie hatte oft gelesen, die Luft zwischen zwei Personen würde »vor Spannung knistern«. Das war ihr immer übertrieben erschienen. Aber genau so schien es jetzt zu sein. Gefühle brandeten in ihr auf, die sie vollkommen verwirrten. Sie sah ihn an. Nah, so nah. Die Lippen leicht geöffnet. Meeresgeruch im Atem. Würde er sie etwa … Und was wollte sie? Ohne einen weiteren Gedanken zuzulassen, beugte sie sich vor und küsste ihn. Zart erwiderte er ihren Kuss. Es fühlte sich gut an. Trotzdem durchschoss Liv ein Gedanke: Spinnst du, Liv?! Mit einem Kollegen? Sie sprang auf, lief wieder hinaus in den Regen. Doch Sebastian kam ihr nach, nahm ihre Hand, zog sie an sich. Noch einmal fanden sich ihre Lippen. Intensiver war der Kuss jetzt, leidenschaftlicher. Ihre Gefühle und ihre Gedanken gingen durcheinander. Das ist unprofessionell, schrillte es in ihrem Hinterkopf. Gefährlich! Abrupt löste Liv sich, rannte weiter, achtete gar nicht mehr auf den Regen.

Als sie Westerland erreichten und bei der Sylter Welle den

Strand verließen, war Liv immer noch vollkommen durcheinander. Sie hatten nicht gesprochen. Es war absurd. Im Beruf war sie meistens taff, mutig und entschlossen, aber wenn es um ihr Gefühlsleben ging ... Sie mochte Sebastian, sehr sogar. Und er schien sie auch zu mögen. Aber ...

Sie blieb stehen und suchte seinen Blick, der klar und ruhig war. Immerhin hatte der Regen nachgelassen.

»Du hast mich in Flensburg gefragt, wie ich den Vorfall im Herbst überstanden habe«, begann Liv unvermittelt. »Es war heftig. Der Fall war das eine, die Sorge um Sanna das andere. Was den Schusswaffengebrauch anging, hat mir der Polizeiseelsorger sehr geholfen.« Die Erinnerung beruhigte sie etwas. »Er hatte Gegenstände bei dem Gespräch dabei. Ein aus Holz geschnitztes Herz stand für Mitgefühl und Respekt. Die Nachbildung eines Gehirns symbolisierte Gefühl und Verstand. Eine kleine Filmklappe beschrieb die streng definierte Rolle des Polizisten. Dazu zwei Batterien, die vor dem Burn-out warnen sollen. Vor allem aber hat er mich daran erinnert, dass ich das Böse mit Gutem überwinden soll. Und zwar das Böse, das ich erlebe, aber auch das, was ich selbst getan habe.« Sie stockte; genug der Ablenkung. »Aber da gab es noch mehr. Diese Vorfälle im Herbst haben das nur in mir aufgewühlt.«

Sebastian musste es wissen. Er musste wissen, warum er sich von ihr fernhalten sollte. In knappen, klaren Sätzen erzählte Liv von Sannas Erzeuger und den Untaten ihres Vaters. Schonungslos und ehrlich war sie, riss die tiefsten Wunden ihrer Seele auf, obgleich ihre Brust mit jedem Wort enger wurde. »Es ist, als ob einige Erinnerungen tief in mir vergraben wären. Noch immer lauert dort etwas.«

Sie machte ein paar Schritte, als könnte sie dem Schmerz und der Angst davonlaufen. Die klamme Kleidung scheuerte an ihrer Haut. Überall war Sand. Ihre feuchten Schuhe quietschten.

»Kannst du mit jemandem darüber reden?«, fragte Sebastian, der an ihrer Seite geblieben war.

»Ich weiß ja selbst nicht, was da ist. Ob ich das überhaupt wissen möchte.«

»Bist du mal bei unserem gemeinsamen Freund gewesen?«

Liv lachte trocken. »Bei Gitzelstein? Schamanisches Trommeln vom Feinsten – aber wehe, du erzählst es weiter.« Im Licht der Schaufenster in dieser Westerländer Fußgängerzone mit all ihrem oberflächlichen Kommerz erschien selbst ihr diese Erinnerung schräg. Gleichzeitig war es ein verzweifelter Versuch gewesen, der Gefühle Herr zu werden, die in ihr goren.

»Warum sollte ich? Ich bin selbst mal bei ihm gewesen«, gab Sebastian zu.

»Du?«

Was hatte er mit diesem verschrobenen, pensionierten Fallanalytiker und selbst ernannten Profiler zu tun? Was gab es in Sebastians vorbildlicher Biografie, das er nicht bewältigt hatte? Liv war aber noch nicht fertig. Worte drängten aus ihrem Mund. »Ich habe eben gesagt, dass ich nicht weiß, ob ich wirklich wissen möchte, was für Erinnerungen in mir verborgen sind. Eines weiß ich aber genau.« Sie suchte Sebastians Blick und hielt ihn fest. Durch die Feuchtigkeit kräuselten sich seine Locken widerspenstig. Erstaunt spürte sie, dass sich ihr Hals zuschnürte. »Ich bin kaputt, Sebastian. Verkorkst. Ich mag eine gute Polizistin, eine liebevolle Enkelin und eine passable Mutter sein. Aber als … du weißt schon … bin ich ein Totalausfall.«

Ihre Unfähigkeit, die Dinge beim Namen zu nennen, machte alles nur noch peinlicher. Was musste Sebastian nur von ihr denken? Schnell ging Liv weiter. Regen schraffierte die Häuserlandschaft, verwischte die Ampelsignale. Sie konnte das Gästehaus der Polizei schon sehen.

Erneut berührte Sebastian ihre Hand. »Das kann ich nicht glauben. Wenn es einen Preis fürs Tiefstapeln gäbe, hättest du ihn soeben gewonnen. Du machst dich schlechter, als du bist.« Sie verlangsamte den Schritt. »Bleib stehen, Liv, nur kurz …« Sie tat es, sah ihn an. »Je besser ich dich kennenlerne, umso mehr gefällst du mir, mit allen deinen Macken.«

»Macken? He!« Ihr Protest sollte munter wirken, hörte sich aber kläglich an. Verdammich, fluchte sie innerlich. Reiß dich zusammen!

»Du kennst dich ja mit Musik viel besser aus, aber ich musste gerade an eine Liedzeile denken, die ich mal gehört habe. Ich glaube, sie ist von Leonard Cohen.« Sebastian sah gedankenverloren auf die asphaltglänzende Straße. »Sie lautet: ›There is a crack in everything, that's how the light gets in‹.«

Die Zeile hing einen Augenblick zwischen ihnen.

Da ist ein Riss in allem, so kommt das Licht herein, wiederholte Liv in Gedanken. »Das ist aus *Anthem*.« Ihre Stimme klang rau. Was wollte Sebastian ihr mit dieser Liedzeile sagen?

Er blickte sie an. »Hast du schon mal überlegt, dass dieser Riss in deiner Seele der Grund ist, warum du so geworden bist, wie du bist? Dass deine Kraft, dieses Licht, auch von diesem Riss herrührt? Ich spüre deine Stärke, selbst in deiner Schwäche. Deshalb mag ich dich so.«

Liv stand wie festgewachsen. War das Kitsch oder Poesie? Sie war für einen Augenblick völlig überfordert. Wie ehrlich er war. Wie gut er seine Gefühle zu kennen schien. So etwas hatte noch nie jemand zu ihr gesagt.

Nur noch das sanfte Fallen des Regens und das leise Heulen des Windes waren zu hören. Sie spürte einen starken Fluchtreflex, gleichzeitig wollte sie Sebastian um den Hals fallen. Schon wollten ihre Beine loslaufen, da berührte sie seine Halsbeuge, zog ihn an sich und streifte sacht mit den Lippen seine Wange. Dann lief sie aufgewühlt auf das Gästehaus der Polizei zu, ohne sich noch einmal umzudrehen.

Jemand löste sich aus dem Schatten des Hauses. Erstaunen zeichnete Hennes' Züge, als das Licht auf sein Gesicht fiel.

»Nanu, Katharina hat sich aber verändert«, sagte er nur.

* * *

Schon ein paarmal hatte ihre Mutter an die Tür geklopft und sich zunehmend besorgt nach ihr erkundigt. Immer wieder hatte Kirsa sie vertröstet. Bei dem Gedanken an seine Macht und an das, was er von ihr verlangte, zitterte sie am ganzen Leib.

16

Westerland, Mittwoch, 9. Mai, 6.59 Uhr

Am nächsten Morgen klopfte Liv ihren Teampartner aus seinem Zimmer. Abends war sie wortlos an Hennes vorbeigelaufen, aufgewühlt und gleichzeitig ärgerlich auf sich selbst. Sie hatte ihre Klamotten zum Trocknen aufgehängt, die Schuhe auf die Heizung gestellt und war ins Bett gefallen. Ausnahmsweise war sie allerdings nicht beim Grübeln über ihren Fall eingeschlafen, sondern hatte ein Lächeln auf dem Gesicht gespürt.

Nach dem Aufstehen war sie am Strand gejoggt. Der Himmel war nach dem gestrigen Regen blankgeputzt gewesen, eine unendliche Fläche Azurblau. Diese Klarheit hatte es ihr leicht gemacht, einen Entschluss zu fassen. Auf ihrem Handy hatten sich keine neuen Nachrichten befunden, auch nicht von Sebastian. Darüber war sie halb erleichtert, halb enttäuscht.

Gespannt bis in die Haarspitzen hämmerte sie noch einmal an Hennes' Tür.

»Schon gut, ich komme ja!« Hennes öffnete. Er wirkte außer Atem. Zu seinem altertümlichen Trainingsanzug trug er ein Che-Guevara-T-Shirt, und ein Stirnband im langen grauen Haar.

»Frühsport?«

»Ich laufe langsam wieder zur Höchstform auf. Was man von dir …«

»Sag jetzt nichts mehr«, hielt Liv ihn auf. »Darf ich reinkommen?« Sie ging einfach an ihm vorbei. Als er die Tür geschlossen hatte, stemmte sie die Hände in die Hüfte und fixierte ihn. »Also gut. Sag, was du sagen willst. Aber sag es jetzt.« Hennes öffnete den Mund. Ehe er aussprechen konnte, was ihm auf der Zunge lag, platzte sie heraus: »Sag mir, dass ich unprofessionell bin. Dass ich einen Fehler mache. Dass Sebastian ohnehin …«

Hennes lachte trocken. »Warum sollte ich etwas dazu sagen? Du bist ohnehin strenger mit dir, als alle anderen es sein könnten. Na gut, von einigen missgünstigen Kollegen abgesehen.« Er grinste. »Lass mal locker, Liv. Sicher, der Klugschnacker wäre nicht meine erste Wahl, und es könnte die eine oder andere Turbulenz im Team geben – aber, hej, du hast schon mehr durchgestanden. Trouble ist doch dein zweiter Name.« Er kicherte, als er das Stirnband abzog. »Liv Trouble Lammers.«

Liv war erstaunt. Was war denn auf einmal mit Hennes los? »Sagt Hennes Krawalltasche Erdt.« Ihre Anspannung löste sich in einem Lachen auf. »Was hast du eigentlich gestern um diese Zeit da draußen gemacht? Du rauchst doch gar nicht mehr. Oder bist du zu deinem alten Laster zurückgekehrt?«

»Wenn überhaupt, dann bin ich Kettenkauer geworden, bei meinem ungebremsten Konsum an Nikotinkaugummis.« Er stieß ein trockenes Lachen aus. »Macht der Gewohnheit. Nach dem Bierchen, bei dem du ja verhindert warst, habe ich ein paar Akten gewälzt. Von wegen Work-Life-Balance. Ich lass mir doch von Bente nicht sagen, was ich zu tun und zu lassen habe. Danach brauchte ich erst mal frische Luft.«

»Was hast du herausgefunden?«

Liv sah sich nach einer Sitzgelegenheit um. Auf dem Boden lagen eine Gymnastikmatte und ein Fitnessband, Hennes schien es mit dem Training ernst zu sein. Ihr Blick fiel auf die Fotos auf dem Nachttisch. Eine Frau um die sechzig war darauf zu sehen. Sie hatte ein ausdrucksvolles Gesicht, war schick und zugleich extravagant gekleidet. Im Arm hielt sie zwei buschige Perserkatzen.

»Ist das deine Frau? Oder deine Freundin? Ich wusste ja gar nicht, dass du Katzen hast«, sagte sie interessiert.

Hennes drehte das Foto um. »Ich habe mir den Bericht angeschaut, den Hasselbrecht geschickt hat«, lenkte ihr Kollege ab und schob Liv hinaus. »Die Chefin ist gestern beim SEK-M in Eckernförde gewesen, also bei den Spezialisierten Einsatzkräften Marine. Dort hat sie mit den früheren Vorgesetzten von Marzen und Winkler geredet. Was ich gefunden habe, erzähle ich dann beim Frühstück.« Bente hatte vorgeschlagen, dass sie sich im Kommissariat treffen und Frühstück und Besprechung verbinden sollten.

Im Polizeirevier setzte Hennes Kaffee auf.

Als Liv ihn gerade weiter ausquetschen wollte, fing Wanda sie ab. Wie es sich für ein konspiratives Gespräch gehörte, zog sie Liv in eine ruhige Ecke.

»Was ist jetzt eigentlich mit Hennes' Geburtstag? Hast du schon ein Geschenk für ihn? Wie wäre es denn mal mit einem Entspannungspaket, mit Beruhigungstee, Badesalzen und so? Oder einem Yogakurs, damit er mal ein bisschen runterkommt?«, schlug sie vor.

»Ich bin nicht sicher, ob das das Richtige für Hennes ist, aber ich setze es mal auf die Liste«, meinte Liv diplomatisch.

Bente hatte im Vorbeigehen ein paar Worte aufgeschnappt. »Geht es um Hennes?«, flüsterte er. »Ich dachte eher an einen Friseurgutschein oder eine Kiste guten Rotwein, zum Entspannen.«

»Was gibt's?« Hennes bog um die Ecke und musterte sie neugierig.

»Wir diskutieren gerade über den Fall«, meinte Liv schnell.

Hennes schüttelte den Kopf. »Übereifrig. Könnt es gar nicht erwarten, was?«

Vor der Besprechung überflog Liv die Tageszeitungen und die Internetseiten der Sylter Medien. Die Schlagzeilen widmeten sich noch immer dem Mord, wenn sich auch die Texte auf reine Spekulationen beschränkten. Auf den Lokalseiten gab es einen großen Bericht über die heutige Info-Veranstaltung von *No-Wind*. »Wenn wir nichts tun, wird Sylt, wie wir es kennen und lieben, zerstört!«, appellierte der Vereinsvorsitzende Ulf Grappe an potenzielle Unterstützer. Als solle dieser Aufruf entkräftet werden, schwärmte Quirin Darss auf den Wirtschaftsseiten über die bahnbrechenden Neuerungen, die *Hanzmann Energy* demnächst ankündigen werde; direkt daneben war eine Anzeige des Unternehmens.

Mal wieder eine völlig unvoreingenommene Berichterstattung, dachte Liv. Gleichzeitig ärgerte sie sich über ihren kritischen Blick auf *Hanzmann Energy* und die Windindustrie. Warum konnte die Menschheit zum Mond fliegen, aber keine umweltschonende Energiegewinnung erfinden? Doch vielleicht hatte Henriette Hanzmann ja wirklich die zündende Idee.

Nun nahm Liv die Wand mit ihren bisherigen Ermittlungsergebnissen in Augenschein. Diese war zwar beeindruckend voll, trotzdem war ein entscheidender Fortschritt noch nicht erkennbar. Sie betrachtete auch die Spalte, die sich mit *No-Wind* beschäftigte. Die Geschichte des Vereins wurde in Zeitungsartikeln nachgezeichnet. Das Gründungsfoto wirkte wie ein Familientreffen am Sylter Weststrand. Normale Leute in Windjacken, zerzauste Haare, friesische Querköpfe und schicke Zugezogene. Die Kinder machten Quatsch, während die Erwachsenen besorgt auf den noch makellosen Horizont wiesen. Liv suchte die Gesichter nach Merkmalen ab, die sie wiedererkennen würde. Gab es jemanden, der früher *No-Wind* unterstützt hatte, heute für *Hanzmann Energy* arbeitete, aber dem Verein Informationen zuspielte? Allerdings waren etliche Jahre seit der Aufnahme vergangen. Die Gründungsmitglieder könnten sich sehr verändert haben, die Kinder wären längst Erwachsene.

»Die Namen der Vereinsmitglieder wurden mit der Belegschaft abgeglichen, nehme ich an?«, fragte sie Wanda, die gerade eingetreten war. In der Hand hielt sie einen Teller mit einem Käse-Schinken-Brötchen und einen Heidelbeermuffin. Der Anblick ließ Liv das Wasser im Mund zusammenlaufen.

»Natürlich, aber kein Treffer. Wenn *No-Wind* einen Informanten hat, dann ist er nicht bei *Hanzmann Energy* angestellt.«

Alle waren jetzt zur Frühbesprechung eingetroffen. In munterem Tonfall rief Bente sie zusammen. Bei belegten Brötchen diskutierten sie noch einmal ihre bisherigen Ermittlungsergebnisse. »Obgleich Nickels Winkler die Tat leugnet, könnte er durchaus der Mörder gewesen sein. Er ist emotional eng mit Dennis Marzen verbunden gewesen und unterschwellig aggressiv. Kräftig genug ist er ohnehin. Wir müssen ihn und sein Umfeld noch einmal durchleuchten«, meinte Bente.

»Der Modus Operandi weist auf eine derartige Gefühlserregung hin. Strangulationen sind oft mit starken Gefühlen verbunden, die allerdings oft sexueller Natur sind. Vielleicht handelt es sich sogar um eine Affekttat, bei der sich die Aggression über eine lange Zeit aufstaute, bis der sprichwörtliche Tropfen das Fass zum Überlaufen brachte«, meinte Liv.

Hennes hakte ein. »Einen weiteren Hinweis in diese Richtung haben wir bereits. Hasselbrecht hat sich gemeldet. Ich habe gestern Abend ihren Bericht gelesen. Die Chefin war beim SEK-M in Eckernförde.«

»Gestern Abend hast du den Bericht noch gelesen? Wir hatten doch abgemacht, dass Entspannen angesagt ist«, sagte Bente konsterniert.

»War so eine Art Freizeitbeschäftigung von mir.«

»Wenn das deine Freizeit ist, würde ich mir mal Gedanken über dein Privatleben machen.«

Hennes machte eine wegwerfende Handbewegung, dann schob er den Stuhl nach hinten und kippelte. »Also, Hasselbrecht hat mit den früheren Vorgesetzten von Marzen und Winkler geredet. Die hätten Dennis Marzen gerne dabehalten und ihm eine höhere Laufbahn ermöglicht, aber er wollte unbedingt auf dem freien Markt sein Glück versuchen. Bei Nickels Winkler hingegen lag die Sache anders. Er ist der hohen psychischen und körperlichen Belastung bei den Minentauchern nicht mehr gewachsen gewesen.«

Warum hatte Hennes vorhin so rumgeeiert? So aufregend klang das nicht. Vermutlich hatte er sie nur von seinen Privatfotos ablenken wollen. Liv ließ den Gedanken fallen. »Vielleicht hat Winkler auch bei den Einsätzen im Windpark Probleme gehabt, und es gab deshalb Stress mit Marzen«, überlegte sie.

Bente nickte zustimmend. »Das würde zu den weiteren Indizien passen, zu den Klebespuren am Messer und den Haaren am Schutzanzug, die ebenfalls auf Winkler hinweisen.«

»Was ihn nicht automatisch zum Mörder von Dennis

Marzen macht, aber sein kriminelles Potenzial und seine Gewaltbereitschaft dokumentiert«, meinte Liv. »Für mich ist der Ablauf allerdings unlogisch. Wenn Nickels Winkler seinen Freund Dennis ermordet hat – warum sollte er dann hinterher wegen einer Lappalie wie einem Handyvideo riskieren, auf sich aufmerksam zu machen? Wenn ich der Mörder wäre, würde ich die Füße stillhalten.«

»Die wenigsten Mörder sind Einstein, das darfst du nicht vergessen.«

Aziz ergriff jetzt das Wort. Er war mit seinem Smartphone beschäftigt gewesen, was allerdings in seinem Fall keine bloße Spielerei, sondern technisches Multitasking war. »Auf jeden Fall ist Winklers Alibi schwach. Er behauptet nach wie vor, zum Todeszeitpunkt ein langes Telefonat mit seiner Freundin geführt zu haben, was sich durch die Funkdaten auch belegen lässt. Unklar ist nur, ob er die ganze Zeit am Telefon war.«

»Auch wenn ihr euch auf Winkler eingeschossen habt – ich halte eher Olaf Kanz für den Täter«, sagte Wanda, die abwechselnd von ihrem Käse-Schinken-Brötchen und dem Muffin abgebissen hatte. »Wer in einem derart gefährlichen Umfeld sein Leben und das der anderen riskiert, weil er Alkohol trinkt, begeht auch andere Straftaten. Er ist auf den Job angewiesen, und er ist verzweifelt genug, einen Mord zu begehen. Wenn man bedenkt, dass er Hochprozentiges herumstehen hat, wo seine Kinder herumtoben – das ist doch fahrlässig«, erklärte sie empört.

»Auch bei Kanz habe ich meine Zweifel«, musste Liv einwenden. »Bei der Alkoholmenge, die er intus hatte, ist fraglich, ob er den Leichnam wirklich unter die Plattform schleppen konnte, ohne selbst von der Technikbrücke zu fallen.«

»Eine Meisterleistung war die Leichenentsorgung nicht gerade«, merkte Hennes an.

»Im Zweifelsfall müssten wir eine Tatrekonstruktion vornehmen.«

»Unter Alkoholeinfluss? An dem Ort? Lebensgefährlich!«, meinte Bente.

Aziz ergriff erneut das Wort. »Wir wissen immer noch nicht, was Dennis Marzen mit dem Laptop vorhatte. Der Quittung nach hat er den erst vor ein paar Wochen im Versandhandel bestellt. Außerdem bleibt ja die Frage, woher er auf einmal die Computerkenntnisse hatte.«

Liv hatte beim Zuhören mit Daumen und Zeigefinger einen Rhythmus auf ihrem Oberschenkel geklopft. Auch Hennes konnte seine Hände mal wieder nicht ruhig halten und bog an einer Büroklammer. »Was ist mit unserer Dreiecksgeschichte?«

»Das würde mich auch interessieren«, stimmte Hennes zu. »Dieser Hanzmann gibt den Firmenchef, dem alle zu Willen sein müssen. Nur, weil der sich mit seiner Frau versteht, heißt das nicht, dass er nicht nebenher etwas laufen hatte.«

Wanda blätterte in der Akte. »Wir haben gestern die ersten Freunde und Bekannten von Kirsa Thorildson befragt. Einige wussten von der Beziehung zu Dennis Marzen. Diese war aber wohl schon ein paar Monate beendet. Thorildson selbst haben wir nicht erreicht. Sie scheint nicht in ihrer Wohnung zu sein.«

Liv zwang ihre Hände zur Ruhe. »Ist das nicht seltsam? Nach so einer langen Schicht ruht man sich doch erst einmal zu Hause aus. Ob sie abgehauen ist?«

»Warum sollte sie das tun? Und warum immer gleich so dramatisch?«, fragte Wanda. »Kirsa hat wohl öfter bei Freunden übernachtet, meinte ihre Mutter. Die hat sich übrigens keine Sorgen gemacht.«

Trotzdem blieb Livs ungutes Gefühl. »Wenn wir Kirsa Thorildson nicht erreichen und die Befragung dringender wird, sollten wir vielleicht mal zu den Eltern fahren. Rømø ist ja nur ein Katzensprung.«

»Fährensprung«, korrigierte Wanda.

Liv fuhr unbeirrt fort: »Wie auch immer. Ich spreche nachher mal mit meiner Freundin Katharina über die Hanzmanns, die kennt sich in der Sylter Gesellschaft gut aus. Vielleicht hat Katharina ja etwas über Eheprobleme oder Affären gehört.« Sie ignorierte Hennes' hochgezogene Augenbraue bei der Erwähnung ihrer Freundin. »Jasper Jensen erwähnte außerdem diese Witwe, um die Dennis Marzen sich gekümmert hat. Mit dieser Frau sollten wir schnellstmöglich reden. Vielleicht hat Marzen sich ihr gegenüber geöffnet.«

Beinahe waren sie fertig mit der Besprechung und wollten die Aufgaben für den Tag verteilen, als der Streifenpolizist Urs eintrat. »Lauritz Hanzmann hat im Revier angerufen und ziemliches Theater gemacht. Er will, dass wir die Info-Veranstaltung von *No-Wind* verhindern. Hat irgendwelche fadenscheinigen Gründe vorgeschoben, Brandschutz und so. Auf jeden Fall hat er sich ziemlich aufgeregt, als wir nicht gleich eine Hundertschaft losgeschickt haben. Aber was sollen wir machen? Die Veranstaltung ist ordnungsgemäß angemeldet worden.«

Liv sah Hennes an. »Wir können da mal hinfahren. Mich würde wirklich interessieren, woher *No-Wind* die brandaktuellen Informationen bekommt und was Hanzmann so fürchtet«, sagte sie.

»*Hanzmann Energy* steht auf jeden Fall ganz schön unter Druck. Die haben im letzten Jahr von den Firmen aus ihrem Konsortium eine Menge Kohle eingesammelt. Der Mord und

No-Wind fahren ihnen in die Parade. Vielleicht kommt es ja zu einem Eklat«, sagte Hennes, und rieb sich hoffnungsfroh die Hände.

Ein Schwarm Vögel stob auf, als sie sich dem Schilfgürtel näherten. Obgleich es noch Vormittag war, war die Sonne schon heiß. Vor ihnen erstreckte sich das Rantumbecken. Wind kräuselte die eingedeichte Fläche nur wenig, und so warf diese die wenigen Silberwolken des Himmels exakt zurück.

»Das ist ja wohl auch eine der genialen Sylter Erfindungen«, murmelte Hennes und fächelte sich mit dem Kragen seiner Jeansjacke Luft zu, statt diese auszuziehen.

»Das Rantumbecken? Erfindung würde ich diese Eindeichung nicht gerade nennen. Aber ja, natürlich hat der Mensch hier die Landschaft geformt.«

»Der Mensch? Die Nazis meinst du.«

»Stimmt. Das tideunabhängige Becken sollte der Wehrmacht als Segelflughafen dienen. Die Wetter- und Windverhältnisse waren allerdings zu ungünstig. Nach dem Krieg wollte man das Rantumbecken austrocknen und darauf Bauernhöfe ansiedeln. Letztlich entschied man sich aber, das Seevogelschutzgebiet zu erhalten.«

Am Ufer standen einige Vogelkundler mit ihren Spektiven. Sie ließen sich nicht von den Besuchern stören, die zu dem alten Gewerbehaus strömten. Das Haus stand auf einem Grundstück, das an das Naturschutzgebiet grenzte, und ein Schild pries Antiquitäten, Reparaturen sowie Schrottankauf an. Am Zaun waren die Protestplakate aufgepflockt. Hennes schloss sich mit Liv den Besuchergruppen an. Auf dem Gewerbehof war alles baufällig, aber bunt. Die selbstbewusste, selbst genähte Flagge mit dem Wahlspruch »Lewwer duad üs Slaav!« passte perfekt ins Bild. Runderneuerte Elektrogeräte standen neben historischen Nähmaschinen und alten Möbeln. Ein Schild wies auf ein wöchentliches Repair-Café hin.

»Endlich mal jemand, der nicht immer alles wegschmeißt, sondern heil macht. Das müsste es viel häufiger geben«, meinte Liv.

»Meine Rede. Diese Produktvergreisung ist eine Frechheit.«

»Produktvergreisung?«

»Na, wenn das frühe Veralten oder Kaputtgehen eines Produkts von vornherein Teil des Konzepts ist. Momke meinte, Ulf Grappe, der Besitzer des Gewerbehofs, sei ein Querkopf und äußerst klagefreudig. Hat hier eine Art Kommune eingerichtet. Muss sein Land mit Klauen und Zähnen gegen Investoren verteidigt haben.«

Das Rantumer Gewerbegebiet war ohnehin eine schräge Mischung aus schick und rustikal. Hier die *Syltquelle* mit dem *Meerkabarett*, die Bonbonmanufaktur und das Kaffeeparadies, dort alte Gewerbehallen und dazwischen die Minigolfbahn und am Rand der Jachthafen. Grappes Hof wirkte hingegen pittoresk. Man hatte Sonnensegel gespannt und Schirme aufgestellt, dazu kam eine zusammengewürfelte Reihe Klappstühle; ein Gutteil war schon besetzt. Kinder tobten herum, und die Freiwilligen trugen bunte Kleidung, upcycling von Kopf bis Fuß. Dass sie stolz auf ihren Status waren, bewies die Zeichnung, die die Hauswand zierte: »Ganz Sylt ist von den Bonzen besetzt. Ganz Sylt? Nein! Der Grappes-Hof hört nicht auf, dem Eindringling Widerstand zu leisten«, hieß es dort in Anlehnung an *Asterix & Obelix*.

Liv musste an eine andere Kommune denken. Wenn sie von Flensburg aus nach Sylt fuhr, passierte sie jedes Mal Fresenhagen, den Ort, wo Rio Reiser mit seiner legendären Band Ton Steine Scherben einen Hof erworben hatte. Deren Traum von einer friedlichen Kommune war gescheitert, aber die Lieder des »Königs von Deutschland« waren geblieben. Prompt hatte Liv den Song *Junimond* im Kopf. Ein Lied über eine schmerzhafte Trennung, über die großen Gefühle, die einen durchschütteln konnten. Wenn man sie denn zuließ.

Sie dimmte den Gesang in Gedanken und sah sich weiter um. Freiwillige legten Handzettel und Unterschriftenlisten aus und plauderten mit den Besuchern. Auch die junge Frau mit den Rastazöpfen und dem Kleinkind war wieder im Einsatz, mit der sie vor dem Sylt-Aquarium gesprochen hatten. Obgleich alles so improvisiert und familiär wirkte, strömten sehr viele Leute zu der Info-Veranstaltung. Alle Stühle waren besetzt; der Aufruf in den Medien und das Verteilen der Handzettel schienen gewirkt zu haben. Die Leute, die keinen Sitzplatz mehr fanden, stellten sich rund um die Stuhlreihen auf oder setzten sich kurzerhand auf den Boden. Liv entdeckte einen Sylter Journalisten sowie den Vlogger, dessen Berichterstattung sie bei einem früheren Fall verfolgt hatte. Er schien live senden zu wollen.

Die Kommissare suchten sich einen Stehplatz am Rand der Stuhlreihen, von wo aus sie alles gut überblicken konnten. Nun trat ein älterer Mann vor, der mit seinem friesischen Fischerhemd, der Latzhose und dem knochigen, wettergefurchten Gesicht sofort alle Blicke auf sich zog. Mit seinen hochgekrempelten Ärmeln wirkte er sehr entschlossen. Das musste Ulf Grappe sein, der Vereinsvorsitzende. Seine jungen Helfer scharten sich um ihn. Liv schaltete ihr Handy auf Vibration, um nicht gestört zu werden.

»Gur Dai, liebe Insulaner und Freunde dieser Insel«, begrüßte Grappe die Anwesenden mit einem sylterfriesischen Einschlag. »Ich bin sehr froh, dass so viele unserem Aufruf gefolgt sind. Unser Anliegen kann nicht warten. Wir Sylter sagen: Dü must ek förter ütwaar ön Heef, üs dat uk weder to Lön kum kenst. Für unsere zugereisten Freunde: Du sollst nur so weit ins Wattenmeer hinauswaten, dass du auch wieder an Land kommen kannst. Was ich damit sagen will, ist: Der Bogen ist überspannt worden. Zu viel ist zu viel. Deshalb geht es heute um nicht weniger als um die Zukunft Sylts und darum, den weiteren Raubbau an der Nordsee vor unserer Haustür zu verhindern. Sie werden denken, was will uns der denn erzählen? Wer ist das eigentlich? Deshalb will ich mich kurz vorstellen. Ulf Grappe mein Name. Ich bin ein Sylter Jung, habe hier als Bauer, Fischer und Landwirt gearbeitet. Ich habe miterleben müssen, wie sich unsere Insel, ja unsere Welt, in einem Tempo verändert, das erschreckend ist. Vor allem unsere Nordsee macht mir Sorgen. Jeder will von der Nordsee profitieren. Jeder will sie ausbeuten. Zu unser aller Lasten – und der unserer Kinder. Schon jetzt ist die Situation dramatisch. Dagegen müssen wir etwas tun!«

Seine jungen Helfer stimmten ihm lautstark zu.

Ulf Grappe fasste die Entwicklung vom ersten Protest gegen den Windpark *Butendiek* bis heute zusammen. »Verstehen Sie mich nicht falsch: Erneuerbare Energien sind gut und wichtig. An der Windenergie, so, wie wir sie heute erleben, gibt es jedoch viel zu kritisieren. Windräder sind nicht nur ästhetisch eine Zumutung, sondern sie töten Vögel und Fledermäuse, Fische und Schweinswale. Noch im Rückbau richten sie Schäden an. Schon bald könnte jedes vierte Windrad zurückgebaut werden – und wohin dann mit den massigen Fundamenten oder den Rotoren aus faserverstärkten Kunststoffen, die nichts als Sondermüll sind?! In Deutschland gibt es erst eine einzige Anlage für diesen Windkraft-Schrott!«

Grappe schlug den Bogen auf dem Flipchart um. Jetzt waren verschiedene Modelle von Wasserkraftwerken und

Fotos von toten Meerestieren mit tiefen Wunden zu sehen. Empfindlichere Gemüter im Publikum wandten den Blick ab. »Wasserkraft und Wasserstoff heißen die neuen Geheimrezepte, für die Milliarden in eine schwächelnde Branche gepumpt werden sollen. Zum Schaden des Steuerzahlers und unserer Umwelt, denn Wasserkraftwerke sind Todesfallen für Tiere. Aus dieser Richtung droht nun auch Sylt neue Gefahr.«

Liv merkte auf. Jetzt wurde es interessant.

»*Hanzmann Energy* will einen Löwenanteil dieser Fördergelder für die nationale Wasserstoffstrategie abgreifen. Die Firma plant den Bau eines gewaltigen Elektrolyseurs zur Speicherung elektrischer Energie sowie von Strömungsturbinen, die mit dem Windpark *Raan* verbunden werden sollen. Dafür hat *Hanzmann Energy* bereits über eine Sondergenehmigung verhandelt. Dieser Bau hätte grauenvolle Folgen für die Natur.«

Die Beschreibungen, die nun folgten, waren so präzise, dass kein Zweifel blieb: Grappe musste einen Informanten in der Firma haben. Konzentriert suchte Liv die Gesichter der Zuhörer ab. Dieser Informant wusste sich zu schützen. Gleichzeitig würde er sich diese Gelegenheit nicht entgehen lassen, bei der Veranstaltung dabei zu sein, denn der Umweltschutz war ihm wichtig. So wichtig, dass er seine Anstellung riskierte. Ein Gedanke schälte sich aus den anderen heraus. So wichtig, dass er vielleicht auch einen Mord verübt hatte, um sein Geheimnis zu wahren?

In diesem Moment ertönte vom Rande der Zuhörer ein Zwischenruf. »Sie haben doch keine Ahnung, Herr Grappe!« Verwundertes Getuschel breitete sich aus, als sich Lauritz Hanzmann nach vorne zu Ulf Grappe drängte. Quirin Darss kam hinterhergehetzt; er schien am liebsten im Erdboden versinke zu wollen. »*Hanzmann Energy* hat mehrfach den Nachhaltigkeitspreis gewonnen, und auch unsere neuesten Entwicklungen sind besonders umweltschonend. Das werden wir auf unserer nächsten Pressekonferenz auch …«

»Ihre weißgewaschenen PR-Verlautbarungen interessieren uns nicht. Uns ist nur die Wahrheit wichtig.« Die Helfer applaudierten, und etliche aus dem Publikum nickten zustimmend.

»Die Wahrheit? Dann geben Sie doch zu, dass Sie von der Atom- und Kohleindustrie bezahlt werden, um die Windenergie zu diskreditieren.«

Grappe blieb gelassen. Die Unruhe im Publikum nahm jedoch zu. »Ja«, entgegnete er Hanzmann. »Das werfen Sie und Ihresgleichen uns Windkraftgegnern gerne vor. Es ist aber gelogen. Wahr ist hingegen, dass unzählige Lebewesen Ihrem Windpark zum Opfer gefallen sind. Das neue Wellenkraftwerk wird die Kinderstube der Schweinswale zerstören und diese wunderbaren Lebewesen an den Rand der Ausrottung bringen. Ich frage mich, ob meine Enkel noch die Schweinswale vor der Sylter Küste sehen werden.« Bei diesen Worten blieb sein Blick an dem Rastamädchen hängen. »Aber damit nicht genug: Jetzt hat Ihr Unternehmen ein Menschenleben gekostet.«

»Schämen Sie sich nicht, diesen unglücklichen Unfall für Ihre Zwecke auszunutzen?« Hanzmanns Kopf war so knallrot geworden, als würde er abgeschnürt. Er zupfte an seinem Hemdkragen, sichtlich bemüht, ruhig zu bleiben. »Wir bei *Hanzmann Energy* arbeiten an einer hoch entwickelten, umweltschonenden Technologie. Wir wollen nur das Beste für unsere Gesellschaft – und natürlich auch für Sylt! Das lassen wir uns von Ihnen nicht kaputt machen!«

»Dass ich nicht lache! Leute wie Sie interessiert doch nur

Ihr Gewinn. Dass unser aller Natur dabei auf der Strecke bleibt, ist Ihnen egal.« Applaus.

Grappe provozierte seinen Gegner weiter. Der Dialog eskalierte mit jedem neuen Wort, bis Hanzmann dem Umweltschützer schließlich an den Kragen gehen wollte. Nur dem schnellen Eingreifen von Darss war es zu verdanken, dass es nicht zu Handgreiflichkeiten kam.

»Sieh mal an. Das Männlein ist ja ganz durch den Wind«, murmelte Hennes.

Livs Handy vibrierte schon eine ganze Weile. Sie aber hatte gebannt dem Gespräch gelauscht und gleichzeitig weiter die Menge abgesucht. Wenn der Informant bislang zugehört hatte, würde er beim Auftauchen von Hanzmann und Darss vermutlich fürchten, entdeckt zu werden. Eine Bewegung am Rande ihres Gesichtsfeldes versetzte Liv in Spannung. Jemand hatte sich abrupt bewegt, hektisch. Sie reckte sich, um die Menge überblicken zu können. Da war er wieder! Ein Mann in einem kakaofarbenen Hoodie. Tatsächlich lief er weg, Richtung Radweg. Er hatte trotz der Wärme die Kapuze übergezogen, aber irgendetwas an ihm kam Liv bekannt vor. Sie eilte los.

»Was ist denn?«

»Behalt die Lage im Blick, ich überprüfe nur was«, rief sie Hennes zu.

Liv wollte einen Bogen um das Publikum schlagen, doch überall standen Menschen im Weg, die aufgeregt diskutierten. Sie musste sich zwischen ihnen hindurchdrängen, stolperte auf dem Hof, spähte wieder über die Köpfe. Wo war der Mann, den sie gesehen zu haben glaubte? Was hatte sie überhaupt zu sehen gemeint? Sie zweifelte schon an ihrer Wahrnehmung, als sie ihn auf dem Radweg wieder sah. Der Mann ging so zügig, dass er beinahe lief.

»He, Sie da mit dem Kapuzenpulli – warten Sie kurz!« Sobald Liv das gerufen hatte, rannte er los. Sie sprintete hinterher. »Polizei! Ich habe eine Frage an Sie! Bleiben Sie stehen!«

Keine Reaktion, außer einer weiteren Beschleunigung des Tempos. Er steuerte auf den Schilfgürtel zu, verschwand im hohen Gras. Liv setzte nach, hörte das Schmatzen des Wassers, rannte dorthin, wo die Gräser raschelten. Das Schilfgras schlug hinter ihr zu. Ihr Puls beschleunigte sich. Was, wenn er ihr hier auflauerte, sie angriff? Ihre Hand wanderte zu ihrem Holster, aber sie zog die Waffe nicht. Stattdessen schien sich jeder Muskel in ihrem Körper anzuspannen.

Ihre Gedanken rasten. Wer aus der Belegschaft könnte Umweltschützer sein und gleichzeitig für den Feind arbeiten? Während sie sich durchs Schilf schlug, blitzten die Zeitungsfotos vor ihrem inneren Auge auf. Die Gesichter der Mitarbeiter. Der Flüchtige war ein Mann, keine Frau. Naturverbunden. Querköpfig.

Gleich darauf hatte sie den Schilfgürtel überwunden, der Weg gabelte sich. Auf der einen Seite ging es zur Siedlung, auf der anderen ins Industriegebiet. Der Fremde war verschwunden. Hatte sie ihn nun doch verloren? In ihrer Flanke stach es, sie hatte beim Rennen falsch geatmet. Ein Hund bellte zwischen den Wohnhäusern. Da musste er sein! Sie versuchte, sich an den Straßenverlauf zu erinnern. Dort hinten befanden sich das *Dorfhotel* und der Campingplatz. Wenn sie jetzt über ein Privatgrundstück abkürzte …

Ein Sprung über einen Friesenwall, dann lief sie um einen Schuppen herum. Beinahe hätte sie einen Mann mit einem Rasenkantenschneider über den Haufen gerannt. Gerade noch wich sie ihm aus, riss ihre Marke hoch, rief »Polizei«, dann war sie schon auf der nächsten Querstraße. Im Laufen sah sie sich um. Links nichts. Aber rechts! Aus dem Augenwinkel bemerkte sie gerade noch, wie der Hoodie-Mann hinter der nächsten Ecke verschwand. Sie hechtete los.

Ein weiterer Sprint. Da war der Flüchtige! Ein alter Herr mit Hund kreuzte die Straße. Der Flüchtige wollte über die Hundeleine springen, strauchelte. Aufgeregtes Kläffen, ein noch aufgeregteres Herrchen. Endlich – sie bekam einen Zipfel des Pullis zu fassen. Er wollte sich losreißen, aber Liv packte ihn am Arm und drehte ihn zu sich um. Tatsächlich, sie kannte ihn.

17

»Sie kommen jetzt mit mir zurück, Herr Reisch, sonst werde ich Sie verhaften«, sagte Liv und umfasste Mark Reischs Oberarm fester.

Der Skipper versuchte, sich loszumachen. Seine langen Haare und die Kapuze verschatteten das markante Gesicht mit dem kantigen Kinn. »Das dürfen Sie gar nicht! Ich kenne meine Rechte! Ich habe nichts Verbotenes getan!«, protestierte er.

»Mir würde da spontan Behinderung einer Mordermittlung einfallen.«

»Aber ich …«

Darüber werden wir uns gleich in Anwesenheit meines Kollegen unterhalten, nicht hier.« Liv ließ Mark Reisch nicht los, bis sie zurück am Gewerbehof waren. Die Besucher der Info-Veranstaltung standen in Grüppchen zusammen oder zerstreuten sich gerade; die meisten Teilnehmer diskutierten heftig. Als sie auf die Leute zusteuerten, sah sich Reisch nervös um. »Lassen Sie mich gehen, Frau Lammers«, wisperte er.

Hennes hörte zu, wie Ulf Grappe mit den Journalisten redete. Was bisher lediglich eine Ahnung gewesen war, wurde Gewissheit, denn Grappe brach das Gespräch ab, als Liv und ihr Begleiter sich näherten. Die junge Frau mit dem Kleinkind stürzte auf den Skipper zu, dieser bewegte jedoch kaum merklich den Kopf. Hanzmann und Darss waren nicht mehr zu sehen; Reisch schien erleichtert.

»Habe ich was verpasst?«, fragte Liv ihren Partner.

»Nee, Darss konnte Hanzmann gerade noch bändigen, dann hat er ihn weggezerrt.« Hennes klang, als bedauerte er beinahe, dass es nicht zu einer Tätlichkeit gekommen war. Er musterte den jungen Mann, dessen Oberarm Liv noch immer schraubstockartig umklammert hielt. »Aber ich habe anscheinend etwas verpasst. Willst du uns nicht vorstellen?«

»Ach ja, du warst ja gar nicht dabei. Mark Reisch arbeitet für *Hanzmann Energy* als Skipper. Er war auf *Raan*, als Dennis Marzen umgebracht wurde. Hat sogar bei der Bergung der Leiche geholfen, weil er seinem Alibi nach zur Tatzeit nicht auf der Plattform war. Deshalb findet sich seine DNA auch auf dem Toten. Und er hält *No-Wind* über die Pläne von *Hanzmann Energy* auf dem Laufenden.«

»Das ist nicht wahr! Ich bin ein interessierter Bürger, mehr nicht!«

»Herr Hanzmann würde Sie wohl eher als Spion betrachten.«

»Das bin ich aber nicht!«

Ulf Grappe grätschte dazwischen. »Wir können drinnen besser reden«, sagte er, offenbar interessiert, Aufsehen zu vermeiden.

Sie gingen durch eine windschiefe Tür in das Haus, wo sich die Holzbohlen unter ihren Füßen wellten. Die Stube war rustikal und wohnlich. Ein Bewohner saß an einem Computer, andere malten neue Protestplakate, prüften eine Bauzeichnung oder schraubten an Elektrogeräten herum. Als sie mitbekamen, dass Hennes und Liv von der Polizei waren, packten sie die Sachen zusammen und verzogen sich. Die junge Frau schenkte Ulf Grappe aus einer Karaffe ein, in der Zitronenscheiben und Waldmeisterblätter schwammen, suchte aber immer wieder Reischs Blick, sodass sie etwas verschüttete. »Maibowle, selbst gemacht. Sie auch?«

»Danke, nein.«

Grappe nahm einen Schluck. »Betrachten Sie dies als Zeichen meines guten Willens, obgleich Sie einen meiner Freunde angreifen. Mark hat sich nichts vorzuwerfen«, sagte er.

Aha, dachte Liv. Ein Zeichen seines guten Willens? Und wenn der Wille mal nicht so gut war – was tat er dann? Warf mit zerfetzten Möwen um sich?

»Sie behaupten, Sie seien nur ein besorgter Bürger. Warum sind Sie dann hier? Und warum waren Sie auf dem Gründungsfoto von *No-Wind*, wenn auch als Kind?«, fragte Liv ruhig. Dieses markante Kinn war unverwechselbar. Sie hätte es gleich erkennen müssen.

»Sie sagen es: Ich war noch ein Kind. Ich habe meinen Zieh-Onkel begleitet. Mehr nicht. Ich wusste ja gar nicht, was an dem Tag los war. Mich hat nur der Strand interessiert.«

Der Zieh-Onkel. Deshalb hatten sie also keine Namensgleichheit entdeckt. »Und warum haben Sie mich eben gebeten, dass ich Sie gehen lassen soll?«

Der junge Mann senkte den Kopf. Jetzt sah er nicht mehr wie ein abenteuerlustiger Naturbursche aus. »Ich will meine Arbeitsstelle nicht verlieren. Wo kann ich denn sonst noch als Kapitän arbeiten, ohne monatelang unterwegs zu sein? Ich will bei meiner Freundin sein und mein Kind aufwachsen sehen!« Liv musste an die junge Frau mit den Rastazöpfen und das Kleinkind denken, die sie für Grappes Tochter hielt. Waren die beiden gemeint?

»Andere Kinder haben das auch überstanden! Besser, als seine Ideale zu verraten!«, warf Ulf Grappe ein.

»Du tust so, als ob ich für den Teufel arbeiten würde!«

»Das ist Hanzmann ja auch.«

»Besser als Atomenergie oder Kohle. Irgendwoher muss unser Strom doch kommen. Ach, das haben wir doch schon so oft diskutiert!« Mark Reisch warf die Hände in die Luft, und Grappe starrte in seine Maibowle. Der Ton der beiden war bitter, die Fronten schienen schon lange verhärtet. »Windkraft ist die richtige Technologie für die Energiewende, auf jeden Fall, bis es etwas Besseres gibt …«, begann Reisch von Neuem. Ulf Grappe schnaubte missbilligend.

Liv wollte sich vortasten. »Dennoch sympathisieren Sie mit dem Kampf Ihres Zieh-Onkels.«

»Ich kann doch nicht zusehen, wie die Nordsee noch mehr kaputt gemacht wird!«

»Fangen Sie einfach von vorne an. Sie beide«, forderte Hennes die zwei Männer auf und tat den Formalien genüge.

Ulf Grappe ergriff zuerst das Wort. »Ich habe Mark hier aufgezogen. Seine Mutter ist eine alte Freundin und etwas … wie soll ich sagen … unstet.« Er seufzte. »Ich bin nie für irgendwas auf die Straße gegangen. Habe mein Geld mit ehrlicher Arbeit verdient. Im Einklang mit der Natur. Aber als die ersten Pläne für Windparks vor Sylt bekannt wurden, habe ich gewusst, dass dabei etwas unwiederbringlich zerstört werden könnte. Ich habe schnell Verbündete gefunden. Und Unterstützer. Diese jungen Leute hier sind meine Hoffnung, dass wir das Ruder noch herumreißen können, ehe es zu spät ist. Auch, wenn mancher die Wahrheit noch nicht vollends erkennen will.«

Mark Reisch fühlte sich angegriffen, zu Recht, wie Liv fand. »Du kannst doch *Hanzmann Energy* nicht für alles die Schuld geben!«, ergriff er widerwillig Partei.

»Diese Großkonzerne sind wie Heuschrecken – fressen unsere Umwelt!«

»Die Windparks mögen Nachteile haben, das bestreite ich ja gar nicht. Aber ...«

»Wie kamen Sie dazu, für die Windenergiebranche zu arbeiten, wenn Ihr Zieh-Onkel derart dagegen ist?«, ging Liv dazwischen, um diese fruchtlose Diskussion zu beenden.

»Das habe ich doch schon gesagt. Als Kapitän ist man oft sieben Monate am Stück auf See. Das wollte ich nicht mehr.«

»Du hättest auch woanders arbeiten können«, meinte Grappe.

»Meinst du, das wäre besser? Begreif das doch: Unsere Welt verändert sich!«

Dieses Mal machte Hennes dem Wortwechsel ein Ende. »Und doch spielen Sie Ihrem Zieh-Onkel Informationen zu.«

Mark Reisch kniff die Augen zusammen. »Bleiben Sie mal locker, hier geht es nicht um Staatsgeheimnisse.«

»Weiß jemand auf *Raan* von dieser Verbindung?«

Reisch schüttelte den Kopf.

»Wusste Dennis Marzen davon?«

»Wieso ...? Nein, natürlich nicht!«

»Weshalb sind Sie vorbestraft?«

»Das geht Sie gar nichts an. Die Strafe ist verjährt.«

Mark Reisch begann bei den nächsten Fragen zu mauern. Hennes wandte sich Ulf Grappe zu. »Wo waren Sie am 6. Mai zwischen 23 und 24 Uhr?«

Grappe überlegte nur kurz. »Das habe ich Ihren Kollegen von der Kripo doch schon gesagt. Ich war hier. Dafür gibt es Zeugen. Ich bin auf dem Hof nie allein. Hier gibt es viel zu tun. Man kann gar nicht so viel reparieren, wie weggeworfen wird.«

Die Frage war nur, wie glaubhaft die Zeugenaussagen waren, denn die jungen Leute würden sicher alles für Grappe tun.

»Wollen Sie Ulf nun auch noch etwas anhängen?«, fragte Mark Reisch erbost.

»An dem Abend ist eine Art Anschlag auf Henriette Hanzmann verübt worden, das wissen Sie doch vermutlich längst. Die Schrift auf dem beiliegenden Zettel ähnelt verblüffend Ihren Protestplakaten.«

Grappe lachte höhnisch. »Ja, und wissen Sie, warum? Weil uns jemand diesen Anschlag in die Schuhe schieben will, um uns zu diskreditieren. Vermutlich ist Hanzmann selbst dafür verantwortlich!«

Liv und Hennes beendeten kurz darauf das Gespräch. »Sie müssen später noch einmal ins Kommissariat kommen, damit wir Ihre Aussage offiziell aufnehmen, Herr Reisch.« Und die Befragung erheblich ausdehnen, fügte Liv in Gedanken hinzu.

»Ist das denn wirklich nötig?«

Sie nickte, ging jedoch bereits dringenderen Überlegungen nach. War Grappe für den Anschlag verantwortlich, oder könnte es tatsächlich Hanzmann selbst gewesen sein? Was war der Grund dafür? Wie hieb- und stichfest war das Alibi von Mark Reisch? Weshalb war er vorbestraft? Ihre Kollegen mussten das überprüft haben. Könnte es sein, dass Dennis Marzen von Mark Reischs Verbindung zu *No-Wind* erfahren hatte, und der junge Mann versucht hatte, seine Enttarnung zu verhindern?

»Mark Reisch?«, fragte Bente, den Liv, gleich nachdem sie den Hof verlassen hatten, angerufen hatte. Sie hörte Papier rascheln. »War noch auf dem Versorgungsschiff, um jemanden einzusammeln. Es gibt anscheinend kein Zweifel an seinem Alibi.«

Liv ließ sich gegen den Dienstwagen sinken, der schon heiß von der Sonne war. »Und die Vorstrafen?«

»Ist so lange her, dass es nicht einmal mehr in der Akte auftaucht.«

»Und sonst habt ihr nichts erreicht?«

Sie erzählte Bente von Lauritz Hanzmanns Auftritt. »Hanzmann wäre beinahe handgreiflich geworden. Er war insgesamt ziemlich aggressiv. Ist Kirsa Thorildson wieder aufgetaucht?«

»Ja, die ist tatsächlich bei ihren Eltern.« Die Information beruhigte Liv. »Ich will nachher nach Rømø rüber und hätte dich gerne dabei. Hast du schon mit deiner Freundin über die Hanzmanns gesprochen?«

»Katharina hat mir während der Veranstaltung eine Nachricht auf dem Handy hinterlassen. Sie ist zu Hause.« Sonst waren keine neuen Nachrichten oder Anrufe eingegangen. Sebastian hatte sich also nicht gemeldet. Vermutlich hatte er sich ihre Warnung zu Herzen genommen.

Liv rief Katharina zurück. Kurz erzählte sie ihrer Freundin, worüber sie sprechen wollten.

»Ich kenne die Hanzmanns nur flüchtig, aber Dominik kann sicher mehr dazu sagen. Er trifft das Ehepaar öfter bei politischen Veranstaltungen und Zusammenkünften der Sylter Unternehmer«, sagte Katharina, während es im Hintergrund laut schepperte und dann klirrte. »Ups, das war gottseidank kein Erbstück!« Sie lachte. »Dominik und ich räumen gerade ein wenig um. Er wird hier einziehen, weißt du. Ich freue mich, dich und deinen Kollegen später zu sehen. Bis gleich – ich habe Sushi bestellt, die Menge reicht für vier!«

Dominik war der Lebensgefährte von Katharina und beruflich viel unterwegs. Selbst bei ihrer großen Geburtstagsfeier im letzten Jahr hatte er kurzfristig verreisen müssen; Katharina hatte die Feier allerdings trotzdem genossen.

Es ging auf Mittag zu. Die Fahrt in den Inselnorden war weit, und Liv hoffte, dass sie sich lohnte. Das alte Kapitänshaus bei List lag perfekt zwischen dem Ortsrand mit seinen Heidetälern und den Wanderdünen. Die zarten rosa Blüten der Krähenbeeren sprenkelten das Heidekraut. Katharina schloss Liv in die Arme, und sie hielten sich fest. Auch, wenn sie sich manchmal monatelang nicht sahen, waren sie doch eng verbunden. Da sie jetzt keine Zeit für Privates hatten, verabredeten sie sich für den Abend. Liv ignorierte Hennes spöttisch hochgezogene Augenbraue. Dominik kam bedeckt mit Staub und Spinnweben vom Dachboden. Seine Hand hielt er abgespreizt, etwas baumelte von seinen Fingern herunter.

»Schau mal, was ich da oben gefunden habe«, sagte er.

»Oje, einer der Schrumpfköpfe, die mein Vater von seinen Reisen mitgebracht hat. Die anderen zwei habe ich schon einem Museum geschenkt. Die prüfen gerade, ob der Kopf ordnungsgemäß bestattet, im richtigen Kontext ausgestellt oder an das entsprechende Land zurückgegeben werden sollte. Ist eine kniffelige Angelegenheit.«

Katharina nahm ihm den Kopf ab und verwahrte ihn sorgfältig in einer kleinen Kiste. Dominik klopfte sich den Staub ab. Auf der Terrasse bei der Küche, die sich zu den Heidedünen hin öffnete, trug Katharina die Sushiplatte auf; sie kochte nicht gern. Kurz plauderten sie, dann kamen sie zur Sache.

»Die Hanzmanns sind sehr aktiv, was die Unterstützung hiesiger Vereine und Verbände angeht. Und großzügig noch dazu.«

»Was für einen Eindruck hast du von ihrer Ehe?«

»Als Paar wirken sie ganz harmonisch. Sie ist der dominantere Part, aber das scheint ihm nichts auszumachen. Oder was meinst du, Dominik?« Katharina umarmte ihren Partner zärtlich.

»Ich habe nie Klatsch über ihre Ehe gehört. Henriette Hanzmann ist für die Arbeit und das politische Strippenziehen zuständig, ihr Mann für das Socializing, die Soft Skills – und da ist er gut. Er ist sogar im Westerländer Schützenverein.«

»Und seine Forschungen?«

»Davon erzählt er auch gerne – wenn auch immer nur in Andeutungen und in geheimnisvollem Tonfall. Wobei auch gemunkelt wird, es würde daran liegen, dass er nicht der Innovationsmotor in der Firma ist, sondern nur so tut. Mit Quirin Darss hat er einen Bayern in den Norden gelockt, der was von Erneuerbaren Energien und vom Geschäftlichen versteht. Du weißt ja sicher, dass die südlichen Bundesländer sehr stark in Offshore-Energie investieren. Darss hat beste Beziehungen und kennt angeblich alle Förderrichtlinien aus dem Effeff, was ja auch nicht unwichtig ist.« Dominik zögerte. »Etwas anderes ist mir allerdings eingefallen, als Katharina mir sagte, worum es geht. Offenbar ist Hanzmann nicht immer der Entspannteste. Ich habe mal mitbekommen, dass er jemandem bei einem Streit um einen Parkplatz Schläge angedroht hat.«

Liv und Hennes tauschten Blicke. »Das ist ja interessant. Wisst ihr noch, wem und wann das ungefähr war?«

In List steuerten sie den Hafen an, wo Liv auf Bente warten würde. Der Parkplatz beim Naturgewalten-Zentrum war voll. Vor der Alten Tonnenhalle flanierten Urlauber mit Fischbrötchen oder Süßigkeitentüten, eine Parade bunter Mützen und Hüte. Viele waren trotzdem bereits sonnenverbrannt, weil die Sonneneinstrahlung an der Nordsee auch Anfang Mai schon stark war. Von dem Spielplatz zwischen den Restaurants und Andenkenläden drang Kinderlachen, Fahnen flatterten im Wind. Pkws und Lastwagen warteten auf die Fähre. »Wir hätten die Befragung auch gemeinsam durchführen können«, murrte Hennes.

»Vielleicht ist es ganz hilfreich, dass Bente ein Landsmann ist«, mutmaßte Liv.

»Er will die Dänen-Karte spielen? Damit kann ich natürlich nicht mithalten. Ich klopfe dann Mark Reisch noch einmal ab und gehe vor allem Hanzmanns Parkplatz-Streitigkeiten nach.«

Als Bente eintraf, besorgten sie sich ein Ticket. Zu Fuß gingen sie unter der hochgeklappten Bugluke auf die Fähre. Auf dem Sonnendeck ergatterten sie einen der Strandkörbe und sahen beim Ablegen auf den Königshafen, Sylts nördlichste Bucht, das Lister Tief und die Vogelschutzinsel Uthörn hinaus.

»Was für einen Eindruck hattest du von Kirsa Thorildson bei der Befragung auf der Plattform?«, wollte Liv wissen.

»Sachlich, kompetent und engagiert. Einem harmlosen Flirt nicht abgeneigt«, sagte Bente kurz angebunden, denn sein Telefon klingelte. Während des Gesprächs wurden seine Gesichtszüge weich. Offenbar erzählte ihm sein Jüngster gerade begeistert von einem Schulwettbewerb, an dem er teilgenommen hatte.

Liv las das Protokoll der Befragung von Kirsa Thorildson auf der Plattform sowie die Zusammenfassungen der Gespräche mit deren Freundinnen und Bekannten. Immer wieder sah sie auf, weil der Anblick sie fesselte. An ihnen zog die Spitze des Ellenbogens vorbei, ganz klein waren die Leuchttürme, die Spaziergänger und Angler zu sehen. Bald tauchte der breite Strand der dänischen Insel neben ihnen auf. Eine Landschaft aus Aquarellfarben, eingefasst von der weißen Spitzenrüsche der Brandung.

Die Fähre steuerte den Hafen von Havneby an, »Haunebü«, wie man hier sagte. Im Hafenbecken dümpelten nicht nur ein paar Jachten, sondern auch eine ganze Reihe Fischkutter in der Nordsee. Nach dem Anlegen liefen Liv und Bente in den Ort hinein. Sie passierten die Lagerhallen und das neue Shoppingcenter mit seinen Geschäften und Appartements. Am Waldrand versteckten sich die ersten Ferienhäuser. An der Adresse, die Kirsa Thorildson angegeben hatte, fanden sie einen rot gestrichenen Kro, an dessen Holzfassade grüne Tuborg-Fahnen flatterten. Unter der Veranda des altertümlichen Baus saß Kirsa Thorildson mit einer älteren Frau und schnippelte Erdbeeren. Sie sagte etwas zu der Frau und ging dann Bente und Liv entgegen.

»Lass mich das erst einmal machen«, raunte Bente.

Kirsa trug Jeans und ein eng sitzendes Feinrippunterhemd, unter dem sich ihr BH abzeichnete. Es war nicht zu übersehen, dass sie gut in Form war und an den richtigen Stellen Rundungen besaß. Außer dem Lidstrich und dem Lipgloss, das ihre vollen Lippen nachzeichnete, war sie nicht geschminkt. Sie wirkte sehr ernst. Die asymmetrisch geschnittenen Haare hatte sie in die Stirn gekämmt, und als sie sie begrüßten, sah Liv, dass ihre Augenbraue geschwollen war.

»Haben Sie sich verletzt?«, fragte sie.

»Bin nur hingefallen.«

Bente warf Liv einen kurzen, warnenden Blick zu. Er wusste, wie sensibel sie auf Anzeichen körperlicher Misshandlung reagierte, die oft genug als bloße Unfälle abgetan wurden. Manchmal sah sie aber auch Probleme, wo gar keine waren. Und hier und jetzt stand zunächst ein anderes

Thema an. Er redete auf Dänisch mit Kirsa Thorildson, die sich während der Plauderei, die Liv überwiegend verstand, etwas entspannte. Schließlich bat sie die Kommissare auf die Veranda. Liv und Bente setzten sich an den Tisch auf eine der langen Bänke, während Kirsa Thorildson weiter Erdbeeren putzte und durchschnitt. Bente belehrte sie ihrer Rechte als Zeugin, und Liv legte ihren Block für die Notizen bereit.

»Ich habe immer noch nicht verstanden, was ihr hier wollt. Ich dachte, wir hätten alles besprochen«, sagte Kirsa; offenbar schloss das in Dänemark übliche »Du« nicht nur Bente, sondern auch Liv ein.

»Im Zuge der Ermittlung sind weitere Fragen aufgetaucht. Eigentlich hast du eine Wohnung auf Sylt, oder?«

Kirsa sah Bente in die Augen. »Warum fragst du mich das, wenn du es weißt? Ich besuche meine Eltern oft, gerade im Anschluss an die Schicht. Also, was wollt ihr wirklich?«

»Wir interessieren uns für dein Verhältnis zu Dennis Marzen und Lauritz Hanzmann«, kam Bente zur Sache.

Kirsas Lippen wurden schmal. »Ihr verschwendet eure Zeit. Dazu gibt es nichts zu sagen.«

Liv hatte das Gefühl, dass Bente trotz der Plauderei bei Kirsa nicht weiterkommen würde. Sie beugte sich vor, suchte Kirsas Blick. »Dazu gibt es sehr wohl einiges zu sagen. Es kann dir doch nicht egal sein, ob wir Dennis' Mörder finden.«

»Ich wüsste nicht, was das eine mit dem anderen zu tun hat.«

Liv legte den Asservatenbeutel mit der Postkarte, die sie in Marzens Appartement gefunden hatten, auf den Tisch. Kirsa wandte den Blick ab. »Die habe ich noch nie gesehen. Was soll damit sein?«

»Du hast sie geschrieben.«

»Daran würde ich mich erinnern.«

»Ich habe deine Handschrift auf den Unterlagen im Control Center gesehen. Aber wir können natürlich auch eine Schriftanalyse veranlassen. Oder die Fingerabdrücke abgleichen.«

Kirsa ließ sich auf die gegenüberliegende Bank sinken und stützte den Kopf auf, als hätte sie auf einmal keine Kraft mehr. »Als ich noch zur Schule ging, habe ich auch schon bei meinen Eltern ausgeholfen«, begann sie leise. »Gekellnert und so. Ich habe oft mit den Leuten geredet, die von hier aus zum Windpark *Butendiek* gefahren sind. Ihre Berichte hörten sich aufregend an, besser als die Jobs im Tourismus oder in der Ferienhausvermietung, wie es hier so viele gibt. Denn eins war mir klar: Ich wollte nicht weg von Rømø.« Gedankenverloren nahm sie eine Erdbeere und biss ein Stück ab. Liv bemerkte, dass Bente Kirsas volle Lippen anstarrte; sie schien sich ihrer Ausstrahlung nicht bewusst zu sein. »Ich habe meinen Abschluss gemacht, eine Ausbildung und habe für verschiedene Windparks gearbeitet. Und dann kam im letzten Jahr das Angebot von *Hanzmann Energy*. Ein toller Job. Aufstiegschancen. Weiterbildungsmöglichkeiten. Ein gutes Team.«

Sie schwieg so lange, bis Liv sagte: »Und Dennis.«

Über Kirsas Gesichtszüge gewitterte es. Ihr war anzusehen, wie sehr sie sich bemühte, die Tränen zurückzuhalten. Mit rauer Stimme fuhr sie fort: »Und Dennis, ja. Zwischen uns hat es sofort gefunkt. Dass er um jeden Preis eine Affäre auf der Plattform vermeiden wollte, hat die Sache noch aufregender gemacht. Geheime Treffen, verstohlene Blicke ... Aber als es dann passiert ist, war Dennis vollkommen unentspannt. Er ist nicht damit klargekommen, dass wir gegen die Regeln verstoßen. Dabei ist diese Firmenregel nicht einmal legal! Das hat mich irgendwann genervt, und ich habe Schluss gemacht.«

»Wann ist das gewesen?«

»Anfang des Jahres.«

»Wie hat Dennis das Ende der Beziehung aufgenommen?«

Kirsa sah hinaus. Ihre Lidränder waren durch die zurückgehaltenen Tränen rot und dick. Mit einem traurigen Lächeln sagte sie: »Er war erleichtert, glaube ich.«

»Und wie seid ihr danach miteinander umgegangen? Stand die Beziehung zwischen euch?«

»Nein. Als wir zusammen waren, hat es keiner bemerkt, und danach sowieso nicht.«

»Es muss schwer gewesen sein, dir auf der Plattform nicht anmerken zu lassen, wie nahe dir sein Tod gegangen ist.«

Nun schwammen Tränen in ihren Augen. »Was denkst du denn?! Wir sind mal verliebt gewesen!«

»Hast du eine Vermutung, wer Dennis ermordet haben könnte?«

»Nein. Keiner hatte Grund …«

»Wir wissen längst, dass Dennis mit vielen Stress hatte«, hielt Liv ihr entgegen.

Kirsa schwieg. Dann sagte sie achselzuckend: »Olaf vielleicht, der war nach einem Streit mit Dennis völlig aufgelöst. Mark ging die Muffe, weil er fürchtete, dass Dennis was über sein Vorstrafenregister verlauten lässt.«

»Sein Vorstrafenregister oder …?«

Kirsa sah sie verständnislos an. »Irgendwie wusste Dennis von der Vorstrafe.«

»Woher weißt du davon? Auch von Dennis?«

»Ja. Ist ihm mal rausgerutscht. Mit Silke war auch etwas. Weiß nicht, was.«

»Was ist mit Nickels Winkler?«

»Nickels? Nein. Der hat Dennis bewundert. Ist ihm nachgelaufen wie ein Hündchen. Außerdem hat der dazu nicht die Eier.«

»Lauritz Hanzmann?«, startete Liv einen Versuchsballon. Kirsa sah auf. »Warum sollte Herr Hanzmann das tun?«

»Weil er eifersüchtig auf Dennis war?«

Kirsa schüttelte entschieden den Kopf. »Eifersüchtig? Warum das denn?!«

»Wegen der Affäre, die du mit Lauritz Hanzmann hast.«

»Quatsch!« Zu schnell, zu heftig.

Liv beugte sich vor. Sah Kirsa an, bis diese den Blick abwandte. »Wie lange geht das schon mit dir und Hanzmann?«

»Da geht gar nichts, begreift ihr das nicht!«

»Wir haben eine Zeugenaussage, die diese Affäre betrifft.«

Bente hob beruhigend die Hände. »Dein Liebesleben geht nur dich an. Niemand muss davon erfahren, wenn es nichts mit dem Mord an Dennis zu tun hat. Aber wenn doch, ist es entscheidend, dass du uns die Wahrheit sagst.«

Wie beiläufig strich Kirsa über die geschwollene Augenbraue. »Ein paar Monate«, gab sie schließlich zu. »Es fing hier auf Rømø bei einer Tagung der Windparkbetreiber an. Lauritz kann sehr charmant sein. Ich mag Männer, die sich um eine Frau bemühen. Die verlässlich sind und Grundsätze haben. Aber er hat Schiss, dass seine Frau dahinterkommt. Er hängt an ihrem Tropf.«

»Wusste Dennis von eurem Verhältnis?«

»Ich bin nicht sicher. Aber Denis kennt mich gut. Er weiß ... er wusste, wie ich aussehe, wenn ich verliebt bin. Wenn ich Sex gehabt habe.« Eine einzelne Träne rann über Kirsas Wange. Eilig wischte sie sie weg.

»Wusste Lauritz Hanzmann von der Beziehung zu Dennis? Hat er vielleicht gespürt, wie viel Dennis dir noch bedeutet hat?«

»Nein, nein …«

»Hanzmann und du, ihr habt euch gestritten, ehe Quirin Darss von der Plattform abgereist ist. Auch mit Darss hast du bei der Gelegenheit diskutiert. Ging es bei diesem Streit um Dennis?«, fragte Liv.

Kirsa stieß kapitulierend die Luft aus. »Indirekt. Hanzmann und Darss sind angespannt wegen der schlechten Presse, Dennis interessiert sie nur am Rande. Das hat mich wütend gemacht.«

»Was ist an dem Abend von Dennis Tod passiert?«, wollte Bente jetzt wissen.

»Das habe ich doch schon erzählt.«

»Dann erzähl es noch einmal, aber rückwärts.« Das war ein alter Vernehmungstrick. Lügen kostete ungeheure Energie. Es war anstrengend, sich zu erinnern, was man gesagt hatte. Vor allem, wenn die Reihenfolge des Berichts sich änderte, traten bei Lügnern oft Fehler auf. Kirsas Bericht unterschied sich jedoch nicht von der Version auf der Plattform.

»Gab es sonst Probleme zwischen Dennis und Hanzmann?«

»Kann sein … ja. Sie haben über etwas diskutiert bei der letzten Schicht. Ich weiß aber nicht, worüber. Lauritz hat sich ziemlich aufgeregt.« Kirsa sah aus, als ginge ihr etwas Besorgniserregendes durch den Kopf. »Lauritz hat nichts mit Dennis' Tod zu tun. Das hätte Lauritz niemals …« Sie sah Bente flehend an. »Könnte man die Affäre nicht einfach unter den Tisch fallen lassen, bitte? Es war doch nur Sex. *For helvede*«, fluchte sie tränenerstickt.

»Das hättest du dir früher überlegen sollen. Das ist eine

274

polizeiliche Ermittlung, da wird nichts vertuscht, was wichtig ist«, sagte Bente.

»Ah, *Fuck dig*!«, zischte sie.

»*Hvad behager?*« Dieses »Wie bitte?« war eine rhetorische Frage von Bente, denn die Verwünschung war leicht zu verstehen gewesen.

Mit zusammengepressten Lippen schüttelte Kirsa den Kopf. Sie schien alles gesagt zu haben, denn die nächsten Fragen ergaben nichts Neues.

Liv entschuldigte sich kurz, um im Kro auf die Toilette zu gehen. Der Gasthof war rustikal eingerichtet, wogegen Tresen, Küche und Sanitäranlagen hochmodern waren. So schlecht schien das Geschäft nicht zu laufen. Es roch nach Bratfisch und Fritten, und Liv fiel auf, dass ihr Magen knurrte.

Als sie zurückkam, war Kirsa verschwunden, und Bente redete auf Dänisch mit deren Mutter. Nach einem beinahe herzlichen Abschied liefen die Kommissare zurück zum Anleger.

»Was hat sie gesagt?«, wollte Liv wissen.

»Dass Kirsa eine großartige Tochter ist und sie wundervoll unterstützt. Mit dem Kro schlagen sie sich gerade so eben durch.«

»Tatsächlich? Die gastronomischen Anlagen wirkten ziemlich schick und neu.«

»Vielleicht haben sie einen Kredit aufgenommen.«

»Hast du sie auf die Verletzung ihrer Tochter angesprochen?«

»Kirsa habe sich den Kopf gestoßen. Wieso? Meinst du, jemand hat Kirsa geschlagen?«

Liv hob die Schultern. Irgendwas an dieser Begegnung war faul gewesen. »Ich hätte gedacht, dass Kirsa die Affäre mit Hanzmann beharrlicher leugnen würde.«

»Deine Gesprächsführung war eben gut«, lobte Bente.

»Danke für die Blumen, aber trotzdem ... Wir sollten Kirsa noch genauer durchleuchten. Ich finde ihr Verhalten seltsam, erst Dennis, dann Lauritz – und das alles, obwohl Beziehungen laut Firmenleitung streng verboten sind.«

»Es gibt eben Frauen, die stehen auf den Kitzel des Verbotenen«, meinte Bente. »Genau wie manche Männer.«

»Kann sein.« Kirsa hatte etwas verschwiegen, da war Liv beinahe sicher.

Bente checkte auf seinem Handy die Uhrzeit. »Wir hätten im Kro etwas essen sollen. Einen Augenblick haben wir noch, ehe die Fähre ablegt. Wie wäre es mit Hot Dog?« Entschlossen steuerte er den Havnekiosk an, einen schwarzen Flachbau mit vielen Fenstern, Fähnchen und einfachen Holzbänken davor. Bente nahm einen Hotdog, Liv ein Softeis mit Lakritzstreuseln. Die Kombination des süßen Vanilleeises und des Lakritzgeschmacks war einfach besonders lecker, fand Liv. Da die Holzbänke voll besetzt waren, aßen sie im Stehen. Bente zirkelte elegant das aufgeschnittene Brötchen mit der roten Wurst, den Röstzwiebeln, Ketchup und Senf zum Mund.

»Was machen wir jetzt? Hanzmann einbestellen oder das Überraschungsmoment nutzen und zu ihm fahren? Dann könnten wir auch gleich sehen, wie seine Frau und eventuell sogar Darss auf die Affäre reagieren«, meinte Liv.

»Die Vorzeige-Unternehmer unter Druck.«

»Du freust dich ja beinahe so sehr auf einen Eklat wie Hennes«, sagte Liv grinsend. »Auch, wenn diese Strategie ein gewisses Risiko birgt, weil wir vor Ort und nicht im Kommissariat sind. Zudem könnte Kirsa ihn bereits gewarnt haben.« Sie leckte die Waffel ab, an der Eistropfen herunterliefen.

»Woher wusstest du von der Auseinandersetzung zwischen Kirsa, Hanzmann und Darss vor dem Abflug?«

»Von Sebastian. Gerlich ist ja mit Darss zum Festland zurückgeflogen. Ihm ist dieser Streit aufgefallen.« Das Vanilleeis war schneller als sie und kleckste auf ihren Pullover; da half auch kein Papiertuch.

Bente schien es nicht seltsam zu finden, dass Liv mit dem Rechtsmediziner gesprochen hatte. Er schob sich den letzten Wurstzipfel in den Mund. »Bringen wir also etwas mehr Schwung in die Ermittlungen.«

* * *

Ihre Mutter wollte sie aufhalten, als Kirsa aufgewühlt nach hinten lief. »Was hast du denn nur getan, dass die Polizei so lange mit dir redet? Ist es wegen des …«

»Alles in Ordnung, Mutter. Wir haben alles geklärt«, schnitt Kirsa ihr das Wort ab.

»Du hast dich doch nicht etwa übernommen, Kind? Oder sonst etwas Unrechtes getan?«

»Mutter!«

Als Kirsa hinter dem Kro endlich ihre Ruhe hatte, rief sie ihn an. »Die Polizei war da. Ich habe alles so gemacht, wie du es gesagt hast.« Sie presste die Finger an die Schläfen. Ihr Kopf schmerzte auf einmal wieder derart, dass ihr schlecht wurde. »Ja, sie haben mir geglaubt. Bleibt es bei unserer Abmachung? Kann ich mich darauf verlassen?«

18

Von Hörnum nach List waren es knapp fünfunddreißig Kilometer. Es war eine Strecke, die selbst Sylter nicht oft zurücklegten. Und doch bekam man dabei einen guten Eindruck von der Unberührtheit und Weite vieler Inselteile. Freie Dünenflächen, Heidetäler, in denen Blumen blühten oder Möwen wie hingetupft rasteten. Eine oft schnurgerade Straße vermittelte den Eindruck unendlicher Freiheit, und immer wieder blitzte das Meer in unzähligen Blautönen auf. Wegen des langen Wochenendes waren schon jetzt besonders viele Urlauber mit ihren vollgepackten Autos unterwegs. Während Liv fuhr, aktivierte Bente die Freisprechfunktion und ließ sich von Wanda die neuesten Ermittlungsergebnisse geben. »Der Notar hat sich bei Momke gemeldet«, berichtete Wanda. »Die Erben haben ihre Erlaubnis gegeben, mit der Polizei zu kooperieren. Viel hat Dennis Marzen allerdings nicht vererbt. Haupterben sind Marzens Ex-Frau und seine Mutter. Dieser Jasper Jensen bekommt ein Boot, das Marzen wohl erst kürzlich gekauft hat und das im Hörnumer Hafen liegt. Nickels Winkler erhält die Fitnessgeräte und den ganzen Minentaucher-Kram. Einer gewissen Valeska Horn vererbt er zweitausend Euro.«

»Das muss die Witwe des befreundeten Tauchers sein«, meinte Bente. »Für dieses Erbe hat Winkler ganz sicher keinen Mord verübt. Aber immerhin wissen wir jetzt Bescheid.«

»Interessant war, was der Notar noch erwähnt hat: Dennis Marzen hat bei der Testamentserklärung gesagt, er hätte bei einem Freund erfahren müssen, wie schnell das Leben in diesem Beruf vorbei sein könne.«

»Als ob er etwas geahnt hat. Oder wusste, wie groß die Gefahr ist, die er eingeht«, meinte Bente.

Bis sie in Hörnum waren, stand die Sonne schon tief und begann, die Landschaft zu vergolden. Die Chefassistentin brachte sie in Darss' Büro. Während Quirin Darss telefonierte und dabei vor der Fensterfront auf und ab lief, war Henriette Hanzmann über zusammengeheftete Papierbögen und Zeichnungen gebeugt. Sie trug eine Tunika, die ein früheres Leben als Tischdecke gehabt haben musste, und vermutlich trotzdem sauteuer gewesen war. Ihr Mann stand schräg hinter ihr und hatte die Hand neben ihr auf den Tisch gestützt. Als die Kommissare eintraten, schob Lauritz Hanzmann die Unterlagen zusammen. Liv erkannte den Bundesadler und die deutschen Nationalfarben auf dem Briefkopf. Keiner der Anwesenden schien begeistert, sie zu sehen.

Quirin Darss beendete eilig sein Telefonat. »Das Pressebriefing ist morgen früh. Davor informiere ich die Investoren. Stellen Sie mir bitte die Unterlagen zusammen«, wies er die Assistentin an. Dann wandte er sich den Kommissaren zu. »Sie schon wieder? Man sollte meinen, dass Sie sich vorher Ihre Fragen überlegen und nicht ständig angekleckert kommen«, sagte Darss. Wie zufällig blieb sein Blick an dem Fleck auf Livs Pullover hängen. Sie tat so, als gehöre er dorthin.

»So ist das üblicherweise auch. Allerdings können wir nicht alle Ermittlungsergebnisse voraussehen, weshalb sich ständig neue Fragestellungen ergeben.«

»Neue Fragen, die uns weitere Mitarbeiter kosten? Wir müssen wegen Ihrer Ermittlungen vermutlich zwei unserer Mitarbeiter entlassen. Dabei waren Herr Winkler und Herr Kanz immer zuverlässig«, sagte er, als wären die Kommissare für die Vorfälle auf der Plattform verantwortlich.

»Die Probleme innerhalb der Belegschaft sind Ihre Angelegenheit. Unsere Ermittlungen sind lediglich eine Reaktion darauf«, stellte Bente klar. »Und nun sind wir auf einen Aspekt in Zusammenhang mit Herrn Hanzmann gestoßen, über den wir gerne mit ihm reden würden.«

»Wir möchten Sie bitten, uns aufs Polizeirevier zu begleiten«, setzte Liv hinzu, die die leichte Irritation in den Gesichtern der Hanzmanns durchaus bemerkt hatte.

»Kann das nicht warten? Wir sind sehr beschäftigt und können uns nicht immer nach Ihrem Zeitplan richten«, entgegnete Quirin Darss.

»Wir können Sie zu dem Gespräch nicht zwingen. Allerdings werden die Gerüchte über den Mord bei jeder Verzögerung weitere Kreise ziehen.«

»Dann lassen Sie uns hier sprechen«, gab Hanzmann nach.

»Wenn Sie uns bitte allein lassen würden? Oder wollen wir ein anderes Büro aufsuchen?«, meinte Bente.

»Mein Mann hat nichts zu verbergen«, erklärte Henriette Hanzmann kühl. »Und Quirin soll ebenfalls hierbleiben, falls ein Rechtsbeistand gerufen werden muss. Sie glauben ja gar nicht, wie unser Unternehmen schon jetzt unter diesem Vorfall gelitten hat. Diesen Schaden auszubügeln wird eine Herausforderung. Wir sind die ganze Zeit nur dabei, unsere Investoren zu beruhigen, obgleich wir doch die Pressekonferenz vorbereiten sollten.«

Lauritz Hanzmann schien der Vorschlag seiner Frau nicht recht zu sein, offenbar wollte er ihr aber auch nicht widersprechen. Er setzte sich neben Henriette und legte beruhigend seine Hand auf ihre.

Bente und Liv nahmen ebenfalls an dem großen Eichentisch Platz. Nach der Rechtsbelehrung sagte Bente wie beiläufig: »Wir haben mit Kirsa Thorildson gesprochen.«

»Ja, und?«, fragte Lauritz Hanzmann schroff. »Ich glaube mich zu erinnern, dass Sie Frau Thorildson genau wie alle anderen Mitarbeiter auf der Plattform befragt haben.«

»Es ging um Frau Thorildson und Sie.«

»Ich verstehe nicht, was Sie meinen. Verschwenden Sie nicht unsere Zeit!«

Er wollte es anscheinend nicht anders. »Wir sind Hinweisen aus der Belegschaft gefolgt, und Frau Thorildson bestätigte diese«, begann Liv.

»Nun machen Sie es doch nicht so spannend! Wir haben anderes zu tun, wie oft soll ich das denn noch sagen«, ging Henriette Hanzmann dazwischen. Ihr Mann zupfte hingegen nervös an seiner Haartolle.

»Seit wann haben Sie ein Verhältnis mit Kirsa Thorildson, Herr Hanzmann?«

Henriette Hanzmann schnappte nach Luft. »Was erlauben Sie sich! Das ist ja absurd!« Ihre Stimme hatte sich bei jedem Wort weiter hochgeschraubt.

»Nein, ist es nicht. Uns liegen belastbare Aussagen vor«, entgegnete Bente ruhig.

»Lauritz, sag den Herrschaften, dass sie böswilligen Unterstellungen aufgesessen sind!«

»Noch einmal: Das sind weder Unterstellungen noch Gerüchte, sondern belastbare Aussagen. Leugnen ist zwecklos. Sie machen es für alle Beteiligten leichter, wenn Sie die Wahrheit sagen.«

Lauritz Hanzmann mied den Blick seiner Frau. »Ich

würde dieses Gespräch mit den Polizisten gerne allein führen, Henny«, murmelte er mit belegter Stimme.

»Ich bleibe!«

Die Luft in dem Raum schien zu Kristall zu werden, hart und zugleich zerbrechlich.

»Ich verstehe nicht, was Ihre Frage mit dem Tod von Dennis Marzen zu tun hat«, sagte Lauritz Hanzmann hilflos.

»Das zu entscheiden, überlassen Sie bitte uns. Also?«

Wieder Schweigen. »Seit knapp sechs Monaten«, erklärte Hanzmann schließlich trotzig.

»Sie haben also seit letztem November eine Affäre mit Kirsa Thorildson.«

Hanzmann starrte an ihnen vorbei ins Leere. »Das ist rich…«

In diesem Moment sprang Henriette Hanzmann auf. Sie zitterte am ganzen Leib. Mit ihrem Schrei zerbrach sie die Kristallglocke, die sich über den Raum gelegt hatte. »Verlass sofort mein Haus!«

»Aber Henriette … Ich kann es dir erklären … Es hat nichts zu bedeuten.« Ihr Mann schob den Stuhl zurück, wollte ihre Hände ergreifen, doch sie taumelte zurück, bleich und geschockt.

»Geh weg! Verschwinde!«, schrie sie. Dann rannte sie mit wehender Tunika hinaus.

Ratlos sah Quirin Darss seinen Geschäftspartner an. »Soll ich …«

»Ja, bitte. Versuch, sie zu beruhigen. Ich komme gleich hinterher«, sagte Lauritz Hanzmann mit brüchiger Stimme. Die Reaktion seiner Frau ging ihm sichtlich nah. »Henriette wird mir verzeihen. Sie muss es einfach.«

Als sie allein waren, meinte Bente: »Wir haben versucht, mit Ihnen allein zu sprechen, auf dem Revier …«

Hanzmann hob in einer herrischen Geste die Hand. »Ich wusste, dass es ein Fehler war. Kirsa ist nicht vertrauenswürdig. Aber Kirsa ist auch … Sie kennen sie. Sie haben sie gesehen. Sie ist … heiß.« Er strich die Haartolle, aus der sich während des Wortwechsels einige Strähnen gelöst hatten, glatt. Plötzlich brach es aus ihm heraus: »Obwohl ich mich natürlich nicht an die Schichten halten muss, bin ich oft wochenlang auf der Plattform. Das ist eine lange Zeit, eine einsame Zeit, und ein Mann … hat gewisse Bedürfnisse. Das werden Sie doch verstehen?« Die letzten Worte waren ausdrücklich an Bente gerichtet.

»Ich verstehe, was Sie sagen, aber nachvollziehen kann ich es nicht. Sie haben doch festgelegt, dass es keine Beziehungen unter der Belegschaft geben darf.«

»Das ist korrekt. Ich gehöre aber nicht der Belegschaft an«, entgegnete Lauritz Hanzmann etwas pikiert.

»Und das gibt Ihnen das Recht, hinter dem Rücken Ihrer Frau eine Affäre anzufangen und damit die berufliche Laufbahn von Frau Thorildson zu gefährden?«, fragte Liv schärfer, als sie es eigentlich vorgehabt hatte. »Ganz zu schweigen von dem Hierarchiegefälle.«

»Kirsa hätte ihre Zuckerschnute ja halten können! Jetzt habe ich den Ärger mit Henriette!« Hanzmann stieß in einer heftigen Bewegung den Stuhl zurück und wollte zur Tür laufen.

Die Wortwahl ging Liv erst recht gegen den Strich.

»Setzen Sie sich bitte wieder, wir sind noch nicht fertig«, sagte Bente.

Widerwillig kam Lauritz Hanzmann ihrer Aufforderung nach. Mit vor der Brust verschränkten Armen nahm er Platz. Seine handgenähten Schuhe streiften Livs Knöchel, als Hanzmann die Beine überkreuzte und zu wippen begann. Liv gefiel diese Situation immer weniger. Es wäre besser, dieses Gespräch im Kommissariat zu führen, weil sonst die Gefahr bestand, dass Hanzmanns Anwalt ein mögliches Geständnis anfechten würde. Aber wenn sie jetzt mit ihm nach Westerland fuhren, hätte Hanzmann zu viel Zeit, sich die Antworten zu überlegen. Das würde den Vorteil einer spontanen Befragung zerstören.

»Haben Sie uns auch bezüglich des Mordabends etwas verschwiegen?«, wollte Bente wissen.

Hanzmanns Fuß zuckte heftiger, während er seine Antwort abwog. »Na gut, was soll's. Wir hatten Sex.«

»Kirsa und Sie?«

»Wer denn sonst?«

»Wann?«

»Zwischen 22.30 Uhr und 23.30 Uhr.«

»Also nach dem Skype-Termin mit Ihrer Frau?«

Lauritz Hanzmann nickte. Am liebsten hätte Liv nun sofort die Befragung unterbrochen, aber Bente musste als Ermittlungsleiter diese Entscheidung treffen. Hanzmanns Alibi war mehr als fraglich, das Gleiche galt für das von Kirsa Thorildson und möglicherweise auch für Arne Paifers Alibi. Kirsa hatte angegeben, die ganze Zeit die Druckkammer bedient zu haben. Allerdings hatte einer von Livs Kollegen die Behandlungsdaten überprüft, und ihm waren keine Ungereimtheiten aufgefallen.

»Wo?«, setzte Bente das Gespräch fort.

»Im Krankenzimmer. Da ist es immer so schön ruhig.«

Beide waren in der Nähe des mutmaßlichen Tatorts gewesen, schoss es Liv durch den Kopf. »Wie lange haben Sie und Frau Thorildson dort zugebracht?«, fragte sie.

»Sagte ich doch, hören Sie denn gar nicht zu?! Ich stand in meiner Kabine unter der Dusche, als Silke wegen Dennis Alarm schlug.«

»Hat Sie auf dem Weg zu Ihrem Stelldichein oder im Anschluss daran jemand gesehen?«

»Halten Sie uns für blöd?!«

»Also nein.«

»Sie haben es erkannt.«

»Wusste Dennis Marzen von Ihrer Affäre mit Kirsa?«

»Nein. Es war unser Geheimnis. Ich habe ihr verboten, darüber zu sprechen.«

»Ihr Verhältnis zu Dennis Marzen hat sich also in den letzten Wochen nicht verändert?«

»Nein. Wir sind professionell miteinander umgegangen. Wie es sich gehört.«

»Vor dem Abflug von Herrn Darss hat es einen Streit gegeben, an dem auch Frau Thorildson beteiligt gewesen ist. Woran entzündete sich dieser Streit?«

»Es ging um das Gedenken an Dennis, soweit ich mich erinnere.« Hanzmann erhob sich. »Und nun gehen Sie bitte. Ich habe wirklich große Geduld bewiesen. Jetzt muss ich mich um meine Gattin kümmern.«

Beim Hinausgehen kamen sie am Büro von Quirin Darss vorbei. Durch die offene Tür sahen sie, wie dieser Henriette Hanzmann im Arm hielt und ihr tröstend über den Rücken strich. Lauritz Hanzmann wollte zu ihr gehen, doch seine Frau wirbelte herum und schlug ihm die Tür vor der Nase zu.

»Das ist einzig und allein Ihre Schuld!«, blaffte Hanzmann die Kommissare zum Abschied an.

Sobald sie das Grundstück verlassen hatten, konnte Liv nicht mehr an sich halten. Verwundert platzte sie heraus: »Warum hast du die Befragung nicht unterbrochen und Hanzmann mit ins Kommissariat genommen? Hanzmanns und Kirsas Alibis für die Tatzeit wackeln gewaltig. Ebenso das von Paifer. Außerdem waren sie in der Nähe des mutmaßlichen Tatorts. Diese Befragung könnte entscheidend sein, und schnell könnte Hanzmanns Status vom Zeugen zum Beschuldigten wechseln.«

»Glaubst du, das wüsste ich nicht?«, entgegnete Bente mit einem Anflug von Schärfe. »Aber jetzt müssen wir geschickt vorgehen, und das können wir nur, wenn wir für diese Befragung bestmöglich vorbereitet sind. Ich berufe sofort eine Teamsitzung ein.«

Für das goldene Licht über den Dünentälern hatte Liv ausnahmsweise kaum einen Blick, doch der wilde Duft der Heidekräuter, der durch die geöffneten Autofenster drang, half ihr, die Gedanken zu sortieren. Am frühen Abend trafen sie im Kirchenweg ein, berieten sich und planten den morgigen Tag. Abschließend zog Liv sich in ihr Zimmer zurück. Sie hatte keine Nachrichten auf dem Handy gehabt, auch nicht von Sebastian. Offenbar hatte sie ihn erfolgreich vergrault, worüber sie einerseits erleichtert war, aber andererseits … Was hatte sie erwartet? Dass er ihr nachlaufen würde? Das würde sie ohnehin nicht wollen.

Nach einer Dusche telefonierte sie mit zu Hause und traf Katharina zum Essen in einem Strandbistro. Es tat ihr nach den Erlebnissen des Tages gut, einen unbeschwerten Abend mit ihrer Freundin zu verbringen.

* * *

Lauritz Hanzmann saß in der Lobby-Bar des *Budersand Hotels* und ließ sich einen weiteren Whiskey einschenken, obgleich er die Qualität des Getränks schon gar nicht mehr genießen konnte. Zwischen seinen Ohren summte es, seine Zunge war belegt, und den letzten Gang zur Toilette hatte er nur zufällig unfallfrei hinter sich gebracht. Seit Stunden schon hatte er sich hier verkrochen – in seinem edlen Exil, nur ein paar Kilometer von seinem Heim entfernt –, um seine Wunden zu lecken. Henny hatte ihn hinausgeschmissen, und nicht einmal Quirin hatte bislang ein gutes Wort für ihn einlegen können. Zuletzt hatte er ihn nicht einmal mehr telefonisch erreicht. Vermutlich bekniete er Henny, damit sie ihrem Mann zum Wohle des Unternehmens verzieh. Ein wenig Sorgen machte Lauritz sich schon, weil er nicht da war, um Henny zu beschützen. Wenn er an den ekelhaften Anschlag mit der Möwe dachte …

Sein Blick wanderte über Hafen, Leuchtturm und zur Bar, an der eine attraktive Blondine lehnte. Verglichen mit Kirsa war sie allerdings langweilig. Alleine ihre Lippen … Lauritz spürte die Hitze aufsteigen, als er an das dachte, was er mit Kirsa draußen auf der Plattform erlebt hatte. Er hatte Grenzen ausgetestet. Und überschritten. Bereute er, was er getan hatte? Nein. Ein Mann hatte nun mal Bedürfnisse. Aber Geheimnisse sollten gewahrt bleiben. Kirsa hatte diese Lektion nicht begriffen, also musste er wohl deutlicher werden …

* * *

Ihre Nackenmuskeln waren steinhart, aber Quirin spürte, wie Henriette sich unter seinen Berührungen langsam entspannte. In einer vertrauensvollen Geste hatte sie den Hinterkopf an seine Brust gelehnt. Er genoss es, zu beobachten, wie er ihre Schutzmauer zum Bröckeln brachte, wie er sich langsam weiter der wahren Henriette annäherte. Wie sie beide mehr als bloße Geschäftspartner wurden. Sicher hatten auch die Schmerztabletten, der ausgezeichnete Rotwein und das Essen, das er aus einem Sternerestaurant hatte kommen lassen, zu Henriettes Beruhigung beigetragen.

Plötzlich zuckten ihre Schultern. »Dass er mir das antun konnte«, brachte sie schluchzend hervor und verbarg ihr Gesicht in den Händen.

Quirin ging um sie herum und hockte sich vor sie. Zart berührte er ihr Knie. Wie derangiert, wie hilfsbedürftig diese sonst so starke Erfinderin und Geschäftsfrau wirkte. Der Anblick rührte ihn. Behutsam löste er ihre Finger und umschloss sie. Henriettes Augen waren verquollen, und sie weinte haltlos; ganz Frau war sie auf einmal. In einer etwas unbeholfenen Geste streckte Quirin den Arm aus. »Darf ich?«

Mit einem ruckartigen Nicken signalisierte sie Zustimmung. Quirin streichelte die Tränen von ihrer Haut. »Sieh nur, was er dir angetan hat … Du verdienst Besseres, Henriette. Du bist so eine großartige Frau.«

Unbeholfen umarmte er sie. Aber dann fuhr sie auf und klammerte sich an ihn. Er konnte die zuckenden Schultern und ihr rasendes Herz spüren. Bald würde er am Ziel seiner Wünsche sein. Er war Junggeselle aus Überzeugung, aber für Henriette war er bereit, seine Prinzipien über Bord zu werfen. Sie berührte ihn tief, forderte ihn heraus. Ihre Haare kitzelten seinen Hals, ihre tränennasse Wange an seiner. Nur ein wenig den Kopf neigen, sie sanft liebkosen, ihre Lippen suchen … der Rest würde sich von alleine ergeben. Erregung durchflutete ihn. Dazu kam das Gefühl unbeschreiblicher Macht. Schon streichelte er sie sanft, tröstend erst …

19

Westerland, Donnerstag, 10. Mai, 7.55 Uhr

Wandas triumphierender Tonfall ließ jeden in der Morgenrunde aufhorchen. Trotz der frühen Stunde war es bereits sehr warm im Besprechungsraum. »Das Wichtigste ist heute Morgen, dass es den Kollegen beim LKA tatsächlich gelungen ist, Marzens Handy zu trocknen und wieder zum Laufen zu bringen.« Wanda lachte. »Ich muss glatt mal fragen, ob sie das Teil auch in Reis oder Katzenstreu gelegt haben, wie es empfohlen wird, wenn das Handy ins Klo fällt.«

Hennes räusperte sich vernehmlich.

»Gut, also zu Marzens Handy. Es wurden noch nicht alle Datensätze bis ins Detail geprüft. Mehrere Ordner konnten bisher noch nicht wiederhergestellt werden, aber Marzen hatte offenbar eine Art Schwarze Liste. Eine Datei, in der er die Verfehlungen festgehalten hat. Leider nur in Stichworten. Beispielsweise steht da«, Wanda konsultierte ihren Zettel, »*Silke – arbeitsfähig?* Natürlich: *Olaf – Alkohol auf Schicht?!* Oder: *Nickels – Fehler?!* Aber das wussten wir ja schon. Und dann konnte die Kriminaltechnik einige Fotos und einen der Handyfilme retten. Der Clip wurde einen Tag vor Marzens Tod aufgenommen.«

Wanda ging an einen der Computer und startete den dorthin überspielten Film. Der Fitnessraum der Plattform war darauf zu sehen. Männer pumpten am Fitnessturm, mühten sich auf dem Stepper oder trabten auf dem Laufband. Jemand, Marzen selbst möglicherweise, filmte Nickels Winkler beim Bankdrücken. Jetzt war zu hören, wie der Filmer Nickels anfeuerte. Ein Tonfall, wie sich Liv den Drillmeister beim Militär vorstellte.

»Kraft frei, Nickels!«, setzte der Drillmeister mit dem anfeuernden Ruf der Gewichtheber nach. Es war also tatsächlich Dennis Marzen, dessen Stimme die Ermittler nun zum ersten Mal hörten.

»Lass gut sein, Dennis, das schafft er nicht«, meinte ein anderer.

Winkler löste das Gewicht von der Haltegabel. Knallrot wurde er, und die Adern traten auf seiner Stirn hervor. Seine Zuschauer schienen in zwei Lager gespalten. Die einen feuerten ihn gemeinsam mit Dennis an, die anderen zweifelten und spotteten.

»Dath … schaffst du eh nicht …« Diese Sprechweise erkannte Liv sofort.

Winklers Kopf ruckte zu dem Sprecher herum, seine Muskeln gaben nach. Die Hantelstange fiel ihm beinahe auf den Hals. Enttäuschte Rufe wurden laut. Winkler aber hievte das Gewicht auf die Gabel zurück, sprang auf und schoss auf jemanden zu.

»Gerade du Weichei reißt das Maul auf! Was bildest du dir ein?!«

Die Kamera änderte den Blickwinkel, zog wackelnd mit. Man sah, wie Winkler sich vor Olaf aufbaute und ihn nachäffte.

»Lass gut sein!«, rief Dennis, aber Nickels machte Olaf weiter fertig, bis dieser den Tränen nahe war. Dann endlich ging Dennis energischer dazwischen. »Es reicht. Spar dir deine Kräfte lieber für den nächsten Versuch auf.« Olaf stürmte hinaus. »Und jetzt noch mal«, forderte Dennis.

Zweifelnd und erschöpft blickte Winkler ihn an. Gleich darauf sah man, wie Winkler zum zweiten Mal scheiterte.

Der Film brach ab. Kurz hing Schweigen im Raum. Liv erschien die Luft auf einmal unerträglich stickig, weshalb sie die Fenster aufriss.

»Mieses Verhalten von Winkler. Dennis greift viel zu spät ein, die anderen gar nicht. Schäbig«, meinte Hennes.

»Offenbar war es Winkler peinlich genug, dass er den Videoclip verschwinden lassen wollte. Wie gesagt, die Sache mit den Asservaten spricht meiner Meinung nach dafür, dass er eher nicht der Mörder ist. Trotz allem«, meinte Liv.

»Das war aber noch nicht alles.« Wanda öffnet einen Ordner, in dem sich verschiedene Fotos befanden. Offenbar hatte Dennis Marzen etwas dokumentieren wollen. Er hatte Tauchgeräte abfotografiert, technische Anschlüsse, Einstellungen an Geräten sowie Tabellen aus einem Buch. Liv las die Eintragungen, konnte aber nichts damit anfangen. Nur die Namen kamen ihr bekannt vor, vor allem einer: »Charlie Horn, das ist der verstorbene Taucher«, sagte sie.

»Und das ist ein Dienstbuch«, wusste Hennes. »Hier wurden Charlies Einsätze eingetragen. Der letzte war zwei Tage vor seinem Tod. Lauritz Hanzmann hat die Eintragung abgezeichnet.«

»Es muss bei einem der Tauchgänge etwas vorgefallen sein, das Dennis Marzen so sehr beunruhigt hat, dass er darüber Nachforschungen anstellte«, überlegte Liv laut. »Marzen überprüft Geräte, Horns Tauchlogbuch und die Dienstbücher, vielleicht auch die Aufnahmen des Tauchgangs. Schließlich kaufte er den Laptop und beschaffte sich ein Computerprogramm. Für die Aufträge bei den Einsätzen ist Hanzmann verantwortlich, Ryan und Nickels waren bei einigen dabei. Aber was ist passiert?«

Sie alle grübelten, spekulierten, machten sich Notizen. »Diese Dokumente muss wohl ein Experte auf Unregelmäßigkeiten prüfen, vielleicht einer der Polizeitaucher«, meinte Bente schließlich. »Gibt es sonst etwas Neues in Bezug auf Nickels Winkler und Olaf Kanz?«

Wanda antwortete: »Nicht wirklich. Zumindest keinen Beweis dafür, dass einer von beiden Marzen ermordet haben könnte. Wir haben uns Kanz' Freundes- und Bekanntenkreis noch einmal vorgenommen. Kein Hinweis auf aggressives Verhalten. Keine Wutausbrüche, nur eben der Alkohol. Kanz ist zwar kräftig, aber bei seinem Alkoholpegel ist es trotzdem unwahrscheinlich, dass er Marzen bis auf die Technikbrücke geschleppt und hinuntergestürzt haben soll, zumindest ohne Lärm gemacht oder Spuren hinterlassen zu haben.«

»Ich habe mich noch mal in Bezug auf Mark Reisch schlau gemacht. Die Anlegedaten seines Versorgungsschiffs sind, wie angegeben, dokumentiert worden. Unmöglich, außer der Reihe anzulegen – da müsste er schon geschwommen sein«, berichtete Hennes.

»Du meinst, zur Plattform geschwommen, heimlich hochgeklettert, den Mord verübt, ungesehen verschwunden, zurückgeschwommen …« Livs Aufzählung ließ keinen Zweifel daran, wie unwahrscheinlich das war.

»Was Silke Aspersen angeht, müssen wir überprüfen, was Marzen meinte, als er *arbeitsfähig?* auf seiner Schwarzen Liste notiert hat. Und ihr Alibi ebenfalls noch einmal abklopfen.«

»In Ordnung, tut das. Allerdings möchte ich jetzt erst einmal unsere geballten Kräfte auf zwei andere Personen lenken: Lauritz Hanzmann und Kirsa Thorildson.« Bente berichtete, was er und Liv herausgefunden hatten.

»Also doch eine Dreiecksgeschichte?«

»Vielleicht. Die beiden werden genauestens durchleuchtet. Kontrolliert noch einmal akribisch, wann die beiden jeweils gesehen wurden – vor und nach der Tat. Wer wusste noch von der Affäre? Worüber könnten Hanzmann und Marzen noch gestritten haben? Thorildson muss erneut zum Tatabend befragt werden. Wann genau hat sie die Druckkammer verlassen, wann ist sie zurückgekehrt, was war in der Zwischenzeit mit Paifer?«

Sie verteilten die Aufgaben. Liv bot an, sich ein weiteres Mal Marzens Team vorzunehmen.

»Da bin ich dabei. Ich wollte ohnehin noch mal mit Jasper Jensen reden«, meinte Hennes.

Bente war einverstanden. »Rabia kann das Telefonat mit Ryan Nairn übernehmen, der ist nach Hause nach Schottland geflogen. Dann sprecht auch mit Arne Paifer. Der hat die Taucher ja häufiger begleitet und als Außenstehender vielleicht etwas mitbekommen. Wanda und Momke fahren nach Rømø und nehmen sich Kirsa Thorildson und ihr Umfeld erneut vor. Ich mache alles klar für Hanzmanns Vernehmung. Den werde ich heute noch zum Gespräch einbestellen.«

»So schnell schon?«, fragte Wanda konsterniert.

»Wir dürfen nicht vergessen, dass ein Mörder frei herumläuft.«

Vor dem Mitarbeiter-Wohnblock in Hörnum trafen sie auf Winklers Freundin. Die junge Frau trug Bikini, ein weites Shirt und Schlappen. Unter dem Arm hatte sie ein Handtuch. »Nickels ist bei Jasper, unten im Hafen. Der hat wohl ein Boot geerbt.« Sie musterte sie ungnädig. »Wann kriege ich endlich mein Handy wieder? Haben Ihre Kollegen denn noch immer nicht geprüft, dass ich in der Nacht von Dennis' Tod wirklich mit Nickels telefoniert habe?«

»Das kann nicht mehr lange dauern. Ich frage mal nach«, versprach Liv. »Wissen Sie, welche Wohnung Arne Paifer bewohnt?« Die junge Frau wies ihnen den Weg.

Der Ingenieur war zu Hause. Er trug einen Jogginganzug und wirkte übernächtigt. Die Dachgeschosswohnung erinnerte an eine Studentenbude: Es gab nur ein schmales Schlafsofa, das er hastig aufräumte. Überall lagen und standen Bücher, Papiere und Modelle herum. In der Küche häuften sich die Packungen von Fertiggerichten. Paifer ging zum Schreibtisch und klappte die Aktenordner und sein Notebook zu. An der Wand hing ein Bilderrahmen mit dem Foto eines alten Herren. Ein weiteres Foto zeigte Paifer und eine junge Frau mit Taucherausrüstung an einem Pool. Außerdem hingen dort etliche Zeichnungen von Windrädern und Windmühlen, darunter eine, die wie ein offener Turm aussah, und eine andere, die an ein Karussell erinnerte. Liv betrachtete sie interessiert.

»Das sind die ältesten Windmühlen der Welt. Eine persische aus dem siebten Jahrhundert, eine sogenannte Horizontalwindmühle mit Windfang. Gleich danach entstand die karussellartige chinesische Windmühle.« Arne Paifer schien in Fahrt zu kommen. »Manche behaupten, es habe schon vor viertausend Jahren Windräder gegeben, aber das ist nicht wirklich belegt. Im neunzehnten Jahrhundert drehten sich in Europa bestimmt ein paar Hunderttausend Windräder …«

Liv hätte jetzt auch gerne ein Windrad gehabt, nämlich einen kleinen Ventilator, da sich unter dem Dach kein Lüftchen regte. Hennes klickerte mit dem Kleingeld in seiner Tasche, was sie ganz nervös machte. »Wir haben noch einige Fragen an Sie«, unterbrach er Paifer jetzt.

»Oh, ja. Natürlich. Setzen Sie sich.« Liv überließ Hennes

den Schreibtischstuhl und holte einen Klapphocker aus der Kochnische. In Ermangelung eines weiteren Stuhls setzte sich Paifer auf das Bett und pulte nervös an der Nagelhaut seines Zeigefingers.

»Wie würden Sie das Verhältnis von Dennis Marzen und Lauritz Hanzmann beschreiben?«, begann Hennes.

»Gut. Professionell.«

»Tatsächlich? Wir haben gehört, dass es Probleme gab.«

»Probleme? Nicht, dass ich wüsste.«

»Vor allem beim letzten Teameinsatz. Da hat es angeblich einige größere Meinungsverschiedenheiten gegeben. Wir würden gerne wissen, worum es da ging.«

»Hat Herr Hanzmann es Ihnen denn nicht gesagt?«

Liv beugte sich vor und stützte die Ellbogen auf die Knie. »Hören Sie, Herr Paifer. Mit falsch verstandener Loyalität Herrn Hanzmann gegenüber ist niemandem gedient. Auch nicht Ihrem Chef. Abgesehen davon, dass Sie mit einer Falschaussage eine Straftat begehen. Es sei denn, Sie würden sich selbst beschuldigen. Dann steht Ihnen das Aussageverweigerungsrecht zu.«

»Was, also … nein«, stotterte Paifer und rang seine Hände. »Ach so, das meinen Sie. Diesen Streit. Den hatte ich ganz vergessen. Man kann es eigentlich nicht Streit nennen, es war mehr ein Ringen um den richtigen Weg.« Er lachte nervös. »Dennis' schroffer Tonfall hat wohl einen anderen Eindruck vermittelt. Es ging um die Arbeitsbedingungen und die Arbeitszeiten der Taucher. In der Schlussphase unserer Forschungsprojekte steigt der Druck natürlich. Herr Hanzmann will das bestmögliche Ergebnis, und Dennis hatte die Sicherheit seiner Taucher im Blick. Aber es wurde immer eine Lösung gefunden.«

»Das werden wir ja sicher feststellen, wenn wir die Tauchbücher und Videoaufnahmen der Tauchgänge prüfen«, sagte Liv. »Sie selbst hatten ebenfalls Probleme mit Dennis Marzen, von denen Sie uns nichts berichtet haben.«

Arne Paifer lachte auf. »Nicht wirklich. Er hat mich oft als ›Schönwettertaucher‹ bezeichnet. Das mag aus seiner Perspektive stimmen, obwohl ich natürlich einen Berufstaucherlehrgang draufgesattelt habe. Aber nicht jeder kann Jahrzehnte als Minentaucher auf dem Buckel haben.«

»Und fällt Ihnen nun, wo Ihr Gedächtnis besser funktioniert, noch etwas zum Verhältnis von Dennis Marzen zu den anderen Mitarbeitern ein? Speziell zu den Tauchern?«, fragte Hennes.

Paifer schien angestrengt zu überlegen. »Nein«, sagte er. »Wirklich nicht. Ich wünschte, ich könnte Ihnen weiterhelfen.«

»Ich würde gerne noch einmal auf Ihren Aufenthalt in der Druckkammer am Tatabend zu sprechen kommen. Frau Thorildson habe die Kammer die ganze Zeit bedient, sagten Sie?«

»Ja, so ist es.«

»Sie ist also nicht weggegangen?«

Arne Paifer blinzelte verwirrt. »Nein, ich glaube nicht. Ich kann es aber auch nicht beschwören. Mir ging es nicht sehr gut, das sagte ich ja.«

»Wussten Sie, dass Herr Hanzmann auf der Plattform eine Beziehung zu einer Mitarbeiterin hatte?«

Der junge Mann schien ehrlich überrascht. »Eine Beziehung? Im Sinne von …«

»Sex, ja, genau«, sagte Hennes.

Paifer rutschte aufgeregt auf der Bettkante herum. »Nein, das wusste ich nicht. Zu wem denn? Das dürfen Sie vermutlich nicht sagen, oder? Die arme Henny! Weiß Hen…, also

Frau Hanzmann, davon? Hat diese Beziehung etwas mit dem Mord zu tun?«

»Inwiefern könnte die Affäre denn etwas mit Dennis Marzens Tod zu tun haben?«, forschte Liv nach.

»Ich weiß nicht ... Aber so etwas ... Das ist so ... Nein, das kann ich mir nicht vorstellen. Nicht bei Herrn Hanzmann«, schloss Paifer.

»Immer wieder erschütternd, wie wenig man seinen Arbeitskollegen oder seinen Partner wirklich kennt«, meinte Hennes, als sie zum Dienstwagen zurückgingen.

Liv setzte die Sonnenbrille auf und grinste. »Ich kann auch nicht sagen, dass ich dich wirklich gut kenne. Ich meine, wir arbeiten schon seit drei Jahren zusammen, aber ich war noch nie bei dir zu Hause. Ich weiß nicht, ob du allein lebst, liiert oder verheiratet bist, wenn ja, mit Männlein oder Weiblein ...«

»Drehst du jetzt völlig durch? Was hat mein Privatleben mit unserer Arbeit zu tun?«, fiel Hennes ihr schroff ins Wort.

»Du hast doch gerade gesagt ...«

»Ich weiß, was ich gesagt habe. Ich bin ja nicht senil. Noch nicht.«

»Ich meine ja nur. Manche Sachen muss man auch nicht wissen. Wenn du das für dich behalten willst, bitte.«

»Du willst ja auch für dich behalten, was mit Gerlich ist.«

Kurz überlegte Liv, ob sie weiter dazu schweigen sollte. Dann entgegnete sie: »Nichts ist mit ihm. Und das habe ich ihm auch gesagt.«

»Deshalb schaust du auch ständig auf deinem Handy, ob er sich schon gemeldet hat.«

Tja, so leicht war Hennes nicht hinters Licht zu führen. »Quatsch! Wenn Arne Paifer sich nur für seine Arbeit interessiert hat, ist das doch gut.«

»Dennis Marzen hat sich anscheinend ebenfalls nur für seine Arbeit interessiert. Was genau er recherchiert hat, finden wir hoffentlich heraus, wenn wir mit seinen Kollegen und Jensen gesprochen haben.«

Sie parkten am Sylter Jachtklub. Vor der Bude der Ausflugsschiffe war eine lange Schlange. Sie hörten aufgeregte Rufe; offenbar waren etliche Schulklassen unter den Touristen, die sich auf die Fahrt zu den Seehundbänken freuten. Ehe sie nach Dennis Marzens Boot fragen konnten, hatten sie Nickels Winkler und Jasper Jensen schon auf einem alten Kutter entdeckt. Das kleine Motorschiff lag auf der anderen Seite des Jachtklub-Gebäudes auf Kiel. Der Rumpf brauchte dringend einen neuen Anstrich. Auch der Rest des Kutters hatte eine Generalüberholung nötig. Jensen war mit einem Hochdruckreiniger dabei, den Rumpf von Seepocken zu befreien. Die krebsartigen Tiere mit der enormen Haftkraft bildeten einen huckeligen Überzug, der nur schwer zu entfernen war. Winkler stand daneben, die bandagierten Hände in die Seiten gestützt, und schien eine Kühlbox mit Bierflaschen zu bewachen.

Als Nickels Winkler sie sah, zog er augenblicklich eine Flappe. »Ätzend eigentlich, kaum jemand freut sich, uns zu sehen«, meinte Hennes, dessen langes graues Haar im Wind flatterte.

»Na ja. Winkler hat definitiv ein schlechtes Gewissen.«

Jasper Jensen schaltete den Hochdruckreiniger aus. Der ehemalige Minentaucher sah trotz der Arbeitskleidung gepflegter aus als beim letzten Mal. »Nickels hat nichts gemacht. Er war die ganze Zeit hier bei mir«, sagte er abwehrend und wischte sich über das nasse Gesicht.

»Wir haben auch nichts Gegenteiliges behauptet.« Hennes klopfte auf das Rumpfholz und begutachtete Ruder und Schiffspropeller. »Das muss das Schiff sein, das Dennis Ihnen vererbt hat. Schönes Stück Arbeit, aber die Substanz scheint zu stimmen.«

Jensens Miene verdüsterte sich. »Dennis wollte ihn wieder fit machen und auf Krabbenfang gehen oder Ausflugsfahrten anbieten. Das war sein Plan B für den Fall, dass es als Berufstaucher gesundheitlich nicht mehr hinhaut. Man darf in dieser Branche zwar bis fünfundsechzig arbeiten, aber für die meisten ist mit jenseits der fünfzig Schluss. Dann ist der Körper kaputt.«

»Was wollen Sie?«, platzte Nickels Winkler heraus.

»Wir haben nur noch einige Fragen an Sie und zu Dennis' Privatleben. Auch sein Verhältnis zu Herrn Hanzmann würde uns interessieren.«

Jensen mischte sich erneut ein: »Auf Dennis lassen wir nichts kommen. Wenn er jemanden kritisiert hat, dann hat er das nicht ohne Grund getan. Das gilt auch für die Kritik an Nickels, das hat er Ihnen doch schon gesagt.«

Liv sah sich um. »Wollen wir uns ins Klubhaus setzen und dort sprechen?«

»Nein. Wir haben hier am Kutter genug zu tun, wir wollen keine Zeit verlieren.«

Sie wandte sich Nickels Winkler zu. »Gut, dann fangen wir an. Wir konnten die Daten auf Dennis' Handy wiederherstellen.« Winkler wurde blass. »Wir haben die Szene gesehen, in der Sie Olaf Kanz im Fitnessraum zutiefst demütigen. Und das offenbar nur, weil Sie im Gewichtheben versagt haben. Dieses Verhalten geht weit über das harmlose Nachäffen, das Sie uns gestanden haben, hinaus.«

»Olaf hat sich über mich lustig gemacht!«, verteidigte Nickels Winkler sich.

»Und das ist ein Grund, jemanden fertigzumachen?«, fragte Jensen. Er starrte seinen Freund empört an.

Nickels Winkler senkte den Blick. »Nein, natürlich nicht. Ich war … Ich habe mich über mich selbst geärgert. Hinterher tat's mir leid. Aber in dem Moment …«

»Dennis hat Ihnen außerdem Fehler vorgeworfen. Ging es um Situationen wie diese?« Liv zeigte ihm die Technikfotos, die sie von Marzens Handy auf ihres überspielt hatte. Nickels Winkler betrachtete die Fotos eingehend. Es schien ihm peinlich zu sein, das vor Jensen zuzugeben. Doch dann gestand er: »Ja. Das waren Bedienfehler. Passiert mir sonst nie. Glücklicherweise hat Dennis es rechtzeitig bemerkt. Das hätte übel enden können. Ich musste ihm versprechen, dass ich mich besser konzentriere und lieber alles dreimal checke.«

Jensen wurde zunehmend ungehalten. »Mann, Nickels! Du brauchst wirklich jemanden, der auf dich aufpasst!«

»Kommt nicht wieder vor«, presste Winkler hervor.

»Das will ich hoffen!«

»Wir wissen inzwischen, dass Dennis eine Beziehung zu Kirsa Thorildson hatte. Sie zumindest dürften davon gewusst haben, Herr Winkler. Warum haben Sie uns nichts von Kirsa erzählt?«, fragte Liv weiter.

Winklers Miene wurde abweisend. »Weil es Dennis' Privatsache war. Die beiden haben sich auf der Plattform nie etwas anmerken lassen. Außerdem war die Beziehung zu Ende.«

»Kirsa hatte ein neues Verhältnis.« Liv versuchte die Reaktion an den Gesichtern der Männer abzulesen. Beide schienen nichts davon gewusst zu haben. »Sie hatte eine Affäre mit Lauritz Hanzmann. Wie ist Dennis damit umgegangen?«

Nickels Winkler wirkte ehrlich erstaunt, beinahe ange-eekelt. »Echt, mit dem Lustgreis? Dennis wusste nichts davon, denke ich.«

»Erzählen Sie uns mehr über das Verhältnis von Dennis und Hanzmann.«

»Das habe ich doch schon ...«

»Vielleicht fällt Ihnen noch etwas ein. Beispielsweise, wo-rüber die beiden bei der letzten Schicht gestritten haben.« Hennes schlug unvermittelt einen geradezu militärisch har-ten Ton an. »Und kommen Sie uns nicht mehr mit Ausflüch-ten, Winkler! Wir wissen von dem Streit!«

Beinahe schien Nickels Winkler Haltung anzunehmen. »Es ging um die Tauch- und Ruhezeiten. Darum, dass die eingehalten werden.«

»Die wurden also überschritten?«

»Hanzmann hat Druck gemacht. Er wollte die letzten Untersuchungen an den Prototypen abgeschlossen haben. Aber Dennis sorgte dafür, dass alles korrekt ablief.« Nickels Winkler hob die Schultern. »Hab nicht begriffen, warum die Diskussion so hochgekocht ist.«

»Vielleicht war einer der beiden Männer auf den anderen eifersüchtig? Wegen Kirsa Thorildson?«

»Kann ich mir nicht vorstellen. Das wäre viel zu unpro-fessionell.«

»Wenn es um Gefühle geht, bleibt Professionalität manch-mal auf der Strecke«, meinte Liv. Sie hatte die Aussage natür-lich auf Dennis Marzen bezogen. Hennes' spöttischer Blick machte ihr allerdings klar, dass man den Satz auch anders deuten konnte.

Nun wandte Hennes sich wieder Jensen zu. »Sie haben uns ebenfalls etwas verschwiegen: Ihre Kenntnisse als Ha-cker.« Liv merkte auf, diese Information war neu für sie.

»Ich bin kein Hacker. Ich habe eine Umschulung absolviert und kenne mich ein wenig mit Computern aus. Was meinen Sie, womit ich in Zukunft meine Kröten verdienen will?«

»Offengestanden dachte ich, Sie füttern im Aquarium die Fische.«

»Das Aquarium ... das ist etwas anderes. Ich entwickle Firmenprogramme und sorge dafür, dass sie laufen. Habe gerade erst damit angefangen. Bei dieser Arbeit bin ich allein. Niemand nervt mich, und ich kann in meinem Rhythmus vor mich hinwerkeln.«

»Was haben Sie für Dennis gehackt? Und vor allem: Warum?«

»Ich habe nicht ... Ich würde nicht ...«

»Ihr Geschäft ist neu? Wir könnten natürlich auch bei Ihren Kunden Erkundigungen einholen ...«

Diese Aussicht gefiel Jensen ganz und gar nicht, was Liv verständlich fand. Seine Hand, mit der er noch immer den Reinigungsautomaten hielt, zitterte. »Dennis wollte die Überwachungsanlage im Control Center der Plattform manipulieren. Brauchte ein kurzes Zeitfenster, um ungesehen etwas erledigen zu können«, gab er zu. Winklers Reaktion nach zu urteilen, hatte dieser nichts davon gewusst.

»Und Sie haben ihm einfach so das Programm geschrieben?«, fragte Liv empört.

»Das war nicht so schwer. Man braucht nur ein kleines Programm, mit dem man einen Trojaner aufspielt. Über das normale Betriebssystem, zum Beispiel Linux, wird dann die Kamera manipuliert.« Jensen lächelte traurig, als er hinzusetzte: »Am längsten hat es gedauert, Dennis zu erklären, was er machen muss.«

»Was hatte Dennis mit diesem Programm vor?«

»Das weiß ich nicht. Ich habe nur getan, was er gesagt hat.«

»Wie damals beim Militär, was? Stumpfer Gehorsam! Und wenn Dennis nun das Leben der Belegschaft gefährdet hätte?«, brach es aus Hennes heraus.

Jensen wurde bleich. »Das hätte Dennis niemals getan. Er war der verantwortungsbewussteste Mensch, den ich kenne.«

»Dennis hat keine Bemerkung gemacht, kein Hinweis, kein einziges Wort, das darauf hindeutete, was er vorhatte?«

Stumm verneinte Jensen. Stattdessen murmelte Nickels Winkler: »Dennis hat mir gar nichts von diesem Plan erzählt. Und du hast es mir auch nicht verraten.« Enttäuschung klang durch.

»Dennis wollte eben niemanden mit hineinziehen«, verteidigte Jensen seinen toten Freund.

Nickels Winkler schien konzentriert zu überlegen. Dann sah er auf. »Das Einzige, was mir noch einfällt, ist, dass Dennis oft von Charlie gesprochen hat.«

Liv kramte in ihrem Gedächtnis. »Ihr ehemaliger Kollege? Der nach einem Herzinfarkt gestorben ist?«

Winkler nickte. »Charlies Tod hat Dennis sehr beschäftigt. Fast so, als fühlte er sich dafür verantwortlich.«

»Davon weiß ich nichts. Ich kannte Charlie nur vom Hörensagen«, musste Jensen zugeben. Sein Blick war zu dem Kutter gewandert. »Können wir jetzt endlich weitermachen?«

Die Kommissare liefen zum Dienstwagen zurück. Liv kontrollierte ihr Handy. »Wir sollten schnellstmöglich mit Valeska Horn, der Witwe dieses Charlie, sprechen. Selbst wenn nichts herauskommt, können wir diesen Aspekt wenigstens abhaken«, sagte sie.

»Erst mal nehmen wir uns diese Aspersen vor.«

Liv drehte die Lüftung im Auto auf. Sie redeten nicht viel, denn ihr gingen die Gespräche im Kopf herum. An diesem Fall war etwas schwammig, etwas, das sie nicht zu fassen bekam. Ganz so, als tauche sie durch ein aufgewühltes Meer, in dem die Sicht schlecht war. Dabei wurde es Zeit, dass sie klarer sahen. Bald waren die Befragungen auf Sylt abgeschlossen – und vom Schreibtisch in Flensburg aus Zusammenhänge zu erkennen, würde deutlich mühseliger werden.

Silke Aspersen wohnte in einem kleinen Haus am Bahndamm in Westerland. Sie saß mit einer anderen Frau im Vorgarten auf einer Picknickdecke und bastelte mit einem Kind im Grundschulalter einen Papierdrachen. Ihr Lächeln wirkte aufgesetzt.

»Ich habe mir schon gedacht, dass Sie auch noch einmal zu mir kommen würden. So viel Unruhe, wie Sie unter der Belegschaft stiften.«

»Bei einer Mordermittlung wird kein Stein auf dem anderen gelassen. Das wird von uns erwartet, und das ist auch richtig so«, sagte Liv.

»Olaf hat auf jeden Fall schon mal gekündigt. Und Nickels Anstellung wird ebenfalls geprüft. Im Zweifelsfall müssen wir gleich zwei Taucher neu anstellen, das gibt der Stellenmarkt kaum her.«

»Diese Klage haben wir auch schon von Hanzmanns gehört. Können wir allein sprechen?«

»Ich habe keine Geheimnisse vor meiner Ehefrau.«

»Auch das haben wir vor Kurzem schon einmal gehört.«

»In diesem Fall ist es aber richtig.«

»Also gut. Auch Sie haben uns nicht die ganze Wahrheit gesagt, was Ihr Verhältnis zu Dennis Marzen angeht.«

Kurz schwieg Silke Aspersen. »Sie wissen also von Dennis' Vorwürfen?«

»Wir konnten die Daten auf seinem Handy zum Teil wiederherstellen. Er hat eine Notiz hinterlassen.«

Aspersen wischte sich ein paar Schweißtröpfchen von der Stirn. »So ist das mit falscher Nachrede. Selbst, wenn nichts daran ist, wird sie weitergetragen.« Tröstend nahm ihre Frau ihre Hand. »Ich habe Diabetes. Nicht gravierend, und so lange ich kein Insulin spritzen muss und die Erkrankung mich nicht beeinträchtigt, darf ich laut unseren Arbeitsmedizinern weiter offshore arbeiten. Als ich einmal unterzuckert war und einen Fehler machte – nichts Gravierendes, reine Nachlässigkeit, aber trotzdem, es hätte nicht passieren dürfen –, hat Dennis das mitbekommen. Von da an war er der Meinung, ich dürfte in meinem Zustand«, sie spie das Wort beinahe aus, »nicht diese Verantwortung tragen. Dabei geht es mir gut.«

»Die Geschäftsführung weiß davon?«

»Natürlich. Nach dem Vorfall ist meine Insulindosis neu eingestellt worden. Ich unterzuckere kaum noch, und wenn, dann nur ganz schwach. Der Arbeitsmediziner checkt mich in kürzeren Intervallen durch als die anderen. Mein einziges Handicap – wenn man es denn so nennen will – ist, dass ich schwitze, wenn ich Stress habe. Das ist unangenehm, aber nun wirklich keine Arbeitsbeeinträchtigung.« Sie lachte bitter. »Ich liebe diesen Job und will ihn behalten. Können Sie sich vorstellen, wie ich mich gefühlt habe? Als wäre die Krankheit nicht genug, hackt auch noch ein Kollege auf mir herum!« Das Kind hatte offenbar den Kummer in ihrer Stimme gehört und kletterte auf Aspersens Schoß. »Und nein, ich habe Dennis nichts getan. Ich habe einfach gehofft, dass er damit aufhört. Dass er sich so professionell verhält, wie er es von anderen erwartet.«

Sie sprachen Silke Aspersen im weiteren Verlauf des Gesprächs auch noch auf das Dreiecksverhältnis von Marzen, Thorildson und Hanzmann an. Sie war schockiert, gab aber an, nichts davon gewusst zu haben.

»Was ist mit den Diskussionen zwischen Dennis Marzen und Lauritz Hanzmann über die Arbeitsbedingungen der Taucher?«, fragte Liv nach.

»Mit den Einsätzen der Taucher für die Forschungsabteilung habe ich nichts zu tun.«

Noch einmal tupfte sich Silke Aspersen mit dem Ärmel die Stirn ab. »Ich habe aber etwas verschwiegen, das tut mir jetzt sehr leid. An dem Abend, an dem Dennis starb, haben wir uns gestritten. Über eben diese Arbeitsbedingungen. Dennis hat verlangt, dass ich mich einmische. Er hat behauptet, es wären Fehler passiert und Hanzmann hätte ihm den Zugang zu den entsprechenden Berichten und Helmkamera-Aufnahmen verweigert. Aber ich lege mich deswegen nicht mit Hanzmann an, dazu kenne ich mich damit zu wenig aus. Das tue ich mir nicht an.«

Es war, als ob Kriechstrom durch Livs Körper fuhr. »Warum haben Sie das verschwiegen?«

»Der Streit hat mir zu schaffen gemacht. Wir sind doch ein Team, eine eingeschworene Gemeinschaft!«

Liv erinnerte sich daran, wie sie sich anfangs über Aspersens Friede-Freude-Eierkuchen-Mentalität geärgert hatte. Hatte sie vielleicht unterschwellig geahnt, dass es damit nicht so weit her war?

»Ich war nach dem Streit völlig durchgeschwitzt. Ich konnte mir auch nicht vorstellen, dass Herr Hanzmann so etwas tut. Ich meine, alle Einsätze werden lückenlos dokumentiert. Es gibt ausführliche Berichte und die Aufnahmen der Helmkameras. Wie will man da etwas vertuschen?«

»Wo finden wir die Aufnahmen? Und ich meine: alle Aufnahmen?«

»Je nachdem. Ein Back-up hier bei *Hanzmann Energy* auf Sylt oder auf der Plattform, da entweder im Control Center oder in der Forschungsabteilung.«

Ehe sie gingen, wandte Liv sich an der Gartentür noch einmal um. »Was hatte es eigentlich mit der verschwundenen Zugangskarte auf sich, die Olaf Kanz gehörte?«

»Die haben wir wiedergefunden. Glücklicherweise, denn es war eine mit einem All-Area-Zugang, wie sie die Notfallsanis nun mal brauchen.«

Liv und Hennes entschieden, nun sofort den Autozug zum Festland zu nehmen, um in Klanxbüll mit Valeska Horn zu sprechen. Während sie auf den Sylt Shuttle warteten, ging Hennes los, um belegte Brötchen zu kaufen. Liv rief im Kommissariat an, um herauszufinden, ob alle Taucherberichte bereits gesichtet und Unregelmäßigkeiten festgestellt worden waren.

»Wir haben uns die Aufnahmen angeschaut, an denen Dennis beteiligt war. Manchmal war er der Taucher und hat mit seiner Helmkamera aufgenommen, manchmal war er über Wasser. Viel Blubb-Blubb und Fachchinesisch«, sagte Wanda.

»Es ist also keine Auseinandersetzung dokumentiert?«

»Leider nicht.«

Ungeduld brachte Livs Nacken zum Kribbeln. »Ich verstehe das nicht. Um welche Aufnahmen ging es Dennis denn dann? Vielleicht fehlen ja auch welche. Wir sollten uns einen Durchsuchungsbeschluss beschaffen und alle Aufnahmen sichern. Irgendetwas muss passiert sein. Was gibt es bei euch Neues?«

Wanda biss von etwas ab und schmatzte leise ins Telefon. Liv dachte sehnsüchtig an die Brötchen, die Hennes mitbringen würde. »Wir haben herausgefunden, warum der Verkehrsstreit von Hanzmann nicht dokumentiert ist.«

Im ersten Augenblick wusste Liv nicht, was ihre Kollegin meinte. Dann fiel ihr der Streit um einen Parkplatz ein, den Dominik erwähnt hatte.

Wanda fuhr bereits fort: »Hanzmann hatte dem anderen Verkehrsteilnehmer wegen dieser Lappalie die Schläge nicht nur angedroht, sondern zugelangt. Sein Anwalt hat es offenbar geschafft, dass der Gegner die Anzeige zurückgezogen hat. Muss ein saftiges Schweigegeld für die Tätlichkeit gezahlt haben. Bente freut sich schon darauf, Hanzmann nachher darauf anzusprechen.«

20

Von der Verladestation in Niebüll fuhren sie ein Stück zurück gen Küste. Die Gegend war platt und ländlich, mit vielen Feldern und Pferdekoppeln. Scharf zeichnete die Sonne die Umrisse der einzelnen Wolken auf die Äcker. Der strahlend gelbe Raps sandte seinen durchdringenden Duft aus. Die Adresse war in der Nähe der Backsteinkirche von Klanxbüll mit ihrem neuen, hellen Reetdach. Hinter einer Hainbuchenhecke, aus der ein Spatzenschwarm aufstob, warb ein Schild für ein B&B. Die Pläne waren, dem Zustand von Haus und Garten nach zu urteilen, aber schon länger im Sande verlaufen. Genau genommen war nicht einmal das Schild fertig, denn die Fassungen für die Beleuchtung waren leer und Kabel hingen heraus. Der Anblick machte Liv wehmütig. Ein Traum, den jemand hatte verwirklichen wollen und der zerplatzt war wie eine Seifenblase.

Eine verhärmt aussehende Frau öffnete. Die blonde Haarfärbung hatte sie schon lange nicht mehr erneuert, und ihr Blick flackerte von einem zum anderen.

Liv und Hennes stellten sich vor. »Polizei? Das heißt, Sie untersuchen den Tod meines Mannes doch noch gründlich?«, fragte Valeska Horn hoffnungsvoll.

»Nein, da müssen wir Sie enttäuschen. Wir beschäftigen uns mit dem Tod von Dennis Marzen.«

Valeska Horns Augen wirkten auf einmal wie gesprungene Murmeln. »Dennis, der Gute. Er hat uns so sehr geholfen. Und jetzt ist auch er tot.« Sie brauchte einen Augenblick, bis sie sich gefangen hatte. »Kommen Sie doch herein. Ich mache uns einen Tee.« Sie war offenbar gerade beim Aufräumen gewesen. Auf dem Boden lag ein Staubsauger, neben dem Sofa ein Wäschekorb, auf dem Tisch stapelten sich Bücher und Schreibzeug. Sie machte einige hilflose Versuche, Ordnung zu schaffen. Vor dem Fenster stand unter einer bunten Gardine ein Pflegebett. Es war so ausgerichtet, dass man genau auf die Pferdekoppel und ein Blumenbeet hinter dem Haus schauen konnte. »Ich habe neben meiner Arbeit mit einer Fortbildung angefangen. Gar nicht so einfach, zusammen mit meinem Kind und der Arbeit. Unsere Tochter ist ein tolles Mädchen, aber ihre Pflege und ihre Förderung kosten viel Geld.« Valeska Horn hob die Mundwinkel zu einem Lächeln. »Immerhin gibt es einen Kindergarten in der Nähe, der sich Inklusion auf die Fahnen geschrieben hat. So kann ich wenigstens ein bisschen arbeiten.«

»Dennis hat Sie unterstützt?«

»Ja, er ist … er war wirklich ein Schatz. Nach Charlies Tod, als das Geld von *Hanzmann Energy* ausblieb, wurde es eng. Dennis hat uns regelmäßig besucht. Es war nicht so, dass ich ihn um Geld gebeten habe. Er hat gesehen, wie es um uns steht.«

Die ersten Worte von Valeska Horn hatten Liv keine Ruhe gelassen. »Warum dachten Sie, dass wir den Tod Ihres Mannes untersuchen würden?«

»Charlie ist einfach zusammengebrochen. Herzinfarkt, hat der Notarzt gesagt. Dabei hatte er doch nie Beschwerden. Sein Herz war stark. Hier bei uns hat er immer mit angefasst, hat mit Susi gespielt oder die Übungen mit ihr gemacht.« Ihre

Stimme brach. Sie räusperte sich und redete mühsam weiter: »Die Tauchunfall-Versicherung hat nicht gezahlt. Sie sagten, Krankheiten und Abnutzungserscheinungen seien ausdrücklich ausgeschlossen. Abnutzungserscheinung – alleine das Wort! Es geht doch um einen Menschen, nicht um ein Auto! Dabei waren wir so glücklich, trotz allem.«

Sie holte ein Album hervor und zeigte ihnen Familienfotos. Trotz der Behinderung schien das Paar mit Susi viel unternommen zu haben. Wenn man die Bilder sah, glaubte man ihnen ihre Freude sofort. »Ja, das sieht wirklich so aus. Wie Sie strahlen!«, sagte Liv.

»Haben Sie mit Dennis über die Arbeit gesprochen? Hat er Ihnen etwas aus seinem Alltag erzählt, von seinen Freunden und seiner Partnerin?«, wollte Hennes wissen.

»Ein wenig, ja. Gerade so viel, dass es nicht allzu weh tat, weil es uns zu sehr an Charlie erinnerte. Er hat mich um Rat gebeten, als er sich von Kirsa trennte.«

»Dennis hat sich von ihr getrennt? Oder war es umgekehrt?«, fragte Liv nach.

»Dennis hat Schluss gemacht. Dabei hat er sie wirklich geliebt. Aber er konnte nicht über seinen Schatten springen. Er hat es nicht ausgehalten, seine eigenen Grundsätze zu verletzen. Letztlich hätte es für ihn Arbeit oder Liebe geheißen, da hat er die Reißleine gezogen. Wenig später hatte sie schon was mit diesem Hanzmann. Das hat Dennis sehr verletzt, auch wenn er es seinen Kumpels gegenüber nie zugegeben hätte. Da wusste er, dass er die richtige Entscheidung getroffen hat.«

»Kennen Sie Kirsa persönlich?«

»Nein, Dennis hat sie nie mit hierher gebracht.«

Liv staunte darüber, was diese tapfere Frau alles wusste. Warum hatten sie nicht schon früher mit ihr gesprochen?

»Was für ein Verhältnis hatte Dennis zu Hanzmann?«, fragte sie bewusst vage.

»Hanzmann ist ein Ausbeuter. Es war ein ewiges Ringen um Arbeits- und Ruhezeiten, darüber hat Charlie oft geklagt. Deshalb hat er sich auch nach einem neuen Job umgeschaut. Aber wir wollten nicht hier weg. Ich hatte ja so große Pläne für ein B&B! Für Dennis kam dann die Sache mit Kirsa dazu. Er hat einfach nicht begriffen, was sie an Hanzmann findet. Hanzmann hat Dennis sogar damit gedroht, seinen Ruf zu ruinieren, wenn Dennis mit seinem Beharren auf Sicherheitsstandards weiter die Forschungen erschwert. Dennis hat das nicht ernst genommen. Er meinte, Hanzmann schaffe es nicht einmal, sich seiner Frau gegenüber zu behaupten. Also würde er es auch nicht wagen, sich mit ihm anzulegen.«

Liv merkte auf, wollte Valeska Horn aber nicht unterbrechen. »Erinnern Sie sich noch, was Hanzmann genau gesagt hat?«, fragte sie nach.

Valeska drehte grübelnd an ihrem Ehering. »Das muss bei einer dieser Diskussionen über die Arbeitszeit gewesen sein. Hanzmann sagte so was wie: Wenn Dennis ihm die Forschung versauen würde, dann sei er die längste Zeit Taucher gewesen.«

Auch Hennes beugte sich vor. »Wie hat Dennis darauf reagiert?«

»Er meinte, wenn man viel zu tun hat und so lange aufeinander hockt, wird der Ton schon mal rauer, gerade unter Männern.«

»Hat noch jemand diese Drohung gehört?«

»Das hat Dennis nicht erwähnt.«

Als Nächstes fragten sie die Witwe, ob sie etwas über Dennis' Computerkenntnisse wusste oder ob er erzählt hatte, dass er auf der Plattform etwas herausfinden wollte. Leider war Valeska Horn nichts in dieser Richtung bekannt.

Ehe sie hinausgingen, sprach Liv etwas an, das ihr während des gesamten Gesprächs auf der Seele gelegen hatte. »Dürfte ich die Unterlagen über den Tod Ihres Mannes eventuell mal sehen? Den Totenschein vielleicht? Eine Obduktion hat ja wohl nicht stattgefunden.«

»Nein, unser Hausarzt meinte, das sei nicht nötig. Eindeutig Herzinfarkt.«

Valeska Horn holte eine Mappe aus dem Schrank und reichte sie Liv. Die Mappe war aus Pappe und von Kinderhand bemalt. In der Mitte prangte ein Herz, in das mit ungelenker Kinderhand »Papi« geschrieben worden war. Daneben war eine Gestalt gemalt, bei der es sich um einen Engel handeln konnte.

Valeska Horn sog tief und zittrig die Luft ein. »Ich weiß zwar nicht genau, was Sie damit wollen, aber schaden tut es ja wohl nichts.«

Liv schlug die Mappe auf, sah kurz hinein.

»Hatte Charlie ein Taucherlogbuch?«, wollte Hennes wissen.

»Ist das nicht darin? Ach, jetzt erinnere ich mich. Das hatte Dennis sich ausgeliehen.«

An der Tür wies Liv auf das B&B-Schild. »Werden Sie trotzdem Zimmer vermieten? Hier ist es ja schön ruhig.«

»Ja, diesen Traum gebe ich nicht auf«, sagte Valeska Horn entschlossen, »auch wenn es noch ein bisschen dauern wird. Wir waren so stolz, als das Schild endlich kam. Aber dann ist Charlie beim Aufhängen von der Leiter gefallen, einen Tag ehe er starb. Musste ins Krankenhaus. Manche würden sagen, das sei ein Vorzeichen gewesen. Aber da glaube ich nicht dran.«

Als sie wieder draußen waren, holte Liv tief Luft. Die Atmosphäre im Haus war trotz aller Tapferkeit drückend gewesen. Als wolle der Wind ihre Beklemmung wegwischen, war er aufgefrischt. Aufwind, registrierte Liv. Das Wetter änderte sich.

»Was willst du mit der Mappe? Du kannst Frau Horn sowieso nicht helfen«, meinte Hennes.

»Es kommt mir merkwürdig vor, dass zwei Taucher innerhalb so kurzer Zeit sterben. Beide haben auf derselben Plattform gearbeitet, wenn sie auch aus unterschiedlichen Gründen gestorben sind.«

»Zufälle gibt es immer, auch, wenn man es nicht wahrhaben will. Viel interessanter ist, was sie von Hanzmann erzählt hat. Ich wusste doch gleich, dass mit dem etwas oberfaul ist«, entgegnete Hennes.

Am Auto sah Liv auf ihr Handy. »Na, meldet er sich noch immer nicht?«

Ertappt blickte sie auf. »Ich habe nur nachgeschaut, wer in der Zwischenzeit angerufen hat.«

»Klar«, meinte Hennes ein wenig spöttisch.

»Bente hat sich gemeldet.«

Hennes grinste. »Ach so.«

Während Hennes den Wagen zurück nach Niebüll zum Autozug fuhr, rief Liv im Kommissariat an und gab Bente eine Kurzfassung des Gesprächs. Als Bente seinerseits die neuesten Ermittlungsergebnisse zusammenfasste, stellte Liv auf laut. »Momke und Wanda haben gerade mit Freundinnen von Kirsa gesprochen. Eine meinte, dass Kirsa über Hanzmann geklagt habe. Die Kurzfassung: Er sei besitzergreifend und dominant. Eine andere erwähnte, dass Kirsa in letzter Zeit ungewöhnlich viel Geld gehabt habe. Das meiste habe sie ihren Eltern für den Kro gegeben. Du hattest den richtigen Riecher, Liv.«

»Hanzmann hält Kirsa also aus?«

»Das werden wir hoffentlich heute noch erfahren.«

Als sie im Kommissariat eintrafen, war Kirsa Thorildson schon da. Bente wollte, dass Liv bei der Befragung dabei war, und sie sprachen die neuen Erkenntnisse sowie ihre Strategie durch. Sollte im Laufe des Gesprächs deutlich werden, dass sie Kirsa nicht nur als Zeugin befragten, sondern sie als Täterin verdächtigten, müssten sie eine weitere Belehrung vornehmen.

Kirsa Thorildsons schlichte Kleidung betonte ihre sinnliche Ausstrahlung noch, doch ihr Gesicht war maskenhaft. Bente schaltete das Aufnahmegerät ein und leitete die Befragung ein.

»Ich weiß nicht, was ihr von mir wollt. Wir haben doch gestern alles besprochen.«

Liv schob ihr ein Foto hin, das sie auf Dennis' Computer gefunden und ausgedruckt hatten. Es zeigte Dennis und Kirsa in einer Strandbar am Weststrand. Sie wirkten entspannt und verliebt. Kirsa ergriff das Foto. Ihr Gesicht wurde starr. »Das kenne ich ja gar nicht. Es war ein schöner Tag«, sagte sie beinahe tonlos.

»Wir haben mit Valeska Horn gesprochen, der Witwe von Charlie.« Liv erzählte Kirsa, was Dennis dieser Freundin über seine Gefühle und den Abbruch der Beziehung anvertraut hatte.

Die Worte setzten Kirsa sichtlich zu. »Es stimmt«, erklärte sie schließlich, »Dennis hat die Beziehung beendet. Ich wollte … es nicht zugeben.« Ihr Blick flackerte zu Bente.

»Wir haben von mehreren Leuten gehört, dass dich in letzter Zeit etwas belastet. Warum sagst du uns nicht, was los ist?«, fragte er.

»Jeden nimmt es mit, wenn er einen geliebten Menschen verliert. Willst du mir das etwa zum Vorwurf machen? Ich habe euch alles gesagt, was es zu sagen gibt.«

Sie ließ ihnen keine Wahl. »Wir wissen von dem Geld. Hält Lauritz Hanzmann dich aus? Bezahlt er dich für Sex?«

Kirsa starrte die Kommissare an. Ihr schöner Mund stand für einen Augenblick offen, als würde sie nach Worten ringen. Dann legte sie die Hand auf ihre Augen, rieb über die Lider, kniff in den Nasenrücken. »Wenn du das so sagst … hört es sich schrecklich an«, presste sie hervor. »Es ist anders. Ganz anders. Ich schäme mich so. Es hätte nie so weit kommen dürfen!«

»Dann verrat uns endlich, wie es wirklich ist.«

Noch immer zögerte Kirsa. Die Luft stand in dem Raum, nichts schien sich mehr zu bewegen. Kirsa massierte ihre Schläfen. »Könnte ich einen Kaffee bekommen? Und vielleicht etwas … Süßes?«

»Natürlich.« Liv gab die Pause zu Protokoll, riss die Fenster auf und versorgte Kirsa mit dem Gewünschten. Sie ließen ihr Zeit, sich zu sammeln.

»Also gut«, begann Kirsa schließlich wieder und strich den angeschrägten Haarpony aus der Stirn. Sie sah jetzt wieder kämpferischer aus. »Sobald ich mit Lauritz zusammen war, hatte ich einen Lauf. Erst habe ich es gar nicht bemerkt, schließlich hatte mich *Hanzmann Energy* mit Kusshand genommen. Aber irgendwann war es doch zu auffällig. Ich habe erst Vergünstigungen bekommen, zum Beispiel Fortbildungen, eine erste Beförderung. Und dann auch Geld, weil ich es dringend für meine Eltern brauchte. Aber nicht von Lauritz. Er wusste gar nichts davon.«

Liv glaubte, ihren Ohren nicht zu trauen. Diese Information könnte dem Fall eine neue Wendung geben.

»Wie bitte?!«

»Ich muss weiter ausholen.« Kirsa knabberte an einem weiteren Schokoladenstück. »Dass Lauritz ein attraktiver Mann ist, muss ich euch ja nicht sagen.«

Wenn man auf solche Typen steht, dachte Liv, aber die Geschmäcker sind ja glücklicherweise verschieden.

»Als wir bei der Tagung auf Rømø waren, hatte Dennis sich gerade von mir getrennt. Mir ging es richtig mies. Lauritz und ich kamen uns an der Bar näher. Eigentlich wollte er zurück nach Sylt, aber er blieb dann doch.«

»Uns sagte er, die Affäre habe auf der Plattform begonnen.«

»Nein, das war früher.« Sie ließ die Schokolade im Mund zergehen. »Ich dachte, es wäre ein Ausrutscher. Jeder kennt die Geschichten von dem glücklichen Powerpaar Hanzmann. Aber offenbar machte es ihn gerade heiß, wenn wir uns auf der Plattform trafen. Und mich auch. Ich habe nun mal gerne Sex. Im Gegensatz zu Dennis hatten wir da keine Skrupel.«

»Hat das jemand mitbekommen?«

»Nein. Aber dann machte ich mir doch Sorgen um meinen Job. Vor allem, als ich zu einem Termin bei Herrn Darss gebeten wurde, fürchtete ich das Schlimmste. Tatsächlich wusste er von der Affäre. Aber er kündigte mir nicht. Herr Darss sagte mir, dass er die Beziehung dulden würde, wenn wir diskret blieben. Ihm sei es wichtig, Hanzmann bei Laune zu halten. Das waren seine Worte. Statt einer Verwarnung bekam ich eine Gehaltserhöhung. In den nächsten Monaten trafen Herr Darss und ich uns immer wieder zu kurzen Gesprächen. Er wollte von mir wissen, was Lauritz über die Forschung erzählte. Wie er vorankam. Ich glaube, Darss traut Lauritz nicht über den Weg. Bei unseren Treffen bekam Darss auch mit, dass meine Eltern Probleme mit dem Gesundheitsamt hatten und der Kro geschlossen werden sollte, vor allem wegen der alten und unhygienischen Kücheneinrichtung. Herr Darss gab mir Geld. Über die Rückzahlung sollte ich mir keine Gedanken machen.« Kirsa stockte, dann sagte sie, als sei sie selbst darüber erschrocken: »Wenn man sich diese Entwicklung verkürzt anhört, klingt es so, als würde ich mich aushalten lassen. Oder als sei ich nicht besser als ein bezahlter Spitzel. Aber es passierte so ... schleichend.«

»Und dann auf der Plattform? Was war am Abend von Dennis' Tod?«

»Ihr wisst vermutlich schon, dass Lauritz und ich Sex hatten. Mein Gott, wenn ich mir vorstelle, dass Arne etwas passiert wäre! Es ging ihm doch so schlecht, als er in die Druckkammer gebracht wurde!«

»Wenn ich mich richtig erinnere, seid ihr von 22.30 bis 23.30 Uhr zusammen gewesen. Könnte Lauritz anschließend zu Dennis gegangen sein? Könnte er der Mörder sein?«

Kirsa nagte an ihrer Unterlippe. »Ich kann es nicht ausschließen. Letztlich habe ich ja auch kein Alibi. Arne hat weder gemerkt, dass ich weggewesen bin, noch dass ich wiedergekommen bin. Aber natürlich bin ich direkt zurück zur Kammer. Welchen Grund könnte ich auch gehabt haben, Dennis zu töten?«

Das hatte sich Liv auch schon mehrfach gefragt. »Ärger über die Zurückweisung?«

»Das tat weh, ja. Aber nicht genug, um einen Groll gegen Dennis zu hegen. Ich sagte ja, dass ich Gradlinigkeit bewundere.«

»Dennis hätte dich bloßstellen können.«

»Und? Ich wusste doch zu diesem Zeitpunkt, dass Herr Darss zu mir steht.«

»Könnte Arne Paifer während deiner Abwesenheit die Druckkammer verlassen haben?«

»Theoretisch schon, es gibt eine Innensteuerung. Dafür gab es aber keine Anzeichen. Es ging ihm ja, wie gesagt, ziemlich schlecht.«

»Später war er fit genug, um klettern zu können.«

»Das war Stunden später – ihr glaubt ja nicht, was die Behandlung ausmacht! Außerdem war es ein Notfall. Niemand außer Mark und ihm hätte Dennis bergen können.« Sie starrte auf ihre Fingernägel, die kurz, aber maniküert waren. »Seit dem Abend ist die Affäre vorbei. Lauritz hat sich extrem schäbig benommen. Hat mich gewarnt, dass ich nichts über unser Stelldichein erzählen dürfe. Hat mich bedroht. Hat mich ständig angerufen. Ich hatte echt Angst vor ihm. Ich war nur froh, dass Darss seine Hand über mich hält. Aber ...«

»Aber was?«

»Aber auch Darss hat mir zugesetzt.« Sie fasste die Kommissare ins Auge. »Quirin Darss hat mich ebenfalls angerufen. Ist bei mir eingebrochen, an dem Tag, an dem auch ihr bei mir auf Rømø gewesen seid. Er hat mich gezwungen, euch von der Affäre zu erzählen.« Deshalb hatte Kirsa sich also bei ihrem Gespräch nicht allzu lange bitten lassen.

Liv wies auf ihre Augenbraue. Die Schwellung war bereits etwas abgeklungen. »Hat Darss dich geschlagen?«

»Nein, ich habe mich gestoßen. Das war nicht gelogen.«

»Was für ein Interesse hat Quirin Darss jetzt, die Affäre auffliegen zu lassen?«

21

Quirin beobachtete Henriette. Obgleich sie noch immer ziemlich neben sich stand, hatten sie die Unterlagen zusammenstellen und die Pressekonferenz vorbreiten können. Sie hatte sogar eine Online-Konferenz mit einem Investor abgehalten, ohne Bildübertragung natürlich, das wäre bei ihren aufgedunsenen Gesichtszügen kaum hilfreich gewesen.

»Du machst das sehr gut, Henny«, lobte Quirin, als sie die letzte Unterschrift auf die Papiere setzte.

»Ich möchte wieder zu meinen Projekten. Forschungsaufgaben beruhigen mich immer«, sagte Henriette und erhob sich. Dankbar sah sie ihn an. »Ich weiß nicht, was ich getan hätte, wenn du gestern nicht bei mir geblieben wärst.«

»Das habe ich doch gerne getan.« Quirin musste sich beherrschen, ihr nicht über die Wange zu streichen. Genauso, wie er sich gestern hatte beherrschen müssen. Wenn es auch nicht zum Äußersten gekommen war, hatte er immerhin bei ihr übernachten dürfen. Und wer weiß, vielleicht würde es schon heute …

»Was Lauritz wohl macht?«, riss sie ihn aus seinen Tagträumen.

»Denk nicht an ihn, das tut dir nicht gut. Was meinst du, soll ich für uns einen Tisch im *Söl'ring Hof* reservieren? Damit du auf andere Gedanken kommst? Du musst das Leben mehr genießen. Wir können auch mal eine Tour mit meinem Oldtimer machen. Der dürfte dir gefallen. Du weißt doch, es ist ein Prototyp.«

In diesem Augenblick vibrierte ihr Smartphone. Sofort war er abgemeldet. Sie antwortete ihm nicht einmal, was ihm einen Stich versetzte. »Lauritz«, erklärte sie mit Blick auf das Display. Über ihre Gesichtszüge gewitterte erneut der Schmerz. Sie hielt das Smartphone in der Hand, als müsse sie sich daran festhalten.

Quirin legte die Hand auf ihre Finger und wollte ihr behutsam das Gerät abnehmen. »Du musst erst einmal wieder zur Ruhe kommen«, sagte er sanft. »Nicht, dass er dich wieder so aufregt!«

Doch Henriette löste sich von ihm und rief die Nachricht auf. »Lauritz hat mir eine SMS geschickt. Dieser Dummerjahn ist ins Polizeirevier gebeten worden«, sagte sie beinahe zärtlich.

Dummkopf, das war, was Quirin oft gedacht hatte, wenn er von Lauritz' Fehlern gehört und diese hatte ausbügeln müssen. Lauritz war seinem überbordenden Selbstbewusstsein zum Trotz ein miserabler Ingenieur. Ohne Henriette und Arne Paifer wären die Forschungen nie so weit gediehen.

»Wir sollten zu ihm fahren und auch gleich unseren Anwalt hinbestellen. Es eilt«, riss Henriette ihn aus seinen Gedanken.

»Ich werde den Anwalt benachrichtigen, aber du solltest hier bleiben, Henny. Du musst auch mal an dich denken.«

»Nein, ausgeschlossen. Es geht um meine Firma. Um meinen Mann.«

Es war, als ob seine Enttäuschung etwas in ihm zusammenstürzen ließ. »Natürlich«, sagte er gefasst. »Du hast sicher recht, Henriette. Wir müssen das Wohl der Firma im Blick behalten. Gerade jetzt.«

* * *

Hennes zupfte so ausdauernd an der Klammer des Kugelschreibers, dass es selbst Liv, die die Vernehmung vom Nebenraum aus verfolgte, ganz nervös machte.

Lauritz Hanzmann wirkte verkatert und unzufrieden, ein wenig wie ein abgehalfterter Entertainer. Dabei hatte er eingangs herumgetönt, was für ein Luxusleben er sich in seinem Exil, wie er es nannte, gegönnt hatte. »Ich begreife einfach nicht, was Sie mir unterstellen wollen. Hat Kirsa das gesagt? Sie ist voll auf mich abgefahren. Man spürt doch, wenn eine Frau etwas von einem will – und Kirsa wollte.« Er suchte Hennes' Solidarität, vergeblich.

Sie versuchten es noch mal mit einer anderen Herangehensweise. »Sie haben Frau Thorildson also kein Geld gezahlt?«, fragte Bente.

»Nein, warum sollte ich? Glauben Sie, das hätte ich nötig?« Hanzmann machte eine gleichgültige Geste. »Aber das ist ohnehin jetzt alles vorbei. Das war mein erster Fehltritt – und mein letzter. Ich bereue das alles sehr – so ein Theater! Henriette ist ernsthaft sauer auf mich. Ich sollte bei ihr sein und sie beruhigen, statt mir Ihre Spekulationen anzuhören.«

»Sie haben schon einmal überreagiert, wenn ich an den Wutanfall auf dem Parkplatz denke.«

Hanzmann wischte Bentes Bemerkung mit einer Geste weg. »Nun ja, Wutanfall ist ein wenig übertrieben, nicht wahr? Der Typ hatte den Spiegel meines Bentleys touchiert und ist an mir vorbei in den Parkplatz – da kann man schon mal auf seinem Recht bestehen!«

»Auf seinem Recht kann man bestehen. Aber jemanden verprügeln darf man deshalb nicht«, beharrte Bente.

»Das war eine Falschaussage. Die Anzeige ist zurückgezogen worden. Sie versuchen mir hier mit an den Haaren herbeigezogenen Argumenten einen Strick zu drehen. Aber ich habe Dennis nichts getan, wie oft soll ich das denn noch wiederholen!«

Das konnte noch dauern. Ein Kaffee wäre jetzt nicht schlecht. Sehnsüchtig sah Liv zur Tür. Als diese just in diesem Moment aufflog, zuckte sie trotzdem ein wenig zusammen.

»Rate mal, wer gerade im Revier aufgetaucht ist?«, meinte Momke und gab die Antwort gleich selbst: »Henriette Hanzmann und Quirin Darss, samt Anwalt.«

Liv schickte ihrem Kollegen eine SMS ins Nebenzimmer. Gleich darauf unterbrach Bente die Vernehmung, und sie berieten sich.

* * *

Im Kommissariat stürmte Henriette voraus, Quirin hechtete ihr hinterher. Für sein Tagessoll an Schritten war dieses sportliche Tempo natürlich gut. Seine Smartwatch würde heute mal mit ihm zufrieden sein. Dem Anwalt, der ebenfalls gerade eingetroffen war, gab Henriette ein paar Anweisungen. Allmählich fand sie ihre Fassung zurück, was Quirin sehr bedauerte. Aber vielleicht würde die Polizei Lauritz ja hierbehalten, sodass Henriette erneut in einen Zustand der Hilfsbedürftigkeit verfiel. Entschlossen bog Henriette in einen karg dekorierten Gang ein, ließ sich nicht aufhalten, wie immer, wenn sie einen Plan hatte. Diese Zielstrebigkeit bewunderte er.

Plötzlich bewegte sich etwas auf dem Gang, jemand trat aus einer Tür – es war Lauritz, gefolgt von den Kommissaren. Henriette verlangsamte ihre Schritte. Ihre Hände zitterten. Quirin machte Anstalten, sie zu stützen. Dann wüssten alle gleich über seine neue Stellung in der Firmenhierarchie Bescheid. Aber Henriette schien ihn gar nicht wahrzunehmen, was ihn kränkte.

»Oh, Henny«, sagte Lauritz weich, mit einem leichten Zittern in der Stimme. »Es tut mir so leid. Du glaubst nicht, wie ich es bereue! Ich wünschte, ich hätte es nie getan – wirklich!«

Die Polizisten beobachteten sie. Darss hätte am liebsten die Augen verdreht. Wie peinlich, dass er Henriette hier in der Öffentlichkeit so eine Szene machte!

Henriette ging langsam und ungewohnt unsicher auf ihren Mann zu. Sie würde ihn doch nicht etwa schlagen? Aber dann nahm sie seine Hände. Quirin glaubte seinen Ohren nicht zu trauen, als sie die nächsten Worte sprach: »Ich vergebe dir. Ich könnte es nicht ertragen, wenn wir getrennt wären.«

Wie konnte das sein? Völlig erstarrt stand Quirin da. Wie konnte Henriette ihrem Mann verzeihen? War etwa alles umsonst gewesen?

In diesem Augenblick richtete dieser Kommissar mit dem dänischen Akzent, dessen Namen Quirin vergessen hatte, das Wort an sie.

»Ah, dann sind ja alle beisammen«, verkündete er und lächelte leutselig. »Lassen Sie uns besprechen, was die Ermittlungen ergeben haben.«

* * *

Als sie ins Vernehmungszimmer traten, hatten Liv und ihre Kollegen alles vorbereitet.

Henriette und Lauritz Hanzmann saßen nebeneinander und hielten nach der überraschenden Versöhnung im Flur Händchen. Quirin Darss hingegen machte einen angespannten Eindruck. Beschwörend blickte er zu ihrem Anwalt.

Bente schlug einen gewichtigen Ton an. »Wie Sie sich sicher denken können, dauern unsere Ermittlungen im Mordfall Dennis Marzen noch an. Wir haben uns ein Bild der Zeugen gemacht und Hinweise auf den Täter gefunden, so viel lässt sich sagen. Allerdings erfahren wir im Zuge unserer Ermittlungen auch immer wieder Dinge, bei denen unklar ist, ob ein Zusammenhang zu dem Mord besteht.«

»Kommen Sie zur Sache, wir haben Wichtigeres zu tun«, sagte Quirin Darss und sah auf seine Smartwatch.

»Wie Sie wissen, haben wir herausgefunden, dass Herr Hanzmann eine außereheliche Affäre hatte.«

»Das Privatleben meines Mandanten hat nichts mit dem Mord zu tun«, warf der Anwalt ein.

Bente ignorierte ihn und machte eine Kunstpause. »Was Sie allerdings nicht wissen, ist, dass wir herausgefunden haben, dass Kirsa Thorildson Geld und Vergünstigungen für ihre Affäre mit Herrn Hanzmann erhalten hat.«

Die Hanzmanns fuhren auf. Er aus gekränktem Stolz, sie aus Wut, das war deutlich zu sehen. »Kirsa wurde dafür bezahlt, eine Affäre mit Lauritz anzufangen?«, fragte Henriette fassungslos.

Lauritz Hanzmann wurde knallrot. »Das kann ich mir nicht …« Er schnappte nach Luft. Ihm war anzusehen, dass er seine Optionen überdachte. »Deshalb also hatte sie es darauf angelegt, mich zu verführen!«, platzte er heraus, als ob er auf einmal unschuldig an dem Ehebruch wäre.

»Wer hat diese infame Intrige in Gang gesetzt?« Henriette Hanzmanns Tonfall war schneidend geworden.

Die Kommissare richteten ihre Blicke auf Quirin Darss. Dieser war schon bei der ersten Erwähnung der Zahlungen bleich geworden.

»Ich?«, fragte Darss und presste in einer theatralischen Geste die Hand auf die Brust. »Ich soll das getan haben?« Er lachte laut auf. »Sie sind unfähig, den Täter zu finden, und werfen jetzt mit Schmutz, versuchen Zwietracht zu säen …«

Lauritz Hanzmann sprang auf. »Quirin, du? Du Verräter!«, brüllte er, anscheinend froh, ein Ventil für seinen Frust zu haben. Hätte seine Frau ihn nicht festgehalten, hätte er Darss angegriffen. Wild schlug Hanzmann um sich. Jetzt beschimpfte auch die Erfinderin ihren Geschäftspartner heftig.

»Beruhige dich doch, Henny …«, begann Darss.

»Nenn mich nicht Henny! Das steht dir nicht zu!« Ihr Mann und der Anwalt redeten beschwichtigend auf sie ein. Sie ließ sich wieder auf den Stuhl sinken.

»Ich verlange, dass Sie diese Lüge richtigstellen und meinen Ruf reinwaschen!«, forderte Darss mühsam beherrscht von den Kommissaren.

»Das wird nicht möglich sein, denn es ist keine Lüge. Uns liegt eine offizielle Aussage von Frau Thorildson vor. Außerdem haben wir das hier.« Liv legte Kopien der Kontoauszüge und Überweisungen auf den Tisch, auf denen Quirin Darss' Name prangte. »Sie haben sich so sicher gewähnt, dass Sie die Zahlung nicht einmal verschleiert haben.«

»Warum hast du das getan, Quirin?«, fragte Henriette Hanzmann fassungslos. »Willst du uns schwächen und der Konkurrenz in die Hände spielen?«

»Das würde ich nie tun. Das Ganze ist ein Missverständnis. Ich habe Kirsa das Geld nicht für …«

Henriette schnitt ihm das Wort ab. »Ich will deine Lügen nicht mehr hören. Deine jämmerlichen Entschuldigungen sind nutzlos.« Sie erhob sich. Kerzengerade aufgerichtet stand sie vor ihm und musterte ihn von oben herab. »Dein Verhalten ist eine Gemeinheit und ein absoluter Vertrauensbruch. Quirin, du bist mit umgehender Wirkung entlassen, und zwar per sofort.«

Schockiert blickte Quirin Darss zu ihr auf. »Henny ... Henriette, denk doch an die vielen Abende, die wir gemeinsam verbrachten, während Lauritz sein falsches Spiel spielte. Du kannst mich nicht verstoßen. Das kannst du nicht machen.«

»Und wie ich das kann. Komm, Lauritz.« Sie umfasste die Hand ihres Mannes.

Darss rang um Fassung. »Lass mich erklären ...«

»Ich will nichts mehr hören!«

Nachdem er einen Moment geschwiegen hatte, entgegnete Quirin Darss: »Du kannst mich gar nicht entlassen. Darüber müssen die Gesellschafter entscheiden.«

Sie machte eine herrische Geste zum Anwalt, dieser überlegte nur kurz. »Wenn ich mich recht entsinne, sieht ein Paragraf Ihres Vertrages vor, dass die Vorsitzende Geschäftsführerin und Unternehmensgründerin Frau Hanzmann eine fristlose Kündigung der Geschäftsführer aus wichtigem Grund vornehmen kann, und dazu gehört selbstredend ein gravierender Vertrauensbruch.«

»Das wird bei Gericht niemals Bestand haben!«, protestierte Darss.

»Darauf lasse ich es ankommen.«

In vorauseilendem Gehorsam reichte der Anwalt ihr Papier und Stift. Schnell und entschlossen notierte Henriette Hanzmann etwas und reichte Darss den Zettel, den er verdattert annahm. »Hier, sogar schriftlich festgehalten und persönlich übergeben.«

Das Papier knüllte in Darss verkrampften Händen. »Aber Henriette …«

»Für Sie ab sofort Frau Prof. Hanzmann«, ging Lauritz dazwischen.

»… ohne mich wäre die Firma nicht, wo sie ist. Und gerade jetzt …«

»Das hätten Sie sich früher überlegen sollen, Herr Darss«, fertigte Lauritz ihn ab.

Das Ehepaar Hanzmann eilte hinaus, gefolgt von dem Anwalt, Hennes und Momke.

Liv und Bente wandten sich Quirin Darss zu. »Mit Ihnen würden wir gerne noch eine Zeugenbefragung durchführen. In diesem Gespräch erhalten Sie die Möglichkeit, sich zu erklären. Sind Sie damit einverstanden? Dann würden wir Sie jetzt Ihrer Rechte belehren.«

Darss wirkte abwesend, ganz so, als wäre er gar nicht in diesem Raum. Dann löste er seine Krawatte etwas und entblößte die weißen Zähne bei einem gezwungenen Lächeln, das zu einer Grimasse geriet. »Natürlich will ich dieses Missverständnis aus der Welt schaffen.« Er stützte die Arme auf den Tisch und faltete die Hände, die weiß vor Anspannung waren. »Ich habe Kirsa das Geld nicht überwiesen, damit sie Lauritz verführt. Ich weiß nicht, wie Kirsa dazu kommt, mich derartig zu beschuldigen. Ja, ich habe ihr Geld überwiesen. Aber doch nicht dafür.«

»Wofür dann?«

»Kirsas Eltern drohte der Konkurs. Das war ihr verständlicherweise peinlich. Sie wollte nicht, dass ihre Notlage bekannt wird. Also hat Kirsa mich um Geld gebeten. Sie will es mir zurückzahlen.« Jetzt wirkte Darss nervös, ganz so, als würde er seiner früheren Chefin hinterherlaufen wollen. »War's das? Können Sie mir ein Protokoll dieser Aussage geben, damit ich es Henriette zeigen und dieses Missverständnis aufklären kann?«

»Nein, das war's noch nicht.« Nun beugte Liv sich vor und fixierte ihn mit ihrem Blick. »So wie ich das sehe, Herr Darss, stecken Sie ganz schön in Schwierigkeiten. Sie sollten vorbehaltlos mit uns zusammenarbeiten, damit diese Angelegenheit aufgeklärt werden kann. Es wäre wirklich besser, wenn Sie uns die Wahrheit sagen. Schließlich haben Sie mit dem Mord, um den es uns geht, nichts zu tun. Sie waren zur Tatzeit ja nicht einmal auf der Plattform.«

»Wenn Sie uns etwas verschweigen, könnten wir annehmen, dass Sie einen Mörder decken«, setzte Bente nach.

»Wer sollte der Mörder … Sie meinen doch nicht etwa, Kirsa hätte die Tat begangen? Oder Lauritz? Warum … Etwa, um ihre Beziehung geheim zu halten? Das kann ich nicht glauben!«

»Dann helfen Sie uns, diese Möglichkeit auszuschließen.«

»Das habe ich. Ich habe Ihnen die Wahrheit gesagt. Mehr kann ich nicht tun.« Darss starrte auf seine Hände. »Die arme Kirsa. Wird sie denn Polizeischutz bekommen oder erst einmal von der Bildfläche verschwinden? Bekanntlich hat Lauritz ein aufbrausendes Temperament. Das haben Sie selbst ja gerade erlebt. Wer weiß, was er mir angetan hätte, wenn Henriette nicht eingeschritten wäre.«

* * *

Arne Paifer kontrollierte noch einmal die ausgefüllten Dokumente. Rief zum wiederholten Mal sein Mailfach auf. Noch immer keine Bestätigung vom Patentamt. Er sah auf die Uhr.

Vermutlich hatten dort inzwischen schon alle Feierabend gemacht. Im Gegensatz zu ihm, der wusste, was wahrer Einsatz war.

Sein Blick wanderte zu der Pinnwand, an die er eine Zeichnung seiner Konstruktion gehängt hatte. Schön und funktional, so sollte es sein. Euphorie durchflutete ihn. Durch ihn würde die Energiewirtschaft revolutioniert werden. Durch ihn würde der nachhaltigen Energie der endgültige Durchbruch gelingen. Alle Berechnungen und Tests, alle Kämpfe hatten sich schließlich doch noch gelohnt. Sein Vater wäre stolz auf ihn gewesen, endlich.

Während Arne ungeduldig mit der Computermaus klickte, erinnerte er sich noch einmal an das letzte Gespräch mit Henriette, wie er sie insgeheim nannte, und seine Zufriedenheit wuchs weiter. Als er noch Stipendiat gewesen war, hatten sie oft lange und intensiv zusammengearbeitet. Henriette war eine Ausnahmewissenschaftlerin, und es war großartig, von ihr zu lernen. Es war aber weder der Karrieresprung, den sie ihm versprochen hatte, der ihn euphorisch werden ließ, noch die Bonuszahlung. Es war mehr.

Sein Blick war auf den Fotos hängen geblieben. Eine schöne Erinnerung an einen der wenigen Urlaube, die er sich gegönnt hatte. Jetzt könnte er sich endlich mal wieder bei Jasmin melden. Er würde ihr erklären, warum er so lange keine Zeit für sie gehabt hatte. Sie würde verstehen. Stolz auf ihn sein.

Wieder klickte er. Noch immer nichts vom Patentamt. Arne fasste einen Entschluss. Er würde anrufen. Vielleicht erwischte er doch noch jemanden, der länger bei der Arbeit geblieben war. Dann konnte er nachfragen, ob seine Mail auch wirklich angekommen war. Als er tatsächlich jemanden erreichte, konnte er nicht glauben, was er zu hören bekam.

Lange schon war Arne Paifer vor der Villa Rillen in den Sand gelaufen. Die dunklen Wolken, die sich am Horizont aufbauten, nahm er kaum wahr. Ein Missverständnis – ja, das muss es sein, sagte er sich zum wiederholten Male. Sicher hatte die Frau im Patentamt keine Ahnung gehabt. Henriette würde ihn nie …

Endlich kam der Bentley auf die Villa zu. Lauritz fuhr, Henriette saß daneben. Die beiden schienen ihn kaum wahrzunehmen. Nervös sah Arne an sich herunter. Noch immer war er im Jogginganzug, nur seine Jacke hatte er übergeworfen. Vielleicht hätte er sich doch umzuziehen sollen …

Das Tor öffnete automatisch. Der Bentley fuhr an ihm vorbei in die Garage. Schnell ging er hinterher durch das Tor. Er wartete, bis die Hanzmanns herauskamen. Arne hoffte, dass Henriette ihn ansprechen würde, aber sie machte keine Anstalten, sondern ging zum Haus. Das Herz schlug ihm bis zum Hals, als er ihr nachlief.

»Frau Hanzmann, ich muss mit Ihnen reden …«

Überrascht sah sie ihn an. Hatte sie ihn eben gar nicht bemerkt? »Das ist jetzt schlecht, Arne.«

»Ich habe beim Patentamt angerufen wegen meiner Erfindung.« Er lachte auf, so absurd kam es ihm auf einmal vor. Es musste einfach eine Verwechslung vorliegen. »Da ist wohl ein Fehler gemacht worden. Die sagten, *Hanzmann Energy* hätte schon ein Patent auf meine Erfindung angemeldet. Aber ohne meinen Namen zu nennen.«

Lauritz Hanzmann drehte sich zu ihm um, während Henriette die Haustür aufschloss. Erst jetzt bemerkte Arne, dass die Haare seines Chefs schlecht saßen, er unrasiert war und sein Anzug zerknittert aussah. »Das ist richtig. Wir haben das Patent angemeldet, ehe uns die Konkurrenz zuvorkommt«, erklärte Lauritz Hanzmann kühl.

Arne war es, als habe er einen Schlag bekommen. »Also ist es wahr?«, fragte er tonlos. Dann brach sich seine Empörung Bahn. »Das … ist meine Erfindung. Meine! Sie können nicht einfach … Das ist Betrug.«

Bei diesen Worten fuhr Henriette Hanzmann herum, ihre Stimme klang schrill. »Jetzt habe ich aber genug! Willst auch du noch mein Unternehmen kaputt machen?!« Sie sah an Arne herab. »Wie siehst du überhaupt aus?! Zieh dir etwas Ordentliches an, ehe du das Haus verlässt.«

Wie redete sie denn mit ihm? »Sie müssen den Antrag ändern. Es ist meine Erfindung, meine ganz alleine. Sie hatten damit nichts zu tun!«

»Und wer hat dich unterrichtet? Wer hat dein Stipendium gezahlt? Wer hat dir die entscheidenden Hinweise gegeben?«, fragte sie scharf.

Arne wich zurück. »Ich habe die Erfindung gemacht. Den Prototyp gebaut. Ich habe die Anpassungen nach den Tests durchgeführt. Ich …«

Henriette schoss auf ihn zu. »Es ist unsere Erfindung, daran gibt es keinen Zweifel. Meine und Lauritz'. Sie ist in meiner Firma entstanden.«

Arne brauste auf. »Herr Hanzmann hat doch keine Ahnung! Im Gegenteil. Ständig hat er sich verrechnet. Ich habe die Berechnungen und die Konstruktion … Nur durch meine Ideen …« Er schwieg kurz. Dann kam er zu einem Entschluss: »Ich werde dem Patentamt meine Dokumente zeigen.«

»Und uns der Lüge bezichtigen? Wer bist du schon?« Lauritz sah verächtlich an ihm herab. »Ein Niemand. Ungewaschen, in einem dreckigen Jogginganzug. Keiner wird dir glauben. Wir hingegen verfügen über Reputation, sind Koryphäen auf diesem Gebiet. Außerdem kannst du ja wohl nicht lesen. In deinem Vertrag steht, dass alle Erfindungen, die du an deinem Arbeitsplatz machst, der Firma gehören.«

Arne taumelte zurück, von der Wucht ihrer Skrupellosigkeit getroffen. »Wo … ist Herr Darss?«

Henriette Hanzmanns Augen sprühten vor Wut. Auf seine Frage ging sie nicht ein. »Weißt du was? Du kannst verschwinden. Ich habe die Nase gestrichen voll von Mitarbeitern, die uns in den Rücken fallen! Es reicht mir, dass die Polizei jetzt auch noch einen Durchsuchungsbeschluss beantragt hat, um unsere Forschungen zu durchleuchten. Was bilden die sich ein?!«

Wieso tat Henriette das? Gestern war doch noch alles gut gewesen. Arne sah sie noch vor sich, wie sie im Garten mit Champagner angestoßen hatten. Wie sie über seinen Aufstieg im Unternehmen gesprochen hatten. Das konnte doch nicht alles gelogen gewesen sein. »Das können Sie nicht machen! Ich habe Überstunden geschoben, habe bis zur Erschöpfung …«, protestierte er hilflos.

»Was können wir dafür, dass du so langsam bist? Oder bist du so unfähig?!«

»Wie können Sie das sagen?«, greinte Arne. Unvermittelt schrie er: »Sie Betrüger!« Speichel flog aus seinem Mund. Lauritz verpasste ihm eine Ohrfeige. Dann schlug er ihm die Haustür vor der Nase zu.

* * *

Quirin Darss drückte das Gaspedal seines Porsches durch, bis er in den Kreisel vor Keitum schoss und beinahe in einen Bus gerast wäre. Natürlich wusste er, dass dem Oldtimer dieser brutale Umgang nicht gut tat, aber er konnte sich einfach nicht beherrschen. Kalte Wut hatte ihn erfasst. Oft schon hatte er mitbekommen, wie Henriettes Sympathie von einem Moment auf den anderen wechseln konnte, aber bislang hatte er zum inneren Zirkel der Macht gehört. Noch immer konnte er nicht begreifen, dass sie Lauritz verziehen hatte. Dass sie ihn, Quirin Darss, entlassen hatte. Die Worte hallten noch immer in ihm nach. Und bei ihm würde sie vermutlich nicht zurückrudern, während sie diesem Versager Lauritz sogar den größten Fehltritt verzieh! Dabei, dachte Quirin, kannte er sie besser als jeder andere …

Henriette und Lauritz hatten sich in den letzten Monaten voneinander entfernt, das hatte er beobachtet. Die langen Trennungen durch die Forschungen auf der Plattform, Lauritz' Affäre und nicht zuletzt seine eigenen Bemühungen um Henriette hatten dazu beigetragen. Wie oft hatte er mit ihr zusammengesessen und den Abend bei einem Wein ausklingen lassen. Und als Henriette sich nach dem Möwen-Anschlag in seine Arme geflüchtet hatte, waren ihre Gefühle eindeutig gewesen. Sie hatte sich von ihm angezogen gefühlt. Um ein Haar hätte er an Henriettes Seite die Führung in der Firma übernommen. Und jetzt …

So rasant fuhr er auf die Einfahrt seiner Villa, dass er eine der Mülltonnen touchierte, die krachend umfiel. Als er ausstieg, starrten ihn die Touristen vom Fußweg aus an. »Was glotzen Sie denn so?!«, blaffte Darss. Dann stürzte er hinein. Seine Rache würde nicht auf sich warten lassen.

* * *

Kirsa Thorildson stand völlig neben sich, als sie endlich wieder in ihrer Wohnung war. Die Befragung durch die Kommissare und die ständigen Anrufe von Lauritz und Darss hatten ihr mehr zugesetzt, als sie sich eingestehen wollte. Hätte sie sich doch nur nicht auf diese Affäre eingelassen. Hätte sie doch nie …

Auf dem Notebook rief sie nach Tagen zum ersten Mal wieder ihre E-Mails ab. Als sie den Betreff der neuesten Mail sah, konnte sie es kaum fassen. Mit bebenden Fingern machte sie die Mail auf. Die Wörter trafen sie wie Pfeile. »Fristlose Kündigung« und »Verletzung der Treuepflicht« stand da. Sie schnaubte. Schöne neue Arbeitswelt. Auch wenn ihr klar war, dass es sich nicht um eine rechtmäßige Kündigung handelte, stand das Resultat fest: Sie würde sich einen neuen Job suchen müssen.

Gleich davor war eine Mail von Quirin Darss eingegangen. Es ging um die Rückforderung der gezahlten Darlehen, wie er es nannte. Die Summe ließ sie schwindeln.

Nichts hasste sie mehr, als in die Opferrolle gedrängt zu werden. Ihr Blut kochte. Sie würde sich nicht herumschubsen lassen, von niemandem. Diese beiden sollten bekommen, was sie verdienten. Wie andere vor ihnen …

22

»Tschüss! Wir sehen uns morgen!«, rief Liv, als Momke im Eingangsbereich des Polizeireviers vorbeikam.

»Dann besuchst du uns und schaust dir Ing an?«

»Versprochen.«

Überraschend freudig umarmte Momke sie zum Abschied. Wie schön, dass er mit seiner Frau Ioanna und der kleinen Tochter so glücklich war – und dass er dieses Glück mit ihr teilen wollte. Liv folgte ihm hinaus und stellte sich unter den halbrunden Backsteinvorsprung der Tür. Die anderen Kollegen saßen noch über Papierkram oder hatten bereits Feierabend gemacht. Hier hatte sie für einen Moment ihre Ruhe. Ob Sebastian noch im Institut war? Oder sollte sie es lieber auf dem Handy versuchen? Andererseits hätte sicher auch ein anderer Rechtmediziner Dienst, mit dem sie reden konnte.

Dicke Regentropfen klatschten gegen die Fassade, aber hier bekam sie nur wenig ab. Das Wetter war umgeschlagen. Nach den Ereignissen des Tages gingen die Kommissare davon aus, dass Hanzmann für den Tod an Dennis Marzen verantwortlich war. Bei der Staatsanwaltschaft hatten sie einen Durchsuchungsbeschluss für das komplette Archiv von *Hanzmann Energy* beantragt – samt der geheimen Forschungsunterlagen. Anschließend würden sie ihre Zelte abbrechen und die Ermittlung von Flensburg aus weiterführen. Liv war sicher, dass sie im Archiv das Motiv für den Mord an Dennis Marzen finden würden. Hanzmann hatte die Gelegenheit gehabt, er hatte seine Gefühle nicht im Griff, und er hatte mindestens ein Mordmotiv, eigentlich zwei: Angst, dass seine Affäre auffliegen würde, und der Druck, den Dennis ihm wegen einer anderen Angelegenheit machte.

Gerade eben hatte Liv die Unterlagen studiert, die Valeska Horn ihr mitgegeben hatte. Der Anblick der bemalten Mappe hatte immer wieder dafür gesorgt, dass ihre Brust eng wurde. In der Mappe waren einige wenige Papiere über Charlie Horn, das dürre Ende eines Lebens. Die Briefe der Versicherung waren darin, kalte und herzlose Bürokratie. Eine Trauerkarte der Geschäftsführung von *Hanzmann Energy* und eine der Belegschaft. Beileidsbekundungen von Freunden und Verwandten. Viele Menschen hatten Charlie sehr gemocht, viele um ihn getrauert. Dann der Totenschein. Die Todesart war mit »Herzinfarkt« als »natürlich« angegeben; selbst im vertraulichen Teil des Totenscheins gab es keine näheren Informationen. Liv hatte daraufhin mit dem Hausarzt der Horns telefoniert, der den Totenschein ausgestellt hatte. Der Arzt hatte bestätigt, dass ihm an der Leiche nichts Ungewöhnliches aufgefallen sei. Er hatte Liv berichtet, dass Dennis Marzen ebenfalls vor ein paar Monaten nachgefragt hatte, was genau zum Tod von Charlie Horn geführt hatte. Wobei der Arzt ihm selbstverständlich keine Auskunft erteilt hatte. Von Marzens Nachfrage zu hören, hatte Liv ganz und gar nicht überrascht.

Ihr Puls raste, als sie die Nummer wählte. Wie kam es, dass sie in Gefahrensituationen ruhig blieb und jetzt so …

»Gerlich?«

Ihr Herz tat einen Sprung. *Sachlich bleiben!* »Moin, Sebastian. Ich habe mal eine Frage zum Tod durch die Dekompressionskrankheit …«

»Geht es dir gut? Bist du noch auf Sylt?«

»Ja. Alles in Ordnung«, sagte sie knapp, obgleich sie sich über sein Interesse freute. »Es geht um einen Taucher, der plötzlich gestorben ist. Sein Hausarzt hat einen Herzinfarkt diagnostiziert. Ich habe aber den Verdacht, dass er an den Spätfolgen einer Dekompressionserkrankung gestorben sein könnte. Woran hätte der Arzt das erkennen können?«

Sebastian schaltete um auf sachlich-konzentriert. »Der Leichnam ist nicht obduziert worden?«

»Nein. Der Hausarzt sagte, die Todesursache sei eindeutig gewesen.« Plötzlich fiel ihr etwas ein. »Aber es muss am Tag vorher eine Untersuchung im Krankenhaus gegeben haben. Der Taucher hatte einen Unfall – ein Sturz. Vielleicht haben sie da … etwas festgestellt.«

»Mit dem Krankheitsbild hast du dich sicher schon vertraut gemacht. Der Tod wäre in diesem Fall möglicherweise auf rasches Herzkreislaufversagen durch eine massive Embolisation der pulmonalen Strombahn aufgrund von Gasblasen zurückzuführen. Das ließe sich durch eine Obduktion nachweisen. Allerdings ist inzwischen zu viel Zeit vergangen. Nach einer Weile verschwinden die Gasblasen. Am besten schickst du mir die Unterlagen mal.«

Darauf hatte Liv gehofft. Schon drückte sie auf den Absendepfeil der Mail auf ihrem Smartphone.

»War es das, was du wissen willst?«

»Danke, du hast mir sehr geholfen. Schönen Abend dir noch!«

»Dir auch. Liv, übrigens …«

Ihr Finger war schneller gewesen, als die Höflichkeit gebot, das Gespräch getrennt. Jetzt noch einmal anzurufen, kam nicht infrage. Eine unbestimmte Trauer überfiel sie, angesichts ihres Umgangs mit Sebastian. Würde es jetzt immer so sein?

In diesem Augenblick bekam sie eine SMS, gleichzeitig riss Wanda die Tür auf. »Da bist du ja! Eben ist ein Notruf eingegangen. Kirsa Thorildson wurde bei Quirin Darss aufgegriffen. Er ist schwer verletzt.«

Liv setzte das Blaulicht auf das Dach des Dienstwagens und raste mit Hennes los in Richtung Kampen. Adrenalin flutete ihren Körper. Hart schlugen vereinzelte Regentropfen auf die Windschutzscheibe, aber dabei würde es nicht bleiben, denn die Wolken hatten sich in anthrazitfarbene Kleider gehüllt und die Sonne warf eitergelbe Schlaglichter. Es braute sich etwas zusammen, was Liv nach der drückenden Luft des Tages nicht wunderte. Sie sah in den Rückspiegel. Die Kollegen würden hinterherkommen.

»Was genau ist passiert? Und wieso war die Polizei so schnell da?«

»Ein Notruf ist eingegangen. Darin hieß es, dass aus dem Haus von Darss Schreie zu hören waren. Es soll sich angeblich nach einem Überfall angehört haben. Ein Streifenwagen war in der Nähe und traf Kirsa Thorildson neben dem Verletzten an. Darss ist schwer verletzt. Kopfverletzungen, wie es heißt.«

»Also könnte doch Kirsa die Täterin gewesen sein? Haben wir uns so in ihr geirrt?«, sprach Liv ihre Zweifel laut aus.

»Vielleicht ist es auch einfach nur Rache für Darss' mieses Verhalten.« Kurz kehrte Stille ein, dann redete Hennes weiter. »Ich war übrigens auch nicht untätig. Habe mich ein wenig umgehört. Mark Reisch war nicht einfach nur vorbestraft. Er ist im Zusammenhang mit Protesten gegen einen Atommülltransport nach Gorleben gewalttätig geworden. Außerdem hat er einen Strommast beschädigt, daher die Freude am Klettern. Die gewaltsamen Proteste gehören in Grappes Repair-Kommune wohl zum guten Ton. Mehrere Bewohner haben Anschläge auf Tiermastanlagen und Kohlekraftwerke verübt.«

Liv pfiff durch die Zähne. »Wie hast du das denn rausgefunden?«

Jetzt grinste Hennes. »Quellenschutz.«

Die Villa von Quirin Darss befand sich auf der Wattseite von Keitum, mit Blick auf das Grüne Kliff. Tiefblau verwischten sich Nordsee und Abendhimmel. Windböen zausten Schilf und Buschwerk. Jetzt allerdings sah man vor allem die Strahler von Polizei und Ambulanz. Hinter ihnen hielt der Wagen mit Bente, Wanda und Aziz. Urs, der Polizist, der den Tatort absperrte, war sichtlich erleichtert, sie zu sehen.

»Die Verdächtige haben wir in den Streifenwagen gebracht. Anzeichen eines Einbruchs gibt es anscheinend nicht. Herr Darss muss seiner Angreiferin freiwillig geöffnet haben.«

»Zeugen?«

»Die befragt die Kollegin gerade. Gleich kommt ja sicher Verstärkung.«

Um diese Zeit hatten auf der Wache schon viele Feierabend gemacht. Sie würden eine erste Spurensicherung vornehmen müssen und ansonsten warten, bis das K6 vom Festland da war. Sofort bildeten sie Teams. Liv und Bente würden eine erste Befragung von Kirsa Thorildson vornehmen und sie dann ins Kommissariat bringen. Urs führte die Ermittler zu dem Streifenwagen. Sie sahen Kirsa von außen im Fond sitzen, blass und wie versteinert. Auf dem Schoß hielt sie eine voluminöse Schultertasche.

»Was ist darin?«

»Irgendwelche Samen und eine Sprühflasche.« Ratlos sah Urs sie an.

Liv und Bente setzten sich zu Kirsa in den Streifenwagen, in dem der Funk aufgeregt schnarrte. Sofort stellte Liv das Gerät auf stumm. Jetzt bemerkte sie die Blutflecken auf Kirsas Kleidung.

»Ich bin es nicht gewesen«, platzte Kirsa bebend heraus. »Ich habe Darss nicht angegriffen. Fuchsteufelswild war ich. Und ich wollte ihm die Meinung geigen, das schon. Als ich ankam, stand seine Tür offen. Ich gehe hinein – da liegt er, in seinem Blut. Und überall Fotos von Frau Hanzmann. Als ob er besessen von ihr wäre.«

»Hast du jemanden vor dem Haus gesehen? Ist jemand weggelaufen?«, ging Bente auf Kirsas Version der Ereignisse ein.

Kirsa schüttelte nur den Kopf.

»Hat Herr Darss etwas gesagt?«

»Er wollte wohl. Konnte nicht. Ich habe versucht, ihm zu helfen. Bin ja ausgebildete Notfallsanitäterin. Es war schrecklich!« Kirsa erschauderte bei der Erinnerung, dann suchte sie Augenkontakt. »Wer tut denn so etwas?«

»Was wolltest du mit den Samen und der Sprühflasche?«

Ein trauriges Lächeln huschte über Kirsas Gesicht. »Schon mal gesehen, was für einen Schaden Rasensamen auf einem Teppich, im Fußraum oder auf den Polstern eines Bentleys oder Porsches anrichten? Da gibt es ziemlich viele Ritzen, in denen der Rasen sprießen kann. Meine Rache wäre ärgerlich, aber harmlos gewesen.«

Entweder sie ist eine großartige Schauspielerin. Oder sie sagt die Wahrheit, schoss es Liv durch den Kopf.

In diesem Moment klingelte ihr Handy. Liv hatte die Vorahnung, dass dieser Anruf den Fall noch einmal drehen könnte.

23

Sie kamen bei den Einsatzwagen vor der Villa für eine Notbesprechung zusammen. Das Licht der untergehenden Sonne zeigte einen giftigen orangefarbenen Ton. Der Wind hatte deutlich zugelegt und zauste mit seinen Böen die Bäume. Vom Festland her grollte es leise. Jetzt sah Liv auch das Wetterleuchten, die ersten Blitze. Es war nur eine Frage der Zeit, bis das Gewitter hierherkommen würde. »Noch mal, aber langsam«, bat Wanda.

Liv holte tief Luft, um das Adrenalin in ihrem Körper etwas niederzukämpfen. Sie musste klar denken. Schnell und klar. »Nickels Winkler hat mich angerufen und erzählt, wie es aus seiner Sicht abgelaufen ist: Er und Jasper Jensen sitzen auf dem Kutter im Hafen von Hörnum bei einem Bierchen. Da hält der Bentley von Lauritz Hanzmann an der Mole. Hanzmann und Arne Paifer steigen aus. In diesem Augenblick kommt Mark Reisch von der Bushaltestelle hinzu, er trägt einen großen Rucksack. Winkler wundert sich, da an diesem Tag, um diese Zeit und bei diesem Wetter doch ganz sicher kein Transfer geplant ist. Die drei besteigen eines der Versorgerschiffe, das für eine Reparatur im Hafen liegt. Gleich darauf fällt ein Schuss. Dann legt der Versorger ab.«

»Ist Winkler sicher, dass es ein Schuss war?«, fragte Hennes nach.

»Winkler und Jensen sind beide ganz sicher. Ich habe gerade bei Frau Hanzmann angerufen. Sie weiß nichts von einem Transfer. Ihr Mann wollte nur schnell etwas erledigen, deshalb hat er die Villa verlassen.«

»Was wollte er erledigen?«

»Hat er nicht gesagt.«

Momke kam hinzu. Auch ihn hatten sie zurück zum Einsatz gerufen. Sie brauchten jetzt jeden Ermittler. »Die Küstenwache hat auf unseren Wunsch versucht, Kontakt mit dem Versorger aufzunehmen. Der Skipper meldet sich nicht. Das ist sehr ungewöhnlich.«

»Was sind unsere Hypothesen? Und unsere Optionen?«, fragte Bente.

»Hanzmann will Beweise vernichten«, sagte Liv sofort. »Er weiß, dass wir einen Durchsuchungsbeschluss beantragt haben.«

»Wenn eine Waffe im Spiel ist, müssen wir sofort eingreifen. Wer weiß, was damit auf der Plattform geschehen könnte. Viele Menschenleben könnten in Gefahr sein. Aber wer hat geschossen?«

»Warum sollte Hanzmann schießen? Paifer und Reisch sind seine Angestellten. Die werden tun, was er sagt«, überlegte Aziz.

»Hanzmann wird vermutlich eine Waffe haben, denn er ist im Westerländer Schützenverein«, erinnerte Liv sich.

»Mark Reisch hat sich schon früher gewaltbereit gezeigt. Der Rucksack ist ziemlich groß. Darin kann man schon einige Waffen verstecken«, meinte Hennes.

Eine Erkenntnis durchschoss Liv. »Der Bauplan ... bei *No-Wind*. Das könnte ein Plan der Plattform gewesen sein. Ich habe es nur nicht erkannt, weil ich bloß einen Teilausschnitt gesehen habe und der verkehrt herum lag.«

»Ein Anschlag, meinst du? Das müssen wir sofort prüfen. Ein Team muss zu *No-Wind*.«

Bente machte seiner Anspannung in einem Fluch Luft. »Ich schlage Hasselbrecht vor, dass wir das Spezialeinsatzkommando hinzuziehen.« Das SEK war in Schleswig-Holstein beim Landeskriminalamt in Kiel angesiedelt und für die Festnahme von bewaffneten und besonders gewaltbereiten Personen zuständig.

Hennes sah auf sein Handy. »Das wäre das Beste. Wenn ihr Unterstützung durch das SEK und einen Hubschrauber bekommt, könnt ihr den Vorsprung von Hanzmann, Reisch und Paifer vielleicht aufholen und die Sache verhindern.« Es klang erschreckend vage.

»Wir? Bei dem Wetter?«, fragte Wanda.

Liv war schon dabei, die entsprechende Seite auf ihrem Smartphone aufzurufen. Hastig las sie, was da stand: »Seewetterbericht für Nord- und Ostsee, herausgegeben vom Deutschen Wetterdienst, Seewetterdienst Hamburg. Tief 990 Dogger, vertiefend, rasch nordostziehend, morgen früh als Sturmtief 970 Gotland.« Ihre Augen sprangen weiter. »Deutsche Bucht: West 6, zunehmend 8, nordwestdrehend, später Gewitterböen, See 1,5 Meter, zunehmend 5 Meter. Bis morgen früh ist in allen Vorhersagegebieten mit Sturm zu rechnen.«

Scharf sog sie die Luft ein. »So, wie der Seewetterbericht aussieht, wird es schwierig bis unmöglich, dass ein Schiff an der Versorgungsplattform anlegt. Ein Hubschrauber ist unsere einzige Möglichkeit, schnell und sicher die Plattform zu erreichen.«

Liv schauderte bei der Erinnerung an das Sicherheitstraining auf dem Flughafen Schäferhaus. War das wirklich erst drei Tage her?

Bente nickte entschlossen. »Wir kennen den Fall, die Männer, die Plattform. Einige von uns müssen mit.«

Wanda trat von einem Fuß auf den anderen. Trotz der angespannten Situation zeigte sich ein Lächeln auf ihrem Gesicht. »Ich bin raus. Ich wollte es euch eigentlich bei einer besseren Gelegenheit sagen, außerdem wollte ich euch hier nicht im Stich lassen und nach Flensburg ins Büro verschwinden. Ich habe auf Sylt einen Test gemacht. Endlich bin ich schwanger!«

In der nächsten Stunde überschlugen sich die Ereignisse. Nachdem sie Wanda gratuliert hatten, hatten sie alles für eine Verfolgungsjagd per Hubschrauber in die Wege geleitet. Ein Krisenstab war eingerichtet worden. Auf einmal kam Liv sich wie in einem Actionfilm vor. Gemeinsam mit Bente brach sie zum Flughafen auf, wo der Hubschrauber des SEK sie einsammeln würde. Hennes, Wanda und Aziz würden die Ermittlungen auf Sylt weiterführen und die Kollegen, die bald zu ihrer Unterstützung eintreffen würden, ins Bild setzen.

Liv blickte über das Flughafengelände, auf das gerade ein Sturzregen niederging, und zwang sich einen Müsliriegel hinein. Das Adrenalin hatte ihren Hunger gedämpft, aber ihr Kopf sagte ihr, dass es gut wäre, jetzt noch etwas in den Magen zu bekommen. Die schusssichere Weste war schwer, und sie spürte die Waffe deutlich in ihrem Holster. Ihre Gedanken rasten, während sie durchspielte, was geschehen sein könnte und was welcher der Beteiligten vorhatte. Sie überlegte, bei Sanna und Elise anzurufen, um ihre Stimmen zu hören, entschied sich aber dagegen. Der Einsatz war gefährlich, aber sie würden kompetente Unterstützung erhalten. Wenn jemand wusste, wie mit so einer Situation umzugehen war, dann das

SEK. Sie kontrollierte ihre Uhr. Das Versorgungsschiff benö-
tigte etwa zwei Stunden bis zur Plattform, bei diesem Wetter
vielleicht mehr. Auch würde das Andocken schwierig werden. Mit dem Hubschrauber brauchte man vermutlich zwischen einer halben und einer Stunde. Wenn sie Glück hatten,
würden sie etwa zur gleichen Zeit wie Hanzmann, Reisch
und Paifer auf *Raan* ankommen und könnten sie abfangen.
Wenn es schlecht lief …

Der Hubschrauber näherte sich dröhnend. Liv blinzelte
in den Nachthimmel über dem Flughafen, der jetzt von Blitzen erleuchtet wurde.

»Das ist ein Eurocopter EC 135. Ein Heli, der üblicherweise für Luftrettung und als Polizeihubschrauber eingesetzt
wird«, wusste Bente. Ihm stand die Aufregung ebenfalls ins
Gesicht geschrieben. Er mochte ein erfahrener Polizist sein,
aber so einen Einsatz hatte auch er noch nie erlebt. »Dein
Freund Sebastian würde jetzt sicher sagen, dass es bei einer
Übung des SEK vor einigen Jahren einen tragischen Unfall
gegeben hat: Ein EC 135 ist abgestürzt; es hat zwei Tote und
einen Verletzten gegeben.«

Liv versteifte. »Danke, dass du mich daran erinnerst«,
sagte sie ironisch.

Bente sah sie von der Seite an. »Ich habe auf jeden Fall
überlegt, mich von meinen Frauen und Kindern zu verabschieden.«

»Dann halt dich mal ran.« Bente war schließlich dreimal
verheiratet gewesen und hatte vier Kinder. Aber auch Bente
ließ das Handy stecken.

Kaum, dass der Hubschrauber zur Landung angesetzt
hatte, sprang ein SEK-Beamter in Kampfanzug heraus.

»Olsen und Lammers?« Sie bestätigten die Frage. Er
stellte sich knapp vor. »Wir haben Ihr Briefing erhalten. Den

Rest besprechen wir auf dem Flug.« Während die Rotoren sich weiter drehten, liefen sie geduckt durch den Windstrom zum Hubschrauber. Kaum hatten sie ihre Plätze erreicht, hob der Heli auch schon ab.

Livs Magen tat einen Sprung. Sie spürte Angst in sich aufsteigen. »Ist der Flug bei dem Wetter denn auch sicher?«, wollte Bente wissen, der ebenfalls blass geworden war.

»Der Flug ist nicht das Problem. Gefährlicher ist das Abseilen.«

»Abseilen?«

»Vermutlich wird ein Landen nicht möglich sein, deshalb bringen wir Sie mit der Seilwinde hinunter. Aber keine Sorge, unser Hoist-Operator ist ein erfahrener Mann. Der Windenführer ist das Auge des Piloten.«

Sie bekamen Intercom und Headset. In Livs Ohr schnarrte es durch die Kopfhörer. Ihr war schlecht, und sie fragte sich, warum sie nicht einfach dem SEK den Einsatz ganz überlassen hatten. Aber sie wusste genau, dass ihre Kenntnisse in dieser Lage unabdingbar waren.

»Konzentrieren Sie sich am besten auf mich, und nicht auf Ihren Magen. Ich werde Sie jetzt mit den Sicherheitsbestimmungen und dem Ablauf beim Abseilen vertraut machen. Dann bekommen Sie Ihre Ausrüstung.«

Mit jedem Wort, das der Mann sagte, stieg Livs Nervosität.

* * *

Der Gewerbehof am Rantumer Hafen war durch bunte Lichter erleuchtet, die vom Regen pittoresk verwischt wurden. Eine Akustikgitarre war zu hören, als sie den Motor ausschalteten. Hennes überkamen nostalgische Gefühle, als er mit seiner Sylter Kollegin Rabia über den Hof eilte. Er teilte mit Ulf Grappe und dessen jungen Mitstreitern den Traum einer besseren Welt. Den Traum von Mitbestimmung und Einfluss. Aber er hatte auch lernen müssen, dass dem menschlichen Handeln manchmal enge Grenzen gesetzt waren. Und hier war ohnehin die Frage, ob der Traum wirklich so unschuldig, und vor allem, so gewaltfrei war ...

Ulf Grappe saß zwischen den anderen vor einem Berg Papieren, das Kleinkind auf seinem Schoß. Sofort stand er auf und reichte das Kind zu seiner Tochter, dem Rastamädchen, hinüber. »Was wollen Sie denn um diese Zeit hier? Keiner wird mit Ihnen reden, denn Sie haben sich nicht ordnungsgemäß angekündigt. Wir haben die Nase voll von Ihrer Willkür!«

Hennes schüttelte sich den Regen aus Haaren und von der Jacke. Er wollte in Gedanken bis zehn zählen, schaffte es aber nur bis vier. Schließlich waren seine Kollegen da draußen und würden möglicherweise auch durch Ulf Grappes Schuld in tödliche Gefahr geraten.

»Und ich werde Ihnen mal sagen, wovon ich die Nase voll habe ...«, knurrte Hennes.

* * *

Endlich tauchten die Lichter der Plattform unter ihnen auf. Blinkende Schlieren im Regen, die in den Blitzen, die noch immer den Himmel spalteten, verblassten. Die weißen Wellenkämme waren nur zu erahnen. *Weather Downtime*, die Windräder wegen der Sturmböen im Trudelmodus. Liv schwitzte und fror zugleich in der Schutzausrüstung, die Bente und sie von den SEK-Beamten bekommen hatten. Auch das Vorgehen hatten sie durchgesprochen, wobei es bei ihrem Plan viele Eventualitäten gab. Natürlich hatte das SEK die Leitung übernommen, so war es ja immer mit den Spezialeinheiten. Sie hatten aber zuhören dürfen, wie der Einsatzleiter den derzeitigen Plattformmanager gebrieft hatte. Er sollte keinerlei Risiken eingehen, sondern alles tun, was Hanzmann, Reisch und Paifer wollten.

»Das betreffende CTV ist bereits vor Ort. Unklar, ob es angelegt hat«, meldete jemand über das Intercom. Dann setzte er etwas hinzu, das sie alle beunruhigte: »Ich wollte unsere Ankunft melden. Aber der Kontakt zur Plattform ist anscheinend gerade abgebrochen.«

* * *

»Ich sagte Ihnen doch schon, dass wir keinen Anschlag auf die Versorgungsplattform des Windparks planen. Wie kämen wir dazu?«, fragte Ulf Grappe empört.

Hennes und Rabia hatten sich kurzerhand mit an den Tisch gesetzt. Die beschauliche Stimmung war vorbei, etliche der jungen Leute hatten sich verzogen. Dass sie die Unterlagen mitnahmen, hatten die Kommissare allerdings verhindert. Hennes legte nun die Hand auf den Bauplan der Plattform, der nach ganz unten im Stapel geschoben worden war.

»Wie Sie dazu kämen? Das frage ich mich auch. Vor allem, weil Sie dabei so viele unschuldige Menschen in Gefahr bringen würden. Also, heraus mit der Wahrheit! Sonst werden Sie die Härte des Gesetzes zu spüren bekommen. Wenn es um Terror geht, verstehen wir keinen Spaß.«

* * *

Ein SEK-Beamter sicherte Liv an der Ausstiegsluke. Wind und Regen schlugen ihr ins Gesicht. Das Herz hämmerte in ihren Ohren, kaum konnte sie seine Kommandos verstehen. Sie sah aber den behandschuhten Daumen, den er fragend hochhielt. Jede Pore ihres Körpers kribbelte, als sie ebenfalls Hand und Daumen hob und so bestätigte, dass alles in Ordnung war. Dann wurde sie hochgerissen, und er sprang mit ihr in die Tiefe. Gleich darauf kamen sie auf, wurden gesichert – alles ging so schnell. Liv tat, was man ihr eingebläut hatte. Der Einsatzleiter hatte ihnen überdeutlich gemacht, wer hier das Sagen hatte. Überall auf der Plattform leuchteten die Lichter, eigentlich wie bei ihrem letzten Aufenthalt. Nur, dass sie nicht wussten, was sie erwarten würde. Während Bente und sie in eine geschützte Ecke gebracht wurden, sicherten die ersten Einsatzkräfte die Gangway, huschende Schatten, schwer bewaffnet und kampfbereit. Sie würden die Lage sondieren und für das weitere Vorrücken absichern.

Bente holte sein Handy hervor und schirmte es ab, sodass das LED-Licht nicht weithin zu sehen war.

»Die Datenverbindungen scheinen auf der Plattform ansonsten noch zu funktionieren. Ich habe eine Nachricht von Hennes«, wisperte er. »Wie es aussieht, plant Mark Reisch keinen Anschlag, sondern lediglich eine öffentlichkeitswirksame Plakataktion. In seinem Rucksack ist ein riesiges Protestplakat von *No-Wind*, das er an der Plattform anbringen und vom CTV aus fotografieren und viral gehen lassen wollte. Grappe und er hielten den überraschenden Anruf von Hanzmann für eine gute Gelegenheit.«

»Das beruhigt mich schon mal. Reisch hätte ja sonst was im Rucksack haben können! Dass Hanzmann geschossen hat, erscheint mir nach wie vor unwahrscheinlich. Warum sollte er auf der Plattform oder auf dem Schiff herumballern?«, meinte Bente.

»Also bleibt Arne Paifer«, hielt Liv fest.

In diesem Augenblick signalisierte auch Livs Handy den Eingang einer Nachricht.

* * *

»Ich kenne Sie nicht. Wo sind die üblichen Kommissare?«, fragte Henriette Hanzmann und kreuzte die Arme vor der Brust. »Wo sind Frau Lammers und die anderen? Sie sehen auch gar nicht wie ein Kommissar aus. Woher kommen Sie noch mal?«

Aziz unterdrückte ein Seufzen. »Aus Flensburg.«

»Gebürtig, meine ich.«

»Das sagte ich gerade. Aus Flensburg. Ich bin genauso Kommissar beim K1 der Polizeidirektion Flensburg wie Frau Lammers und die anderen«, wiederholte Aziz. »Ich habe bislang lediglich andere Teilgebiete des Falls bearbeitet. Würden Sie mir jetzt bitte erzählen, was heute Abend vorgefallen ist und warum Ihr Mann die Villa noch einmal verlassen hat? Es geht schließlich auch um Ihren Gatten und um Ihr Unternehmen.«

* * *

Fast erschrak Liv, als der Einsatzleiter auf einmal neben ihnen auftauchte; sie hatte ihn nicht kommen sehen. Wie bei allen Vertretern der Spezialeinsatzkräfte war sein Gesicht durch den ballistischen Helm und die Sturmhaube nicht erkennbar. Mit der beschusshemmenden Weste, Sichtschutz und der Bewaffnung sah er ohnehin martialisch aus.

»Offenbar befinden sich die Zielpersonen tatsächlich im Forschungslabor, wie Sie es vermuteten. Das Labor ist gesichert. Wir werden jetzt Kontakt zu den Zielpersonen aufnehmen, um herauszufinden, was sie vorhaben und ob es sich um eine Geiselnahme handelt.«

Liv und Bente erhoben sich. »Bei diesem Gespräch müssen wir dabei sein. Wir haben neue Informationen über die Beteiligten erhalten«, kündigte Bente an. Dann machten sie sich im Schutz der SEK-Beamten auf zum Forschungslabor.

Auf der Plattform durchbrach nur das Summen der Maschinen die Stille. Scharfschützen hatten den Zugang zum Labor gesichert. Ein Experte machte sich am Zugangssystem zu schaffen. Auf die ersten Gesprächsversuche des SEK-Gruppenleiters reagierte niemand. Liv war nervös. Was geschah dort im Labor? Ging es wirklich nur darum, Beweise zu vernichten? Waren die drei Männer tatsächlich darin? Waren alle noch wohlauf? Und wie sollten sie damit umgehen, was Aziz gerade von seinem Gespräch mit Henriette Hanzmann gesimst hatte?

Noch immer war kein Zugang möglich. Die gesicherte Tür blieb verschlossen. Der Gruppenleiter machte eine Geste in ihre Richtung. Bente nickte Liv zu. Sie hatte bereits mehrfach mit Arne Paifer gesprochen. Ihre Gedanken überschlugen sich. Entschlossen atmete sie durch und zwang sich zur Ruhe. Dann hob sie ihre Stimme.

»Herr Paifer, wenn ich gewusst hätte, dass Sie für diese bahnbrechende Erfindung verantwortlich sind, dann hätte ich mich eingehender mit Ihnen unterhalten!«, rief sie und hoffte, dass er sie wirklich durch die Labortür hören würde.

Stille.

»Ich hoffe, dass die Welt bald von Ihren Erfindungen erfahren wird. Frau Hanzmann bedauert es übrigens sehr, dass sie Sie bei der Anmeldung des Patents vergessen hat. Sie hat bereits Kontakt zum Patentamt aufgenommen, um diesen Fehler rückgängig zu machen.«

»Wirklich?«

Die Stimme war leise gewesen, aber deutlich zu vernehmen. Der Einsatzleiter machte eine rollende Bewegung mit dem Zeigefinger; sie sollte weiterreden.

»Ja, wirklich. Sie sollen als alleiniger Erfinder in der Patenturkunde genannt werden, wie es sich gehört.«

»Und warum weiß ihr scheinheiliger Gatte nichts davon? Dieser feige Nichtskönner?«

Aggression ließ diese Sätze giftig klingen. Genau die Aggression, die Arne Paifer auch zum Angriff auf Quirin Darss getrieben hatte. Denn inzwischen hatten sie Zeugen aufgetan, die ihn in Darss' Villa hatten gehen sehen. Außerdem war Darss' Oldtimer auf einem Feldweg in der Nähe der Hanzmann'schen Villa gefunden worden, mit Paifers Fingerabdrücken auf dem Lenkrad und dem blutbeschmierten Golfschläger auf dem Rücksitz, mit dem er Quirin Darss beinahe totgeschlagen hatte.

»Weil Henriette Hanzmann ihrem Mann noch nichts davon erzählt hat. Sie wissen doch, dass sie der eigentliche Kopf des Unternehmens ist. Ein Kollege von mir ist bei ihr gewesen«, erwiderte Liv schnell. »Dürfte ich wohl kurz mit Herrn Hanzmann sprechen? Ich soll ihm etwas ausrichten.«

»Nein«, kam es kategorisch durch die geschlossene Tür des Labors, an der sich noch immer die SEK-Experten zu schaffen machten.

»Ich kann Ihren Ärger nachvollziehen, Herr Paifer. Wenn man so lange und so hart für etwas gearbeitet hat, will man auch den verdienten Lohn erhalten. Gerade, wenn es sich um eine so bedeutende Erfindung handelt wie Ihre.«

Liv wusste zwar nicht, ob das wirklich stimmte. Aber ganz sicher würde Arne Paifer nach Anerkennung hungern. Kollegen von der Sylter Kripo hatten gerade mit seiner früheren Freundin gesprochen, die ihnen erzählt hatte, dass es für Paifer nur noch seine Arbeit gegeben habe. Kein anderes Thema habe er mehr gehabt. Geradezu fanatisch sei er gewesen. Deshalb sei sie inzwischen auch eine neue Beziehung eingegangen. Und noch etwas hatte Paifers Ex erwähnt.

»Ihr Vater wäre sicher sehr stolz auf Sie.«

»Was wissen Sie schon von meinem Vater?«

»Ihre Freundin hat mir erzählt, wie viel Ihr Vater Ihnen bedeutet hat«, log sie. »Er würde sicher allen erzählen, wie stolz er auf Sie ist«, setzte sie nach. Doch damit hatte sie den Bogen überspannt.

»Das hat er nie. Nie hat er mich gelobt. Nichts war gut genug, was ich getan habe«, kam es prompt.

»Aber dieses Mal wäre er stolz. Jeder wäre stolz auf eine Erfindung, die die Welt zu einer besseren macht.« Die Gesten des Einsatzleiters wurden ungeduldiger. »Machen Sie diesen großen Erfolg nicht durch eine unüberlegte Tat zunichte, Herr Paifer. Kommen Sie mit Ihren Gefährten heraus und lassen Sie uns reden.«

»Ich habe den Hubschrauber gesehen. Das war kein Heli von *Hanzmann Energy*.«

»Richtig. Es ist ein Polizeihubschrauber. Wir haben Unterstützung mitgebracht. Es ist ein Schuss gefallen, Herr Paifer. Darauf muss die Polizei reagieren. Sobald Waffen im Spiel sind, greift die Polizei ein. Wenn Sie jetzt herauskommen und uns die Waffe übergeben, reisen wir alle zusammen zum Festland zurück und sprechen über Ihre Erfindung.«

Eine geraume Weile reagierte Arne Paifer nicht mehr. Der SEK-Experte gab das Zeichen, dass er den Zugangsmechanismus überwunden hatte. Das SEK machte sich für den Zugriff bereit.

»Herr Paifer?«, fragte Liv, deren Puls sich wieder merklich beschleunigt hatte.

»Was werden Sie mit Herrn Hanzmann tun? Er hat einen Fehler gemacht, wissen Sie. Er hat einen Menschen auf dem Gewissen«, meldete sich Arne Paifer plötzlich zu Wort.

»Charlie Horn.«

»Sie wissen davon?«

»Natürlich. Wir wissen alles.«

Liv rekapitulierte die Nachricht, die Sebastian ihr eben auf die Mailbox gesprochen hatte, nachdem er sich mit Charlie Horns Tod beschäftigt hatte. Er hatte herausgefunden, dass bei Horn, nachdem dieser zu Hause von der Leiter gefallen war, im Krankenhaus eine Computertomografie gemacht worden war, um eine Knochenverletzung auszuschließen. Keiner der Ärzte hatte dabei darauf geachtet, dass diverse Gasblasen beziehungsweise größere gasgefüllte Hohlraumbildungen im Körper vorhanden waren, die auf die Dekompressionskrankheit zurückzuführen waren; es war ihnen nur um eine mögliche Fraktur gegangen.

»Es muss bei einem Tauchgang etwas vorgefallen sein, wodurch Charlie Horn die Dekompressionskrankheit bekam. Er wurde nur unzureichend behandelt und starb beinahe achtundvierzig Stunden später an den Folgen. Das kommt selten vor, aber es kommt vor. Sehr tragisch«, sagte sie.

»Lauritz Hanzmann ist dafür verantwortlich!«

Jetzt vernahmen sie plötzlich eine weitere Stimme. »Das ist eine Lüge! Das habe ich Dennis Marzen auch schon gesa…«

Im nächsten Augenblick war aus dem Forschungslabor ein Poltern zu hören. Dann fiel erneut ein Schuss. Sofort gab der Einsatzleiter das Zeichen zum Zugriff. Dann ging alles ganz schnell.

Als sich die Schwaden der Rauchbombe etwas verzogen hatten, stürmten Liv und Bente der SEK-Gruppe nach. Das Labor bot ein Bild der Verwüstung. Auf dem Boden zwischen den Turbinenmodellen, diversen Bojen und Papieren lag Lauritz Hanzmann, eine Bojenstange neben seinen ausgestreckten Fingern. Eilig wurden Sanitäter gerufen. Arne Paifer und Mark Reisch waren verschwunden. Das SEK war bereits ausgeschwärmt. Liv scannte das Labor, ging in Gedanken den Lageplan durch. Ihr Herz hämmerte, als ob es die Rippen sprengen wollte. Was hatte Paifer vor?

Sie kniete sich zu dem Verletzten. Lauritz Hanzmann drehte seinen Kopf zu ihr, ein SEK-Mann versuchte notdürftig, die Schusswunde zu versorgen. »Er ... glaubt Ihnen nicht ... das mit dem Patent ... Er will ...«, Hanzmanns Stimme brach. Keuchend sog er die Luft ein. »Paifer will ... die Erfindung ... vernichten.«

»Wo? Doch nicht etwa ...«, Liv stockte bei dem Gedanken, doch Hanzmann hatte das Bewusstsein verloren.

Liv rief dem Einsatzleiter die Info zu. »Paifer wird versuchen, zurück auf das Schiff zu kommen. Oder er wird das Taucherbasisschiff anfordern.« Die Erkenntnis traf sie unvermittelt. Sie sah durch das Fenster den Draht der Seilwinde im Wind schwingen. Kurz entschlossen sprang sie auf. Sie rannte zu dem Rolltor, ließ es aufgleiten und lief hinaus. Da – Mark Reisch lag wie hingeworfen auf den Planken. Erst, als Paifer sie packte, erkannte Liv, dass es ein Fehler gewesen, die P99 nicht gezogen zu haben.

Arne Paifer umklammerte ihren Hals und drückte ihr den Lauf seiner Waffe gegen die Schläfe. Hanzmanns Sportschützen-Pistole.

Livs Blut rauschte so laut in ihren Ohren, dass sie die Kommandos der SEK-Beamten, die Position bezogen, wie ein Wespensummen hörte. Bentes entsetztes Gesicht ragte hinter einer Kampfmontur auf.

»Bleiben Sie zurück!«, schrie Paifer und zog sie auf den Rand der Plattform zu, während er den Pistolenlauf gegen ihren Schädelknochen presste. Unter ihr grollte die Nordsee, hinter ihr bäumte sich das Gewitter ein weiteres Mal auf. Das Blut peitschte durch Livs Adern. Todesangst hatte sie ergriffen. Sie hätte doch Sanna und Elise noch einmal anrufen sollen. Und Sebastian …

»Machen Sie es nicht noch schlimmer, Herr Paifer. Lassen Sie mich gehen!«, flehte sie.

»Das geht leider jetzt nicht mehr«, zischte Arne Paifer. Mit lauter Stimme setzte er hinzu: »Ich will, dass das Taucherbasisschiff hierhergebracht wird, und dann will ich, dass man mich in Ruhe gehen lässt!«

»In Ordnung, Herr Paifer. Wir kümmern uns um Ihre Forderungen. Das Schiff wird hierhergebracht!«, rief der SEK-Einsatzleiter, der mitgehört hatte.

»Machen Sie schnell!«

Liv wusste, dass die Scharfschützen in diesem Moment nur darauf warteten, den geeigneten Schusswinkel zu finden. Aber selbst wenn sie ihn erschießen würden, könnte Paifer sie noch mit in die Tiefe reißen. Ohne Neoprenanzug und Schwimmweste würde sie in der Nordsee nur wenige Minuten überleben. Sie musste an die Meergöttin Raan denken, die alle Ertrunkenen mit in ihr Reich nahm. Vermutlich würde ihre Leiche nie gefunden werden. Liv wollte weinen, schreien, flehen.

Reiß dich zusammen, befahl sie sich dann scharf. Die entscheidende Frage war, was sie jetzt tun konnte.

Sie dachte an das, was sie in der Ausbildung gelernt hatte. An das, was Hennes ihr über Krav Maga beigebracht hatte. Beim Krav Maga trainierte man regelmäßig, sich gegen einen Angreifer mit einer Waffe zu verteidigen. Aber ihre Ausgangslage war einfach schlecht, denn ehe sie sich aus dem Klammergriff befreit haben würde, hätte die Kugel vielleicht schon ihren Schädel durchschlagen. Sie zählte, um sich zu beruhigen, die Grundregeln dieser Kampfkunst auf: Man brauchte Mut, musste sich den Hindernissen stellen, egal wie groß sie waren. Emotionale Balance war wichtig, um die Gefühle kontrollieren zu können, damit die Angst nicht das Handeln lähmte. Geduld war nötig und Respekt für den anderen, selbst für den Feind.

Respekt war genau das, was Arne Paifer sich immer gewünscht und nicht erhalten hatte. Dabei hatte er so viel dafür getan. Sie dachte an seine Arbeit, an ihre erste Begegnung, daran, wie er nach der Druckkammerbehandlung bei der Bergung von Dennis Marzen geholfen hatte. An die hektischen roten Flecken auf seinem Hals. Kristallklar erkannte sie es jetzt.

Sein Griff schnürte Liv die Luft ab. »Haben Sie … die Dekompressionskrankheit … eigentlich gut überstanden? Diese Gelenkschmerzen sollen ja … mörderisch sein«, brachte sie stockend hervor.

Daran, wie er erstarrte, spürte sie, dass sie richtig kombiniert hatte. Sie musste weitermachen. »Ich … begreife noch immer nicht … wie Sie wissen konnten, dass Dennis … ausgerechnet an diesem Abend das Forschungslabor nach den fehlenden … Videoaufnahmen der Tauchgänge durchsuchen würde.«

Sein Oberkörper entfernte sich leicht von ihrem Rücken. Kurz überlegte Liv, ob sie versuchen sollte, ihm die Waffe aus der Hand zu schlagen. Lieber nicht. Der Pistolenlauf klebte förmlich an ihrer Schläfe.

»Das haben Sie wirklich ... geschickt ... angestellt, mit dem Alibi. Ich wüsste nur zu gerne ... wie. Oder hat Ihnen jemand ... einen Tipp gegeben?«

»Ich brauche niemanden, der mir Tipps gibt«, fauchte Paifer. Bei den nächsten Sätzen schien es, als gefiele es ihm, von seiner gelungenen Finte zu berichten. »Als ich in der Druckkammer war, hörte ich, wie Olaf hereinkam. Er fragte Kirsa, ob sie seine Zugangskarte gesehen habe. Dann jammerte er, dass Dennis ihn wieder gemobbt habe, und dann auch noch bei seiner Kabine. Diese Karte bedeutete für Dennis: Zugang zu allen Bereichen.«

Also war es vermutlich Zufall gewesen, dass Dennis Marzen Olaf Kanz mit dem Wodka gesehen hatte. Eigentlich war es ihm nur darum gegangen, die Zugangskarte abzugreifen.

»Als Kirsa mal wieder verschwand – nicht zum ersten Mal –, nutzte ich die Gelegenheit. Dennis war tatsächlich bereits im Labor. Bei unserem kleinen Gespräch hörte ich heraus, dass er mit der Überwachungsanlage getrickst hatte. Leider betraf das nicht die Überwachungskameras im Labor, die sind gesondert gesichert. Ich hätte sie manipulieren können, genau wie heute die Datenverbindung. Das hätte aber mehr Zeit gekostet.« Arne Paifer löste sich etwas mehr von ihr, anscheinend, um sich umzusehen. Kurz dachte Liv daran, zuzuschlagen, aber sein Griff war fest und der Druck des Waffenlaufs nahm noch zu. Heiß rann etwas an ihrer Schläfe hinab.

»Wo bleibt denn das verdammte Schiff?!«, schrie Paifer.

»Ist unterwegs! Bleiben Sie ruhig, Herr Paifer!«, rief der Einsatzleiter.

Zu ihren Füßen regte sich Mark Reisch. Er stöhnte, und

er blutete auch, das sah Liv jetzt deutlich. »Lassen Sie ... den Skipper gehen«, bat sie.

»Ich brauche ihn.«

»Sie können doch nicht wirklich da runter ... und Ihre Prototypen zerstören. Denken Sie an den Dienst, den Sie ... der Menschheit ... Und wie wollen Sie überhaupt ...«, brachte Liv gepresst hervor.

»Schnauze! Sie reden entschieden zu viel!«, blaffte Arne Paifer sie an. »Glauben Sie, ein Wissenschaftler wie ich könnte das Problem mit unterwassertauglichen Explosivstoffen nicht lösen?« Er lachte leise, ein unheimliches Geräusch, das der Wind davontrug.

Am Rande ihres Gesichtsfelds sah Liv schräg unter sich Lichter nahen. Das Taucherbasisschiff! Aber wie wollte Paifer dorthin kommen? Und dann noch mit dem bewusstlosen Mark Reisch? Sie musste dieser Sache ein Ende machen. Liv wollte gerade den Ellbogen hochreißen, um sich aus dem Klammergriff zu befreien und aus der Schussbahn zu bringen, als mehrere Dinge gleichzeitig geschahen.

24

Sie saßen Arne Paifer in der Krankenstation der Plattform gegenüber. Wie ein Häufchen Elend sah er jetzt aus. Ebenso fahl und farblos, wie Liv ihn am ersten Tag erlebt hatte. Seine Schulterwunde war notdürftig versorgt worden, genau wie die Verletzungen von Hanzmann und Reisch, von denen glücklicherweise keine lebensgefährlich war. Bald schon würden sie mit dem Hubschrauber zurück aufs Festland fliegen.

Die Ermittler hatten ein mobiles Aufnahmegerät aufgestellt. Die Vernehmung verlief stockend. Paifer schien immer wieder in seine eigene Welt abzutauchen.

Liv dachte an das Ende der Geiselnahme zurück, und Erleichterung überkam sie. Während sie sich auf ihren Angreifer konzentriert hatte, hatten sich SEK-Beamte blitzschnell und unbemerkt vom Obergeschoss abgeseilt, um Paifer und sie zu trennen. Eine beeindruckende Aktion, mit absoluter Präzision durchgeführt. Nur eine Sekunde später hatte ein Scharfschütze Paifer getroffen. Ruckartig hatte der Klammergriff sich gelöst. Liv war gefährlich nah an die Kante gestürzt, hatte das Meer unter sich brodeln sehen. Kurz hatte sie gefürchtet, das nächste Opfer zu sein, das diese tödliche See forderte. Zitternd war sie in Sicherheit gekrochen. Zeitgleich hatten die SEK-Beamten Paifer schon zu Boden gebracht. Auf einmal war Bente bei ihr gewesen.

Inzwischen war ihr Adrenalinpegel abgeebbt, und sie fühlte sich wie nach einem Marathonlauf.

»Was genau ist geschehen, als Sie Dennis Marzen ins Forschungslabor folgten?«, fragte Bente noch einmal nach.

Mit schmerzerfülltem Gesicht hielt Arne Paifer sich die Schulter, an der er einen Durchschuss erlitten hatte. Keinen Gedanken hatte er bislang an Hanzmann und Reisch verschwendet, nicht ein einziges Mal hatte er nach ihnen gefragt. »Es war absurd. Dennis war überzeugt davon, dass Herr Hanzmann für die Probleme bei dem fraglichen Tauchgang verantwortlich wäre. Kein Wunder, schließlich hatte ich im Anschluss an den Tauchgang die Eintragung im Taucher-Dienstbuch gefälscht. Aber ich bin es doch gewesen, der Charlie überredet hat, den Tauchgang noch zu machen. Und ich wusste genauso, dass Dennis die Wahrheit erkennen würde, sobald er die Aufnahmen sah.«

»Warum haben Sie die Aufnahmen denn nicht auch vernichtet?«, wunderte Liv sich.

»Weil sie entscheidend für die Dokumentation meiner Forschungen waren. Ich hätte sie bearbeiten müssen. Aber eine Manipulation, die die Forschungskommissionen nicht bemerken, kostet viel Zeit.« Er stieß einen selbstmitleidigen Seufzer aus. »Dennis war überzeugt, dass er für die Sicherheit der Belegschaft sorgt, wenn er Hanzmann aufhält. Aber mir war klar, dass er vor allem meine Zukunft zerstören würde. Das konnte ich nicht zulassen.«

»Und Charlie Horn?«, fragte Liv.

»Charlie wusste, wie bedeutsam meine Forschung war. Und ich wusste, wie dringend er Geld brauchte. Nur deswegen habe ich ihn dazu bringen können, diesen letzten langwierigen und mühevollen Tauchgang auf sich zu nehmen.«

»Was meinen Sie damit?«

»Ich habe ihm eine Bonuszahlung versprochen.« Er stieß einen verächtlichen Laut aus. »Nicht, dass ich die Mittel dazu gehabt hätte. Für die Dekompressionskammer war anschließend nicht genug Zeit, Schichtwechsel – er musste nach Hause. Charlie dachte, er würde die Strapazen wegstecken. Und ich dachte das auch.«

»Und die Bonuszahlung?«

»Ich habe ihn vertröstet. Insofern kam es mir gut zupass, dass er ... nicht darauf bestehen konnte.«

Seine Kaltschnäuzigkeit machte Liv wütend. »Sie wissen vermutlich, dass Charlie Horn eine Frau und eine kleine Tochter mit Behinderung hinterlässt, nicht wahr?«

Eine kurze Irritation, ein Achselzucken. »Nein, das wusste ich nicht.«

»Dennis Marzen hat die beiden nach Charlies Tod unterstützt.«

Arne Paifer wurde blass. »Ich habe doch alles nur für die Wissenschaft gemacht. Zum Wohle der Menschheit, ganz so, wie Sie es gesagt haben, Frau Lammers.«

»Ich würde gerne noch einmal auf den Abend zurückkommen, an dem Dennis Marzen starb«, sagte Liv. »Sie haben Dennis also im Labor abgepasst.«

Paifer nickte zerknirscht. »Ich habe ihn in das Taucherquartier gelockt, weil ich wusste, dass uns dort niemand überraschen würde und die Kameras aus waren. Das Forschungslabor ist ja leider gesondert gesichert, sonst hätte ich ihn gleich dort von der Plattform geworfen.« Sein Gesicht wurde in der Erinnerung zu einer Grimasse. »Dennis hat geahnt, dass ich etwas verberge. Vermutlich dachte er, dass ich wieder einen Fehler gemacht habe. Er hat mich erneut verspottet, als Schönwettertaucher. Nur, weil ich nicht so ein abgebrühter und erfahrener Taucher wie er war. Dann hat er erkannt, dass ich für Charlies Tod verantwortlich bin.«

»Da haben Sie ihn mit einer Bojenstange niedergeschlagen.«

Erstaunt sah Arne Paifer Liv an. »Woher wissen Sie das?«

»Der angerostete und verzinkte Stahl hat Spuren in der Wunde hinterlassen.«

»Ja, eloxiertes Aluminium wäre besser gewesen«, sagte Paifer grüblerisch. »Das verwittert nicht.«

»Dennis war aber noch nicht tot.«

»Nein. Angefangen zu schreien hat er. Ich konnte ihm nicht mehr ins Gesicht sehen. Habe es nicht ausgehalten. Da habe ich eines der Seile genommen und ihn … tot gemacht. Jetzt musste ich ihn nur noch loswerden. Aber wo? Eigentlich war meine Idee genial. Nur der Fahrstuhl war risikoreich, weil man uns hätte sehen können. Aber durchs Treppenhaus konnte ich die Leiche auch nicht schleppen. Also den Fahrstuhl, ins Untergeschoss und zur Technikbrücke. Ein Stoß – und Dennis wäre für immer in dem Element verschwunden, das er so geliebt hat. Kann ich ahnen, dass sich das blöde Seil verheddert?! Sicher, ich hätte es von seinem Hals abziehen können, aber dann …« Der Rest des Satzes blieb ihm im Halse stecken.

»Aber dann hätten Sie dem Mann, den Sie erdrosselt haben, noch einmal ins Gesicht sehen müssen«, riet Liv.

Arne Paifer kommentierte diese Mutmaßung nicht. »Dennis' Handy ist ins Meer gefallen, aber das wollte ich ohnehin loswerden. Konnte ja nicht ahnen …«

»Und die Zugangskarte?«

»Habe ich abgewischt und dort hingetan, wo sie jemand früher oder später finden würde. Aber da waren Sie längst auf *Raan*.«

»Und heute? Was war mit Quirin Darss?«, wechselte Bente das Thema.

Überraschend zeichnete echte Reue Paifers Gesicht. »Darss hat mich genauso verraten wie die Hanzmanns! Das dachte ich zumindest. Sie müssen sich das mal vorstellen! Erst finde ich beim Patentamt heraus, dass Henriette mich betrügt. Dann wirft sie mich hinaus. Ich also wutentbrannt zu Darss. Dachte, er macht mit ihnen gemeinsame Sache. Natürlich hat er mir sofort aufgemacht. Neben der Tür stand die Tasche mit den Golfschlägern. Wie oft hat er mir von seinem Handicap vorgeschwärmt, aber kein einziges Mal hat er daran gedacht, mich mitzunehmen oder sich überhaupt danach zu erkundigen, was ich so treibe!«

Während der folgenden Sätze sank Arne Paifer immer weiter in sich zusammen. »Ich habe rot gesehen. Habe einen Golfschläger genommen und auf ihn eingeschlagen. Darss hat sich geduckt, gewehrt. Hat geredet, in einer Tour. Ich habe die abgehackten Sätze erst gar nicht verstanden. Bis ich es begriffen hatte, war es zu spät.« Er senkte den Blick. »Darss hat mir von dem Rauswurf erzählt. Dass er schon bei der Konkurrenz angerufen hat. Dass die ihn mit Kusshand nehmen würden. Und er mich mit meiner Erfindung auch bei der Konkurrenz unterbringen würde.« Trauer über die vergebene Chance ließ seine Gesichtszüge erschlaffen. »Als auf Darss' Handy etwas blinkte, sah ich, dass eine E-Mail eingegangen war. Kirsa kündigte sich für einen Besuch an. Der Rest war leicht.«

»Sie erkannten, dass Sie Kirsa den Angriff auf Darss in die Schuhe schieben können?«, versuchte Liv seinen Gedankengang nachzuvollziehen.

»Natürlich. Ich habe die Polizei angerufen, mich als Nachbar ausgegeben und den Überfall auf Quirin Darss gemeldet.

Kirsa würde garantiert versuchen, Darss zu helfen – aber für die Polizei würde es natürlich anders aussehen.«

»Wie ging es anschließend weiter?«

»Ich habe mir den Wagen von Herrn Darss ausgeborgt. Eigentlich wollte ich, dass Hanzmann einen Heli ruft, aber der war nicht startklar …«

»Lassen Sie uns Schritt für Schritt den Ablauf durchgehen«, bat Bente. Liv war froh, dass sie nicht die Einzige war, der der Bericht wirr erschien.

Arne Paifer sprach jetzt überdeutlich, als seien sie begriffsstutzig. »Mit dem Porsche von Darss bin ich zu Hanzmann. Ich habe ihn angerufen und um ein Gespräch gebeten. Hanzmann zeigte erst kein Interesse, aber dann erwähnte ich, dass Darss Kontakt zur Konkurrenz aufgenommen hatte. Als Treffpunkt schlug ich einen Feldweg in der Nähe von *Hanzmann Energy* vor, weil ich ja wollte, dass Hanzmann mit dem Wagen kommt. Er hatte mal durchklingen lassen, dass er eine Waffe im Handschuhfach hat. Der Rest war leicht. Ich habe die Waffe an mich gebracht und ihn gezwungen, den Hubschrauber zu rufen, damit er uns zur Plattform bringt. Aber der Heli war nicht startklar, also musste ich mit dem CTV Vorlieb nehmen.«

Ein Mitarbeiter der Plattform unterbrach sie. Er teilte ihnen mit, dass der Hubschrauber bereit zum Abflug wäre. Die SEK-Beamten kamen, um Arne Paifer abzuführen. Die Kommissare hatten vorerst genug gehört. Später würden sie ohnehin noch ausführliche Vernehmungen durchführen, damit das Strafmaß bestimmt werden konnte. Für Liv standen die Mordmerkmale Heimtücke und Verdeckungsabsicht fest. Dazu kam der Angriff auf Darss, wobei es dabei möglicherweise auf versuchten Totschlag im Affekt hinauslaufen würde.

Hoffnung hellte auf einmal Arne Paifers Miene auf. »Wie geht es jetzt weiter? Meinen Sie, Herr Darss würde … Er lebt doch noch?«

»Quirin Darss ist außer Lebensgefahr, das ist richtig. Er ist allerdings schwer verletzt«, bestätigte Bente.

»Darss wird mich nun wohl nicht mehr bei der Konkurrenz unterbringen?«, fragte Paifer unsicher.

Kurz starrte Liv ihn an. War Arne Paifer die Schwere seiner Taten denn nicht bewusst? Er würde im Gefängnis landen und vielleicht nie mehr in der Energiewirtschaft arbeiten. »Das nehme ich nicht an«, antwortete sie.

An der Tür blickte Paifer sie mit waidwundem Blick an. »Es war gelogen, dass Frau Hanzmann den Patentantrag verändern wird, oder?«

* * *

Nach dem Gewitter war die Sylter Luft erfrischend und von kristalliner Klarheit. Da die Trauerfeier für Dennis Marzen am Tag nach ihrer erneuten Rückkehr von *Raan* stattfand, fuhren die Ermittler ebenfalls zur Sankt-Thomas-Kirche nach Hörnum. Auch für sie war dieses ehrenvolle Gedenken der Familienmitglieder, Freunde und Weggefährten ein guter Abschluss für den Fall. Sie hatten alle Akten und Beweisstücke zusammengepackt und bereits verschickt. Das, was jetzt noch zu tun war, konnte auch von Flensburg aus erledigt werden. Vor der Kirche sprachen sie den Angehörigen ihr Beileid aus. Liv hatte noch lange über Dennis Marzens Handeln nachgedacht. Er hatte tatsächlich, wie es dem Motto der Minentaucher entsprach, die Widrigkeiten nicht gefürchtet. Marzen hatte Kameradschaftsgeist und Verantwortungsbewusstsein bewiesen. Charlies Tod hatte ihm keine Ruhe gelassen, also hatte er beschlossen, auf eigene Faust zu ermitteln. Aber mit diesen Nachforschungen hatte er sein eigenes Leben aufs Spiel gesetzt. Und nicht nur das.

Sie beobachtete, wie Nickels Winkler mit Jasper Jensen und den anderen Minentauchern den Weg Richtung Hafen einschlug.

»Jensen sieht besser aus, gefasster, findest du nicht?«, meinte Liv.

Hennes nickte. »Vielleicht findet er langsam den Weg aus seinem tiefen Tal. Das kann er letztlich nur alleine schaffen.«

An den Stufen, die zum Hafen führten, hielten sie inne, sahen auf Amrum und Föhr hinaus. Als Valeska Horn mit ihrer Tochter die lange Treppe erreichte, gingen Nickels Winkler und Jasper Jensen ihr sofort zur Hand. Winkler stellte Jensen vor, und der ehemalige Minentaucher hockte sich neben das Mädchen, um ihm Hallo zu sagen. Dann fassten die Männer an, um das Mädchen im Rollstuhl die Treppe hinunterzutragen. Valeska Horn folgte ihnen, und Liv bemerkte im Blick der Frau einen Funken Optimismus, der sie zutiefst anrührte.

Die Tauchexperten der Polizei hatten einen ersten Blick auf die Dienstbücher, Tauchlogbücher und die Aufnahmen der Tauchgänge geworfen. Sie hatten die Gefährlichkeit des Einsatzes, an dessen Folgen Charlie Horn gestorben war, bestätigt. Sie würden die Unterlagen, die mit dem Tod von Charlie Horn in Zusammenhang standen, nach der Freigabe durch die Staatsanwaltschaft der Versicherung und einem Gutachter zukommen lassen, das hatte sie bereits mit Frau Horn besprochen. Hoffentlich würde die Versicherung auch ohne Exhumierung und Obduktion bei Charlie Horn auf einen Arbeitsunfall entscheiden und die Versicherungssumme auszahlen.

Liv schüttelte den Gedanken ab und stieß Hennes leicht den Ellbogen in die Seite. »Komm, wir werden erwartet.«

Er verzog das Gesicht. »Nee, nä?«

»Wenn du mit mir nach Flensburg zurückfahren willst, musst du mich begleiten.«

* * *

Archsum, der kleinste Ort der Insel, war von blühenden Rapsfeldern umgeben, die die Luft mit ihrem Duft schwängerten. Weit ging der Blick über Salzwiesen, Reetdächer und Felder. Hinter dem einfachen, aber gepflegten Einfamilienhaus saßen Momke und seine Frau Ioanna im Garten. Momkes Eltern wuselten um die Kaffeetafel und ihre Enkelin herum. Liv hatte als Mitbringsel für die beiden noch schnell einen Duftrosenbusch in der Gärtnerei besorgt.

»Na, du hast dich sicher auch schon den ganzen Tag auf die Kleine gefreut, oder?«, meinte Momke grinsend zu Hennes und schaukelte Ing auf dem Arm. Sie quietschte erfreut und strahlte die Besucher neugierig an.

»Ich wusste bis vorhin gar nicht, dass ich das Vergnügen haben werde. Soll ich im Auto warten?«

»Spinnst du? Greif lieber bei der Friesentorte zu, meine Mutter hat sie selbst gebacken.«

Während Liv ein großes Stück der Torte aus knusprigem Blätterteig, Sahne und Pflaumenmus aß, plauderte sie mit Ioanna.

Nach einiger Zeit fachsimpelte Ioanna mit ihr über den Fall; Momkes Frau war Anwältin. »Unglaublich, dass Quirin Darss wirklich eine Möwe getötet hat, nur, um Henriette Hanzmann … ja, was eigentlich? Zu erschrecken?«

»Darüber weiß Momke mehr, die Lösung dieses Falls ist

sein Verdienst. Ich will ihm seinen Auftritt nicht streitig machen«, erwiderte Liv.

Momke nahm das Stichwort gerne auf. »Ioanna und ich hatten noch gar keine Zeit, darüber zu sprechen. Im Moment gibt es bei uns ja wichtigere Gesprächsthemen als unsere Arbeit. Die ersten Zähne beispielsweise«, sagte er. Während er Kaffee nachschenkte, berichtete er dann doch: »Darss hat wohl gehofft, die beiden auseinanderzubringen und Henriette Hanzmann für sich gewinnen zu können. Wenn Lauritz Hanzmann auf der Plattform war, hatte er ständig noch bis spätabends in der Villa zu tun. Das hat er jedenfalls behauptet, um die wahren Gründe zu verbergen. Er muss halbwegs besessen von ihr gewesen sein, das legen die vielen Fotos nahe, die er von ihr besitzt. An diesem Abend wollte er Henriette wohl Angst einjagen, ihr deutlich machen, wie sehr ihr Mann sie im Stich lässt. Er hatte die tote Möwe außerhalb des Grundstücks deponiert, weil er ja wusste, dass irgendetwas auf den Aufnahmen der Überwachungskameras zu sehen sein musste. Dann hat er sich angeschlichen, den Kadaver mitsamt dem Zettel geworfen und gleich darauf den Beschützer gespielt. Welchen Bereich die Überwachungskameras aufnehmen, hat er ja genau gewusst. Wir fanden Federn und seine Haare an einem Hundsrosenbusch, bei dem er den Kadaver deponiert hat. Als wir ihn damit konfrontierten, hat er gestanden.«

»Ein seltsames Verhalten«, fand Ioanna.

»Ja. Die drei waren ein seltsames Team.«

Ing begann zu quengeln, und Ioanna erhob sich, um sie besser wiegen zu können. Liv dachte an Kirsa Thorildson, eine der Leidtragenden von Darss' Plan. Natürlich hatte sie sich ebenfalls nicht korrekt verhalten. Aber so weit hätte es nicht kommen müssen. Mit diesem Abgang war Kirsas

Traum von der Offshore-Karriere wahrscheinlich zu Ende. Darss hingegen würde sich bei der Konkurrenz sein Insiderwissen vergolden lassen.

Ioannas Handy klingelte. »Ein Mandant. Ihr entschuldigt mich kurz?«

Da Momke seinen Eltern beim Einpflanzen des Rosenbusches half, reichte sie Liv das Baby. Behutsam nahm Liv die kleine Ing in den Arm. Ing musterte sie mit einer Neugier und zugleich Weisheit im Blick, die Liv anrührte. Es war ungewohnt für sie, ein derart zartes Wesen im Arm zu halten. So lange war es her, dass Sanna ein Baby gewesen war. Und Liv hatte damals ganz andere Sorgen gehabt, sodass sie diese Zeit gar nicht hatte genießen können.

Ioanna lief noch immer telefonierend im Garten herum und sprach mit ihrem Mandanten. Ing fing an zu quengeln und nuckelte an ihrer kleinen Faust. Liv legte Hennes den Säugling vorsichtig in den Arm. »Ich muss mal kurz verschwinden. Ing hat bestimmt nur Hunger«, sagte sie.

Blanke Panik trat auf Hennes' Gesicht. »Da bin ich die falsche Adresse! He, warte! Das kannst du nicht machen.«

»Man wächst an seinen Herausforderungen«, entgegnete Liv amüsiert.

Als sie zurück in den Garten kam, bot sich ihr ein ungewohnter Anblick. Die kleine Ing schlief auf Hennes' Arm. Ihr Kollege saß so steif da, als könnte die kleinste Bewegung eine Katastrophe auslösen. »Ich weiß auch nicht, wie das passieren konnte«, sagte er. »Kannst du sie mir bitte abnehmen?«

Grinsend schüttelte Liv den Kopf. »Ing scheint sich bei dir sehr wohlzufühlen. Vielleicht findest du ja doch noch als Ersatzopa deine Berufung.«

25

Wieder in Flensburg schlossen Elise und Sanna sie in die Arme. Beide hatten sich über die Vorfälle auf der Versorgungsplattform sehr aufgeregt. Nachdem Liv ihnen alles erzählt und auch von dem Besuch bei Momke berichtet hatte, meinte Elise schließlich: »Da ist Post für dich gekommen.«

Liv betrachtete den Brief und das Päckchen, die auf dem Wohnzimmertisch lagen. Der Brief war von der Staatsanwaltschaft. »Wir wollten ihn nicht ohne dich öffnen«, sagte Elise und legte den Arm um Sanna.

Liv nahm den Brief in die Hand. Ihre Finger wurden feucht. Würde die Staatsanwaltschaft der Klage gegen Ocke Lammers stattgeben? Oder würde ihr Vater ungestraft davonkommen? Vielleicht sollte sie erst das Päckchen öffnen.

Zu ihrer Überraschung war es aus Kiel. »S. Gerlich«, lautete der Absender. Es war vielleicht zwanzig mal zwanzig Zentimeter groß. Unwillkürlich stahl sich ein Lächeln auf Livs Lippen.

Erwartungsvoll schauten Sanna und Elise sie an. »Nun mach schon auf! Wir wollen endlich wissen, was für Liebespost du bekommst!«

Liv wollte protestieren. »Das ist keine …«

»Ich konnte Oma nur mühsam davon abbringen, das Päckchen insgeheim zu öffnen«, bemerkte Sanna.

»Sabbeltasche.« Elise wuschelte ihrer Urenkelin lachend über den Kopf.

Als Liv endlich hineinschaute, war sie glücklich und verwirrt zugleich. Wie sollte sie darauf reagieren?

Dann überwand sie sich und öffnete den Brief der Staatsanwaltschaft. Eilig überflog sie die Zeilen, dann durchströmte Erleichterung sie. Ein Gefühl des Triumphs bemächtigte sich ihrer, so heftig, dass sie am liebsten gejubelt hätte. Die Staatsanwaltschaft Flensburg würde gegen ihren Vater, Ocke Lammers, den millionenschweren Immobilienmogul auf Sylt, Anklage erheben. Die Gerechtigkeit würde siegen. Sie würden ihn zu Fall bringen. Endlich.

* * *

Onkel Jule war bis auf den letzten Platz besetzt, was kein Kunststück war, denn die Kneipe war klein. Auf dem Tresen thronte mit übergeschlagenen Beinen die ältere Frau, die Liv auf dem Foto in Hennes' Zimmer gesehen hatte. In ihrem Charleston-Paillettenkostüm und dem Pfauenfedern-Hut schien sie auf eine wunderbare Weise wie aus der Zeit gefallen. Sie spielte Akkordeon und sang dazu mit einer fremdartigen, kratzig-schönen Stimme, aus der das Leben klang. Liv spürte, wie ihr bei diesen Klängen eine Gänsehaut über den Rücken jagte.

Hennes legte die Hand auf ihre Schulter und schob sie zu der Frau hinüber. »Rachel, das ist meine Kollegin Liv.«

Die Frau betrachtete sie lächelnd, dann sagte sie rauchig und mit rollendem R: »Endlich lerne ich dich auch mal kennen. Hennes hat mir schon viel von dir erzählt.«

»Dafür weiß ich über Sie gar nichts«, gestand Liv. »Außer vielleicht, dass Sie zwei Perserkatzen haben.«

»Er hat nichts von unseren gemeinsamen Abenteuern erzählt? Dann wird es ja Zeit, dass wir uns unterhalten. Du bist hiermit zu uns eingeladen.« Mit diesen Worten tanzten ihre Finger wieder über das Akkordeon.

Als das gesamte Team des K1 da war, scharten sie sich um Hennes. Da waren Bente und seine Frau Laerke, Wanda mit ihrem Ehemann, der solidarisch an einem alkoholfreien Drink nippte, Aziz mit seinem Lebensgefährten, ihre Chefin Hilke Hasselbrecht und alle anderen Kollegen.

Liv überreichte Hennes das nur handtellergroße Geschenk. »Für immer 59 + 1« stand darauf.

»Das ist ja übersichtlich«, meinte Hennes erfreut, aber auch eine Spur nervös. »Endlich wieder was zu rauchen! Ihr meint es gut mit mir.«

»Wir haben auch alle zusammengelegt.«

»Da habt ihr euch bei der Größe ja richtig in Unkosten gestürzt. Na ja, ich packe es aus, wenn alle da sind.«

Liv lachte. »Mehr passen hier ja kaum noch rein.«

»Jemand fehlt noch.«

»Ich lasse hier keinen mehr rein. Akuter Luftmangel.«

In diesem Augenblick ging die Tür auf, und jemand trat ein. Liv wurden die Knie weich. »Habe ich das Beste schon verpasst?«, fragte Sebastian.

»Wir haben auf dich gewartet.« Hennes begrüßte den Rechtsmediziner ehrlich erfreut. Sebastian reichte Hennes ein Geschenk, das dieser sofort öffnete. Es war ein Buch: »Klugscheißer-Wissen für Anfänger«.

Hennes lachte aufgeräumt. »Du meinst, damit ich es irgendwann mal mit dir aufnehmen kann?« Dann packte er ihr Geschenk aus. Es war ein Anti-Stress-Würfel mit vielen Knöpfen und Hebeln. »Damit du nicht aus Langeweile auf die Idee kommst, wieder zur Kippe zu greifen. Der passt in jede Hosentasche«, meinte Bente. An dem Würfel war ein aufgerolltes Papier befestigt.

»Ein Gutschein für ein Beautywochenende auf Sylt. Für zwei«, las Hennes mit einem säuerlichen Lächeln vor.

»Ich fand ja, dass du schön genug bist, aber die Kollegen haben darauf bestanden«, sagte Liv. Rachel legte den Arm um Hennes' Hals. »Also ich freue mich darüber«, sagte sie.

»Na, dann«, lachend gab Hennes den Widerstand auf und bestellte Getränke, damit sie anstoßen konnten.

Liv sah in die Runde. Gemeinsam feierten sie, lachten, tanzten – und das unter der Woche. Sie suchte Sebastians Blick, fand ihn. Er drängte sich durch die Menge zu ihr.

»Gehen wir einen Augenblick vor die Tür? Frische Luft schnappen?«, fragte sie.

»Gerne.«

Liv dachte an den Moment vor vier Tagen, an dem sie Sebastians Päckchen ausgepackt hatte. Sie hatte überhaupt nicht gewusst, was sie erwartete. Damit, was zum Vorschein gekommen war, hatte sie auf jeden Fall nicht gerechnet. Eine filigrane Teetasse hatte sie aus dem Seidenpapier geschält. Die Tasse war offenbar zersprungen, denn die Stücke hatte irgendjemand mit einer Art Goldlack wieder zusammengefügt. Und dennoch war diese Tasse wunderschön, gerade weil die Brüche nicht versteckt, sondern durch den Goldlack noch hervorgehoben wurden. Auf einem kleinen beigelegten Zettel stand lediglich »Kintsugi«. Inzwischen wusste sie, dass es sich dabei nicht nur um eine japanische Kunstform handelte, sondern auch um ein Buch des Psychologen Tomás Navarro. In dem Buch beschäftigte sich Navarro mit der Überwindung von Traumata und dem Neuaufbau eines Lebens nach einem Unglück.

»Ich habe versucht, dich zu erreichen und mich für das

Päckchen zu bedanken«, sagte Liv, als sie in die Nacht hinausgetreten waren. »Außerdem wollte ich mich für mein schroffes Verhalten auf Sylt entschuldigen. Als ich dich nicht erreicht habe ...« Sie ließ den Satz in der Musik und dem Gelächter verklingen, das gedämpft aus der Kneipe drang.

Sebastian sah gedankenverloren auf den Hafen hinaus. »Entschuldige, aber bei mir war so einiges los.« Sein Blick wanderte zu ihrem Gesicht. Ein wenig unsicher musterte er sie. »Zwischendurch dachte ich schon, ich hätte dich mit dem Geschenk verärgert. Ich will dich natürlich nicht mit zerbrochenem Geschirr vergleichen.« Er lachte nervös. »Diese Technik, und die Philosophie, die dahinter steckt, erschienen mir nur so passend. Zerbrechlichkeit als sichtbares Schönes. Bruchlinien des Lebens anzuerkennen und so. Ach«, Sebastian hob lächelnd die Schultern, »du hast dir sicher schon deine eigenen Gedanken darüber gemacht.«

Das hatte sie.

Anmerkung und Dank

Nach Angabe der *Stiftung Offshore Windenergie* sollen sich bis zum Jahr 2030 Offshore-Anlagen mit einer Gesamtleistung von zwanzig Gigawatt vor den Küsten Deutschlands drehen. Damit könnten bis zu zwanzig Millionen Haushalte mit sauberem Strom versorgt werden. Im Jahr 2020 wurde zudem die *Nationale Wasserstoffstrategie* ins Leben gerufen, ein Konjunkturprogramm, das mit der Windenergie in Zusammenhang steht.

Doch mit diesem Ausbau wächst auch die Zahl der Gegner. Schon jetzt gibt es in Deutschland mehr als tausend Bürgerinitiativen gegen Windkraft. Auf Sylt war der Widerstand gegen den Offshore-Windpark *Butendiek*, der 2015 ans Netz ging, groß. Dass Erneuerbare Energien nötig sind, steht außer Frage. Die Umweltverträglichkeit ist aber ein Thema, das anscheinend viele Menschen bewegt.

Der Offshore-Windpark *Raan* ist mitsamt der kompletten Belegschaft meine Erfindung. Etwaige Ähnlichkeiten mit tatsächlich lebenden oder toten Personen sind rein zufällig und nicht beabsichtigt.

DanTysk, der sich siebzig Kilometer westlich der Insel Sylt befindet, verfügt als einziger deutscher Offshore-Windpark über eine Wohnplattform. Wer wissen möchte, wie es dort zugeht, dem empfehle ich die NDR-Dokumentation *Das Offshore-Hotel*.

Der Ausstellungskatalog *Die Seele ist ein Oktopus. Antike Vorstellungen vom belebten Körper*, herausgegeben von Uta Kornmeier, inspirierte mich zu dem entsprechenden Dialog-Abschnitt.

Für *Tödliche See* hatte ich das Privileg und die Freude, eine Reihe von Persönlichkeiten und Firmen konsultieren zu dürfen. Ihr Knowhow und ihr Engagement sind es, die meine Recherchen zu einem besonderen Vergnügen machten.

Im Einzelnen möchte ich folgenden Menschen sehr herzlich danken (in ungeordneter Reihenfolge):

dem Polizeiseelsorger Volker Struve für ein Gespräch über die Nöte von Polizisten nach einem Schusswaffengebrauch.

Sandra N. Otte und Christian Kartheus, *Pressestelle der Polizeidirektion Flensburg*, für grundsätzliche Hinweise zu Abläufen und Kompetenzen,

Carola Jeschke, Pressesprecherin LKA Kiel, für Informationen über Cybercrime und KTU,

Torsten Haux, *Haux-Life-Support GmbH*, für Hinweise zur Funktionsweise von Dekompressionskammern,

Peter Eymann und Marco Diehl, *Nordseetaucher GmbH*, dafür, dass sie mir einen interessanten Einblick in die Arbeit von Berufstauchern gewährt haben.

Frank Wiebe, *FRS Windcat Offshore Logistics*, für Informationen über die Logistik bei Offshore-Arbeiten.

Stephanie Lönze, *Wiking Helikopter Service*, für Hinweise zu den Sicherheitsbestimmungen bei Hubschrauberflügen.

Dr. Manno Peters, *Deutscher Wetterdienst*, für die passenden Seewetterberichte auf hoher See.

Prof. Dr. Klaus Püschel, *Institut für Rechtsmedizin, Uni-*

versität Hamburg-Eppendorf, für Hintergründe zum Nachweis der Dekompressionskrankheit,

Marlena Beckmann, *WAGEMUT* (*pro familia*), für Informationen über die Folgen und die Bewältigung sexuellen Missbrauchs,

Ulrike Stahlmann-Liebelt, ehemalige Staatsanwältin, für Hinweise zur Strafverfolgung sexueller Belästigung in Verbindung mit Körperverletzung.

Mögliche Fehler in der Darstellung sind allein mir zuzuschreiben.

Ich schätze mich glücklich, Freunde zu haben, die sich für andere einsetzen und sich trotzdem noch Zeit für meine Fragen nehmen – danke, Anja Hufnagel, danke, Stefan. Ein Dankeschön an Klaus, der mir so kurzfristig weitergeholfen hat. Ein lieber Gruß an meine Freundin Kerstin, die mich auf Sylt zu der Matjes-Episode inspirierte. Natürlich gilt mein herzlicher Dank dem Lübbe-Verlag, insbesondere Stefan Bauer und meiner Lektorin Dr. Stefanie Heinen. Vielen Dank auch der Außenredakteurin Stefanie Kruschandl sowie meiner Agentin Petra Hermanns. Meiner Familie danke ich für ihre Geduld, wenn ich auf Sylt die abgelegensten Winkel erkunde und immer wieder in Arbeit versinke.

Wenn Sie, liebe Leserinnen und Leser, mehr über die Hintergründe meiner Sylt-Krimis oder meiner historischen Romane erfahren oder Fotos der Schauplätze sehen wollen, besuchen Sie mich gerne auf www.sabineweiss.com. Ich freue mich auf Sie!

Wer einmal in den Sog gerät, kann sich nur schwer befreien ...

Sabine Weiß
GEFÄHRLICHER SOG
Sylt-Krimi

400 Seiten
ISBN 978-3-404-19266-3

Als sich der Seenebel vor Hörnum lichtet, gibt er bei den Tetrapoden am Strand eine Männerleiche frei. Auf den ersten Blick ist ersichtlich: Auf das Opfer wurde brutal eingestochen. Dreiundzwanzig Messerstiche zählt Gerichtsmediziner Sebastian Gerlich, zwei davon waren tödlich. Die eilig angereiste Kriminalkommissarin Liv Lammers und ihre Flensburger Kollegen ermitteln in alle Richtungen. Bald wissen sie: Der Tote heißt Timur Roters, hat zusammen mit seiner Frau Merret als Sozialpädagoge in einer Jugendwohngruppe gearbeitet und sich durch seine liberale Einstellung Feinde gemacht. Doch reicht das, um einen solchen Sturm der Gewalt zu entfesseln?

Lübbe

Die Wahrheit ist wie ein Buch: Sie hat viele Seiten ...

Eva Almstädt
OSTSEEFINSTERNIS
Pia Korittkis
neunzehnter Fall

400 Seiten
ISBN 978-3-404-19317-2

Die blinde Helmgard Böttcher regiert ihre große Familie an der Ostsee mit fester Hand. Als ihre Enkelin auf dem Heimweg überfallen wird, lässt die Rache nicht lange auf sich warten: Ein junger Mann aus dem Nachbarort erleidet eine schwere Vergiftung und stirbt. Ausgerechnet eine Pflanze, die auch in Helmgards Garten wächst, war die Ursache dafür. Kommissarin Pia Korittki, die eigentlich ein entspanntes Wochenende mit Sohn Felix und Freund Marten in dessen neuem Haus an der Ostsee verbringen wollte, stößt bei ihren Ermittlungen in einen tödlichen Morast aus Hass, Lügen und alter Feindschaft ...

Lübbe

Je kleiner das Dorf, desto größer die Geheimnisse

Eva Almstädt
AKTE NORDSEE - DAS
SCHWEIGENDE DORF
Kriminalroman

384 Seiten
ISBN 978-3-404-19316-5

Anwältin Fentje Jacobsen, die ihre Kanzlei auf dem Schafshof ihrer Großeltern betreibt, erhält mitten in der Nacht einen Anruf. Der Mann am anderen Ende erklärt, dass er ihre Hilfe brauche, denn er werde demnächst des Mordes verdächtigt werden. Danach legt er auf. Kurz darauf hört Fentje, dass in einem Nachbarort zwei Tote gefunden wurden: Ihr neuer Klient ist selbst einem Verbrechen zum Opfer gefallen und wurde auf grausame Weise in seinem Haus stranguliert. Obwohl sie kein gültiges Mandat hat, beginnt Fentje mit dem Journalisten Niklas John Nachforschungen anzustellen. Doch als sie in dem kleinen Dorf zu tief graben, wird es auch für sie lebensgefährlich ...

Lübbe